浙大宁波理工学院人才引进启动基金项目

日本女性文学解读

日本著名女性文人评析

李先瑞　王伟伟◎著

中国宇航出版社
·北京·

图书在版编目（CIP）数据

日本女性文学解读 ：日本著名女性文人评析 / 李先瑞，王伟伟著. -- 北京 ：中国宇航出版社，2022.11
ISBN 978-7-5159-2128-0

Ⅰ. ①日… Ⅱ. ①李… ②王… Ⅲ. ①日本文学—妇女文学—文学研究 Ⅳ. ①I313.06

中国版本图书馆CIP数据核字(2022)第183199号

策划编辑 李琬琪　**封面设计** 李彦生
责任编辑 李琬琪　**责任校对** 李光燕

出版发行 中国宇航出版社
社　址 北京市阜成路8号　**邮　编** 100830
（010）68768548
网　址 www.caphbook.com
经　销 新华书店
发行部 （010）68767386　（010）68371900
（010）68767382　（010）88100613（传真）
零售店 读者服务部
（010）68371105
承　印 三河市君旺印务有限公司
版　次 2022年11月第1版　2022年11月第1次印刷
规　格 880×1230　**开　本** 1/32
印　张 13.75　**字　数** 357千字
书　号 ISBN 978-7-5159-2128-0
定　价 58.00元

序言

当今世界，女性社会地位日益提高，日本这个历来主张男尊女卑的社会也不例外，曾饱受压抑的日本女性文人也逐渐崭露头角。女性作家的创作越来越受到人们的重视。纵观日本文学史，可以发现，女性文学在1000多年的历史中形成了4个创作高潮期：平安贵族女子的古典文学创作期，代表作家为紫式部和清少纳言；明治末期至昭和初期的女性文学创作期，主要作家有樋口一叶、与谢野晶子、田村俊子、平塚雷鸟、冈本可能子、野上弥生子、吉屋信子、林芙美子、宫本百合子等；战后女性文学创作期，主要作家有平林泰子、山崎丰子、津岛佑子、河野多惠子、大庭美奈子等；当代女性文学创作期，主要作家有川上弘美、小川洋子、山田咏美、多和田叶子、俵万智、吉本芭娜娜、荻野安娜、金原瞳、青山七惠等。

自古以来，女性书写就以独特的笔触和纤细的感受带给读者不同的审美情趣。女性文人的创作包括小说、随笔、诗歌等内容，这些创作不仅为当时的文坛打开天窗，引进了不同的风格，也是女性文人活跃文坛的重要体现。平安时代紫式部的《源氏物语》是世界上最早的长篇写实小说，在世界文学史上也占有重要地位。清少纳言的《枕草子》至今依然被视为日本随笔文学的白眉。平安时代像《蜻蛉日记》《紫式部日记》《和泉式部日记》等日记文学为近代日本私小说的流行提供了传统的文学土壤。近代女性文学也为女性的觉醒起到积极的推进作用。从樋口一叶开始，与谢野晶子、田村俊子、平塚雷鸟、冈本可能子等近代女性文学家不断通过自己手中的笔来抒发情感，阐发女性的生存价值，描绘女性应有的生活状态，积极倡导着女性的解放。尤其是以平塚雷鸟为核心的《青鞜》杂志，积极刊发女性文学家的作品，为近代女性文学的繁荣起到无可替代的作用。与谢野晶子通过短歌直抒胸臆，表达了她的反战思想和女性解放思想。田村俊子通过几部代表作品，表达了当时婚姻生活中男女相克的主题。

昭和初期的女性文学是在极其复杂的环境下开展的。1923年东京大地震后，日本无产阶级文学日渐昌盛，其中无产阶级女性作家的创作占据半壁江山，宫本百合子的文学创作便是其中的佼佼者。宫本百合子的《伸子》不仅是无产阶级文学的代表作之一，也是日本女性主义文学的代表作。该时期还有两位重要女性作家，分别是林芙美子和吉屋信子。林芙美子通过《放浪记》登上文坛，成为家喻户晓的作家。吉屋信子通过《花物语》成为少女小说的代表人物。但是这两位女性作家都有历史污点。林芙美子和吉屋信子参加“笔部队”，充当日本侵略军的笔杆子，直接为侵略战争服务，扮演了不光彩的角色。

第二次世界大战结束后，日本文坛重新焕发生机，女性文学也不例外。战后初期涌现出一批女性作家，像山崎丰子、仓桥由美子等作家的出现被誉为“才女时代的到来”。此时女性作家的创作已与之前女性作家的创作大不相同，不仅视野开阔，且创作手法有所突破。有些女性作家打破传统的私小说创作方法，运用存在主义和超现实主义创作方法进行创作，代表作家是仓桥由美子。此外，受第二次女性解放浪潮的影响，一些女性主义作家，像河野多惠子、大庭美奈子、三枝和子等人欲主动摆脱母性，厌恶成为母亲。同时，也有主动为母性唱赞歌者，津岛佑子便是这类作家。此后的女性作家也是各具个性，创作出对日本文坛具有影响力的大量佳作。

如今，女性作家人数越来越多，对文坛的影响越来越大。我们不妨看一下21世纪获芥川奖的作家名单，其中超过半数为女性作家，像金原瞳、青山七惠等年轻一代作家已成为日本当代女性作家的佼佼者，成为日本女性文学可以向世界夸耀的名片。鉴于上述情况，我们有必要对日本女性文人予以足够的重视。《日本女性文学解读——日本著名女性文人评析》就是在这样的背景下完成的。

为了使读者清楚女性文人们所处的时代，本书按照她们的出生年月由前向后的顺序编写，从平安朝前期出生的小野小町到昭和末年出生的金原瞳，时间跨度近1200年。因此，本书也可以作为一部简明的日本女性文学史来阅读。

著　者

2022年于港城宁波

目录

神秘的传奇美女、才女——小野小町

小野小町（生卒年不详）是平安前期的女性歌人，六歌仙之一，三十六歌仙之一，相传为出羽郡司小野良真之女。详细生平无法考证，从赠答歌的对象所生活的年代推算，小野小町大约生活在仁明天皇①和文德天皇②执政期间。关于小野小町的民间故事众多，此类作品统称为“小町物”，有以《通小町》为首的七小町，也留下了诸如《小町草纸》等御伽草子③作品。另有家集《小町集》由后世之人编撰，其歌风艳丽，与文物康秀、僧正偏昭等有赠答之歌。相传小野小町为绝世美女，后朝有大量以其传说为题材著成的文艺作品。

因年代久远，在中古时期六歌仙中，小野小町、喜撰法师、大伴黑主、文屋康秀四人的生平均已无法考证。只有有着皇族血统的僧正遍昭（816—890）和在原业平（825—880）二人的生卒年有定论。小野小町与安倍清行、小野贞树、文屋康秀、僧正遍昭有赠答之歌，可以推测他们生活于同一时代。关于小野小町在宫中侍奉皇室人员的生活，虽然没有详细记载，但从其写给宫中人士的赠答歌及和歌中出现的“尊贵之人”，可以判断她曾置身于宫中。关于“尊贵之人”，学界普遍推测，是指仁明天皇。倘若此推论成立，那么仁明天皇应是小

① 仁明天皇（にんみょうてんのう）（810—850），日本第54代天皇，名正良，嵯峨天皇二皇子，833—850年在位。

② 文德天皇（もんとくてんのう）（827—858），日本第55代天皇，名道康，仁明天皇大皇子，850—858年在位。

③ 御伽草子：日本室町时期的大众文学，意味着平民阶级文学的高度发展及贵族文学的衰落。“御伽草子”这一名称最早见于江户时代中期出版的《御伽文库》，其中的23篇作品被称为“御伽草子”。这些作品产生在室町时代和江户时代初期，写作的具体时间不详，也没有留下作者的姓名。从内容和写作风格上判断，一般认为多出于朝臣、僧侣和隐士之手。

町爱慕之人。总之，小町寄托了青春与情感的对象是宫中身份尊贵之人。

《古今和歌集》中收录的小野小町的18首和歌无一例外都是恋歌。依照内容具体可以划分为“痴恋与怨恨”“感叹对方变心”“人生态度”“对季节的感叹”四种类型，其中包括了最为著名的“花色”句及“咏梦恋歌”6首。后世流传的小野小町的虚像和实像之间必然存在一定的落差，要捕捉她的思想、真实感受，只有从其传世的和歌中寻找线索。

花の色はうつりにけりないたづらにわが身世にふるながめせしまに（《古今集》113，《小仓百人一首》09）

昨日繁花今已残，惆怅细雨催调散。炎凉尘世路未尽，红颜谢去也枉然。[①]

在这首最为著名的“花色”句中，以“花”自比，借花的凋零感慨红颜易老，进而引发对人生的深刻体悟。这种“悟”依然根植于佛教的无常观之上，但并不是一种开悟，而是由对世界的“诸行无常”感受下产生的悲哀和落寞。“缘起性空”是佛教思想的基石，所谓无常，皆因刹那间的聚散离合而起。正如蜉蝣的朝生夕死，也似《方丈记》中开篇所言：“浩浩河水，奔流不绝，但所流已非原先之水。河面淤塞处泛浮泡沫，此消彼起、骤现骤灭，从未久滞长存。世上之人与居所，皆如是。”[②]小町的思想无疑受到佛教思想的影响，宿命论

① 铁军，等．日本古典和歌审美新视点：以《小仓百人一首》为例[M]．北京：中国传媒大学出版社，2010:295.

② 鸭长明，吉田兼好．方丈记徒然草[M]．王新禧，译．武汉：长江文艺出版社，2016:3.

的世界观使她面对情感和命运时，只是采取观望和隐忍的态度。把生命的希望转化为哀叹，在宿命的论调中徒叹红颜易逝。

平安时代的女性大都对爱情有着执着的向往，也尝尽爱情的甜蜜与艰辛。究其原因，一是在王朝时代的贵族生活中，宴会游园赋歌之外，谈情也是另一种风雅。二是“访妻婚”[①]这样的婚姻制度，让男女的“情爱游戏”充满了不确定性。互赠情书、幽会，在漫长的等待中感受爱情的悸动。然而随着交往的深入，男性难免意兴阑珊，继而投入新的爱情追逐。而在等待中不断揣测，饱受煎熬的女性也如浮萍般漂泊，对变心的情郎无计可施。

わびぬれば身をうき草の根を絶えて誘ふ水あらばいなむとぞ思ふ（《古今集》938）

此身遭寂寞，浮草已无根。有水来想诱，如何不出奔。[②]

在这句歌中小野小町感慨自己的命运如无根浮萍。导致平安时代女性悲剧命运的根源，是摄关政治体制和不平等的婚姻制度；造成她们悲剧思想的是与男性情感的不确定性和佛教无常观。平安时代的摄关政治和后宫政策客观上为贵族才媛提供了活跃的舞台，造就了高度繁荣的平安女性文化，却也注定了她们漂泊的命运。小町也肩负着家族的厚望进入了后宫，可是小町在宫中的生活并没有给其带来任何实质性的保障。区区中流贵族之女，置身于藤原氏一族的贵族女性之

① 访妻婚：又称妻问婚，是日本古代的一种婚姻形式，盛行于大和时代，一直延续至平安时代。这种婚姻是夫妇别居，男女各自与自己母亲和同母兄弟姊妹同住，男方在晚上潜入女方家中，短则翌日清晨离开，长则在女家逗留多日，然后回到自己家，所生子女随母亲生活，而男性则负责负担妻儿的生活费。

② 纪贯之．古今和歌集[M]．杨烈，译．上海：复旦大学出版社，1983:186.

中，只能在梦中期待与“尊贵之人”相遇，把精神世界全部寄托于和歌。情感和身份的双重焦虑，引发了她身世如浮萍的感受。在与男性歌人之间的赠答和交往中，不难发现小町拥有独立的精神和追求真爱的纯真之心。相传小町秘恋的“尊贵之人”仁明天皇驾崩之后，她便离开了后宫。《古今和歌集》成书之时，小町也早已离开人世。

除以上几首著名的和歌之外，收录于《古今和歌集》的6首“咏梦恋歌”，可谓后世破解小町情感世界、人生感悟的绝佳文本。在现实中无法相会的人，会向神灵祈祷，在梦中相遇。“咏梦恋歌”以“梦”“梦境”承载内心世界，以歌咏现实中难以实现的恋情、难以表达的情感。“咏梦恋歌”表现了小町对爱情的真诚、执着追求。

“对于《万叶集》时代的人而言，梦、幻并非短暂的，而是另一种‘现实’。”[①]日本和歌自古就有咏梦的传统，而在《古今和歌集》之后的时代，“梦”才渐渐演变为“虚空”的象征。从小町的“咏梦恋歌”的前三首（552、553、554）来看，她的“梦境”是一个可以实现恋情自我满足的独立世界。比起现实中无法恋爱的苦涩，毋宁说更加享受梦中短暂的相见之欢。入梦前的小町仿佛即将迎来到访的情郎，沉浸在无限柔情蜜意中。“梦”是使她身临其境的现实，因此承载了无限的寄托，也成就了日本和歌史上的千古名句。

思ひつつぬればや人の見えつらむ夢と知りせば覚めざらましを（《古今集》552）

念久终沉睡，所思入梦频，早知原是梦，不做醒来人。[②]

① 章誉凡．《古今和歌集》中咏梦恋歌的分析[D]．长沙：湖南大学，2012:29．
② 纪贯之．古今和歌集[M]．杨烈，译．上海：复旦大学出版社，1983:114．

うたた寝に戀しき人を見てしより夢てふものは頼みそめてき（《古今集》553）

假寐一时熟，梦中见可人，始知虽梦寐，可靠竟如神。①

いとせめて戀しき時はぬば玉の夜の衣をかへしてぞ著る（《古今集》554）

入夜翻衣睡，伊人梦里归。此时劳眷恋，特地反穿衣。②

小町的“咏梦恋歌”发出了尚处青春岁月的女子的真实声音。这三首和歌分别抒发了“梦里一晌贪欢”，唯愿长梦不愿醒的凄美感慨；明知“梦寐”原本虚幻，不堪依靠，却因能与爱恋之人一见，而心中对它常怀期待；听闻反穿衣服能和思念之人梦中相逢，特意在入梦之前将衣服反穿。这三首和歌将一个饱受相思之苦的年轻女性的情态描摹到了极致，以“梦境”的美好，反衬现实中的无奈。以“梦”言志的和歌有一种虚幻之美，因对其恋情无迹可寻，平添了几分传奇色彩。

現にはさもこそあらめ夢にさへ人目をもると見るが侘しさ（《古今集》656）

现世遭人妒，伤心唤奈何，梦中犹畏缩，真个太蹉跎。③

限りなき思ひのままに夜も来む夢路をさへに人はとがめじ（《古

① 纪贯之．古今和歌集[M]．杨烈，译．上海：复旦大学出版社，1983:114.
② 纪贯之．古今和歌集[M]．杨烈，译．上海：复旦大学出版社，1983:114.
③ 纪贯之．古今和歌集[M]．杨烈，译．上海：复旦大学出版社，1983:132.

今集》657）

无限相思意，欲传耳目繁，夜来行入梦，始不畏人言。①

夢路には足もやすめず通へども現に一目見し如はあらず（《古今集》658）

梦路无停足，伊人自在逢，如何现世里，一见也无从。②

这三首和歌分别描写了在现实中相见必遭人妒恨，而只能在梦中相会的恋情；终于无法满足于梦中相会，不惧人言，祈求现实中的相遇；现实中也无法再见一面的哀伤。从“梦中相遇”到“祈求现实的幽会”再到“现实中也无法相遇”，小町将这样的情感挣扎托付于这几首和歌，传达了无限的哀伤。和歌具有吟咏恋情的传统，而“相思之苦”“无法成就的爱恋”“无法相见的恋人”是平安时代恋歌吟诵的重要内容。这与日本和歌的审美意识有着密切关系。

“说恋歌必须是失恋歌多少有些言过其实，因为必须是失恋之歌，才能体会到日本美学中的幻灭、终结美学，从而引发共鸣。在佛教无常观的影响下，日本人认为有结局的东西即为美丽的。它也是一种静寂无我的境地与妖艳的生命的对比而产生的美的样式。此外，终结美学是一种对业已结束的美和哀伤的感知。恋歌所表现的幻灭美学和终结美学中可以窥见人的本质。”③小町的恋歌正是以“无我的境地”与“妖艳的生命”撞击出别具一格的美感。这种美是“下降型”的美，以“求不得”反衬情感之真切、爱欲之深重，展现出幻灭美学

① 纪贯之．古今和歌集[M]．杨烈，译．上海：复旦大学出版社，1983:132.
② 纪贯之．古今和歌集[M]．杨烈，译．上海：复旦大学出版社，1983:132.
③ 章誉凡．《古今和歌集》中咏梦恋歌的分析[D]．长沙：湖南大学，2012:29.

的特质。它与普遍流传于平安朝的无常之感是高度契合的。人世即无常，面对命运的流转，人的无力、无奈本是必然，在必然之中，“哀伤”便是最高层次的美感。“平安朝时代的‘忧郁’含有一种漠然的深深的哀愁苦闷，这主要是由上述过分发达的审美文化与无力的知性文化之间的奇妙跛行所造成的一种独特现象。最值得注意的是，平安时代的‘忧郁’是一种现世的、感性的、被动的、静观的，乃至游戏享乐的生活感情——即广义上的满足感——所包含的根本的宿命感以及无可奈何的哀愁之感。”[①]生活于平安时代的歌人在自己的人生之中体会了深深的哀愁苦闷，故能吟咏出情真意切、感人至深的恋歌。“由于日本美学是以真情、真切的情感体验为美，而日本民族的感觉和情感又非常细腻，因此日本美学范畴对情感和感觉的表达及分类就非常细腻。”[②]小町的恋歌构思巧妙，工于技巧，然而若无真情实感，也难以传情于细微之处。细腻至极的情感表达是日本和歌的一大特点，也是日本文学“主情”特征的重要表现。

“咏梦恋歌”的虚幻色彩与小町的身世谜团，使这位历史人物的形象更加扑朔迷离。后世流传着诸多小町的故事，其中最有名的莫过于“百夜访”和“老残说”。平安时代的名媛除了美貌、与“十二单”相称的黑发，还要擅咏和歌、精通书法、能歌善舞，具备与王朝美学相符的典雅之美。倘若能在天皇的后宫中侍奉，将会为氏族赢得巨大荣誉。小野小町就是这种“皇后学”培养出的才貌绝佳的女子。日本民间流传着小野小町与杨贵妃、埃及艳后并称世界三大美女的说法。纪贯之在《古今和歌集》的假名序中评价道：“小野小町的和歌

① 大西克礼．幽玄・物哀・寂[M]．王向远，译．上海：上海译文出版社，2017:112.

② 邱紫华，王文戈．日本美学范畴的文化阐释[J]．华中师范大学学报（人文社科版），2001（1）:59.

古衣通姬之流也，然艳而无气力，如病妇之著花粉。”[①]“衣通姬”是“记纪歌谣中出现的传说中的女性，以‘容貌秀美，其艳色透过衣服光辉耀目’而得名。据说是《古事记》中允恭天皇的皇女轻大郎女、《日本书纪》中允恭天皇的皇后衣通郎女（弟姬）的别名”[②]。纪贯之将小町称作“古衣通姬之流”，与传说中美丽的化身“衣通姬”相比，暗示她绝世的美貌。在日本学界也有很多争论，有学者认为，“衣通姬”之比并非指小町继承了衣通姬的容貌，而是暗指她有古代传说中巫女的神力。

流传最为广泛的小町的“百夜访”“老残说”都是后世在对《伊势物语》的段章里内容加以人为的猜测、理解之后形成的“虚像”。“虚像”与小町的“实像”之间必然存在差异，日本学界对小町的生平、轶事也做了诸多考证。成书于平安中期到末期之间的《玉造小町子壮衰书》中描写的落魄小町的形象广泛流传。到了中世，传说有了进一步演变。学界普遍认为《冷泉家伊势物语注》等镰仓时代的注释书是“美人好色传说”“美人傲慢传说”“美人流浪传说”等小町传说产生的源头。赤羽根龙夫在《小野小町考》（1987）中指出，小野小町和在原业平的和歌只是偶然地被放在一起，后世之人却妄加推测，将《伊势物语》的第二十五话和第一百十五话中的歌物语解读为二人的恋爱关系。

年轻时冷漠、高傲的绝世美女，屡屡拒绝才俊的求爱，肆意践踏他们的真情，然而却在年老色衰之时沦落为乞丐，流浪于各地，最终在孤独中死亡，成为荒野中的一堆白骨。经过世代的流传，不同文本的创作、演义，最终形成了这样人生呈两极化的“小町”的虚像。巨

① 纪贯之．古今和歌集[M]．杨烈，译．上海：复旦大学出版社，1983:6.

② 引自：新世纪日汉双解大辞典 CASIO电子词典。

大的反差成就了“小町”形象复杂的美感和丰富的内涵。在她吟咏自己漂泊命运的时空之音之外，还回荡着后世子孙对这位薄命红颜的扼腕叹息。对小町的同情，或者嘲弄，都是后人对“小町”形象的开发和利用，和其真实面貌之间必然存在差距。

众多学者通过历史考证，后世文本的研读、梳理，试图拨开历史的迷雾，揭开她的真实面貌。然而，研究者们的观点往往是相互矛盾的，他们各执一词，争论不休，无法给小町的人物、性格、命运下定论。这种局面恰好促进了小町和歌、考证研究的繁荣，有利于更加立体、多维度地展现这一平安才媛的风貌。尽管有些并不是真实的小町，但是正如同她和歌中“梦境”与“现实”的交叠重合一般，小町的人物形象也在虚实掩映中焕发别样的光彩。平安时代的才女们无法摆脱时代的格局，打破时代的禁锢，但却也以自身的悲歌谱写了惊世骇俗的旋律，为日本文学乃至世界文学做出了巨大的贡献。

婚姻失意但不绝望——藤原道纲母及其《蜻蛉日记》

藤原道纲母（936？—995）是平安中期歌人，藤原伦宁之女，藤原兼家之妻，右大将藤原道纲的母亲，著有女性日记文学的先驱之作《蜻蛉日记》。中古时期三十六歌仙之一，《后拾遗集》等敕撰和歌集中收录其和歌36首。个人和歌集有《傅大纳言殿母上集》和《道纲母集》。道纲母姿容俏丽，才华横溢，少女时代对爱情充满美好的向往。一生执着为爱燃烧，但爱情却在转瞬之间凋落，让她追之莫及。《蜻蛉日记》是一部爱情忧思录，同时也是一部女性抒怀、发声、呐喊之作。

父亲藤原伦宁曾任正四位下“伊势守”，同母异父的弟弟藤原长能是平安歌人。道纲母大约出生于936年，丈夫兼家生于929年。兼家是右大臣师辅的第三个儿子，是藤原氏北家的直系。道纲母虽出身平民家庭，却能嫁入权贵之家，其品貌、才华可见一斑。然而，在道纲母之前兼家已有了一位妻子，名叫时姬，并生下一子，就是之后的中关白藤原道隆。嫁给兼家后的第二年，道纲母生下了儿子藤原道纲。

《蜻蛉日记》的上卷是道纲母954年与兼家结婚至968年15年生活的简要记录，篇幅和中、下卷持平。中卷仅书写了969年到971年3年之中与兼家的往来、赠答。兼家移情藤原实赖的召人（被召来奉献舞乐之人）近江，道纲母断然搬入山寺，但最终被兼家带回。此时的道纲母已经表现出对事物静观的心态，对自然景物的描写有所增加。下卷内容的时间范围同样是3年，描述了972年到974年这3年间情感、心境的变化，以道纲母迁居广幡中川暗示结束与兼家实质上的婚姻生活，对丈夫的描写也有所减少，对养女的照顾，以及儿子的情歌赠答等内容占据了大量篇幅。

上卷的开篇《序文——记录无常身世的日记》中写道："时光荏苒，人世虚渺。有一位女性无所依赖地度过了半生。论起容貌，本不及常人之相；说到品性，又全无世俗权衡之心。自认是个无用之人，便在度日之闲中找来旧物语的只鳞片爪来看。想不到流行于天下的那些物语大都写的是无稽之事，竟也广受欢迎。如此看来，若是将自己非同寻常的身世写一本日记如实地记载下来的话，恐怕要被世人称奇呢。"[①]序言中谈到了写此日记的初衷，感慨自己人生虚幻无常，堪与传世的物语相比。后世认为道纲母是日本私小说的鼻祖。"所谓'自然主义'的小说家们无意识地回归于《蜻蛉日记》，创作了'私小说'。"[②]可见，《蜻蛉日记》开创的独特的女性日记文学样式，以自身经历、心境为素材的创作特征，为近代私小说这一文学体裁的创立提供了范本。

上卷中主要记录了丈夫兼家的求婚，二人之间有多首赠答歌，首首浓情蜜意。在父亲前往"陆奥国"[③]赴任之际，离愁别绪使道纲母悲伤满怀，兼家见状问道："为什么要这样的伤心，亲人的分别是世上常有的事啊。你这么悲叹，是不是没有把我当作你的依靠？"[④]丈夫的体谅和安慰，给了初感身世如浮萍的道纲母足够的慰藉，尽管此

① 藤原道纲母，紫式部，等．王朝女性日记[M]．林岚，郑民钦，译．石家庄：河北教育出版社，2002:3.

② 加藤周一．日本文化论[M]．叶渭渠，等译．北京：光明日报出版社，2000:155.

③ 陆奥国，日本古代的令制国之一，属东山道，又称奥州。陆奥国的领域在历史上变动过4次，但就一般概念而言，其领域大约相当于今日的福岛县、宫城县、岩手县、青森县、秋田县东北的鹿角市与小坂町。

④ 藤原道纲母，紫式部，等．王朝女性日记[M]．林岚，郑民钦，译．石家庄：河北教育出版社，2002:11.

时两人情深意笃，道纲母仍依稀感觉到一丝不安。“那一位看见我这样子，更加怜爱，一味地说绝不会舍我而去。可是，那个人的心不可能永远像今天说的这样。一想到将来，心里还是没有把握，又禁不住生出许多悲凉。”①道纲母的不安果然应验，生下儿子之后，兼家的情人町小路女出现，丈夫经常几日不露面，让道纲母初尝被冷落的凄楚。然而，这只是漫长的若即若离夫妻关系的开端，也是道纲母爱情悲剧、人生悲剧的起始。听着门外丈夫的车子向町小路女情人那里驶去，心中无比煎熬，于是做了一首同往常风格不同的和歌，插上了褪色的菊花，派人送给了“那个人”。在初被冷落之时，道纲母情到深处写下长信差人送与兼家，“请君想想看。自从与你结为伉俪，我心中的烦恼竟一日也没有断过。难道要让我这样地苦恼一生吗？记得我们初次定情的那个秋天，耳中满是爱语连篇，眼中看见树上的绿叶褪色。心里暗暗地忧虑着，总怕有一天会像那树叶一样地色衰而遭到你的嫌弃。”②回忆往日，道纲母情真意切地将自己的不安和烦恼和盘托出，希望丈夫能够理解她的心情，念及旧情回心转意。然而，竟然一语成谶，她的烦恼竟从萌发那一刻起再也没有间断过，整部作品也犹如一部忧思录。丈夫假装念及旧情，口称对道纲母心意从未改变，行动上却没有任何改观，极少去她府邸相聚。随着时间的流逝，兼家频频失信，到访次数越来越少，道纲母开始持斋、隐居山寺，思想也开始变得麻木。“访婚制”下失宠的女性，无力与命运抗争，只有到宗教的世界寻求救赎，祈求消除心中执念，解脱尘世痛苦。作品的结

① 藤原道纲母，紫式部，等．王朝女性日记[M]．林岚，郑民钦，译．石家庄：河北教育出版社，2002:11.

② 藤原道纲母，紫式部，等．王朝女性日记[M]．林岚，郑民钦，译．石家庄：河北教育出版社，2002:27.

尾虽未提及出家一事，但相传道纲母最终削发为尼，了却了尘缘。故道纲母在序言中称自己的故事的传奇色彩和世间虚构的“物语”相比，有过之而无不及。

同为平安女性文学的集大成者，道纲母和清少纳言、紫氏部等才媛的不同之处在于，她没有在宫中侍奉的经历，对于外界、宫廷所知不多。平日里深居简出，在权贵妻室的府宅这一囿定的范围内，完成自己的人生及情感体验。因此，她有了更多面对自我、审视灵魂的时间，更萌生出将苦闷吐露于纸上的冲动。道纲母在自己如“浮游”般变幻无常的命运中，选择以两种方式应对。一种是宠辱不惊的麻木，一种是对世界和对自己的描写、叙述。因此，从平安女性的书写中可以窥见她们真实面对情感、叩问生命的姿态。

“我已经习惯了天天为了与那个人之间的关系而发愁。”[①]“我凭柱而立，想自己是无山可遁，去了何处心中的愁思亦同。”[②]“愁思”“泪如雨下”，这样充满浓郁哀伤色彩的词句全文随处可见。对于像道纲母这样才华满腹、一腔深情的女子来说，可谓此情无计可消除，才下眉头，却上心头。这种情愫的产生根源在于处于从属地位的古代女性对男性爱情乃至忠贞的渴求。不平等的婚姻制度是那个时代女性共同的悲剧。“《蜻蛉日记》的历史贡献就在于它描写了男尊女卑时代妇女情感上的困境和朦胧的觉醒和反抗。”[③]对于丈夫的冷落，道纲母虽然极为愤懑，但在言语和行动上，对丈夫并未有丝毫谄媚。时常以闭门不见、搬离宅邸，甚至隐居山寺，以显示自己的不满

① 藤原道纲母，紫式部，等. 王朝女性日记[M]. 林岚，郑民钦，译. 石家庄：河北教育出版社，2002:156.

② 藤原道纲母，紫式部，等. 王朝女性日记[M]. 林岚，郑民钦，译. 石家庄：河北教育出版社，2002:173.

③ 刘春英. 日本女性文学史[M]. 北京：商务印书馆，2012:66.

和反抗。兼家就常常托词道纲母性情冷淡、情绪不佳，才避而不见，实则忙于另结新欢，无暇顾及。道纲母除感怀二人初见的欢欣，早年的和睦温存之外，极少迎合对方，也无强行挽留之意。可见，道纲母一方面沉溺于男女的情感世界，另一方面也萌发了女性的主体意识。“道纲母开始了人的觉醒，她意识到了自己的存在。她要求合理的生活，这就使她不可避免地和世俗的观念，乃至社会的陋习发生碰撞。虽然她还不清楚自己追求的是什么，但仍然孜孜以求。”[①]道纲母的愁苦是古代父权制度下“访婚制”的产物，对男性的依赖，注定了情感的漂泊。这是特定时代背景下女性难以逃脱的命运，即便是已经初步觉醒的道纲母，在情感上也无法自我主导，难以逃离父权社会不合理的家庭结构。

日本从原始社会步入封建社会，受到大陆文明的影响，7世纪大化革新后，日本父权制发展，“访婚制”流行。从唐代吸收的“家制度”在平安中期渗透到日本社会，父权制下的政治体系、法律制度逐渐形成。“访婚制”本质上是群婚，一夫多妻的婚姻制度。在平安时代的“访婚制”中，“男性不去女子的居所可视为离婚的无声宣告，女性若想离婚，则可以让其吃‘闭门羹’，或者以将男性的衣物、枕头送还的形式宣告。此外，女性除以上表明离婚决心的方式之外，还有出家这种方式。出家是女性宣告离婚的最独特的方式。”[②]作为“访婚制”的受害者，道纲母在与丈夫的关系当中，时常以闭门不见、持斋、隐居山寺等形式，表达不满和反抗。其中既有多年隐忍

① 藤原道纲母，紫式部，等. 王朝女性日记[M]. 林岚，郑民钦，译. 石家庄：河北教育出版社，2002:68.

② 胡情梦. 婚姻中女性所处的地位——以平安时代贵族为中心[D]. 天津：天津外国语大学，2008:24.

后的麻木，更是为了摆脱生存困境而做的挣扎。当然，道纲母的反叛并不彻底，短暂的逃避之后，最终还是回归了原有的生存状态。只是转而将情感投注于儿子身上，从而消解自己情感上的苦闷。但是据传说，道纲母最终还是选择了出家。

从叙事学角度来看，叙事空间限定于“夫人”道纲母的府邸、移居的院落、山寺等。在平安时代的“访婚制”下，丈夫另有居所，妻子只有在自己的住所等待丈夫的到来。道纲母在囿定的空间内，对丈夫行踪进行追索、叙述，此为主线。与儿子、侍女、亲朋的交往、赠答为辅线，然而辅线围绕主线也是本部作品的最大特色。

作品中除了诉说对丈夫兼家的爱慕之情及等待的辛苦之外，还流淌着人世间诸多纯粹而真挚的情感。对母亲的深深眷恋，对父亲的信赖，姐妹间的理解和体谅，对儿子的殷切希望，友人之间的共鸣、相互安慰的友谊等等。可见，道纲母是感情丰富且细腻、敏感之人。然而，世间百般情感，也无法抵挡她“弃妇”般的幽怨、愁苦。从这样巨大的痛苦中，可以感知平安时代一夫多妻制中，女性追求爱情的本真姿态。然而，因“知性思考”的欠缺，使她们过度沉溺于悲伤之中无法自拔。平安时代追求审美的时代特性，促使女性形成了感物伤怀、顾影自怜的普遍情感模式。理性思考的缺乏，使得她们难以在残酷现实面前求取身心的解脱，转而投向宗教寻求一种救赎。她所理解的世界的本质是虚渺、无常，因此整日为悲伤萦绕，觉得人生了无生趣，不能褪去哀伤的色彩。终日以泪洗面，几乎句句和歌中都嵌有“泪”字。然而，道纲母没有记录的正室时姬、町小路女、养女的生母等女性的命运和悲苦心境或许比她有过之而无不及。

此外，在下卷中记录了养女的求婚者右马头频频到访之事，赋有多首诉说相思衷肠的和歌，颇具深意。因养女年幼，道纲母婉言谢绝，但右马头痴情万千、心急如焚，“四月空度佳期逝，五月花落杜鹃去，何时才得情人会，奈何苦叹相思意。”[①]然而在约定的八月之期到来之际，右马头却因与别人的妻子幽会而闹得满城风雨。修书一封称，“哎呀，好意外呀。有一桩并非出自本意的事件，也许贵府已经得知。八月的良缘只得辞退。同右马助君的情谊盖与此事无关。”[②]右马头最初的痴情和骤变之后的随意形成了巨大的反差，让女性不由得感慨男性的朝秦暮楚，更生几分无常之感。

《蜻蛉日记》是第一部出自女性之手的日记文学作品，个体视角的叙事方式，开创了日本独特的“日记文学”体裁。作品以与丈夫的情感离合为着眼点，记录了人生中21年的重要事件。愁思和泪滴贯穿全篇，营造了唯美伤感的文学氛围。和歌赠答、会友、出游等日常活动，展现了平安时代贵族生活的一个侧面。全篇文字流丽，情感真挚，堪称平安女性的一首时代悲歌。

① 藤原道纲母，紫式部，等．王朝女性日记[M]．林岚，郑民钦，译．石家庄：河北教育出版社，2002:182.

② 藤原道纲母，紫式部，等．王朝女性日记[M]．林岚，郑民钦，译．石家庄：河北教育出版社，2002:193.

日本最早的女性随笔作家——清少纳言

清少纳言（966—1025），日本平安中期女性文学家，本名不详，著有散文集《枕草子》、和歌集《清少纳言集》。她是歌人清原元辅之女，日本中古三十六歌仙之一，与紫式部并称平安时代二大才女。父亲曾任周防守、肥后国守，极富文学才能，曾任《后撰集》编选者，所咏和歌收录《后撰和歌集》中的达106首之多。曾祖父清原深养父，是《古今和歌集》时代的代表性歌人，中古三十六歌仙之一，有41首和歌收入敕撰和歌集。相传清原元辅个性洒脱，崇尚自由，从他的和歌中也能窥见一斑。清少纳言继承了父辈的才华和洒脱的诗人品性，这为她之后开创平安文坛别具一格的“谐趣”审美理念奠定了基础。

清少纳言情感生活充满坎坷，与橘则光经历短暂婚姻后劳燕分飞。第一任丈夫橘则光在《枕草子》的《头中将听信流言》和《退居乡里时》中登场，此时，二人的婚姻已经结束，却以兄妹相称，保持了较好的关系。清少纳言在宫廷中侍奉皇室的生活开始于991—995年间，因年代久远，已无法考证确切时间。一条天皇的中宫定子是关白藤原道隆之女，清少纳言刚入宫时，比年仅17岁的定子长十几岁。之后，一直追随定子左右，直至定子24岁难产离世。清少纳言结束了宫廷中侍奉皇室的生活，出宫后嫁于摄津守藤原栋世，育有一子一女。

“‘清少纳言’这个称呼，乃是清少纳言仕宫为女官时所得之官衔。‘清’，盖来自其娘家姓氏‘清原’。在《枕草子》一书之中，皇后每称其为‘少纳言’；至于何以称‘少纳言’？则现阶段尚无定论。当时习惯，女官往往以其父、丈夫或兄弟等近亲者之官衔称呼，但清少纳言之近亲中，并不见有少纳言之官职者。或谓清少纳言在仕宫以前，曾经有一位中纳言官衔的丈夫，因而得此称谓；另外又有别说：以为此官称系皇后所特赐。至于所谓少纳言出身，在女官官品之中，为属于下级至中级之间。”①

关于“清少纳言”名字的由来已湮灭于历史之中，但其作品却流传百世，大放异彩，未曾蒙尘。

《枕草子》成书于日本平安时代中期，距今有1000多年，由300余段组成，是日本历史上第一部随笔文学作品，与日本中世时期的《方丈记》《徒然草》并称日本古典三大随笔。内容可以分为类聚、随想、日记三大类型。类聚，如“山”“岭”“原”“市”“扫兴事”“懈怠之事”“让人瞧不起之事”“可憎恶之事”等。随想，如“春曙为最”“不相称者”“看似聪明者”等，记录了清少纳言的日常所感，对事物的品评。日记中记录了侍奉皇室生活的一些片段，如“大进生昌府邸”“清凉殿东北隅”等，其中不乏对中宫定子的溢美之词。关于“类聚”的分类方法，中日学界普遍认为，清少纳言明显受到了李义山《杂纂》的列举方法的影响。“日本著名汉学家诸桥辙次认为，成书于李商隐死后一百多年的日本女作家清少纳言的随笔集《枕草子》，即可能仿《杂纂》风格而成。”②这种类聚、随想式的零散语言，开创了平安时代一种崭新的文体形式——“随笔”，成为日本古典三大随笔散文之首。“随笔这种形式很适于日本人对外界的直观描述，成为日本文学的重要体裁之一，在文学史上占有很高的

① 清少纳言．枕草子[M]．林文月，译．南京：译林出版社，2011:10．
② 曲彦斌．《义山杂纂》及历代续仿之作[J]．寻根，2013(2):64．

地位。今天日本人爱读的随笔继承了这种信笔写来、片段式表达的特色。与西洋传来的「エッセイ」（essay）一词的含义略有不同。西洋的「エッセイ」偏重于议论，日本的随笔则更偏重于感受。正如中世著名散文集《徒然草》的序段中所写：‘无聊之日，枯坐砚前，心中不由杂想纷呈，乃随手写来；其间似有不近常理者，视为怪谈可也。’”①

随笔这一文学形式具备了诗歌和物语不具备的文体特色，尤为适合描述事件、记录感悟。和歌篇幅有限，且具“抒情性”的特质，多以“雪”“花”等自然意象及男女之恋为主题。因此，“随笔”为自由的思想、零散的感悟和碎片化的叙事创造了绝佳的收容所。清少纳言开创的“随笔”文类对后世影响深远，这一文体形式也符合日本民族情感细腻、善于观察，而在逻辑思辨方面有所欠缺的思维特征。

《枕草子》的考证研究在日本已经有近千年的历史，关于“枕草子”书名的考证，主要观点有两种：一认为平安时代“枕草子”原指放在座旁或枕头之上的小册子，随时记录感想，或做备忘之用；二认为与“歌枕”“枕词”等和歌术语有关。

在中国「をかし」被译为“谐趣”或“清趣”。“谐趣”这个译语皆因「をかし」一词的原义为“可笑，滑稽”，与《枕草子》中明朗、知性、机智的语言风格高度契合。“‘誉物兴叹的谐趣’一般认为其基本含义为‘喜悦，赞美，倾慕’等意。不过在古语中并非是审美用语，而是用于对一定人和事物的伦理、道德的评价上……‘谐趣’主要强调的是一种超然物外、雍容、静观的审美态度。‘谐趣’和现在的美学范畴有所不同，它概括的不是对象的特征，而是主观的

① 吉田兼好．徒然草[M]．文东，译．北京：中国长安出版社，2009:2.

情趣和心态，它实际上是贵族阶级娴雅的审美情趣。”[①]“谐趣”与“物哀”同为日本平安时代两大审美理念。相对于“物哀”的“感情移入”，“谐趣”更倾向于主体的客观感知、评价。“「をかし」更倾向于主体对对象感同身受的感动，是主体融入客体的环境、氛围、情境之中所获得的感受；而「あはれ」则是主体脱离开客体才可以获得的感动。”[②]大西克礼在《幽玄·物哀·寂》中把物哀产生的社会原因归结为审美文化的高度发达和知性文化的缺陷。“这样一种审美文化，这样一种在某些方面畸形发达的时代的精神生活，大体上似乎都带有一种唯美主义的倾向。”[③]日本的“物哀”，成为影响后世的主要审美基调。“谐趣”虽然没有成为日本最重要的审美范畴，但也对后世文学产生了广泛的影响。《宇津保物语》《落洼物语》《徒然草》等作品中都多次出现「をかし」一词，可见“谐趣”这一美学理念的纵向发展。

清少纳言流传下来的和歌仅有50余首，其咏歌意识与紫式部、和泉式部等平安时代其他女性作家不甚相同。清少纳言所咏和歌大多为日常、答歌，承载记事、社交的功能。《枕草子》中所涉及的和歌又多为回忆时对别人作品的引用，如第20段《清凉殿东北隅》中写道：“大纳言之君从容歌咏，‘日月迁兮不稍待，唯独三室山外宫，久经年岁兮春长在。’”[④]第165段《为故公主服丧时期》中又言：“每天都有殿上人参上，夜晚也留恋不忍离去，同我们女官坐谈到天明，有人便揶揄，诵咏成声：太政官兮本肃穆，人岂相信成游庭，男女夜

① 陶曙军．论《枕草子》中的谐趣[J]．贵阳金筑大学学报，2003(3):43．

② 房颖．《枕草子》的美学研究[D]．长春：吉林大学，2012:89．

③ 大西克礼．幽玄·物哀·寂[M]．王向远，译．上海：上海译文出版社，2017:104．

④ 清少纳言．枕草子[M]．林文月，译．南京：译林出版社，2011:22．

行兮宁侧目。”[①]此类引用他人和歌的例子不在少数，而就清少纳言的和歌而言，几乎很少有以四季景物为主题的作品。

因此，可以说《枕草子》具有“脱和歌”的性质，但其创作却并没有脱离“和歌”的意象范畴。“花”“雪”等日本传统的意象散布这部随笔作品之中，以区别于“和歌”“物语”的文学样式，反映了不同文学形式表现下共通的日本平安时代的美学理念及价值体系。然而，《枕草子》一方面使用了传统的美学意象，另一方面却展现出在传统美学的边界游走的姿态。其独特的审美直觉和意识，驱使她时而赞美传统美学中的自然意象、风物，时而跳出既定的审美区域，展现出别具一格的对“美”的感悟和品评。“作者生于和歌名流之家，与和歌的密切关系往往被论及。在承载着和歌的传统美意识的同时，又展现出对传统规范的逸脱性。在这种‘背离’传统尝试之中迸发出了火花，正是《枕草子》的固有魅力之所在。比如在40段中列举14种虫，铃虫、松虫、蜩、萤等和歌的传统，也有蓑虫、蝇、蚁等超出了以往美学范畴的虫类混杂其中。”[②]这种游走在传统美学的边界，并富有创造性的审美意识，扰乱了传统审美意象，因此既有对传统美学的墨守，也有反叛、破坏和再造，因此，可以说《枕草子》从审美意识方面极具独创性。

清少纳言在审美观照中，更注重对确定对象的赞赏、肯定式的评价，体现审美主体宽容、豁达的心境。虽然，清少纳言的情感经历坎坷，仕宫的主家也无法逃脱衰败的命运，她却始终以宁静、达观的心态，赞美世间万物之美好。关于清少纳言的晚年生活，能因法师所持之本的跋文中有所记录，篇幅虽然短小，但实为极其珍贵的资料。

① 清少纳言. 枕草子[M]. 林文月，译. 南京：译林出版社，2011:211.

② 後藤祥子，等. 日本女性文学史：古典編[M]. 京都：ミネルヴァ書房，2003:100.

“写此书的清少纳言，是出类拔萃的人，她不谈普通一般人所信赖之事，唯多关心优雅有情趣之事。皇后势力凋落后，她便不再仕宫。皇后崩逝后，她郁悒度日，也没有再仕他出，而当年亲近之人亦次第谢世。以膝下无子女，老年无所依靠，故而托身为尼。借其乳母之子的关系，赴阿波国，过茅庐简陋之生活。据称，她头戴斗笠，外出晒菜干之时，曾忽然说道：‘令人回忆从前直衣官服的生活啊！’可见得仍念念难忘往昔情况，委实令人感伤。”①

清少纳言一生经历荣枯浮沉，但始终以轻松、明快、喜悦之心洞察世界。《枕草子》记录了宫廷的生活，却没有涉及贵族之间的权利斗争，因而具有纯粹的艺术性。每每读之，清少纳言谈笑间对景、物、人、事，品评一二的昂扬姿态，跨越千年浮现眼前。

① 清少纳言．枕草子[M]．林文月，译．南京：译林出版社，2011:362．

日本古代文学最高峰《源氏物语》的作者——紫式部

紫式部，原姓藤原，字不详，日本中古三十六歌仙之一。出生于汉文修养深厚的中等贵族家庭，其父藤原为时是日本当时首屈一指的学者、诗人，祖父及兄长也是名噪一时的歌人。紫式部自幼随父学习汉诗，熟读中国古代典籍，尤其对白居易的诗有很深的研究，而且精通佛经与音乐。紫式部深厚的汉文学修养与非凡的和歌才华，为日后创作《源氏物语》这部让人掩面长叹的文学巨著奠定了基础。

据推算，紫式部生于970至978年间，于1019年离世。年幼时期，母亲去世，在22岁时嫁给比自己年长二十多岁的藤原宣孝，婚后3年，丈夫去世，之后依赖父兄生活，寡居10年。在寡居生活中，因创作《源氏物语》而声名远扬，受到了藤原道长（966—1027，平安中期公卿）等达官显贵的器重。于宽弘二年（1005年）入宫，担任后宫皇后藤原彰子（藤原道长的女儿）的女官，为她讲授《日本书纪》和《白氏文集》等典籍。官名为藤式部，后改称紫式部，大约在1013年离开后宫。而集其一生心血的《源氏物语》直到逝世前才最终成书。该书被誉为日本古典文学的高峰，是歌物语和传奇物语两种传统的集大成者。除《源氏物语》外，她还著有《紫式部日记》、家集《紫式部集》等，是研究紫式部的珍贵资料。

《源氏物语》成书于公元1001—1008年之间，是世界上最早的长篇写实小说。日本文化史家家永三郎曾评论道：“我们无法否认《源氏物语》不是仅将日常生活中的平常故事串联起来的肤浅的写实小说，而是以历史的眼光对世界做的深刻反省，也是伟大世界观在艺术上的反映。”[①]中国学者叶渭渠评价其为：“古典写实性的‘真实性’和古典浪漫的‘物哀性’的结合达到完美的境地。”[②]

全书共54卷，原文约80万字。各卷皆有卷名，如《桐壶》《空蝉》《夕颜》《末摘花》等。各卷的命名，有的以作品中人物居所命名，有的以卷中主要人物所咏和歌中的词语命名，有的则根据贵族的行乐内容而得名。由于当时妇女地位低下，一般都没有名字，许多卷名同时又是作品中女性的代称，如“空蝉”“夕颜”“末摘花”等。

故事涉历三代，跨越70年，涉及人物400多位，塑造了众多性格鲜明的女性形象。第一部（第一卷至第三十三卷）主要描写桐壶帝之皇子光源氏的出生、逐香猎艳的青年时代，与众多女性的恋爱，经须磨的失意又再度亨运，直达荣华富贵的顶峰的青壮年时期。第二部分（第三十四卷至第四十卷）描写了从光源氏经历磨难决意出家，到郁郁而终的后半生时光。第三部分（第四十一卷至第五十四卷）以光源氏之子“熏”为主人公，描写了其与匂宫、宇治的“无法满足的爱情”，体现了紫式部对人的生存状态的深层思考。最后十卷故事发生的舞台转移到了郊外的宇治，被称为“宇治十帖”。其中，第二部分的心理描写尤为细腻唯美、丝丝入扣，全篇充满佛教意味的忧郁与哀伤，在日本开启了“物哀”时代。

紫式部深厚的汉文与和歌修养，成就了《源氏物语》这一鸿篇巨制。作品不仅受到《白氏文集》《史记》《文选》等中国古典著作的影响，还从《万叶集》《古今集》《和汉朗咏集》汲取了丰富的营养。作品既有中国古籍史实、典故、汉诗，又有大量的和歌创作，具有浓郁的中国古典文学气氛。同时行文典雅，极具散文韵味，全篇满

① 家永三郎．日本文化史[M]．赵仲明，译．南京：译林出版社，2018:104.
② 叶渭渠．日本文学思潮史[M]．北京：北京大学出版社，2010:131.

溢着日本式的清浅、散淡的散文之美。此外，在创作中继承了日本物语文学的传统，采众家之长，集《竹取物语》的传奇性、虚构性与《伊势物语》的抒情性于一身，达到了艺术的巅峰。可以说，《源氏物语》是日本古典现实主义文学的高峰。中日文学关系研究专家严绍璗将白居易诗歌对《源氏物语》的影响分为三类，即局部性浸润、整体性浸润和基础性浸润。川口久雄指出："紫式部没有停留在模仿《白氏文集》的零星辞藻，或尾随《白氏文集》诗的体验的残影上，而是继承了《白氏文集》那种（文章合为时而著）真正的诗歌精神，连同消化流贯于《史记》的精神，以及特别运用《长恨歌》那种叙事诗式，将颓废的现实形象化，并加以批判的精神，而且将这种精神具现在自己的作品上。"①

光源氏，即源氏，是桐壶帝与桐壶更衣之子。桐壶更衣出身低微，因独得天皇恩宠，更遭其他妃嫔羡嫉，承受着百般刁难。更衣最终不堪凌辱折磨，生子不到3年，便悒郁而亡。小皇子生得容华如玉、盖世无双，天皇对其宠爱有加。桐壶更衣是已故"大纳言"的女儿，"大纳言"最多只是三品官职，相对于其他妃嫔而言，光源氏没有强大的外戚做靠山，很难在宫中立足。桐壶帝不得已将其降为臣籍，赐姓源氏。光源氏貌美惊人，才华横溢，一生得到众多女子的青睐。

自幼丧母的光源氏，只能从别人口中听闻母亲的美貌与风姿。在藤壶女御进宫后，因大家都说其极像自己已逝的母亲桐壶更衣，而在光源氏心中对藤壶产生了无限的向往，渴望与其接近。藤壶仅年长光源氏5岁，彼此的思慕与亲昵，终于使两人陷入恋情，并生下一子，

① 转引吴秀君．论《源氏物语》对白居易诗歌的接受[D]．长沙：湖南师范大学，2017:32．

就是后来的冷泉帝。继母与继子的不伦之恋有违社会伦常，同时也引发了藤壶无边的罪恶与自责，最终在桐壶帝驾崩后削发为尼。

光源氏12岁举行成人式，并与葵上结婚。葵上是左大臣之女，母亲与光源氏的父皇是兄妹关系，日本古代的皇室内部，这样的近亲婚姻不胜枚举。葵上气质高贵，性格清冷，端庄稳重，面貌绝美。光源氏与葵上，身份地位对等，被认为非常般配，但由于光源氏心中对藤壶朝思暮想，而葵上对光源氏也颇为冷淡，使得夫妻关系极为平淡。光源氏觉得她“端庄有余，温柔不足”。而葵上内心非常喜欢光源氏，只是光源氏终日拈花惹草，导致她寂寞冷清，在26岁时因难产而离世。葵上虽然身份高贵，又嫁给光源氏这样令众多女子钟情的男性，不能得到丈夫的真心，终于在郁闷与悲苦中结束了短暂的人生。与众多和光源氏有情感纠葛的女子同样，她用自己生命的轨迹诠释了女性的“物哀”之美。

空蝉是光源氏成年后追逐的第一个女子，也是唯一终生逃避光源氏之爱的女子。空蝉是已近老迈之年的伊守的后妻，光源氏17岁那年与她结下一夜情缘之后，空蝉萌生悔意，决心不再与光源氏相见，把这段情缘默默埋在心中。光源氏在空蝉弟弟带领下与她相见时，空蝉起身而逃，只留下一件薄如蝉翼的衣衫。空蝉对光源氏的吸引不在容貌，而是她恪守妇道而流露出的娴雅风度和默默神态。空蝉虽然抗拒了光源氏的追逐，但时常因此苦恼萦怀，无法释然。

六条御息所，16岁时被选为东宫妃，但是20岁时，丈夫东宫未即位就已过世。她比光源氏年长7岁，容貌美丽，才华出众，拥有高贵的身份和气质，自尊心极强，光源氏被她深深地吸引。面对光源氏的热烈追求，她爱上了如天人一般的光源氏，甚至把自己的一切都交给他。但六条御息所充其量也只是光源氏的众多情人之一，之后两人关系一直若即若离，最终被光源氏渐渐疏远。但六条御息所爱光源氏爱得痴狂，因嫉妒、怨恨而精神失常，以至于生魂在无意识中于夜中出鞘杀死了夕颜，之后又害死了葵上。

紫上是藤壶中宫哥哥的女儿，长相酷似藤壶。光源氏初遇紫上时，她还是一个天真烂漫的十几岁小姑娘。在其祖母去世后，光源氏将其带回家中抚养，并且无微不至地关爱她。在葵上去世之后，紫上成为六条院的女主人，她虽然是陪伴光源氏时间最长的一位女性，却最终没有成为正室，在她31岁时目睹了贵为皇女的女三宫成了光源氏的正室。紫上品格高尚，温柔顺从，懂得隐忍，而且极有教养。她是按贵族阶层的理想调教出的女性，具备“忍从”的美德。光源氏的情人众多，但对紫上的感情最为特殊，因为紫上是光源氏亲自抚养成人的，而且长相酷似光源氏一生的梦中情人藤壶。对于光源氏贪恋新欢与放纵的男女关系，紫上虽不把痛苦流露于外，但早已心力交瘁，在生前的最后几年多次要求出家，均未获得光源氏的许可，直至身体逐渐衰弱，中年而亡。

《源氏物语》中众多女性个性形象鲜明，不论地位高低，几乎都有着相同的悲剧命运。不是饮恨黄泉，便是古刹青灯伴孤身。全书的爱情纠葛多以“无法满足的爱恋”“求之而不得的恋人”的范式展开。女性是男性追逐的一个又一个替身，这些女性无法得到对等而长久的爱情，更无法获得真正的幸福。而对于流连于群花之中，却心怀唯一“身影”的光源氏而言，或是常伴身边，或是露水情缘，在享受情爱欢愉的同时也难免会有“怅然若失”之感。一方面追求生之极乐，另一方面深感“世事之无常”，频生出家之意。全篇弥散着佛教的无常观，辅以“物哀”这一基调，交织出这部经世不朽的名著。“然而，《源氏物语》给人强烈印象的，既不是佛教思想，也不是‘前世’概念所代表的命运的佛教式解释，更不是理想化了的美男美女的性格。相继出现了又消失的男女的心灵交流，的确描写得很出色，一个个场面都颇具魅力，但它们不是决定整个印象的东西。那么，决定《源氏物语》只能是以其54帖的整体来表现的东西，使《源氏物语》必然会写成长篇巨著的东西是什么呢？依我个人的看法，那是时代潮流的现实感，是必须所有人的活动和喜怒哀乐都相对化的时间的实在感，或者是人生的一次性这种作为人的条件的感情表现。”①相对于学界对《源氏物语》中儒释道因素的普遍关注，日本文学评论家加藤周一在《日本文学史序说》中拨开表层现象，揭示了深层的情感逻辑，强调了情感的“真实性”这一艺术特色。

光源氏虽然是个虚构的人物，但他给日本人的思维方式、价值观、审美情趣等诸多方面带来了很大影响。光源氏被认为是日本高贵政治家的原型。光源氏虽身处贵族阶层，在政治上无所作为，只是通过宗教仪式活动、文学艺术活动，实现在心理、文化方面的政治功能。光源氏的日常生活与和歌、服饰、舞蹈、绘画、四季风物等密切相连，其投身于文学与艺术，追求精神审美的姿态对日本国民的影响直至今日。

《源氏物语》是世界上最早的长篇小说，也是近代小说的先驱之作。作品兼众家之长，又具有独创性，博古通今、旁征博引，将汉诗、和歌、物语、日记文学、随笔等文学形式高度融合于物语之中，是日本古典文学集大成之作，也是日本古典现实主义的高峰。江户时

① 加藤周一．日本文学史序说：上[M]．叶渭渠，唐月梅，译．北京：开明出版社，1995:181.

代中后期，日本著名国学家本居宣长在《紫文要领》《石上私淑言》《源氏物语玉小栉》中，首次将“物哀”一词作为一个完整的概念提出，并加以阐述，将“物哀”作为物语文学概念的同时也用作和歌批评的概念。自此，“物哀”成为日本文学脱离中国文学根深蒂固影响的一个基本审美理念。

贯穿全书的“物哀”理念，与“幽玄”“寂”一起构成了日本美学的基础概念，并对日本后世文学创作产生了深远而巨大的影响。“物哀”有多种译法，如“感物兴叹”“感物性情”“感物”“物感”等，或直接译为“物哀”。关于译法，学界依然有颇多争论。日本文学中的“物哀”，是对世间万物的一种敏锐的包容、体察、感觉、感受与感动。

“特别是《源氏物语》，可以说自古至今，这是日本最优秀的一部小说，就是到了现代，日本也还没有一部作品能和它媲美，在10世纪就能写出这一部近代化的小说，这的确是世界的奇迹，在国际上也是众所周知的。少年时期的我，虽不大懂古文，但我觉得我所读的许多平安朝的文学中，《源氏物语》是深深地渗透到我心底里的。在《源氏物语》之后，延续几百年，日本的小说都是憧憬或悉心模仿这部名著的。和歌自不消说，甚至从工艺美术到造园艺术，无不都是受《源氏物语》的影响，不断从它那里吸取美的精神食粮。”[①]诺贝尔文学奖获得者川端康成肯定了《源氏物语》带给他的不可磨灭的影响，认为它是后世审美意识的源流。“物哀”这一理念造就了千年的日本文学，也赋予了世界读者感性、伤感、唯美的日本文学的印象。

《紫式部日记》大约成书于1010年，记述了宽弘五年（1008年）

① 川端康成．我在美丽的日本[M]．叶渭渠，译．石家庄：河北教育出版社，2002:243.

秋至七年（1010年）正月之间发生的诸事，具有史料价值。作品是紫式部在细致地描写华丽宫中生活的同时，对自己内心世界的吐露，对人性深入的洞察，也兼有探讨艺术问题的文章，写给女儿贤子的文字，对同为彰子女官的和泉式部、赤染卫门，以及中宫定子的女官清少纳言的人物评论等，形式较之日记更接近于随笔。

《紫式部集》是一部和歌集，收录和歌128首，补遗14首，共计142首。按年代顺序排列，描述了紫式部从少女时代到晚年的生活和感受。《源氏物语》虽然是紫式部的创作巅峰之作，但其和歌才能也不可忽视，她的许多和歌作品被收录在诸如《新古今和歌集》《新敕撰和歌集》《续拾遗和歌集》等和歌集中。《源氏物语》中用于抒发宫廷贵族生活中纷繁复杂情怀的和歌竟达795首之多。

平安时代女性歌人——和泉式部

和泉式部（978—？），平安时代中期歌人，越前守大江雅致之女，中古三十六歌仙之一、女房三十六歌仙之一。她与《枕草子》作者清少纳言、《源氏物语》作者紫式部并称平安时代的“王朝文学三大才媛”。丈夫橘道贞曾任和泉守，任期内夫妻一直居住在和泉（现大阪府西南部），长保元年（999年）任期满后返京，和泉式部与道贞的婚姻破裂，开始分居。“和泉式部”是将丈夫的任地和父亲的官职结合而成的名称，她和丈夫育有一女小式部内侍，女儿继承了母亲的和歌才能，成为著名女性歌人。和泉式部的和歌极具想象力，风格独树一帜，而其追求爱情、自由奔放、跌宕起伏的生涯，在平安时代却引得世人侧目。

和泉式部出生的家庭是典型的受领[①]家庭，父亲大江雅致负责太皇太后昌子内亲王官邸的建筑与修缮，后任越前地方长官越前守，母亲平保衡女也曾在宫中担任女官。和泉式部的家庭并非名门望族，除了母亲是内宫的高级女官之外，既没有伊势大辅那样代代相传的歌人血统，也非紫式部那样的名门之后。但和泉式部具有超人的天赋，并且从成长、生活环境中，最大限度地吸取营养，激活了自己的和歌才能。父亲雅致的上司六条左大臣源重信加强与“定数歌”初期的传播场所“河原院”的交流，而另一位上司小野宫实资也与倡导和歌革新的曾初好忠私交甚好。良好的和歌创作及革新氛围，使和泉式部在咏吟时大胆创新，作品构思新奇、自由脱俗、长于想象。“和泉式部以

① 受领指的是平安时代中期以后，实际赴任地的国司。

女官的身份被敦道亲王接入宫邸后深受宠爱，常伴亲王左右。入宫的第二年春天，曾去歌坛第一人藤原公任的白河山庄赏花，风雅至极。”[①]可见，和泉式部在宫中经常参加贵族们的社交活动，与声名显赫的歌人的广泛交流也激发了其和歌创作。

此外，对爱情的深刻体验，赋予了她创作的热情。“醉过才知酒浓”，和歌中倾注的无限真情造就了和泉式部和歌的巨大感染力。从某种意义上来说，和泉式部的“恋爱实践”是其创作的源泉，也将“表现恋情是和歌的中心”[②]的和歌美学特征发挥到极致。《和泉式部日记》的140余首和歌不仅具有巨大的艺术价值，还体现出古代女性勇敢追求、享受并讴歌爱情的态度。其不惧世俗观念、勇敢与命运抗争的精神具有超越时代的思想价值。

相传和泉式部因与冷泉天皇第三皇子、敦道亲王之兄为尊亲王（977—1002）相恋，而引起父亲大怒，断绝父女关系，后与丈夫橘道贞了断情缘，投入了为尊亲王的怀抱。之后，和泉式部开始了自己让世人瞠目的爱情之旅，并将自己的经历与感受记入《和泉式部日记》中，成为平安时代日记文学的代表作品之一。

无奈为尊亲王英年早逝，和泉式部不惜代价觅得的爱人就此阴阳两隔。后与其胞弟敦道亲王（981—1007）相恋，不顾世人反对和讥讽，终于走到一起，然而他也于宽弘四年（1007年）撒手人寰，历史重演，命运再次给和泉式部以重击。为了这段爱情抛夫弃子，可以说和泉式部赌上了整个人生，爱人的离世使其甚至开始质疑自己的存在。绝望、对爱人的呼唤、对苟活于世自己的审视，无处安放的情感都凝结成一首首和歌，形成了“帅宫挽歌群”（共计122首）。深陷

① 後藤祥子，等. 日本女性文学史：古典编[M]. 京都：ミネルヴァ書房，2003:109.
② 邱紫华. 日本和歌的美学特征[J]. 华中师范大学学报，2004(3):59.

人生谷底的和泉式部，一度意欲出家为尼，聊度余生。然而，两年后她的人生再次迎来了转机。

“宽弘六年（1009年）晚春，和泉式部成为侍奉一条天皇中宫彰子的女官。藤原道长念及她与敦道亲王情缘深厚，作为‘和歌才媛’又名声远播，不愿埋没她的才华，故召至宫中出仕。此时，其女小式部内侍也在后宫担任女官。紫式部、伊势大辅等平安时代的才女也拉开了在彰子后宫生活的帷幕。”①宫中为官期间，交游广阔，特别是在伊势大辅初入宫时，二人便有和歌往来。

道长对和泉式部的和歌评价极高，可以说是在道长的庇护下，她才迎来了后半生的稳定生活。宽仁二年（1018年），和泉式部与藤原道长的家政官藤原保昌（985—1036）相识，两人结婚后赴任丹后。保昌虽年长和泉式部20岁，却也给她带来了平静稳定的生活，1025年女儿小式部内侍去世，10年后，丈夫也在任地离开人世。和泉式部的一生充斥着恋爱纠葛，执着地追求爱情，却屡遭命运捉弄，无法长久。时间屡次三番带走了她的爱人和亲人，最后留下她一人，孤独终老。和泉式部的爱情故事充满了传奇色彩，而她的和歌作品更是构思奇特，给人以旖旎之感。

除了最负盛名的《和泉式部日记》外，还有家集《和泉式部正集》《和泉式部续集》《宸翰本和泉式部集》等作品集流传后世。她的和歌有246首入选敕撰和歌集，其中又有68首收录在《后拾遗和歌集》中，是入集作品最多的歌人。

《和泉式部日记》成书于1008年前后，全书一卷，与《源氏物语》成书时间大致相同。作品记录了与敦道亲王定情、相恋10个月

① 後藤祥子，等．日本女性文学史：古典編[M]．京都：ミネルヴァ書房，2003:110．

中发生的事情，内容由140余首赠答歌辅以散文性质的描写与抒怀构成，具有故事的完整构思，也被称为《和泉式部物语》。内容可分为三大部分：第一部分描写两人情愫初生，彼此的犹豫、矛盾、彷徨，对恋情的初步试探；第二部分描写两人情意日笃，和泉式部面对世人“轻浮”等讥讽的内心苦楚，以赠答歌传情，使寂寞之心得到安慰；第三部分描写敦道亲王决意不避世人冷言恶语以及亲王妃的反对，将和泉式部接入王府，日夜相伴，记录了爱情中的美好与现实中无法回避的苦涩。

本是人间最美四月天，无奈恋人离世，独自眺望满园春色，在悲叹中打发时光。忽见近处篱笆旁有人影，原来已故亲王曾经的手下小舍童人。如今的主子敦道亲王让他携橘花一枝，前来问候。和泉式部便写下和歌一首以作答谢。

かをる香によそふるよりは郭公聞かばや同じ聲やまさると

若忆故人情，莫去寻花丛，
闻得杜鹃啼，其声可相同？①

杜鹃比喻亲王兄弟，问敦道亲王的声音、容貌、风采与其兄是否相仿，借以寄托对亡人之思念。

敦道亲王读后，立即写下：

同じ枝に鳴きつつをりし郭公こゑ声はかはらぬものと知らなむ

① 藤原道纲母，紫式部，等．王朝女性日记[M]．林岚，郑民钦，译．石家庄：河北教育出版社，2002:208.

一树两杜鹃，啼声应相同。①

之后，两人常有赠答歌来往，亲王借助和歌为和泉式部疏解心中烦闷，表达自己的关切和爱慕之情。终于，一日亲王晚间到访，两人赏月谈心，不知不觉夜渐深了，亲王不想就这样白白坐到天亮，于是吟歌一首：

はかなき夢をだに見で明かしては何をか夏の夜語りにせむ
月下访寻佳人影，深闺门前未结梦。
来日若忆风流事，一夜空谈至天明。②

和泉式部便吟道：

夜と共にぬるとは袖を思ふ身ものどかに夢を見る宵ぞなき
月下追忆故人影，愁绪满怀难结梦，
胸中多少伤心事，夜夜垂泪至天明。③

咏罢，亲王直白地表明自己的恋心早已炽热如火，只是碍于身份，又害怕被对方觉得过于轻浮。热烈的表白之后，两人心意互通，定下私情。

① 藤原道纲母，紫式部，等．王朝女性日记[M]．林岚，郑民钦，译．石家庄：河北教育出版社，2002:209.

② 藤原道纲母，紫式部，等．王朝女性日记[M]．林岚，郑民钦，译．石家庄：河北教育出版社，2002:211-212.

③ 藤原道纲母，紫式部，等．王朝女性日记[M]．林岚，郑民钦，译．石家庄：河北教育出版社，2002:212.

在之后的赠答歌中可以窥见和泉式部内心的矛盾辗转，“可是心里头纷乱无绪。想起已故的为尊亲王，在世时与我情深意浓，也曾结过种种盟誓，不想昨夜今朝，我竟会做出如此怪异之事。越想心里越悲伤。”[①]可是，恋爱的星火并没有因自责、畏惧而有半点消散，反而愈燃愈烈。敦道亲王因顾及与正室的关系和外界流言，定情次日未去与和泉式部相见，后收到她的和歌：

ひたすらに待つともいはばやすらはで行くべきものを妹が家路に

苦盼昨日定情人，怎奈今日不登门。[②]

此和歌表达了坠入爱河的和泉式部对爱人的热烈渴望。显然，新恋情的展开已让她在情感上节节败退，溃不成军，最终缴械投降。主动赠歌质问爱人的不至，以及后来在4月30日，再次写信道：

郭公世にかくれたる忍び音をいつかは聞かむ今日し過ぎなば

四月杜鹃偷忍声，时过今日可再听？[③]

在亲王犹豫时，送来急切的追问和催促，以此渴盼对方早日登门，以解相思之苦。敦道亲王回信赠歌一首：

① 藤原道纲母，紫式部，等．王朝女性日记[M]．林岚，郑民钦，译．石家庄：河北教育出版社，2002:213.

② 藤原道纲母，紫式部，等．王朝女性日记[M]．林岚，郑民钦，译．石家庄：河北教育出版社，2002:213.

③ 藤原道纲母，紫式部，等．王朝女性日记[M]．林岚，郑民钦，译．石家庄：河北教育出版社，2002:214.

しのび音はくるしきものを郭公こだかき聲をけふよりは聞け

杜鹃忍啼有苦衷，今日过后放高声。[①]

经历双方最初的犹豫、自责、彷徨，通过赠答歌互相抚慰，互诉衷肠，两人进入了稳定甜蜜的恋爱期。双方皆视此恋情此生绝无仅有，开始了轰轰烈烈的爱情。然而，爱情如沁人心脾的蜜糖，又如见血封喉的砒霜。随着爱情的深入，两人之间也生出些许猜忌、试探，甚至妒怨，特别是和泉式部独处时，常常被时节和景物扰乱心扉，和歌中充满愁苦或哀怨。正是对这细密心思的咏吟，将女性特有的感性和自怨自艾的柔美之态烘托得淋漓尽致，也使二人之间的情感互动更为风雅，更富动人的情味。如亲王一次来访时因怀疑有其他男子在和泉式部宅中过夜，没有敲门直接返回。第二天又差人送来和歌责怨佳人薄情，和泉式部则作歌嗔怨对方久不到访。

“式部赋歌，爱恨皆穷其极端，直言无忌，其同时代宫廷才女皆不能及。唯有千年后的与谢野晶子诗‘我心恋君直高扬，亲也渺小，道也渺小’差可比拟。”[②]和泉式部歌风绮丽、大胆，从审美意识来看，其和歌兼具“雅”与“哀”。“雅”这一审美理念在平安时代并未真正形成，而是以潜在的形式表现于和歌之中。可以理解为“趣”“优美”或是“贵族的文学美。”[③]“哀”可以说是日本文学最本质的美学理念，在和泉式部的和歌中亦随处可见。悲伤、绝望、失望、离别、相思、挂念、孤单……这些真切的情感皆与“哀”相

① 藤原道纲母，紫式部，等．王朝女性日记[M]．林岚，郑民钦，译．石家庄：河北教育出版社，2002:215．

② 谢鹏雄．东瀛女史[M]．济南：山东画报出版社，2015:92．

③ 徐瑾．从和泉式部的和歌看其审美意识[D]．大连：辽宁师范大学，2011:12．

通，因情感的深厚、真挚而迸发出别具一格的“哀”之美，也是和泉式部美学的重要构成。

《小仓百人一首》的第56首是和泉式部在晚年病重时所作。

あらざらむこの世のほかの思ひ出に今ひとたびの逢ふこともがな

般般身后事，只盼再相逢。

漫漫黄泉路，也堪忆我胸。①

人之将死，万般皆空，唯愿与君再相见，黄泉之下可成追忆。这首病榻的传世之作，表达了最真实、最浓烈的情感，用情之深，使人动容。和泉式部的晚年，可谓生也孤独，然而她最后的心愿却表达了对这尘世最深的眷恋，即对爱人的思念。由此可见，直至人生的最后时刻她依然“耽于恋爱之美”，她以这首和歌为追逐爱情、享受爱情，勇敢无畏却命运多舛的人生做了最后的，也是最完美的注解。

物思へば沢の蛍もわが身よりあくがれ出づる魂かとぞ見る

流萤池上舞，愁绪绕胸襟。

逸散飞身外，依稀点点痕。②

这首和歌构思奇异，彰显出独特的想象力。某个夏夜，她看到京都北郊贵船川上飞舞的萤火虫，由景生情吟咏而成。“她痛苦得仿佛

① 刘德润．小仓百人一首：日本古典和歌赏析[M]．北京：外语教学与研究出版社，2007:173-174.

② 刘德润．小仓百人一首：日本古典和歌赏析[M]．北京：外语教学与研究出版社，2007:175.

看见自己的灵魂在燃烧，已经脱窍而出，化为池上的点点流萤。与同时代的歌人相比，她的作品有本质上的区别，永远充满着一种孤独的渴望与不安。”[①]论及区别于他人的特质，成因与“耽于恋爱之美”的特殊属性密切相关。

一生多次恋爱，曾为追逐爱情，抛夫弃子，与已故恋人的同胞兄弟相爱，二度失去挚爱之人。这样的人生经历，使她饱尝爱情之甘美，也体会到天堂落入地狱般的幻灭之感。她的渴望与孤独如同并蒂双花，一生如影随形。有别于他人的人生经历，对爱情深入骨髓的渴求，赋予了她的和歌独特的内容与歌风。

① 刘德润．小仓百人一首：日本古典和歌赏析[M]．北京：外语教学与研究出版社，2007:175．

“学问之神”菅原道真第五代孙菅原孝标之女
——菅原孝标女

菅原孝标女（1008—1059？），平安中期歌人，日记文学作家，代表著作有《更级日记》《夜半醒来》《浜松中纳言物语》等。

在古代日本，女性地位极其低下，甚至连许多贵族妇女的名字都未流传下来。菅原孝标女即为菅原孝标之女，其父孝标为平安时代贵族，是日本“学问之神”菅原道真的第五代孙。母亲的姐姐是《蜻蛉日记》的作者藤原道纲母，舅父藤原长能也是赫赫有名的歌人。其兄菅原定义是文章博士，侄子菅原在良是平安中后期歌人、学者。孝标女出生于这样一个大学问之家，继承了父辈优秀的文学基因，自幼耳濡目染，一生沉溺文学。青春期做过《源氏物语》中的爱情迷梦，晚年却也书写了自己饱含平淡之味的人生。

孝标女出生于1008年。在遥远的东国之地，从姐姐和继母那里得知“物语”，自此便开始了对它的无限向往，期盼早日进京。1020年，父亲结束上总介[①]的任期后举家上京，经过3个月的旅途颠簸终于入京。此时的孝标女只有13岁，这一年也是《更级日记》的起始时间。当时，“物语热”的热度尚未消退，孝标女从伯母那里得到《源氏物语》一书后，通宵达旦沉溺其中。1024年，她的姐姐撇下两个女儿，撒手人寰。可那时的孝标女依旧读得入迷，沉浸在虚构的世界中，甚至幻想成为夕颜、浮舟那样的女性。的确，以《源氏物语》为

① 上总是旧国名，上总国的领域大约相当于千叶县中南部。介是该地方的副长官，守为长官。

首的多部物语文学作品对孝标女的文学创作产生了不可磨灭的影响。

孝标女25岁时，父亲出任常陆[①]介。孝标仕途坎坷，曾先后两次处于无职状态，且每次持续时间都在10年之上。所以，孝标女并未体验过真正风雅、奢华的贵族生活。不仅如此，孝标女已到婚嫁年龄，却也无人倾慕，更没有经历过《源氏物语》中描绘的风花雪月，儿女情长。母亲对大龄女儿的婚事颇为担心，曾请僧人为孝标女占卜未来。可她却一味活在自己的幻梦之中，对婚姻问题毫不介怀。她只希望遇到像光源氏那样光彩夺目的贵公子，轰轰烈烈不计后果地爱一场。

1039年，32岁的孝标女受人举荐，到后朱雀天皇第三皇女祐子内亲王处担任女官。像紫式部那样入仕，发挥自己的才能，活跃于贵族之间，这原本是她自幼追逐的梦想，可在宫中的生活并不如意。入仕第二年嫁给了39岁的橘俊通，成为其后妻。橘俊通和她父亲一样只是一名普通官员，婚后第二年（1041年）被任命为下野[②]守，前往下野赴任。孝标女继续留在京城，再度出仕，并未同行。次年（1042年），与贵公子源资通邂逅，之后也有数次与他相会的机会，而两人的情缘却止步于最初淡淡的情愫，并未进一步发展成恋情。孝标女在《更级日记》中对二人的相遇、谈话有非常详细的记述。“无限思念，藏于心底。此人秉性真诚，古板正经，与世间男人不同。终亦未问‘此人彼人如何’，岁月流逝。”[③]孝标女对源资通的倾慕之情交织着恋恋不舍之意，深情款款，感人至深。这次动心可以说完成孝标

① 旧国名，常陆国的领域大约为茨城县的大部分。

② 旧国名，下野国的领域大约为栃木县。

③ 藤原道纲母，紫式部，等．王朝女性日记[M]．林岚，郑民钦，译．石家庄：河北教育出版社，2002:429.

女少女时代的梦想，而一切却草草收场，使得她对物语世界中浪漫爱情的憧憬彻底破碎，心中充满无限伤感。虽然在恋爱世界不甚如意，孝标女却也对平淡的生活甘之若饴，无论是抚养自己的一双儿女，还是对姐姐的遗孤的照料，无不尽心尽力，展现出勤恳务实的姿态。1057年7月，丈夫被任命为信浓[①]守，前往赴任，孝标女再度留京。次年，丈夫回京，秋天发病，10月病逝，孝标女当时51岁。之后，又遭遇外甥离散，一人尝尽孤独之苦。

在丈夫死后，孝标女尚为稳定的家庭妇女生活也宣告土崩瓦解，继而更多地向宗教寻求灵魂的救赎。年逾50之后，孝标女感觉精神萎靡，体力也每况愈下，并且常有奇异梦境。《更级日记》中的神秘宗教色彩与奇异的梦境与孝标女晚年的亲身感受不无关系。

《更级日记》中日记的日期终止于1059年（康平二年），成书推测为几年之后。日记是菅原孝标女从13岁随父入京之后40年生活的片段式、回想式的记录。作品虽是日记文学，但又兼备物语和纪行文学的特征。开头部分对上京途中情景的描写，形似日本古代另一文学体裁——“纪行文”。全书约五分之一的内容为对旅途的记录。

《更级日记》在浪漫性和幻想性的艺术特色上，较其他日记文学作品更胜一筹。作品中有大量自然美景的描写，部分附有和歌。在情感方面的突出特点在于对逝去亲人的哀思，及由此引发的无常之感。在男女情感方面着墨极少，仅仅记述了和贵公子源资通极为短暂的“情缘”，并没有太多因男性移情增添烦恼的描写。

日记主要记述了少女时代的孝标女对物语，特别是《源氏物语》的痴迷与向往，之后经历了亲人眷属离世、入宫为女官、结婚、生

① 旧国名，信浓国的领域大约为长野县。

子、丧夫，最终迎来孤独的晚年。丈夫的离世是孝标女开始《更级日记》创作的契机。孝标女在面对严酷现实，尝尽人生幻灭感受之后，终于将灵魂交付宗教信仰。在晚年的寂寥之中，不断回想过去40年的生涯，以平易朴素的笔触，书写了这部带有自传色彩的日记。全书笼罩在晦暗感伤的氛围之中。

书中多次出现对梦境的记录和自己笃信宗教多次参拜的经历。由于其晚年笃信佛教，经常拜祭山庙，夜里常入神秘梦境。现实与梦幻相互交织，营造出一种亦真亦幻的世界，极具浪漫主义色彩。其中穿插的11个梦，更是生动地表现了孝标女从少女到暮年，经历世事变迁的心境变化与精神历程。

在日记的第76段中写道：“九月二十五日发病，十月五日，如梦而去，肠断魂销，世间之痛，莫过于此。（先前）奉纳一尺之镜于初濑，见镜中人泪如雨下，正是此事。另高兴之神态，昔日无有，今后自然不可想象。”①丧夫之痛，让孝标女肝肠寸断，而此之前，乳母、姐姐等至亲的离世都让她伤心欲绝。生死之别给她的精神带来巨大打击，从蒙昧地参与宗教活动，转变为对过去自己信佛之心不够虔诚的忏悔。“倘若昔日不潜心专注于无稽之物语、和歌，而能日夜一心修行，恐不至于遭此俗世无常之难。”②这一忏悔从侧面反映了孝标女对佛教这一信仰精神实质的把握。孝标女在生死无常面前，产生了对宗教这一神秘力量的笃信。即在无法掌控的，如浮萍般的命运里，祈求神佛的庇佑。这是一种蒙昧的、原始的生存意识，它源于人

① 藤原道纲母，紫式部，等．王朝女性日记[M]．林岚，郑民钦，译．石家庄：河北教育出版社，2002:445.

② 藤原道纲母，紫式部，等．王朝女性日记[M]．林岚，郑民钦，译．石家庄：河北教育出版社，2002:446.

的生存本能和求生欲望。深深的自责源于对亲人的愧疚，然而对宗教的笃信也反映了佛教在平安时代日本的传播状况。

全书的哀伤之情多来自“生离死别”带来的精神世界的巨大震颤。这种无常意识源于孝标女所经历的人生现实，而非佛教所说的“无常观”。所以，佛教宣扬的“空”和“轮回”的思想，并没有使孝标女顿悟。在《更级物语》中虽然多次提到拜佛、祈祷等宗教活动，但不难察觉它发挥的是一个低层次的宗教功能，实质上是一种迷信活动。“但是，正如从日记中记录的梦境可以推测，孝标女晚年虽萌生悔意，但最终并没有遵循梦的暗示而投身于佛门。”[①]孝标女在日记中表达的俗世情感羁绊，更加凸显了她对俗世的眷恋。可见，作品中呈现的孝标女的思想尚未参透佛教“缘起性空”的本质内涵。从这个意义上去分析平安文学中的佛教因素，更能把握表象之后的真实境况。

此外，《更级日记》作为一名古代女性生涯的记录文本，同时作为平安时代中期的下级贵族的生活记录都是极为珍贵的资料。“更级”本是自长野县更级郡到更埴市的地域名称，此地以姨舍山而闻名。能剧《姨舍》中就上演了中秋明月夜，信浓国姨舍山上出现一老妇，叙述姨舍山的传说，并跳起舞蹈的一幕。“姨舍山”翻译成中文为“弃老山”，那里流传着一个必须将年迈的父母丢弃于山中的日本古老传说。由此可以推测孝标女以“更级”命名的真实用意。以“更级”来命名自己一生悲欢与离合、梦境与现实，最能体现孝标女当时苍凉、孤寂的心境。从少女时对绚烂宫廷、浪漫爱情的物语世界的无限憧憬，到平淡一生，收获平实的亲情、爱情、婚姻生活，却又一一

① 田嶋知子．『更級日記』の夢の記述における僧の関わりについての一考察[J]．日本文学研究，2004（2）．

失去。晚年的孝标女回首一生，来路依稀可见，至亲至爱之人却一一离去，这一切如星辰异换，恍若隔世。孝标女如弃老山中幽怨等待生命尽头的暮年妇人，将滴滴心血著述成书，因此作品平添了动人的情味和绵延不尽的人生虚幻无常之感。

《滨松中纳言物语》由13个梦和男女主人公的3次投胎转世的故事构成，在“梦境叙事”和浪漫性、幻想性上与《更级日记》极为吻合。因此，学界推断这部作品出自“菅原孝标女”之手。它大约成书于平安后期，晚于《更级日记》。通过文中的和歌、回忆及其他文学作品、文献中的记载，可以将遗失内容大致还原。“物语的舞台从日本到称作‘唐土’的中国，后又转回到日本。整篇物语通过这种时空转换，从梦境到投胎转世，从日本到‘唐土’再到日本，描写了男女主人公之间的宿缘以及父母、子女的亲情等，富有极强的传奇色彩。”[①]该物语原本共6卷，首卷散佚，现仅存5卷。

孝标女幼年时期深处偏僻的东国之地，对物语世界产生幻想，是其文学创作的起点。孝标女自由、浪漫的精神世界却是构筑于平淡的情爱生活和极为质朴的对世界、人、物的悲悯情怀之上的。孝标女具有高度的审美自觉，在现实生活中，将自己的审美感受诉诸文学创作，营造了一个极富想象的文学空间。通过其文学特质，可以洞察孝标女的内在精神实质，即对浪漫爱情世界的向往，对现实人世情感的珍视，对平凡、苦难生活的超越。其情感本身是唯美和纯真的，因此，其文学也具有同样的艺术特质。

① 於国瑛．异彩纷呈的物语世界（13）渡唐和转世的物语——『浜松中納言物語』[J]．日语知识，2011（2）:35.

遁入空门的贵族之妻——阿佛尼

阿佛尼（1222—1283），镰仓中期女性歌人，平度繁之养女。出家后亦称“嵯峨禅尼”“北林禅尼”。曾侍奉安嘉门院而被称为安嘉门院四条，文学才华闻名宫中，后成为藤原为家的侧室，生下三子——冷泉为觉、冷泉为相和冷泉为守，61岁时去世，著有《十六夜日记》《假寐》《夜之鹤》等。

丈夫藤原为家是藤原定家之子，在定家离世后，藤原为家曾作为歌道家御子左家①的宗师领导镰仓中期的歌坛。

阿佛尼作为歌人，永文七八年后，在为家的支持下，在和歌会上也吟诵了大量的和歌。有48首被收入《续古今和歌集》之后的敕撰集中。阿佛尼的家集并未留传下来，除了出现在敕撰集、私撰集、歌合②中的和歌之外，还著有《安嘉门院四条百首》《安嘉门院四条五百首》等作品。

阿佛尼的作品中有日记式的物语《假寐》，有记叙性强的《十六夜日记》，也有写给女儿纪内侍的《乳母之文》（也称《阿佛之文》《庭之训》），是关于妻子的职责、心得的训女书。此外，在丈夫藤原为家去世后五周忌时，为丈夫追福而作了祷告文《阿佛假名讽诵》，在镰仓为贵族们献上了歌论著作《夜之鹤》。

弘安二年（1279年）藤原为家去世。丈夫死后阿佛尼与正室夫

① 平安、镰仓时代的歌道世家，平安末期藤原俊成成为歌道之典范，其子藤原定家、其孙藤原为家继承衣钵，压倒六条家，掌握歌坛的实权。

② 和歌比赛，是一种游戏，咏和歌的人聚集一堂，分成左右两方，规定题目，按顺序接对由双方咏出的和歌，每轮分出优劣。歌合产生于平安时代初期，多半为社交性、游戏性的活动。平安后期演变为歌人较量实力的赛会，对歌风、歌论产生很大的影响。

人一方发生了遗产纠纷。争夺的对象是细川领属地，即现在的兵库县三木市的庄园。最初该地是由正室夫人的长子藤原为氏继承。但藤原为家生前接受阿佛尼提出的请求，留下了把继承权转让给阿佛尼的儿子藤原为相的遗书。藤原为氏得知后大怒，父亲去世后立即霸占细川庄园。阿佛尼带着藤原为家留给她的遗书，向朝廷和幕府的京都办事处提起申诉，但在合法嗣子的继承权面前败诉。尽管如此，阿佛尼并没有灰心，决心直接上诉于镰仓幕府。她全然不顾60岁的高龄，开始了千里之行。京都到镰仓的距离大约有500公里。根据古代的资料，在镰仓时代，骑马急送公文的信使也需要5到7天时间，如果徒步走，一般需要15天左右。阿佛尼年逾花甲，加上古代的道路崎岖不平，其中的艰辛可想而知。《十六夜日记》就是对这段经历的记录。根据日记记载，她于10月16日从京都出发，到达镰仓的时间为当月29日，仅用了14天。这说明她不仅才貌兼备，而且还具有非凡的体力和超人的毅力。由于不能很快得出结论，她又在镰仓滞留了一段时间。但是阿佛尼上诉的正当性并没有得到当时幕府的承认。后来经过各种艰难曲折，藤原为相终于胜诉，但那时阿佛尼已不在人世。“阿佛尼的《十六夜日记》只是无奈地点明了在儒家思想重压下，一夫多妻制对妇女冤案的视而不见。”[①]《十六夜日记》之旅和《假寐》之旅相比，不是享受旅途的快乐，而是背负着重要任务的行程。

“冷风扑面，枯叶与泪珠同飞，悲愤满腔，老母与爱子惜别。为相只有17岁，为守才15岁……回顾卧室中亡夫用过的枕头，依然如故，心中更觉伤情，不由吟道：人亡旧枕依然在，我去数来拂尘

① 刘春英. 日本女性文学史[M]. 北京：商务印书馆，2012:124.

埃。”[1]这句和歌真切地体现了阿佛尼睹物思人，沉浸在丈夫离世的悲痛之中，而丈夫死后留下同室操戈的局面，更是让阿佛尼心灰意冷，深感人情冷暖。但是，她并没有以弱质女流自居，而是展现出舐犊情深的伟大母性。为了年幼的儿子，不惜长途奔波，求取正义。

《十六夜日记》成书于镰仓时代中期的弘安二年至弘安三年期间，全书分为“序”“道之记”“东国日记”“长歌”四部分，主要记述了阿佛尼在丈夫去世后为解决家庭纠纷，前往镰仓上诉的途中见闻，还包括在镰仓逗留期间与人互通的书信、有感而发的和歌等内容，文风细腻、带有女性特有的伤感气质。

在序言中记述了自己老迈之躯亲赴镰仓的理由，“道之记”中描写了自己从16日出发到29日抵达，十多日的路途奔波，其中附有多首赠答歌，充满对亡夫的悼念和对孩子的殷切思念之情。“东国日记”记录了阿佛尼在镰仓旅居的一年中不辞劳苦为官司奔走，和亲人的书信往来。最后一部分“长歌”则收录了围绕阿佛尼去镰仓八幡宫向神明祈愿而作的长歌。

对《十六夜日记》的研究多集中在对其文学价值的探讨上，对作品的结构以及文中的和歌评价较低。普遍认为《十六夜日记》的文学价值逊于“诉讼”这一事件的历史意义。而其自传体文学、纪行文学、日记文学、女性日记的属性，决定了其在文学史上的地位。

《乳母之文》是日本最早出现的女训，是阿佛尼写给女纪内侍官的训诫之作。“其内容并不都是道德方面的训诫，而是涵盖了贵族、武家小姐的日常起居、艺术修养、化妆服饰等各个方面的内容。由于中世的印刷技术还不发达，只有上层社会的女子才有读书识字的环境

① 刘德润，张文宏，王磊. 日本古典文学赏析[M]. 北京：外语教学与研究出版社，2003:190-191.

和条件，一般的平民女子基本上与其无缘，这也大大限制了《乳母之文》等女训的普及。经过镰仓、室町时代的发展，到了江户时代，女训才进入了鼎盛时期。”[①]《乳母之文》开创了日本女训类作品的先河，相对于后世广为流传的《女大学》《女诫》《女小学》《女中庸》等女训书籍，《乳母之文》在内容上强调儒家女性观的特点，内容涵盖面更广，不是单纯意义上的道德训诫，并且主要以上流社会女性为教导对象。因此，并没有得到广泛普及。

《假寐》是一部介于日记和物语之间的作品，描写了阿佛尼年轻时的一段恋情，两人虽曾海誓山盟，但最终阿佛尼被对方抛弃，令其心醉神迷的爱情最终化为镜中花水中月。这部作品以第一人称书写，多处出现阿佛尼自身的投影，但全书结构完整、虚构性强，具有较强的物语性质。《假寐》原名『うたたねの記』，意为“似睡非睡”“半梦半醒”，作品名带有日本古典著作特有的“朦胧”“迷离”“哀伤”之感，意境幽远，见其名可窥其意。失恋女子深陷在痛苦的泥潭之中，悲苦哀思轮番侵袭，使其难以分辨现实和梦境。阿佛尼使用中古女流日记的文体，回忆了恋爱中两人的种种浪漫和柔情蜜意，一直写到失恋之后，充分表达了古代痴情女子对薄情郎的怨恨和伤感无助。作品中流露的彷徨和漂泊之感，用情之至感人肺腑。

① 李卓，等．日本家训研究[M]．天津：天津人民出版社，2006:252-253．

薄命的才女作家——樋口一叶

樋口一叶（1872—1896），19世纪日本优秀女性作家，原名樋口夏子，曾被日本著名文学史家西乡信纲评价为“女性作家像彗星般骤然出现，放出异彩，旋即陨灭了，那就是樋口一叶”[①]。1872年，一叶出生在日本东京一个小官吏家庭，1896年因肺结核离世，代表作有《青梅竹马》《大年夜》《十三夜》《浊流》等。作品多为短篇小说，以爱情这一主题为切入口，塑造了明治时期社会底层人物形象，深刻反映了他们苦于生计、哀怨隐忍的悲惨生活。樋口一叶既是日本近代批判现实主义文学的早期开拓者，也是明治新时代妇女社会角色变化的先驱者。在2004年11月日本起用的新版纸币中，这位明治时代的女性作家的肖像出现在了5000日元面额的纸币上。这也是女性肖像第一次出现在日本的纸币上。

樋口一叶的父亲樋口则义原是山梨县农民，弃乡上京。明治八年（1875年）樋口家获得了士族（武士）身份，新政府成立后一叶父亲升任为政府下级官吏。一叶从小喜爱读书，但母亲却反对她升学。明治十六年（1883年），11岁的一叶辍学。明治十九年（1886年）4月15日颁布了新学校令，强化了小学教育的义务性，重视女性受教育的权利。因此，父亲则义决定给一叶创造学习的环境。经父亲好友远田澄庵医生的介绍，同年，一叶进入了中岛歌子的“萩之舍”，学习和歌、书法和古典日文。1887年2月21日，在“萩之舍”的发表会上，15岁的一叶创作的兼题《月前柳》被选为最优秀的作品。同年12

① 西乡信纲．日本文学史[M]．佩珊，译．北京：人民文学出版社，1978:254．

月，一叶的兄长泉太郎病逝，在葬礼的礼金册上出现了夏目漱石的父亲夏目直克的名字。夏目直克曾是则义的上司，甚至还谈及过长子大一与一叶的婚事。17岁时，一叶开始了小说创作。父亲经商失败后负债累累，卧病在床的则义把一叶托付并许配给了涩谷三郎，对方也答应了这门亲事。父亲因病过世后，未婚夫三郎单方面毁弃了婚约，使得这个拮据的家庭雪上加霜。一叶为维持生计，先后做过洗衣、缝补等诸多杂工，生活艰难。18岁时作为“萩之舍”的入室弟子，住进了中岛歌子的家中。歌子虽与一叶约定会将其送入女校就学，但一直未能兑现承诺，而一叶在私塾中一度沦为女佣般的存在。19岁的一叶决意成为小说家，师从《朝日新闻》记者、大众作家半井桃水学习通俗小说的写作技巧。处女作《暗樱》发表在桃水主编的杂志《武藏野》上。由于在创作、生活的方方面面得到桃水无微不至的照顾，一叶逐渐对老师萌生了爱意。但人言可畏，消息不胫而走之后，这段师生恋受到“萩之舍”里大家闺秀们的冷嘲热讽，两人的恋情无疾而终。一叶也从这份有违道德伦常的恋情中抽身，专心于小说创作。次年，她凭借模仿日本现代著名小说家幸田伴露的笔风写成的作品《埋没》奠定了在当时文坛的地位。小说《埋没》于1892年8月25日起笔，9月15日便完成。在此期间，一度悔婚的涩谷三郎向功成名就的一叶求婚遭拒。11月20日，《埋没》在《都之花》上发表，此后一叶的文学道路一片坦途，可是一叶举家的生计依然非常艰难。她曾一度搁笔，开了一间杂货和粗点心铺，然而不久就因资金不足及经营不善倒闭。1894年4月，在中岛歌子的提议下，一叶开始在“萩之舍”担任助教。同年12月30日《大年夜》在《文学界》第24号上发表。1894年12月至1896年1月这段时间可谓樋口一叶创作生涯的巅峰时期，在短短14个月的时间内，她写出了《大年夜》《浊流》《青梅竹马》《岔路》《十三夜》等一系列佳作，在当时文坛引起巨大轰动。经济的拮据、生活的艰辛和情感上的挫折使得这位女性作家心力交瘁，加之疾病缠身，一叶于1896年11月23日午后因结核病过世，年仅24岁。一叶的生命虽然短暂，却为后世留下了22部中短篇小说、几千首和歌以及40余卷的日记。同时代的二叶亭四迷是日本近代现实主义文学的早期开拓者，批判了当时日本文坛娱乐文学和单纯摹写现实的创造手法，提出了现实主义的文学主张。“樋口一叶小说与二叶亭四迷的相同之处在于能用冷静的目光正视现实，观察社会，并将自己观察到的东西作为创作素材，巧妙地编入自己的小说。”[①]在此种意义上，樋口一叶的创作也是日本近代文学史上一座现实主义的高峰。

《大年夜》发表于1894年，是一叶经营杂货、粗点心铺时期的作品，继《暗夜》之后发表。在山村家做工的18岁少女阿峰生性温顺正直，她在休息时回到初音町的舅舅家中，得知舅舅患病所借10日元高利贷期限将至，阿峰答应舅舅去自己做工的山村家借钱。因遭到太太的厌弃没能借到钱，最终迫于无奈从东家抽屉的一沓钞票中抽取了2张1日元纸币。当太太让她把装钱的砚台匣子拿过来时，阿峰发现原本还剩18张的钞票全都不翼而飞了。抽屉里掉下一张字条，上面写着：“抽屉里的这份也暂时借用一下。石之助。”大家断定是公子石之助所为，阿峰也借此逃脱了罪责。身处窘境的阿峰是一叶自身的投影，石之助被认为是以其二哥虎之助为原型创作的。这部小说反映了贫苦大众坎坷的命运，也是一部基于一叶一家艰苦生活经历而创作的

① 徐琼．樋口一叶及其作品研究[M]．北京：知识产权出版社，2012:8．

作品。

《青梅竹马》发表于1894年，堪称初恋文学的高峰之作。著名作家余华评价这篇小说时称："樋口一叶毫无疑问可以进入19世纪最伟大的女性作家之列，她的《青梅竹马》是我读到的最优美的爱情篇章，她深入人心的叙述有着阳光的温暖和夜晚的凉爽。"①周作人在1918年《日本近三十年小说之发达》的演讲稿中曾引用高山樗牛给予樋口一叶的极高评价："观察有灵，文字有神；天才至高，超绝一世。"②在鲁迅和周作人合编的日本小说选中就收录了《青梅竹马》这一篇。

小说的女主人公是当红妓女的小妹妹美登利，美登利和父母寄居在妓楼大黑屋，出于姐姐的缘故，一家人受到妓楼老板格外的照顾。作品通过美登利的幼年生活和交往的孩童这一主线，展开了一幅当时日本社会的风俗画，描绘了繁杂而庞大的社会众生百态。此外，美登利与少年信如之间那种不可言说的恋情在一个叫作"花街"的地方铺展开来，"花街"的风俗文化跃然纸上，一叶将当时女性的生存状态，底层社会民众的日常生活和精神、思想面貌也描摹得淋漓尽致。一叶通过对这些生动的人物形象的刻画，控诉了当时女性的生存困境。小说的结局是淡淡的，没有撕心裂肺的疼痛，没有对客观俗世的痛恨，有的只是无限的哀伤，给读者无尽的惋惜和意犹未尽之感。这种结局的处理方式也恰巧说明樋口一叶面对命运的不公，更多地选择隐忍不发，而不是积极反抗的姿态。从另一个侧面反映了一叶虽然以辛勤的劳动予以回击，但在骨子里却也有着唯有认命的宿命论。美登利与信如无法逃脱自己的命运，两人都克制了情感的冲动，甚至连

① 余华. 文学或者音乐[M]. 南京：译林出版社，2017:190.

② 陈独秀，李大钊，瞿秋白. 新青年：第5卷[M]. 北京：中国书店出版社，2011:24.

跳出自己固有的轨道与命运做斗争的行动都未曾有。情感不可谓不真挚，那雨中的红绸带和那朵纸水仙花替男女主人公诉说着心中的情愫与哀怨。作家洁尘曾对《青梅竹马》做出如下评论："那愁肠百结、一筹莫展的少男少女之间的爱情上的复杂心理和无能行为，被叙述得一波一澜层层推进，精彩极了，堪称关于初恋文字之高峰之作。"①

纵观樋口一叶的文学作品创作，最主要特点是注重在典型环境中塑造典型性格。《青梅竹马》将背景设置在19世纪日本明治时代的社会大背景中，通过一群少男少女的生活现状、语言行为模式，描写当时环境及人文社会赋予他们的影响，并以此反衬当时的社会时局，凸显大环境下芸芸众生的生存困境与既定命运。比如大黑屋的美登利，虽然美丽、活泼、单纯、倔强，但父母的娇惯、旁人的迁就，身边的环境也沾染不好的习惯，对钱财挥霍无度。"因为她姐姐是吉原最有名气的红妓女，所以像她这样的一个小姑娘也沾染了姐姐的光，身边老是带着很沉的钱包。"②在一个以女性美丽、妖艳，能俘获男人之心为荣的世界里，美登利对于自己的服饰、姿态都格外讲究，男女之间的情愫在幼小之年便已渗透到她的灵魂。这无疑是吉原"花街"这样不寻常的社会生存环境给予美登利不可磨灭的影响。"在这种环境里长大的人，恰像一块白布染上了红色，这也是理所当然的。美登利已经不把男人放在眼里，也不觉得妓女生意是下贱的勾当了。从前姐姐离开故乡时含泪送别的情景，此刻看来像是一梦，如今却羡慕姐姐

① 樋口一叶．青梅竹马[M]．萧萧，译．沈阳：北方联合出版传媒股份有限公司万卷出版公司，2011:7．

② 樋口一叶．青梅竹马[M]．萧萧，译．沈阳：北方联合出版传媒股份有限公司万卷出版公司，2011:175．

成了名妓，可以随心所欲地奉养爹娘了。”[1]小说中元宵铺傻子和正太郎的一段对话，也预示了这个美丽女孩的命运。“‘唉，那个丫头呀，真漂亮！’‘比大卷姐姐还好看。可是，将来她要是当了窑姐儿，实在太可怜啦！’‘这不更好吗？要是她成了窑姐儿，我呀，明年就要搞季节生意，赚来许多钱，要这些钱去嫖她！’随后响起了花街流行的小调，‘奴家十六深闺女，爹娘把奴当宝珠，比作蝴蝶比作花……如今卖到青楼里，日夜暗擦辛酸泪！’”[2]小调将无数像美登利这样的妙龄女孩对命运的无奈、无助烘托到极致，让读者不由得心生怜悯，黯然神伤。龙华寺方丈的儿子藤本信如，天资极高，成绩出类拔萃，但性格阴郁内敛，又带几分懦弱。他面对美登利时既不能有朋友间的正常交往，也不能将心中的喜爱之意诉诸语言行动，相反呈现出一种执拗、对抗的态度。这一切又无不与其所处的典型环境密切相关。他的父亲身为方丈，却早上念经，晚上查账，一手拿着串珠，一手拿着算盘，眼睛盯着钱财。“老和尚一家嫡亲骨肉，和和睦睦，按理不会让信如变成一个阴沉的人，可是因为他生来忠厚，而一家人都不听他的劝告，就不由得遇事感到乏味。他觉得父亲的作风、母亲的行为、姐姐所受的教育，没有一个是正当的，说了出来也是突然，没有一个人听信他的话。于是，他只好灰了心，把郁闷藏在自己的心里。”[3]一叶在小说中也分析了信如个性形成的原因。可见，一叶极为擅长把人物的性格塑造放在典型社会环境中，以此预示人物的命

① 樋口一叶．青梅竹马[M]．萧萧，译．沈阳：北方联合出版传媒股份有限公司万卷出版公司，2011:192.

② 樋口一叶．青梅竹马[M]．萧萧，译．沈阳：北方联合出版传媒股份有限公司万卷出版公司，2011:210.

③ 樋口一叶．青梅竹马[M]．萧萧，译．沈阳：北方联合出版传媒股份有限公司万卷出版公司，2011:197.

运，同时展现普通百姓生活的艰辛。“《青梅竹马》中，樋口一叶通过美登利这个具有男孩刚健性格的人物，用不易察觉的隐蔽手法，首次表达了抗争和叛逆的思想，与其他作品相较而言，这部小说在思想高度和深度上都有较大尺度的突破。”[①]然而，透过其作品不难发现，樋口一叶并非强势的女权主义者，其社会性使其不可避免地带有时代的封建性。

洁尘在《青梅竹马》汉译本序言中曾将其和中国女性作家萧红比较，“虽然樋口一叶的经历之辛酸困苦比萧红更甚，而且，比萧红更年轻就逝世，更令人扼腕，但较之萧红对命运的诘问和反抗以及性格上的生猛之气，樋口一叶身上似乎有着一种与生俱来的认命意味，她安静顺从，但有时有着一种高度隐忍和无比顽强的气质。与此同时，她的悲悯情怀和乐天性格，使得她对底层小人物有着大同情和小调侃并存的态度。”[②]其观点也印证了一叶短暂而困苦的生活经历，带给她挥之不去的封建性，其作品中反映出女性思想的游移与摇摆不定。因此，也不难理解“信如”这个少年中规中矩形象的设定。

短篇小说《浊流》于1895年9月在《文艺俱乐部》上发表。女主人公阿力是菊井楼的头牌陪酒女姑娘，她身世悲惨，长相清秀俏丽、内心纯洁美好。她的追捧者络绎不绝，其中有一个旧相好源七，为她倾家荡产、穷困潦倒。从一个被褥铺的老板，沦落为苦力，连带老婆孩子吃苦受累。心地善良的阿力为了把源七从花酒散财的深渊里拯救出来，决意跟他了断情缘，任凭穷追不舍的源七堵在楼下，也终究不肯相见。愁肠百结的阿力将自己的悲惨出身和经历吐露给一位极为投

① 张雅君．从樋口一叶的文学表现看近代日本女性的犹疑与摇摆[J]．学术论坛，2011(3):158.

② 樋口一叶．青梅竹马[M]．萧萧，译．沈阳：北方联合出版传媒股份有限公司万卷出版公司，2011:7.

缘的新客人结城先生。被苦难掏空的阿力，表面装作冷静无情，淡定从容，也会在角落里悄悄抹泪。然而她的悲剧命运并没有因为这位结城先生迎来转机，反而急转直下走向了灭亡。痴迷阿力的旧情人源七在跟老婆激烈争吵，并将她和孩子赶走之后，毅然踏上了毁灭的道路。阿力的后背和脖子各挨了源七一刀，猝然离开了人世。一朵苦难浇灌的艳丽花朵，还没有迎来盛放，就悄然落下了人生的帷幕。源七随后剖腹自杀。盂兰盆节后从新开街抬出的两口棺材，宣告了故事的结束。而剩下的唯有城市里随意飘飞的街谈巷议。

短篇小说《十三夜》于1895年12月在《文艺俱乐部》上发表，是樋口一叶最具抒情性的代表作，小说兼具浪漫抒情性和批判现实主义色彩，后世评价极高。小说讲述了出身没落士族家庭的少女阿关，在家门口空地打羽毛球时，球恰巧落到了高级官吏原田勇乘坐的包车里。原田对貌美如花的阿关一见倾心，立即托人做媒，要将阿关娶回家中。阿关一家因门不当户不对，多次婉言谢绝，可是敌不过原田的一片赤诚，终于应允了女儿的婚事。生活困顿的阿关家起初并没有高攀之意，但父母内心深处却以女儿能够成为“夫人”为荣。父母的这种观点被深深地植入到阿关的心中，成为“官太太”，是她作为一个女性能达到的巅峰，这也是她哪怕牺牲一切也要保全的。无奈婚后原田的态度骤然变化，在阿关生下儿子太郎后，丈夫经常对她进行辱骂。丈夫以阿关不懂插花、茶道这些太太们擅长的风雅之事为由，屡屡羞辱阿关。阿关唯有一忍再忍，直到她忍无可忍，在儿子熟睡后，痛下决心，在9月13日这个明月夜独自步行回到娘家。阿关将自己在夫家的遭遇，自己打算离婚的想法跟父母和盘托出。父母哀伤万分，狠狠地指责了原田。然而，最终父亲还是劝诫阿关不要离婚。“全家大小无不受到他的恩惠，谁也不能说没有。所以即使难过一些也罢，一来为父母，二来为兄弟，更为了儿子太郎，既然你有能耐忍到今天，难道今后的日子就不能忍耐了吗？讨来休书是可以，但从今以后太郎是原田家的孩子，你是斋藤家的女儿，一旦断了母子关系就不能再去瞧他了。要是同样过不幸的生活，那么你就忍受做原田妻子的不幸吧！”[①]父亲动之以情，晓之以理，阿关认识到其中的利害关系，加上无法忍受与孩子分离的痛苦，最终幡然“醒悟”，坐上包车返回丈夫家去了。阿关的身上背负的是家庭的担子，弟弟需要丈夫的恩泽，而自己失去了“夫人”的身份，面对的也是无尽的苦难。小说深刻地描绘了明治时代社会下层女性的悲剧命运。阿关回夫家时乘坐的包车的车夫，竟然是自己爱恋着的烟草店独生子高坂录之助。阿关少女时代曾幻想成为烟草店铺家的媳妇，然而自己的心迹还未曾袒露，就听从父母的安排嫁进了原田家。录之助告诉阿关，自己娶妻生子后，依然在外面过着浪荡的生活，直到家财败尽，把母亲送到了姐姐家，老婆也带着女儿返回了娘家。自己高兴就拉包车，不高兴就睡觉，过着混沌落魄的生活。事实上录之助是因为阿关嫁作他人妇，而开始了自暴自弃的生活。两个彼此爱慕的人在“十三夜”的月色里再度相遇，也算了却了多年的心愿。只是原本可能是幸福的一家人，却各自经历着世事的艰辛。“一个是向东，一个是向西，路旁的杨柳在月影下无力地摇曳着，上了漆的木屐的声音显得特别凄凉。从此，一个在村田家开的小店二楼上，一个在原田公馆的深院里，他们

① 樋口一叶．青梅竹马[M]．萧萧，译．沈阳：北方联合出版传媒股份有限公司万卷出版公司，2011:114.

只有在悲哀中追忆往事。”[①]小说以相爱两人的再次离散结束全篇，暗示了明治20年代无法掌控自己命运的女性的悲剧——无法摆脱的家庭责任，无法忍受的魔鬼般的丈夫，无法相守一生的恋人。小说这样的情节设置，将女性在家庭中被动、无力的形象刻画得入木三分。“阿关除了原田妻子和太郎的母亲这两个身份之外，她还是斋藤家的女儿。在男权社会，不只夫权，父权也是明治时期女性痛苦的根源之一。”[②]阿关的命运是隐忍的、委曲求全的，她虽然有追求自由和爱情的冲动，但这种观念不够彻底。她将命运依旧依附于旧式家庭和伦理关系之上，成为它们的牺牲品。

樋口一叶的作品反映了日本明治初期女性生活的苦闷与艰辛，以及女性意识的萌芽，具有鲜明的近代性。其作品在了解女性的生存状况、思想状况、时代风俗等多方面具有极高的参考价值，同时也反映了追求男女同权、人性解放的时代特征。

① 樋口一叶．青梅竹马[M]．萧萧，译．沈阳：北方联合出版传媒股份有限公司万卷出版公司，2011:121.

② 展真真．樋口一叶作品中的女性形象——以《十三夜》为中心[D]．哈尔滨：哈尔滨理工大学，2012:36.

“一千年才出现一个的天才”——与谢野晶子

与谢野晶子于1878年12月7日出生于日本大阪府堺市的小商人家庭，原名凤晶。父亲经营一家老字号点心铺。晶子排行老三，有两个哥哥。二哥2岁时夭折，父亲更希望生个男孩，所以晶子自幼被当作男孩抚养。她的父亲热衷教育，晶子小学毕业后，又被送到堺市的女校念了四年书，而后考上京都府立第一女子高中。由于不满意女子高中课程中过多的家政课内容，她宁愿选择一边独自阅读家中的古典、历史藏书，一边负责店铺的账目，协调雇工伙计与父母的关系。这样的生活一直持续到去东京之前。晶子的主见和勇敢果断的行事风格和她青年时期的这段经历有着极大关系。此外，长年累月的阅读，为她积累了深厚的古典文学基础，坚定了她坚持文学道路的志向。晶子十几岁时就开始了短歌创作。20岁左右在报纸上读到与谢野铁干的诗歌而为之倾心。1900年，22岁的晶子在杂志《明星》上发表了诗歌。晶子的才能不限于短歌，在诗、小说、童话等方面的创作中也体现了其非凡的文学造诣和巨大的文学能量。在《源氏物语》的现代日语翻译与研究、文艺评论等各领域均有建树。在国家、战争、女性解放等问题上也经常发表评论，积极阐述自己的观点。所以，将日本女性诗人、作家、教育家、和平主义者、社会改革家等诸多头衔冠于她，再恰当不过。当然，晶子一生之中最伟大的成就还属短歌的创作。经历了与丈夫与谢野铁干命运般的相遇，两人开始了一生的相守，并育有11个孩子。晶子对爱情大胆、热烈的追求和讴歌无不是来自其个人情感经历。1900年8月，晶子第一次见到铁干，迅速坠入爱河，次年夏天便追随铁干私奔到东京，以“凤晶子”为名发表第一部歌集《乱发》（共6章，收录399首短歌）。两人终成眷属，她对丈夫铁干十分忠贞，但铁干却多次出轨背叛晶子。她不仅忍受被背叛的屈辱和痛苦，还毅然承担繁重的家务，同时也是家庭的经济支柱。

与谢野晶子是一位勇于向旧道德挑战，敢想敢干的自由斗士。她突破封建家庭的约束，追求真正的爱情，并组建了新式家庭。在短歌中大胆地讴歌肉体官能之美，表现少女初开之情窦。大胆、爽快之作风在当时文坛让人愕然，同时也为她赢得了崇尚个性、自由的青年群体的狂热崇拜，他们为晶子张扬的个性和充满张力与热情的诗作而热血沸腾。如果没有同铁干的相遇，可以说不会有晶子这位日本文学巨星的诞生。与谢野铁干作为优秀的诗歌革新的领袖对晶子在文学上取得巨大成就起到了决定性的作用。

提到与谢野晶子和铁干，不能不提明星派。明星派于1900年（明治三十三年）成立，同年顺应新时代潮流以诗歌革新为目标的杂志《明星》创刊。在东京新诗社成立，《明星》创刊后，浪漫主义诗歌风靡一时。《明星》杂志的主编便是晶子的丈夫铁干。他不仅是优秀的诗人，同时也是明星派诗歌革新运动的领袖。该刊物由当时明星派浪漫主义的诗人们始创，成为当时崭新的罗曼蒂克诗歌的创作阵地。晶子追求自我解放，以热情奔放的诗歌赞美爱情，在当时诗坛刮起了一阵旋风，浪漫主义短歌也迎来了全盛时期。晶子把诗歌从风花雪月的旧框架中解放出来，自由地歌颂人间的真实感情，给短歌以新的生命。《乱发》中收录的恋爱赞歌名噪一时。明星派涌现出窪田空穗、吉井勇、木下杢太郎、北原白秋、石川啄木等一大批著名诗人。

发表于1901年8月的《乱发》被誉为日本浪漫主义诗歌的顶峰。

以前所未有的热情讴歌人的感官本能，表现出对自我和个性的执着追求，向禁锢着人的思想意识的儒家思想发起了挑战。这部短歌集在日本文坛引起了巨大震动，也成为日本文学史上具有划时代意义的浪漫主义诗歌的巅峰之作。

收录在《乱发》中的作品，语言大胆奔放，体现了女性对官能的追求、赞美与肯定。大胆讴歌女性的身体，表达女性细腻的生命体验，展现出追求自由和恋爱的主体精神。热情如火的语言中却糅合了西方文学的浪漫、王朝文学的典雅。在女性谈论“自我”与“性”尚为禁忌的明治时代，《乱发》中却肆意抒发恋爱的激情，充满爱欲的气息，晶子有意识地通过作品去宣扬自我、实践自我，肯定自我的价值。一方面通过语言将自己对生活的认知表达出来，另一方面是深层自我的实现，包括自我心灵、人格的外化展现。

《乱发》所收录的399首短歌中有385首围绕着她与铁干的相遇、相知、相爱展开。她对铁干执着的爱，丰富了她的情感与人生，同时也为她的文学创作提供了源源不断的灵感和养料。师生恋、三角恋、第三者、离家出走，这在一年多的时间里发生的如暴风骤雨般的故事，都以短歌的形式收录在其中。

短歌中使用了大量与身体有关的词语，在明治这个时代背景下，又出自一位女性歌人之手，确实让世人瞠目结舌。华丽、缤纷的词语，饱含热情，富于最直接的感官刺激，给读者以视觉、触觉、味觉等全方位的感受。其短歌传达的生命律动，爱、思念、渴望等人的本能欲求，以及哀伤、离别、死亡等难以逃脱的宿命，无不触及“人”这一存在的生命本质。《乱发》是晶子自我的解放和热情的表露。它不仅仅是女性意义上的情感抒发与宣泄，更是人这一“本体”的生命真相。

日本古典文学，特别是平安时代的女性文学多数沉浸在“物哀”之中，中世和歌的“幽玄”歌论，注重余韵幽深，向来缺少直抒胸臆的呼喊、讴歌。大胆、直白的《乱发》是时代应运而生的歌集，堪称近代短歌发展、变迁的里程碑。《乱发》的美学特质是浪漫主义的，甚至可以说是“唯美主义”的。《乱发》中浓郁饱满的感染力，源于诗人热烈情感的倾注，从而产生的一种浓郁的美感。

《乱发》引发文坛巨大轰动的原因除了其深厚的文学性、浪漫主义色彩，更重要的是它描写了近代人思想、情感方式的变迁。“就近代日本文学史来说，《乱发》出现以前，不仅限于短歌形式，就是其他文学领域也没有出现过如此深切地反映近代人和近代精神的作品。”[①]作品讴歌了青春时代的生命体验、爱情悸动，肯定了人的本能，从生命内部喷薄而出的情感，轻而易举地引起读者的共鸣。这在任何时代都是不能逾越的人的本质属性。

“在此之前，乳房在文学和艺术上都被视为母性的象征，晶子透过短歌，让日本女性重新审视自己身体的含义，它不该只是隶属于丈夫或家庭的传宗接代的工具，而是自然美和性感的表征。晶子诗中的女子允许男子抚弄自己饱满的乳房，此一举动形同向封闭的社会宣誓对身体的自主权：她的身体不属于任何人，她可以摆脱传统礼教、单纯地享受性爱，忠于自己的激情，因为那是足以与苦短人生抗衡的一个力量。”[②]

① 唐月梅. 日本诗歌史[M]. 北京：北京大学出版社，2015:402.

② 与谢野晶子. 胭脂用尽时，桃花就开了[M]. 陈黎，张芬龄，译. 长沙：湖南文艺出版社，2018:22-23.

你从不碰这
热血汹涌的
柔软极富。
你不觉闷吗，
讲道讲道？①

他的手抚着
我的后颈，低声私语：
清晨的紫藤——
我无能挽留他，
我的一夜情人。②

和服三尺袖，
没有紫线封守
腋下小开口，
假如你敢，
拉开它！③

大量直白、赤裸的诗歌语言，使得《乱发》问世后，遭到传统和歌界的口诛笔伐。作为诗集名称的“乱发”，更是被认为是官能的象

① 与谢野晶子．胭脂用尽时，桃花就开了[M]．陈黎，张芬龄，译．长沙：湖南文艺出版社，2018:58.
② 与谢野晶子．胭脂用尽时，桃花就开了[M]．陈黎，张芬龄，译．长沙：湖南文艺出版社，2018:128.
③ 与谢野晶子．胭脂用尽时，桃花就开了[M]．陈黎，张芬龄，译．长沙：湖南文艺出版社，2018:140.

征。站在其对立面的正是封建传统道德势力，他们认为大胆的情欲描写，颠覆了传统的女性形象。而晶子要解放的正是压抑的人性和本能欲望，和男性平等的权利。她的短歌来自对生命的体悟，情感源于生命的原初状态。

从《贞操观》一文可知，与谢野晶子的“贞操观”与“性解放”并不矛盾。女性意识的觉醒，使其不再羞于封建道德对女性的压抑，追求与男性同权。然而，这是建立在男女平等的基础上的。勇敢的“性欲”表达是对女性作为人的本能欲求的肯定，果断地撕下了封建道德那欲说还“羞”的面纱。但是，官能表达并不意味着践踏道德的圣域。在《贞操观》一文中，与谢野晶子明确表示：“我们要脱去压制，并非要过放纵无秩序的生活，我们还须仔细聪明地批判商量，建设起实际生活上必要的一切自制律，如新道德新制度之类。”①《乱发》中的官能描写和晶子的“贞操观”并不相悖，官能表达不意味着淫邪，也不象征颓废、纵欲，终究只是人类生命脉动的如实显现。

“我从前在《太阳》杂志上说过，我对于贞操，不当它是道德，只是一种趣味，一种信仰，一种洁癖。既然是趣味、信仰、洁癖，所以没有强迫他人的性质。我之所以绝对的爱重我的贞操，便是同爱艺术的美、爱学问的真一样；当作一种道德以上的高尚优美的事物看待——且假称作趣味，或是信仰都可。”②上述言辞，反映了晶子极高的人生境界，在新道德秩序建构中的“自我立法”，即自我严守的道德要求。此处的道德准则，即“贞操”在新时代能否作为一种衡量大众道德的准绳尚不得而知，但在自己的精神领域，确是神圣不能侵犯的。这样的自我立法，是一种个体的自觉。

① 张敏杰. 贞操观[M]. 长春：北方妇女儿童出版社，1988:222.
② 张敏杰. 贞操观[M]. 长春：北方妇女儿童出版社，1988:227.

茂吕美耶曾这样评价晶子："恋爱、生子、创作，中年过后为同性争取女权，再度恋爱（虽然很可能是暗恋）……她活得很率直，活得光芒灿烂。这样的人生，还有何遗憾？"[①]的确，她的人生轰轰烈烈，具有充沛的生命力和旺盛的斗志。虽有女性的细腻情感、丰富的感受，却没有把生命的激情全部倾注于爱情，而陷入无止境的悲哀。强烈的自我主体性，促使她积极追求知性、审美生活，在事业登上巅峰，也给丈夫以强有力的支持。其情感生活本应因为丈夫的屡次出轨而蒙上浓郁的悲剧色彩，但晶子却没有沉溺于纯粹的二人情感纠葛之中，而是致力于女性解放事业，为广大女性谋求幸福。她对人生悲剧真相的深刻认识使她的人生焕发出耀眼的光芒。

"从孩提时代起，晶子就生活在死亡的阴影之下，经常思考人生之短暂。死亡的不安潜藏于晶子的心中。这种不安绝不是消极的人生观，相反却给了晶子勇气。既然谁都不能免于一死，死亡迟早会到来。或许晶子决定冲破束缚，以本真的姿态恣意生活。"[②]这种精神在实质上符合尼采所提倡的人生态度。认清人生的悲剧面目后，转而投入审美的人生，超于善恶之外，享受心灵的自由和生命的欢乐。从而获得人生所能获得的最好的意义。"尼采的办法是把悲剧所显示给我们的那个本体世界艺术化，用审美的眼光看本无意义的世界永恒或变化过程，赋予一种审美的意义。"[③]这样现实的苦难化作了审美的快乐，人生的悲剧就化作了世界的喜剧。与谢野晶子的人生跌宕起伏，却没有涂以哀伤的底色。这缘于她一生的审美追求，正如她所说的那样，将艺术的美、学问的真，当作生命一样热爱，才获得了高层

① 冉梅．与谢野晶子《乱发》中体现的女性意识[D]．重庆：四川外国语大学，2017:41．
② 茂吕美耶．大正：百花盛放的新思维、奇女子[M]．成都：四川文艺出版社，2018:201．
③ 尼采．悲剧的诞生[M]．周国平，译．北京：作家出版社，2012:5．

次的审美的人生，同时也是光辉灿烂、坚实的人生。晶子对根植于爱的人类本性的肯定却受到广大民众的狂热追捧，与《嫩菜集》的作者岛崎藤村一同被誉为浪漫主义文学的旗手。

1904年，晶子发表了著名诗歌《你不要死去》。在日俄战争期间公开发表在《明星》诗刊上的这首诗，是诗人对军国主义和战争的正面控诉。“你不要死去，天皇不会亲自参加战役。皇恩浩荡，岂能有这样的旨意——让人们流血而死，让人们死如禽兽，还说什么，这就是荣誉。”[①]直白的诗句，勇敢地向象征着国家的天皇制发起了挑战。这首诗歌反战倾向明显，全篇饱含着普通民众的血肉亲情和对战争的厌恶情绪。诗歌表现了热爱和平、反对战争的主题，具有深刻的意义。这样淋漓酣畅的指责和控诉，代表了奔赴战场的士兵亲人的心声，说出了普罗大众祈求太平、社会安康的愿望。由于这样言辞激烈的诗作，晶子一度被国家和政府视为“罪人”。对此，晶子不但没有屈服，次年，她的诗歌集《恋衣》刊行，再次登载了《你不要赴死》。

晶子第一部诗集《乱发》出版一年零五个月后，第二部诗集《小扇》问世，这部诗集从内容上来说，可以看作《乱发》的续篇，在当时诗坛并未得到太高的评价，也没有像《乱发》那样一版再版。1904年4月，铁干和晶子夫妇共著的《毒草》出版，这部作品集不仅收录了短歌，也有俳句、随笔等形式的文学作品，其中，收录了晶子的短歌77首。之后数年晶子的多部诗集也相继问世，如《花》（1910，与江南文三合著）、《春泥集》（1911）、《从夏到冬》（1914）、《樱草》（1915）、《与谢野晶子集》（1915）、《朱叶集》（1916）、《舞衣》（1916）、《晶子新集》（1917）、《火之

① 李芒，兰明．日本近现代抒情诗选[M]．南京：译林出版社，1991:42．

鸟》（1919）、《太阳与蔷薇》（1922）、《旅之歌》（1921）、《草之梦》（1922）、《晶子恋歌抄》（1923）、《流星之道》（1924）、《琉璃光》（1925）、《人间往来》（1925）和《心之远景》（1928）。到51岁写完第20部诗集《心之远景》后到去世前的14年中，晶子再也没有出版一部诗集。这并非才思枯竭或失去了创作的热情，而是因为忙于《源氏物语》现代语翻译的工作和文化学院的运营。其间经历了丈夫的去世，还要照顾尚未成年的孩子们，这些工作占据了她大量时间，自己也因脑出血病倒，再无结集出版诗歌的心力。

除了诗歌，与谢野晶子还写了大量评论，收于15个评论集之中。从1911年开始，与谢野晶子所写评论时间上跨度20余年，主要就妇女解放、妇女的贞操、男女平等、女子教育、妇女与政治运动、妇女的经济独立等问题进行评论。这些评论在探讨和理解与谢野晶子女性主义思想方面具有重要的参考价值。

与谢野晶子的一生是热烈、勇敢、富有激情的。她勇敢、果断，敢于与世俗、不合理的世界做斗争，积极推进女性思想解放运动。可谓一生轰轰烈烈，也为世人留下了众多杰出、震撼心灵的作品。

第一个靠稿酬养家的职业女性作家——田村俊子

田村俊子（1884—1945），日本小说家，生于东京浅草一米商家庭，本名佐藤俊，别名佐藤露英、佐藤俊子，东京府立第一女高毕业，日本女子大学国文学科中途退学。1902年成为幸田露伴的弟子，幸田露伴给她起了“露英”的笔名。同年，她与年长自己6岁的同门作家田村松鱼结识并相爱。发表小说《露分衣》后，离开恩师幸田露伴，参加冈本绮堂的文人剧，成为演员。做演员期间，她的艺名为花房露子。虽然开始了戏剧表演，但她对文学的热情未减，1909年在丈夫田村松鱼的劝说下写了小说《断念》，应征《大阪朝日新闻》的悬赏小说，出人意料的是，俊子的作品一举获得二等奖（一等奖空缺），获得1 000日元奖金。这笔钱在当时来讲可谓巨资，这使他们的经济压力得到缓解。这次比赛的胜出也成为田村俊子职业作家生涯新的起点，从此田村俊子正式开始文学创作，成为职业作家。从此她迎来了文学创作的黄金时期，她的几部代表性小说都问世于这之后的7年鼎盛时期。1911年，田村俊子作为赞助人之一发起青鞜[①]运动，在《青鞜》《中央公论》《新潮》等杂志上陆续发表小说，成为人气作家，期间发表的小说《生血》《木乃伊的口红》《炮烙之刑》《女作者》和《她的生活》等代表作品，充分体现了她的女性主义思想。1918年，田村俊子离开了田村松鱼，追随《朝日新闻》记者铃木悦前往温哥华居住，1936年，在铃木悦去世之后，田村俊子回到日本继续

① “青鞜”原意是指蓝袜子，后来成为女学者或才女的别称。“蓝袜子”是指18世纪在英国发生的妇女参政运动的一个派别，因1875年左右伦敦贵夫人召集的妇女文学、文艺爱好者集会的成员都穿蓝袜子而得名。

文学创作。后来因为她与佐多稻子的丈夫漥川鹤次郎的婚外情暴露，在发表小说《山路》之后离开日本前往上海。田村俊子在上海与中国作家关露创办女性杂志《女声》，1945年因脑出血客死于上海。

1911年至1917年是田村俊子创作丰产期，每年都有作品问世，受到德田秋声、泉镜花等文学大家的好评，成为文坛宠儿。其作品题材新颖，观察犀利，心理描写深刻具体，受到文坛关注。此外，田村俊子的作品以大胆描写官能感觉为特点，文坛大家对她的评价甚高，认为田村俊子的作品颇具独创性，已经越过了“女流”“闺秀”的界限。

小说《断念》是田村俊子的成名作，该作品是一部悬赏小说，本没有抱太大希望，却意外获得二等奖（一等奖空缺）。作品的获奖不仅使田村俊子声名大噪，所获奖金对其相对拮据的生活来说也是一笔巨大财富。这部作品以都满子、富枝和贵枝三姐妹为描写对象，运用多种素材，用女性的细腻笔致表现了“新女性”们关于自己的前途、恋爱以及作为女性独立生活道路的认真思考。尤其是富枝，她内心萌动着新思想，但在严峻的现实面前不得不做出妥协。这部作品的女性主义思想虽然不够坚定，但已经可以看出田村俊子女性主义思想的萌芽。《断念》之后，田村俊子的创作黄金期正式拉开帷幕。

发表于《青鞜》创刊号上的短篇小说《生血》是真正开始体现田村俊子女性主义思想的作品。作品发表于1911年，分为前后两部分。第一部分描写了身为一对恋人的男女主人公，他们共度春宵，醒来后女主人公无比懊悔的心情。第二部分则描写了两人在闲逛时路过一表演杂技的小屋并心有所感的故事。在男女主人公共度一夜之后，男主人公显露出对女主人公的不尊重，为此女主人公优子十分气愤，也无比郁闷，遂拿鱼缸中的金鱼发泄。文章开头部分，优子摸着金鱼，她闻到金鱼的腥味就联想到昨夜和自己共枕的男性的味道，优子把怒火发泄到金鱼身上，毫不犹豫地拔下发卡刺向金鱼的眼睛，结果金鱼受伤，优子的手也意外受伤。小说中充分体现了男女主人公的相爱相杀，表现了当时男女相克的时代主题。小说的最后部分，男女主人公行至一间小屋，优子在这里发现了如同巨大的鱼尾鳍般黑色的东西，这使得优子立刻联想到被自己刺死的金鱼。于是，破坏自己贞操的男性形象重现，优子陷入恐惧之中。之后优子在表演杂技的小屋发现了蝙蝠。优子直觉地认为，蝙蝠在吮吸穿着黄色衣服表演杂技的少女的鲜血。此时，比起金鱼来，蝙蝠已不再是单个男性的象征，而是当时男性群体的象征。田村俊子用“生血”（即鲜血）作为标题，意为当时的男性群体就像那吸血蝙蝠，在压榨着女性，在吸着女性们的鲜血。这个戏剧性的结尾表现出田村俊子的女性主义思想。

创作于1913年的《木乃伊的口红》是田村俊子最具代表性的作品，带有自传性质。该作品取材于田村松鱼失业（1909年）至小说《断念》获奖（1910年底）这段时间的生活，反映了俊子和田村松鱼共同生活的真实经历。作品描写了她从附庸于丈夫、受丈夫支配的女性成长为自食其力的新女性的历程，女主人公阿实就是田村俊子的化身。

小说以明治末年为舞台，当时的日本社会是男尊女卑的社会，女性处于受压迫的地位。明治政府对女性施行“贤妻良母”教育，要求女性相夫教子、善于理家、温良顺从。明治时期，女性没有经济能力，只能依附于丈夫，在家庭中处于劣势的女性要绝对顺从丈夫，这被视作理所当然。但是，女主人公阿实身上却有一种有别于其他妇女的特质。阿实不是个温柔的女性，虽然阿实和丈夫过着看似“男主外、女主内”的生活，但是丈夫无能，他的小说无人肯买，没有销路，所以丈夫义男经常自暴自弃说自己无用，无法养活妻子，从而心情沮丧。对于义男的窘状，阿实没有丝毫同情和安慰。由此可见，阿实并不符合男权社会强加给女性的道德标准。因为阿实是有自己想法的女性。她不把自己和丈夫视为一体，不肯当丈夫的附庸。当义男懊恼地向阿实谈起文坛对他的评价欠佳时，阿实的态度十分冷漠，一副事不关己的样子，就好像丈夫的作品能否卖出去、他的写作事业是否成功都与她没有丝毫关系一样。一方面，她没有像普通女性那样，对自己的依附地位有清醒而深刻的认识。另一方面，也可以看出她身上有一种渴望自立的朦胧意识。

从阿实的倔强和冷漠可以看出，她不甘被男权社会强加给她的道德所束缚。阿实认识到自己不能永远缠着这个无法依靠的男人，必须自食其力。此时阿实清醒地意识到自己应当工作赚钱、依靠自己的力量来生存，不能永远依附于男人。在丈夫找到工作之后，阿实便每天埋头于书海，在书籍中攫取丰富的知识。大量阅读不仅使她获得了丰富的知识，也充实了她原本空虚的内心。知识给了她追寻自立的希望。阿实对自己的知识水平已经足够自信，她敢于同丈夫争论，向义男在知识方面的权威发起挑战。她的冲撞和挑战最终招致丈夫的毒打，皮肉之苦没有让她“悔过”，反而觉得“穿过初夏潮湿空气的日光里满是彩色玻璃碎片纷纷飘落一样的美丽”[①]。阿实明白冲撞丈夫不会有什么好结果，但她依然坚持发表自己的见解。此时阿实内心已

① 田村俊子．田村俊子作品集：第Ⅰ巻[M]．東京：オリジン出版センター，1987:334．

经发生了很大变化，明知不会有什么好果子吃，还是要为了信念冲撞义男，可见她已经从无意识的反抗转变为有意识的反抗，在自我意识上实现了觉醒，清醒地认识到自己想要的是什么。其一，她对经济能力有了新的认识，认识到不能永远依附于丈夫，必须要有自食其力的能力。其二，她敢于发表自己对问题的独立见解，坚持忠实于自己的内心诉求。从这两方面可以看出，阿实追寻的正是自身在经济上的独立和思想上的独立。

阿实曾经当过演员，她看到某剧团招募女演员的广告后，决定再次登台演出，义男对此表示反对。面对丈夫的反对，阿实明确地说道："这是我自己要做的事情。既不是为了你而做的艺术，也不是为了你而做的工作。这是我的艺术，也是为我自己而做的工作。在这件事情上，你哪里有支配我的权力。即便你不同意我还是要去做。"① 阿实的这一举动可以说是一个突破。她不仅认识到要为自己而活，同时也认识到要自己支配自己，而不是由义男对她进行支配。

有一天，阿实梦见一男一女两具木乃伊重叠在一起，女木乃伊涂着鲜艳的口红，阿实醒来，感觉这个梦实在奇怪。其实这个梦是在告诉读者，阿实此时已经在思想上和经济上都实现了自立，同时在追寻自立的过程中发现了自我价值之所在，有了用写作唤醒女性的奋斗目标，鲜艳的口红象征着一个崭新的阿实化茧成蝶，象征着一个真正的女性解放者的诞生。

1913年，田村俊子的自传作品《女作者》发表于《新潮》杂志上。这部短篇小说主要围绕"女作者"的文学创作和日常生活展开，并无跌宕起伏的情节，也没有惊天动地的故事。该小说最大的特点是

① 田村俊子．田村俊子作品集：第 I 卷[M]．東京：オリジン出版センター，1987:351．

笔致的官能性，主要体现在“女作者”不涂脂抹粉便无法进行创作这一方面。一直以来，“女作者”的创作是通过涂抹香粉这一化妆的动力装置产生出来的。她坐在镜子前面化妆时，会想起许多有趣之事，在她写不出东西而焦急不安的时候，她必定会化妆。“女作者”坐在化妆镜前，“通过确认自己涂抹香粉的身体变化过程来强化作为女性的意识，营造出类似于舞台表演一样的非日常生活空间，在这个过程中来获得灵感，进而完成官能的、象征性的作品”①。

《女作者》中，身为女性的主人公必须通过化妆来获得创作上的灵感，当这一做法也不灵验之时，说明“女作者”遇到了才思枯竭的窘境。在家庭中，“女作者”要做家务，她又不想放弃自己的文笔生活，但是，丈夫不理解“女作者”的处境，当“女作者”才思受限，创作不顺时，丈夫不仅不鼓励妻子，还对妻子冷嘲热讽，说女人就是不行。这样一来，丈夫将对“女作者”的嘲讽上升到对一般女性的蔑视，对此忍无可忍的女主人公做出了如下举动：“丈夫扒开那只手，女作者又把手伸到男人的嘴中像要撕开似的扯着双唇。口中湿润温暖的气息顺着指尖传递过来的时候，女作者的头脑中划过自己的身体被丈夫的指尖抚摸揉开的那一瞬间的一道闪光。”②日常生活中处于弱势的“女作者”此时要成为强势的征服者，这是“女作者”所期盼的结果。但是其丈夫不会轻易放权，两者间的“男女相克”在所难免。

处在大正这个时代变革期，自由民主之风吹遍日本，《女作者》中的女主人公自然也受到影响，开始自我觉醒。她的觉醒之路便是通过写作来证明自身的存在价值。在世界范围掀起女性主义文学运动之

① 李莲姬．田村俊子的文学世界——从性别到表象[D]．上海：上海外国语大学，2014:107.
② 山崎真紀子．田村俊子の世界—作品と言説空間の変容[M]．東京：流彩社，2005:181.

际，日本也不例外，她们受弗吉尼亚·伍尔夫的影响，也在追求属于自己的“一间房子”，在追求不受男人打扰的独立创作空间。而在当时，男性中心社会很难满足女性作家们这样的愿望，所以她们不仅在家庭中与丈夫进行斗争，在社会上还要跟世俗白眼斗争，她们创作的艰难程度从一开始就已注定。尽管艰难，但田村俊子通过斗争实现了自己作为职业作家的价值，值得敬佩。

田村俊子的另一部代表作《炮烙之刑》发表于1914年，取材于作者自己的生活。男女主人公分别是庆次和龙子。龙子深爱着庆次，但她同时又爱上了另一个年轻男人宏三。此事对庆次的伤害很大，庆次认为龙子应该跟自己道歉，而龙子坚决不肯，认为自己同时喜欢两个男人没有错。受到伤害还得不到妻子的认错，庆次很无奈，决心离开龙子，以至于离家出走。龙子认为自己无比爱丈夫庆次，她以为自己的爱情可以抵消她的行为带给男人的耻辱。庆次离家之后，龙子悲痛得连哭都哭不出来。她跑到车站去寻找庆次，又怀疑自己是不是该寻找庆次，有时她觉得索性让庆次走掉为好。但是自己是爱庆次的，庆次离开后自己该怎么生活？矛盾的心理让她一直跟在庆次的后面。男人仅有的那点自尊和女人坚持的内心真实成为横亘在两人之间的高墙。龙子和庆次之间上演了夫妻间的相克。龙子看似打赢了与丈夫之间的心理战，但庆次的眼泪标志着庆次最后的自尊受到重创。追寻庆次的整个旅途，她就好像行走于架在火盆上的独木桥，慢慢地被煎熬着，像是受了一次“炮烙之刑”。

1918年，田村俊子在创作正盛之际追随铃木悦前往加拿大温哥华生活，1936年又回到日本。回到日本后田村俊子以佐藤俊子的名字继续小说创作，但此时她的创作力锐减，只发表了《山路》一文。

1942年，在草野心平等人的帮助下，田村俊子前往上海创办了女性杂志《女声》。该杂志是上海沦陷区日伪统辖下出版的唯一妇女杂志，长期以来被视为“汉奸”杂志。实际上该杂志在一定程度上反映了中国妇女的苦难，具有一定的启蒙作用。田村俊子在上海期间取名左俊芝，负责杂志的审稿，而负责编辑的则是左翼作家关露。

1945年，田村俊子在上海去世。草野心平在《佐藤俊子的死》中对田村俊子有很高的评价，他写道：“……这虽然是由于一个人的天性，但令人觉得是她的自觉和教养令她这样的。……三个月前她给我看两篇自作的诗，完全像18岁的少女写的年轻的东西……佐藤俊子的晚年实际上是了不起的战斗。总之60岁的女子那样精神饱满地认真工作的人我还没有见到过别人。”①

田村俊子是近代日本文坛第一位靠写小说谋取经济独立的职业女性作家，也是一位自我觉醒的女性作家，堪称近代女性主义文学的拓荒者。1961年，为纪念她的文学功绩，为了激励日本文坛的年轻作家而设立了田村俊子奖，濑户内晴美更是写了小说《田村俊子》表达对田村俊子的敬仰之情。

① 草野心平．佐藤俊子の死[J]．文芸春秋，1957年10月号．

社会主义的同伴者作家——野上弥生子

野上弥生子（1885—1985），日本作家、翻译家，原名野上八重子。1885年出生于日本大分县臼杵市一家经营酿造业的家庭，是家中长女。优越的家境为弥生子创造了极好的教育条件，小学时期就进入日本古典学家久保会藏的私塾学习，广泛阅读中国和日本的经典文学作品。极高的日本古典文学素养和汉文素养为弥生子日后成为著名作家打下了坚实基础。14岁时来到东京，进入明治女子学校学习，1906年从明治女子学校高等科毕业后，与夏目漱石的门生野上丰一郎结婚，后来成为三个孩子的母亲。1938年，夫妇同行到欧美考察、旅行。1947年成为日本艺术委员会委员。1957年发表了《迷途》，获得读卖文学奖，并被邀请到中国访问、旅行。1964年，弥生子的《秀吉和利休》获得女流文学者奖，为了表彰她卓越的文学贡献，1971年日本政府给她颁发了文化勋章。1984年，野上弥生子获得了朝日奖，同年，文艺团体为其举办了盛大的“百岁庆祝会”，次年3月15日去世。野上弥生子80年的文学生涯，在日本文学史上留下了不朽的印记。

弥生子是日本文学界最为长寿的作家之一，一生孜孜不倦、笔耕不辍，创作了多部优秀的文学作品，如《海神丸》（1922）、《真知子》（1930）、《迷途》（1954—1956）、《秀吉和利休》（1964）、《森林》（1985）等。其作品多以历史题材为主，文笔委婉细致，观察入微，充满中国古典韵味，同时她也是一个现实主义倾向较强的作家。在其百年生涯中除发表小说外，还从事翻译、戏剧创作，著有大量随笔。尤其是她的几部长篇作品，规模宏大，内容深刻，受到极高的赞誉。“像她这样长寿且越活创作越丰产的作家，放眼全世界都极少见。”①弥生子同情无产阶级革命，是社会主义运动的同伴者，一生反对战争，渴望和平。

弥生子通过丈夫野上丰一郎结识了夏目漱石，受漱石激励走上文学道路。成为夏目漱石的门生之后，弥生子对奥斯汀、勃朗特、艾略特三位英国女性作家的作品产生了浓厚的兴趣，特别是奥斯汀的《傲慢与偏见》给弥生子巨大的影响，甚至还将这部小说改编成了日本式的小说《虹之花》。这部小说也成了《真知子》的原典。为了精通西欧文学的三大基础——《圣经》、中世纪传说和古希腊古罗马神话，弥生子投入了大量的时间认真学习，并翻译出版了不少作品，如《传说的时代》《中世纪骑士物语》等。

弥生子的文学历程可以分为明治的出发期、崭露头角的大正期、成就卓著的昭和前期与战后期四个时期。历经了两次世界大战和日本社会的巨大变革。明治期的处女作品《明暗》遭到了夏目漱石的批评，最终未能发表。“写生文”《缘》和短篇小说《织女》经漱石推荐，发表在杂志《不如归》上，为作家生涯博得头彩。但这一时期的作品中略有对樋口一叶风格的模仿痕迹，尚处于小说技巧的摸索阶段。大正时期，弥生子除翻译一些传记作品之外，最大限度地挖掘自己的才能，努力追求作为女性最完美的存在方式。在此期间，处女作品集《新生命》中收录了赞美女人伟大母性的作品。此外，还创作发表了童话《红鸟》，着手翻译了瑞士著名作家斯比丽的小说《海蒂》。震惊文坛的人道主义作品《海神丸》的发表奠定了其文坛地

① 和泉あき，江種満子，渡辺澄子．現代文学[M]．東京：学術図書出版社，1994:83．

位，舆论评价《海神丸》是其第一部真正意义上的小说，给弥生子带来了巨大的自信，也迎来了大正期文学创作的巅峰时刻。之后，着手创作以叔父丰次郎为原型的《准造四部曲》，但这部作品以失败告终。

王述坤在《野上弥生子和她的文学创作》一文中将其创作生涯特色归纳为以下几个方面："一、进步性。弥生子的作品贯穿着反封建、追求个性解放、向往革命道路的主题……二、弥生子的作品从闺秀作家的写生文风转变为现实主义的笔法，这也是一大突破……三、弥生子的持续力是惊人的，她的文学功绩是卓著的。"① 在大正时期的作品《多津子》和《一个女人的故事》中，弥生子围绕婚姻问题进行了诸多思考。在昭和初期发表了主题内容与以往小说截然不同的《真知子》。这部小说经常被拿来与宫本百合子的《伸子》比较，也因无产阶级意识薄弱、过于重视个人伦理而受到批评。这部作品中的无产阶级思想倾向在后续的《年轻的儿子》《哀伤的少年》等作品中也有所体现。

战前的作品多揭示社会主题，描写进步势力与腐朽势力的冲突，批判日本封建制度和资产阶级道德。可是，在法西斯日益猖獗的战争时期，弥生子一度中断创作。二战后，随着战后民主化风潮的复苏，弥生子开始续写一度中断的《迷途》，这部小说对昭和现代史中知识青年"良心的彷徨"的深入描写，可以与欧洲近代小说相媲美，获得了"市民文学代表作"这个极高的赞誉。1962至1963年发表的长篇历史小说《秀吉和利休》描写了16世纪的茶道大师千利休和将军丰臣秀吉之间的冲突。"可以说，这部作品不仅仅是一部历史小说，更是一

① 王述坤．野上弥生子和她的文学创作[J]．日语学习与研究，1990(2):59.

部融入了作者对战争的思考的小说，作者表面上是在描写利休这一人物的悲惨命运，实际上是赞扬富有良知的知识分子面对日本军国主义者对外发动侵略战争，对内压迫国民的罪行奋起讨伐的勇敢行为。”[①]这部作品是弥生子最具代表性的历史小说，其中渗透着弥生子血液中流淌着的反战情绪，题材虽然不同，但在主题上和其他作品高度统一。

在后期的作品《鬼女山房记》（1964）、《一隅之记》（1968）、《花》（1977）中收录了大量评论和随笔。既有对个人文学生涯的回忆，也有从人道主义立场出发，对战后民主社会建设提出的建议。在出版了小品集《笛铃兰》之后，弥生子于1972年起笔撰写从明治女子学校时代的自我成长史《森林》。这部长篇小说在杂志《新潮》上开始了时断时续的连载，发表于1974年的第15章《春雷》成了未完绝笔。

短篇小说《海神丸》于1922年由春阳堂出版。讲述了年轻船长小谷龟五郎及其侄子三吉，以及船员五郎助、八藏四人共同搭乘货船海神丸遭遇暴风雨而失事，陷入饥渴交加的漂流生活的故事。八藏为了活命，欲以人肉充饥，竟伙同五郎助杀死了三吉。在他们获救后，五郎助因狂喜暴毙，船长在上岸后包庇了八藏，称三吉是病发身亡，八藏羞愧难当而号啕大哭。在八藏看来，船长是善的化身，是神一样的存在。作品讴歌了船长顽强的求生欲望和与自然斗争的精神。船长以宽容的胸怀平静地接纳了人性中最残忍的一面，这部作品也被视为饱含人道主义思想的佳作。

长篇小说《真知子》发表于1930年，是弥生子最具代表性的思

① 刘春英. 日本女性文学史[M]. 北京：商务印书馆，2012:182.

想小说，描写知识妇女对封建家族及社会制度的反抗和对新生活的追求。小说的女主人公名叫曾根真知子，是东京大学的旁听生，对社会主义思想抱有好感。真知子通过女友大庭米子结识了左翼斗士关三郎后，为极具个性魅力的关所倾倒，以至于拒绝了考古学家河井的诚意求婚，甚至决心为了爱情出走，但当从米子口中得知关曾使米子怀孕的消息后，真知子受到巨大打击而陷入深深的绝望。美好的爱情梦想破灭后，真知子再度投入了河井的怀抱。在马克思主义广泛传播、革命运动风起云涌之时，《真知子》体现了一个资产阶级知识女性试图走向社会，倾向革命的思想意识变化。这部作品出版后饱受争议，曾受到不少左翼作家的批评，称其只写出了思想观念的飞跃，导致作品在阶级斗争问题上态度不坚决，具有阶级局限性。日本学者安川定男这样评价："通过将关三郎设定为主人公，使真知子离开他，最后笔锋一转，使得真知子与有良心的资产阶级知识分子河井结合，这个设想有一种虚构故事一样的观念性，感觉革命运动只能靠头脑来理解。"①

《迷途》是弥生子最具代表性的长篇小说，也是战后日本文学的长篇杰作之一。整部作品共有六部，通常被称为《迷途》六部曲。自1936年第一部成书，一直到1961年最后一部完成，历时20余年。这期间战争和海外旅行等原因使得弥生子的写作时断时续，但是20多年的岁月沉淀，让弥生子赋予了《迷途》更宏大的主题、更成熟的视角、更鲜明的人物形象。翻开书页，如同展开了一幅历史画卷，在激荡的社会环境中，各色人物的信念与选择、喜怒与哀乐跃然纸上。

这部小说描写了昭和初年的转向者管野省三做了阿藤子爵家的史

① 安川定男．「評伝的解説」—現代日本の文学　有島武郎·野上弥生子集[M]．東京：学習研究社，1977:476．

料编修员，九州的同乡政治家垂水重太的长女多津枝与他青梅竹马，对省三心醉神迷。可是她无法彻底放弃资产阶级的富足生活，嫁给了稻生财阀的三子国彦，开始了一场形同虚设的婚姻。省三原本决意潜心研究藩史，却没能抵挡阿藤夫人三保子的诱惑，与其开始了一段不伦之恋，后因羞愧从阿藤家辞职，在多津枝的帮助下与增井家的混血养女万里子结婚。日本在战场上节节败退，朋友小田的死讯、记者木津的前妻因反战运动而殉命，国彦和多津枝夫妇乘坐的飞机失事，双双丧命的消息接踵而至。之后，省三也接到一纸征兵令，被派到了中国华北的一个讨伐游击队的分遣队。他与已摇身成为谍报员的旧友木津重逢，经木津劝说，省三试图逃往延安，却遭到日本兵的狙击。弥生子为了完成这部作品的续篇，在1957年7月曾来我国访问，并赴延安搜集资料。回国后出版《我在中国旅行》（1959）一书，对我国人民表达了真诚的友谊。

《迷途》以广阔的社会、历史视角给我们展开了一幅反战的历史画卷。作品以深刻的思想认识、高超的语言技巧、多层次立体交叉的叙事结构，深入刻画了战争时期形形色色人物的行为、思想意志和命运轨迹。

“弥生子是一个有良知的作家，20世纪30年代日本法西斯主义疯狂时期，弥生子是社会主义运动的同情者，文学思想性贴近时代，流露出进步的人道主义意识。”①弥生子始终坚持高举现实主义创作大旗，不畏惧强权，在军国主义暴虐的年代里依然坚定地站在反战的立场上，表现出英雄般的气魄与胸襟，这在当时日本文坛也属罕见。

① 西垣勤．论野上弥生子作品的思想特质[J]．日本研究．2007(1):29．

日本女性解放的先驱者——平塚雷鸟

平塚雷鸟（1886—1971），原名平塚明子，日本女性评论家，作家，女权运动者。经历明治、大正、昭和三个时代，始终为妇女解放事业而奋斗。平塚雷鸟于1886年生于东京，姊妹三人中年纪最小，雷鸟是她加入女性文学组织“青鞜”时自己取的笔名。其父平塚定二郎祖上是纪州（现在的和歌山县）藩士，其父本人是明治政府的高官，在会计检查院就职，后来曾在东京一高（现东京大学）当过讲师，母亲的娘家明治维新前是和歌山藩主家的御医，维新后自己开医院。雷鸟的母亲出身名门，在富裕的环境中长大，因此她十分重视子女的教育。雷鸟6岁时进入富士见小学，因雷鸟不满学校实施的国粹主义教育而转学至诚之小学，12岁时从诚之小学高等科毕业后进入东京女子高等师范学校附属高等女校，在那里度过了痛苦的5年时光。17岁那年，她向往将女子作为人、作为女人、作为国民进行教育的教育方针，从师范附属女校考入日本女子大学，毕业后又上了二松学舍，学习英语和汉语。21岁时就读于成美女子英语学校，通过教科书接触到《少年维特之烦恼》，以此为契机，平塚雷鸟开始对文学产生兴趣。后来雷鸟拜师于从欧洲留学回来的文艺评论家生田长江。生田长江在该校任教并且介绍欧洲妇女解放运动和女性文学思潮，雷鸟从中受到启迪。同时，雷鸟参加了生田长江和森田草平举办的课外文学讲座“闺秀文学会”，从中受益良多。她在生田长江的劝说下写了处女小说《爱的末日》，森田草平读后写信给她说写得很好，以此为开端，两人确立了恋爱关系。

1911年9月，平塚雷鸟创办日本首个女性文艺杂志——《青鞜》。她在《青鞜》创刊号上发表了《原始，女性是太阳》，提出当时女性的病态存在，希望女性恢复太阳一般的光芒。她一生致力于日本的女性解放运动，是日本女性解放运动的先驱者和主要推动者。主要论著有评论集《发自圆窗》和《现代与妇女的生活》，著作有《母性的复兴》《女性的语言》和《我走过的道路》，随笔有《前往茅崎》和《原始，女性是太阳》等。

1908年发生了“煤烟殉情事件”，又称为“盐原事件”。1908年3月21日晚上，平塚雷鸟和森田草平二人从田端搭乘前往大宫、奥盐原方向的电车出游。在途中森田草平因为心理变化企图杀死雷鸟后殉情。此事没有成功，两人皆于3月24日被警官护送回来。这个殉情事件造成社会哗然，报纸捕风捉影地大肆渲染，还刊登了雷鸟的照片。雷鸟一夜之间成了丑闻的主角，日本女子大学将她从“樱枫会”除名。在当时，人们大多关注的是处女的贞操与名节问题，因为封建贞操观会使得失去处女之身的女子面临家庭和社会的双重责难。虽然平塚雷鸟在“煤烟殉情事件”中并未失去处女之身，但是社会习俗仍不能接受孤男寡女单独外出夜不归宿的行为。以“煤烟殉情事件”为契机，雷鸟开始关注性别歧视和男尊女卑社会中女性的自我解放问题。她在生田长江的强烈推荐下，着手创办完全由女性执笔的女性文艺杂志《青鞜》，资金主要来自雷鸟母亲的赞助和《青鞜》其他同人的赞助。

1911年9月，日本第一个完全由女性组织、编辑、执笔的文学团体“青鞜社”正式诞生。这些女性大多数毕业于东京女子大学，主要赞助人员有平塚雷鸟、与谢野晶子、长野智慧子、保持研子、荒木郁子、物集和子、长谷川时雨、田村岸子、野上弥生子等当时最优秀的文学女性。《青鞜》的封面由长沼智慧设计，平塚雷鸟撰写了发刊词《原始，女性是太阳》，在发刊词上她首次使用了“雷鸟”的笔名。雷鸟不无激动地写道：“创世之初，女性原本就是太阳，是真正的独立个体。然而，现在的女性却是月亮，是要依附他人而生，要借助其他的光芒辉映才能闪现出宛如病人般苍白脸色的月亮。……我们现在必须要把久被遮蔽的太阳找回不可。‘在久被遮蔽的太阳当中，发现潜藏其中的天才！’这正是我们内心共同的呼唤，正是我们喷涌不息的渴望。……人们为什么总是觉得女性是在自己往自己身上添加耻辱呢？女性真的是这样下贱的人吗？不！女性是真正的人！”[①]这个发刊词是雷鸟对女性的纵情讴歌，是召唤，是呐喊，她的发刊词被后来的女性主义者视为日本女性第一次的独立宣言，是向世界发出的女性的宣言。

先于时代觉醒了的“青鞜社”的女性，也在时代的浪潮中经受着磨炼，不断成长。“青鞜社”初期，她们被人们称作“日本的娜拉”“新女性”，这些称谓具有冷嘲热讽及责难的意味。对此，她们在《青鞜》上积极做出回应。“青鞜社”后期，《青鞜》作为女性问题杂志的性质明显加强，介入到被视为禁忌的女性的“性”问题中，围绕着“贞操”“堕胎”“废娼”这些尖锐的社会问题进行论争。因此该杂志曾三次遭到禁售处罚，并于1916年被迫停刊。由此可见，国家权力和以男权为中心的封建家族制度对代表女性利益的《青鞜》的压迫和束缚。

尽管受到压制和排挤，但是《青鞜》功绩不小，不仅培养了野上弥生子、宫本百合子、林芙美子、佐多稻子、宇野千代及冈本可能

① 平塚らいてう著作集編纂委員会．平塚らいてう著作集：第 1 巻[M]．東京：大月書店，1983:14．

子等女性作家，而且它多方面启发日本女性，使得广大日本女性开始关注自我解放。《青鞜》主张女性除了应该在经济上独立之外，更应寻求心理上与感情上的自主。《青鞜》鼓舞女性开发创作天分、帮助女性奋起反抗封建社会所有的迂腐传统，肯定女性情欲与自我价值、颠覆日本政府所鼓吹的贤妻良母和相夫教子的温婉形象、颠覆女性为了国家和家庭牺牲自我的价值观念，认为女性不应是“柔顺”“服从”“被动”“温和”的代名词。

《青鞜》的历史是短暂的，然而它毕竟是日本成立的第一个女性团体的机关杂志，它的出现宣告了女性开始向自我解放迈进了一大步。1975年的墨西哥联合国世界妇女大会上，日本代表的发言便首先引用了《青鞜》创刊词中的名言“原始，女性是太阳”。

1918年至1919年，与谢野晶子和平塚雷鸟之间围绕劳动女性与育儿问题展开了争论。最初是与谢野晶子跟平塚雷鸟之间围绕提高女性的社会经济地位问题展开的争论，后来山川菊荣和山田若也加入论战。

1918年3月，与谢野晶子发表的《女子的彻底独立》是这次论战的导火索，文中说道：“我对欧美女性运动所倡导的，处于妊娠分娩等时期的妇女向国家要求经济上特殊保护的主张难以赞同。”[①]与谢野晶子认为，有了一定经济基础才能生孩子，否则不应该生孩子。而且，最好在有一定积蓄之后再生孩子，因为有所积蓄则无须国家来养活母子。而平塚雷鸟认为做母亲是妇女的天职。但是，新型母亲的工作是既要养活孩子，还要养好孩子，将之培养成为人才。即在继续保持种族延续的基础上，谋求种族的进化和提高，让生命这一最神圣的

① 文章刊载于1918年《中央公论》3月号上。

火焰自始至终地燃烧下去，这就是妇女对人类发展所具有的伟大使命。在她看来，通过恋爱、结婚、生育、育儿、教育来实现对人类的改造（社会的根本改造），在这一最高目标的指引下，实现作为女性的爱的解放、母亲的权利，才是最进步的妇女运动的目的。她认为，实现妇女的本能满足与人类要求的一致、个人利益与社会利益的一致，是女性在自身生活的基础上发现的一大真理、一大调和。这种超越性别意识的生活要求反映了当今妇女运动的进步。针对妇女产前产后不能劳动，生活又得不到保障这一事实，平塚雷鸟指出，当今日本不完善的经济体制导致母权无法确立，母子生活就不得不依靠男子（丈夫或父亲）；男权社会极易导致战争，一旦遇到战事，妇女就是最大的受害者，其爱之结晶的孩子无疑会被推上战场，遭到无情的杀戮，备受打击的母亲只有悲戚、忍耐，而没有任何发言权。对此，她痛彻地感到，要保护女性那充满爱的生活，保证人类的延续和发展，使家庭安全并充满母爱，就必须改造这个罪恶的社会。

与谢野晶子夫妇共生育11个子女，而平塚雷鸟通过避孕等措施，只生了2个孩子，按照常理思维的话，晶子应该是母性礼赞者，而平塚雷鸟应该是倡导女性自立的能力主义者，但事实正好相反。平塚雷鸟提倡母性中心主义，认为国家应该保护妊娠、生产和育儿期的妇女。而与谢野晶子则坚决反对这种主张，认为由国库对妊娠、生产予以补贴的做法是变了形式的新的贤妻良母主义，并责难说由国家进行保护是“奴隶道德”“依赖主义”。

女性解放思想家山川菊荣对与谢野晶子和平塚雷鸟的观点虽然部分赞同，但她从社会主义立场出发，认为无论是保护母性也好，女性经济独立也好，只有在男女平等的社会才能实现。而山田若则赞成平塚雷鸟的观点，在她的随笔《拥有孩子的母亲的烦恼》中阐述道：“我不忍心把孩子送给别人养育，长期忍受靠丈夫养活的屈辱。其间我阅读了艾伦·凯的理论，使我的苦闷一扫而光。”[①]女性即使想独立，一旦生了孩子，就很难有时间干自己想做的事，于是陷入理想与现实的巨大反差中无法自拔。她从贤妻良母主义立场出发，主张“人们不要被‘独立’这个美好的词句所迷惑，家庭主妇虽然没有得到金钱报酬，但她们在家庭内劳动，应该自豪”[②]。

大正时期有多场文学争论，比如围绕有岛武郎《一篇宣言》的争论，里见弴和菊池宽之间的“内容的价值争论”等等，以上都是男性作家之间的争论，而保护母性的争论则是大正时期女性知识分子之间的争论。这场争论促使广大女性对经济独立进行思考并积极争取经济独立，实际上近代日本只是要求女性成为贤妻良母，要求女性为政府、为国家奉献，根本不会为了保护母性而动用国库，平塚雷鸟的想法是好的，但很难实现。

《青鞜》停刊后，平塚雷鸟并没有放弃为女性代言的任务和角色。在经历过结婚、育儿等生活体验后，她作为女人、作为女性思想家更成熟了，又回到了妇女解放运动的舞台。1919年11月24日，她和市川房枝、奥武芽绪等人组织“新妇女协会”[③]，把《女性同盟》定为机关杂志，提出妇女参政、男女机会平等、男女同校、保障妇女儿童合法权益、争取世界和平等口号，积极开展妇女解放运动。

1921年，平塚雷鸟由于过度劳累，加之和市川房枝产生分歧，

① 古川玲子．母性保護論争—晶子とらいてう[J]．www.eqg.org/lecture/hogol.htm.

② 古川玲子．母性保護論争—晶子とらいてう[J]．www.eqg.org/lecture/hogol.htm.

③ “新妇女协会”是以获得女性参政权为目的推行女性团体运动，是平塚雷鸟母性保护主义思想的实践，经过平塚雷鸟与协会成员的不断努力，使日本女性迈出并获得参政权的第一步，提升了女性对政治的关心。

不得不从“新妇女协会”中退出。此外，伊藤野枝和山川菊荣等社会主义者对平塚雷鸟进行批判和攻击，身心交瘁的雷鸟病倒了，市川房枝又去了美国。这对新妇女协会无疑是莫大的打击。之后，奥武芽绪挑起了重任，继续进行《治警法》修正运动。1922年，《治警法》第五条修正案终于获得通过。《治警法》通过后，平塚雷鸟开始文学创作，1926年出版《女性的语言》，1933年出版著作《云、草、人》，1937年出版《孩子的研究与教育丛书》第七辑。

第二次世界大战后，平塚雷鸟作为日本共产党的同路人，在推进妇女运动的同时积极推进和平运动，坚持反战。1950年6月，联名向美国特使达莱丝提出《日本女性对和平的祈愿书》，1951年12月反对《日美安保条约》，结成了“反对再军备妇女委员会”。1953年4月结成“日本妇女团体联合会”，就任首任会长，同年12月就任“国际民主妇女联盟”副会长，1955年，参加“呼吁世界和平七人委员会”，成为该委员会会员。1962年，和野上弥生子、岩崎千寻、岸辉子一起组织了“新日本妇女之会”，1970年6月，和市川房枝一起发表了要求政府放弃安保条约的声明。越南战争爆发后开展反战运动，于1966年结成“越南协商会”，1970年7月，创设“越南母亲及孩子保健中心”，称每一位母亲都是天才。雷鸟是一位孤高的行动家，终生献身于妇女解放运动。

平塚雷鸟长相很有个性，高鼻梁、眼角细长，嘴略大。长谷川时雨在《近代美人传》中把平塚雷鸟列入当时美人的范围。雷鸟气质高雅，极有风度，衣冠整齐，修饰适度，这些足以使她充满柔美的情调和魅力。平塚雷鸟与束缚女性的旧道德和陋习进行了坚决的斗争，但她没有忽视女性的柔美一面。日本众多女性将其视为女神一般的存在，她的确是一位集多种角色于一身的近代日本女性的楷模。

精通佛法、出身高贵的女性作家——冈本可能子

冈本可能子（1889—1939），也译为冈本加乃子，日本大正、昭和时期的小说家、歌人、佛教研究家。1889年3月1日出生于东京市赤坂区（现东京港区）青山南町。原姓大贯，大贯家是世代为幕府和诸藩服务的御用商人。可能子是大贯家的长女，出生在这个豪商家庭的别邸。大贯家一直居住在神奈川县橘树郡高津村，可能子因幼年瘦弱多病没有和父母共同生活，而是由乳母单独抚养。可能子从乳母那里知道了《源氏物语》等古典名著，使她对文学渐渐产生兴趣。之后，可能子在乡间私塾里学习汉文，在小学时已经开始创作短歌。她的长兄大贯晶川（1887—1912），原名雪之助，毕业于东京帝国大学。在东京府立第一中学时代晶川就和谷崎润一郎同级，两人私交甚好，并在文学道路上给予了彼此很大的影响。随着哥哥投身文学活动，谷崎润一郎等文人也成为大贯家的座上宾，不久可能子便也加入了文学的阵营。

大贯晶川是一个酷爱文学的热血青年，1906年发表了小说《须磨》等作品。1910年与谷崎润一郎等创办了第二次《新思潮》。无奈晶川在26岁时突然去世，让人扼腕叹息。其翻译屠格涅夫的《烟》死后正式出版发行。可能子在幼年时深受哥哥与谷崎润一郎的影响。女校毕业之后，又拜在与谢野晶子门下，成为新诗社的同人，17岁时以大贯可能子的名字在《明星》《昴》上发表了新诗和短歌作品。这时她的诗歌创作天赋也得到了大家的肯定。19岁那年夏天，可能子和父亲一同去长野县北佐郡轻井泽避暑，在住宿的旅馆邂逅了上野美术学

校的学生冈本一平。21岁时由和田英作保媒，可能子与冈本一平结为夫妻，婚后搬到京桥的冈本家居住。由于娘家人不能接受其与冈本一平的婚姻，两人建造了属于自己的房子。次年，儿子太郎出生后举家搬往赤坂区青山一处带有工作室的二层独栋房子里。尽管有了稳定舒适的居所，可是一平婚后不检点，而且夫妻同为艺术家，双方在个性上冲突严重。加之家道中落、父亲的破产、哥哥晶川的去世，都带给可能子毁灭性的打击。原本应该幸福美满的婚姻生活急剧降温，终日吵得翻天覆地，矛盾难以调和。屋漏偏逢连夜雨，可能子的母亲在之后的一年也离开人世，一平不改放荡的本性，又失去父亲的经济援助，家庭生计一度难以维持。在长女丰子出生后，可能子患上神经衰弱，并住院治疗。出院后一平决心痛改前非回归家庭，可是长女不幸夭折，这使得可能子无法再接受一平，从此可能子的情感、婚姻生活走上了一条充满魔性的道路。她迅速和早稻田大学的学生堀切茂雄坠入爱河。一平看到可能子对堀切如此痴迷，别无他法，默许了他们的同居生活。一平表面宽容大度，内心却痛苦不堪，独自一人前往镰仓的禅寺，修习佛法，涤荡灵魂。

可能子的次子二郎出生后不久便夭折，可能子再次遭受丧子之痛。之后，夫妻二人为了从剧烈冲突、爱恨交织，如同地狱般的婚姻生活中解脱出来，开始投身于宗教，向宗教寻求灵魂的救赎。俩人遍历了各种宗教的陶冶、洗礼，最后皈依了大乘佛法，从此佛教成了他们的心灵归属地，二人终于勉强相安无事。一平从亲鸾的《叹异抄》中获得了今后生活的方向，开始创作并发表具有佛教意味的散文，成为有名的佛学家。

1929年，可能子出版了《我的最终歌集》，打算此后专心创作小说。同年12月全家去欧洲游玩，儿子太郎留在巴黎学习绘画，夫妻二人在伦敦、柏林各居住了半年。1932年，他们把儿子留在法国，经由美国回到日本。归国后，可能子原本计划全身心投入小说创作，但屡屡被邀请就佛教教义、心得进行演讲，参加录制广播节目，也收到大量的约稿，出版了《佛教读本》等出版物。冈本可能子作为小说家真正的登场其实是在晚年。她生前不知疲倦地进行创作，然而很多作品却在她离世以后才发表，而且她的遗稿大都是丈夫冈本一平整理的。

以芥川龙之介为创作原型的小说《病鹤》经川端康成推荐而发表，可能子就此以小说家的身份正式登上文坛。之后发表了《母子叙情》《金鱼缭乱》《老妓抄》等作品。1939年2月18日因脑出血去世，享年49岁。川端康成在其去世后也惋惜道："像她这样思想深刻宏大的女性，今后什么时候才能再出现呢。真是可惜。"[①]

可能子共创作出版小说9部，分别是《病鹤》（1936）、《仲夏夜之梦》（1937）、《母子叙情》（1937）、《金鱼缭乱》（1937）、《老妓抄》（1938）、《河明》（1938）、《丸之内草话》（1939）、《生生流转》（1940）和《女体开显》（1943）；歌集5部，分别为《轻嫉》（1912）、《爱的烦恼》（1919）、《浴身》（1926）、《我的最终歌集》（1929）和《新选冈本可能子集》（1940）；随笔杂文集8部，分别为《散华抄》（1929）、《观音经付法华经》（1934）、《佛教读本》（1934）、《人生论》（1934）、《花之劲》（1937）、《五月将近》（1938）、《巴里祭》（1938）和《观音经》（1942）。此外，由一平撰写的《可能子记》于1942年正式出版，其子冈本太郎也曾著书两部来追忆父母的一生。可能子描写其与丈夫一平跌宕起伏的婚姻生活的舞台剧也引起了

① 川端康成．岡本かのこ[J]．文学界，1952(6):161．

很大反响。她对中国寒山、拾得的诗很有研究。她40岁时，就曾写过一篇有关寒山、拾得的作品，后来收录到她的《散华抄》集子中。

丈夫一平婚后成长为有名的漫画家，其作品以报道的政治事件为素材，以文佐图，进行辛辣的讽刺。其画家和文学家的鲜明个性，使得他们的婚姻在外人看来特别“不可思议”。然而，一平却把儿子培养成了日本现代艺术大师。冈本太郎曾设计建造了极负盛名的1970年大阪世博馆太阳塔，并有著名言论：“艺术就是爆炸！”

可能子的创作之中，长篇小说《生生流转》以佛教思想为依托展开叙述，从中可以读到可能子的生死观。小说的结尾，女主人公蝶子感叹道：“是啊，大海是没有坟墓的。”[①]这句话的意思应该是指“没有坟墓的大海代表着生与死没有界限，生死是一体的”，[②]这正是可能子“生命哲学”的表现。可能子长时间的佛教专研对她的小说创作产生了巨大的影响，在她的“生命哲学”中渗透着佛教元素。佛教是从另一个角度看待死亡的。人死不是消失，而是一时的变化而已，我们只是看不到。可能子以佛教思想为基底，孜孜不倦地刻画出生与死的循环、轮回，主张“生即是死，死即是生”，将万物皆有佛性的大乘佛教思想艺术化。

明治维新之后，西方文学作品大量输入日本，追求女性解放、男女平等的女权主义思潮在日本兴起，可能子作为女性团体青鞜社的一员，自然受到了强烈的思想冲击。此外，随丈夫一平的欧洲游学经历也对可能子的女性主义思想形成产生了巨大影响，在她的小说中展现了许多生命力旺盛的女性形象。《花之劲》就是可能子女性强劲生

① 岡本かの子．岡本かの子全集：第六巻[M]．東京：冬樹社，1975:403．

② 回颖，周异夫．冈本加乃子文学中佛教思想的国家主义性格[J]．文艺争鸣，2018(07):188．

命观得以凝练的代表作之一。《花之劲》是冈本可能子1937年在《文艺春秋》上发表的以花为寄托展现女性强劲生命力的短篇小说。主人公桂子是一个追求独立自我，无论遇到什么困难都能积极面对的前卫插花老师，她在经济上援助一个身患结核病、穷困潦倒的男画家小布施。洋溢着旺盛生命力的桂子喜欢上生命力不太旺盛的男画家，以此寻求性格上的调和，但是主人公强劲的生命力却让小布施倍感压力，也因为桂子没能帮助小布施实现血脉相承，最终两人没能走到一起。这是一个因生命力的巨大差异而造成的爱情悲剧。关于《花之劲》，冈本可能子说道："两人之间的恋爱，男子越爱女子，就越使男方衰微，使女方强劲，会产生和爱恋之情相反的结果。"①

在当时的日本，男性占社会的主导地位，大多数女性依附于男性生活，女性没有自己的事业，在家里相夫教子被认为是理所当然的。而冈本可能子却刻画出了一个经济独立、事业成功、勇敢追求自己梦想的女性强者形象和小布施这样温柔敦厚靠着女性资助度日的男性弱者形象，完全颠覆了现实中男强女弱的情况，可以说是昭和时期女性对"男尊女卑"封建传统思想和观念的挑战。冈本可能子通过这个富有旺盛生命力的桂子形象，向世人传达出女性追求自由平等的思想，这种强烈的女性意识中也蕴含着可能子独特的"生命哲学"。

说起可能子最具代表性的小说，非《老妓抄》莫属，这部作品于1938年11月在《中央公论》上发表，是其顶峰时期的作品。作品主要讲述了一个本名叫作平出园子的老妓，经常为年轻的艺妓讲述自己当年的故事。因为年纪大了，也攒下些积蓄，就收了一个养女，想安享晚年。一天，她找人来家中修理电器，于是就和这个叫作柚木的年

---

① 岡本かの子．肯定の母胎（自作案内）[J]．文芸，第6巻第4号，1938年4月．

轻修理师傅相识了。柚木阳光开朗，朝气蓬勃，虽然与老妓年龄悬殊，却也格外投缘。柚木向她诉说自己的烦恼与困惑，称自己胸怀梦想，然而现在的工作丝毫不能点燃他的热情。听了柚木的话，老妓产生了帮助他实现梦想的念头。于是她让柚木住进自己家里，赞助他生活费，使他能全力以赴地投入电器发明的梦想中去。可是柚木的“研发”早被别人拿到专利，不出半年光景他便四处碰壁，人也变得颓废起来。柚木有了自由和衣食无忧的生活后，反而陷落在虚无感里。最终离开了为他提供精神和物质援助的老妓。小说情节构造简单，但蕴意深远，受到了多位文豪的赞赏。

小说的直接出场人物是老妓、养女道子、年轻艺妓和男主人公柚木。从叙事视角来看，小说采用第三人称叙事，但又经常通过内心活动的描写，切换为“柚木”的视角。人物关系构造简单，内涵却丰富深刻。

文中没有直接交代老妓的年龄，但推测可知，六十几岁。老妓通过和其他人物的交谈，回忆了往事。这种对往事的回忆又使读者从整体上把握了她的人生轨迹。对过去片段式的回忆，恰是她人生中里程碑式的事件。老妓做出的选择可以折射出其本质欲求和现实社会生活剧烈碰撞后留下的痕迹。因此，在表面的文字叙述背后隐藏的一条主线为老妓的本质欲求和与现实的搏斗和调和。“我很羡慕一般的女性呢，她们不但能够遵从父母的决定，一生只伺奉一个男人，还能够毫不犹豫地为这个男人生子，然后照顾孩子一辈子，直到死去为止。”[①]作为一名艺妓自幼饱尝艰辛，无法摆脱笼中鸟般的命运。老妓在回忆中提到，年轻时曾和恋人计划“殉情”，然而迫于艺妓业界

① 冈本加乃子. 老妓抄[M]. 萧云菁，译. 重庆：重庆出版社，2012:6.

规则，避免给他人带来痛苦和利益损失，放弃了逃离艺妓世界求得“新生”的机会。然而，她的心中对“新世界”一直怀有期待，“她希冀能过上健康又有常识的生活。”[①]为了过上这种生活，老妓倾其一生积累的财富，在经济上也获得了独立。为了“正常的生活”，她收养了养女道子，让她接受教育。某种意义上说，为自己开辟和“学校”这个自己人生中被“遮蔽”了的社会场所联系起来的路径。与柚木的邂逅，具有双重寓意。有观点认为：“恋情对艺妓来说，是开辟新世界的唯一手段。”[②]而著者更倾向于老妓在邂逅柚木时感受到他对理想的“热情”，是其资助柚木的根本原因。固然，通过柚木，她开启了一个“新世界”，而从她对“养女”和柚木的恋爱之事的态度，不难发现柚木并不是她的所谓“恋爱”对象。毋宁说，她企图从柚木那里得到的是一种“青春洋溢”的感觉和执着追求理想的姿态。这两点和老妓本身是契合的，可以说是她的本质欲求，即对“不朽”的渴望和“有价值”生活的追求。对“衰老”的惧怕是人类共通的情感，“追求理想的生活”、对“现实”不满、逃离抑或打破，都映射出其价值追寻。

然而，由于艺妓的特殊身份，使得“正常的生活”无法全部实现。所以，在这篇小说的深层结构之中，展现出老妓跟社会现实斗争与调和的一面。其结果是老妓以自己的坚韧和执着，过上了“求知”“上进”“审美”的生活，而在其情爱世界却无法获得正常社会女性所拥有的家庭。

因此，她对一般女性的艳羡注定了她的悲剧意识。特定的社会环

① 冈本加乃子．老妓抄[M]．萧云菁，译．重庆：重庆出版社，2012:8.

② 近藤華子．岡本かの子『老妓抄』—芸者が舞台を降りるとき[J]．国文目白，2013(52)．

境和社会身份注定了其情感世界的悲剧色彩，这一点是难以超越的。因此，老妓也在现实中为自己寻求一种消解的方式。她请人设计喷水池、资助柚木、拜师学习俳句，都是其化解自我人生悲剧的方式。在这个过程中，还展现出她理性、冷静的头脑，以及超出常人的执着意念。

“反观这样的自己，那个老艺妓又是怎么回事呢？带着一脸的忧郁神情，却有一股令人无法理解的坚强意志，即使是学习各种技能，她都能够一项接一项，贪婪似的不断吸收着未知领域的学问。一股夹杂满足与不满足的欲望，不断推动着她往前进。”①正如热情已经消失的柚木观察到的老妓，她的求知是其本质欲求，也是其消解人生悲剧的方式。通过一系列的求知、审美活动，感知自己生存意义，对人生中的悲剧性进行弥合。

柚木出走后，老艺妓反而对他产生了一些敬意，并说道：“年轻人就是有活力呢，年轻人就应该这样。”②再次体现她对“活力”和“热情”的向往。较之失去梦想过起安逸生活的柚木，老妓表现出对“坚毅”和“叛逆”品格的推崇。这是她意识观念中理性的成分，也是自己理想形象的外化品格。

林房雄甚至称可能子是才华仅次于夏目漱石、森欧外的大作家。可是，与其兄长私交甚好的谷崎润一郎对其文学作品却鲜有评价，有资料记载谷崎润一郎曾背后出言讽刺可能子容颜丑陋，表达了对她的厌恶之感。此外，可能子作为一名宗教家而具有的独到的世界观、宗教观深深地嵌入其作品之中。可以说冈本可能子为我们展开了一个独

① 冈本加乃子．老妓抄[M]．萧云菁，译．重庆：重庆出版社，2012:6.
② 冈本加乃子．老妓抄[M]．萧云菁，译．重庆：重庆出版社，2012:34.

特的世界，而这个世界在她成为著名作家之前，其仅仅是一位宗教家的时候就已经存在了。此外，可能子还被评价为“地理作家”，从地理、地势、地形再到风景，冈本可能子体现出对地理的一种执着的偏爱。而所采用的“特写式”描写方法，也是其小说创作的特色之一。也有评论家认为可能子笔下的土地、地形暗示了“生命的源流”的走向，具有丰富的隐喻意义。

纵观冈本可能子的作品，其一大显著特征莫过于让人感觉到一股毫无停滞感的“生命之流”。每个人生来带着特定而固有的生命的“量”，来到人世，个性、经历、成长环境、世界观、人生观、价值观都是这种生命的“量”的构成，当面临亲密关系，一个人生命的河流要同另一个人汇合之时，如果不具有对等的生命的“量”，将会使关系破裂而痛苦不堪。冈本可能子的这种观点多半是与自己的婚姻经历有关。可能子的作品中沉淀着历经人世浮沉后的坚毅、淡然和寂寥，同时内蕴着对激情的渴望，是生活实践后获得的理性思考，是岁月沉淀下来的智慧。

冈本可能子的前半生致力于和歌创作，这为日后的小说创作打下了坚实的文字基础，而对佛教的钻研，又为她从更深刻的角度审视生命提供了思想的羽翼，加之其奔放的性格，奇妙的人生经历，在这些因素的共同作用下成就了可能子华丽绚烂的笔风和寓意深刻的作品内涵。她的作品突破了传统创作意识，散发出独立于主流审美意识之外的特殊气质，在昭和初期日本文坛独树一帜。可能子生前将自己形容为“长着三个驼峰的骆驼”，这三个驼峰分别是和歌、宗教和小说，

“我将驮着它们走过人生的沙漠。”[①]在她50年短暂的人生中，正是通过这三个“驼峰”创作出一部部别具一格的作品，塑造了一个又一个富有生命力的人物形象。洋溢着强劲生命力追求女性自由平等的桂子，生命走向衰老却愈加华丽绚烂的老艺妓园子……从这些人物中可以看到可能子对“生命”的追求和诠释。

① 王悦．关于冈本加乃子的《家灵》[D]．长春：吉林大学，2015: Ⅰ．

少女小说之鼻祖——吉屋信子

吉屋信子（1896—1973），日本著名小说家，少女文学创始人。吉屋信子1896年1月12日出生于日本新潟县新潟市一个官吏家庭。有两个哥哥和两个弟弟（其中一个夭折）。父母都是长州萩藩士出身，父亲严厉，母亲贤淑，是一个典型的明治时期的传统家庭。信子自幼酷爱读书，进入枥木高等女校学习后，开始向《少女世界》《少女界》等少女期刊投稿。1915年，20岁的信子从女校毕业后到东京投靠哥哥，开始潜心钻研文学。信子为《良友》《幼年世界》等儿童杂志写童话，还向《少女画报》投出了《铃兰》这篇稿件。稿子录用后，应杂志社约稿创作了一系列以“象征花”为主题的连载短篇小说。

信子在20世纪20年代至70年代活跃于日本文坛，主要创作领域是少女小说、家庭小说、传记小说。1916年，以处女作少女小说《花物语》崭露头角，在1920年的《朝日新闻》悬赏小说中获得一等奖，并于1924年被新潮社《现代长篇小说全集》收录，为吉屋信子带来了2 000日元的高额奖金。这篇小说当时受到德川秋声、幸田露伴等评审委员的交口称赞。1921年，在《朝日新闻》上连载的小说《去往海的尽头》，确立了吉屋信子大众小说家的地位。

1928年，信子与门马千代携手前往巴黎旅行，并在巴黎旅居了一年之久。巴黎之行为日后吉屋信子的文学和人生提供了丰富的养料。归国后继续为《主妇之友》《妇人俱乐部》等女性杂志撰写作品。1933年，在《妇人俱乐部》上连载《女人的友情》。1935至1936年，《吉屋信子全集》（全12卷）由新潮社出版发行。1936至1937年在

《东京日日新闻》《大阪每日新闻》上连载的小说《丈夫的贞操》大获好评。这部小说还被改编成电影、舞台剧，引起极大轰动，也让吉屋信子名利双收。

1937年4月，信子签约成为《主妇之友》的专属作家，于同年8月底以“主妇之友皇军慰问特派员”的身份，前往中国北部和上海，并在该杂志上发表了所谓“报告文学”《战祸的北支现地行》（1937年10月号）、《战祸的上海现地行》（1937年11月号）等文章。1938年又被日本内阁情报部选为“从军文士海军班”的一员，奔赴汉口。“对于吉屋《战祸的北支上海行》的一般评价是这部作品对战争和战场的认识缺少社会视角和思维空间，没有抓住从自身状态，文学观根底去再思考的机会。”[①]李炜指出吉屋信子所撰写的战地“报告文学”中“所包含的引导普通民众积极参与战争的‘圣战’理念、所塑造的激励日本女性支持和协助战争的‘铳后女性’形象，则是林芙美子与吉屋信子留下的‘不应’也‘不能’辩护的历史记忆”[②]。这也是论及这位少女小说作家时无法回避的问题。

1951年，在《每日新闻》上连载《安宅家的人们》，同年在《妇人公论》2月号上发表短篇小说《鬼火》，1966年，在《朝日新闻夕刊》上连载《德川的夫人们》，引发了大奥热。1970至1972年，在《周刊朝日》连载《女人平家》。信子创作了以女性历史为题材的小说，都是历史小说的力作。在之后的文学创作中吉屋信子主要围绕家庭小说展开，并在少女文学领域占据一席之地。她以基督教式的理想

① 徐青．日本女作家吉屋信子的上海表象——以现地报告《战祸的北支上海行》为主线[J]．浙江理工大学学报，2013(4):641．

② 李炜．国家、媒体及女性作家间的多层“战争”——以吉屋信子和林芙美子为中心[J]．日本侵华南京大屠杀研究，2021(1):104．

主义和清纯的感伤性获得了女性读者的拥护。她的创作受到了新渡户稻造的影响，也影响了冰室凉子等少女小说家和少女漫画家的创作。另外，比较特殊的是，吉屋信子是一名同性恋者，和恋人千代一起生活了五十多年。1973年7月11日在神奈川县镰仓市离世。

“吉屋信子从大正中期到战后的高度成长期，半个多世纪以来发表了大量作品，获得了众多读者的喜爱。她的小说大多以遭遇悲惨命运的女性为主人公，女性之间互相帮助、真挚生活的女性形象受到了女性读者的狂热追捧。”[①]1949年，《每日新闻》的“读书民意调查”——“最喜欢的作家”的调查结果显示：“第一名是吉川英治，第二名是石川达三，第三名是石坂洋次郎，第四名是夏目漱石，第五名是吉屋信子，第六名是谷崎润一郎。”[②]吉屋信子的国民认可度、喜爱度居高不下。

《花物语》是大正五年（1916年）在《少女画报》上连载以花为名的系列小说，连载长达8年，最终由52个短篇结集成小说集。这些小说以华丽典雅的文笔描写少女之间的友谊和梦想，受到女学生们的狂热支持。一时间成为“少女小说”的代名词，被誉为少女小说的“圣经”。“《花物语》至今仍为人们尤其是女性所喜爱，一个重要的原因在于其中的主人公都是纯真的少女，而且是富有知性和感性、自我意识觉醒、追求自我实现的少女。并且，信子对这些少女均是持着肯定和赞扬的态度，这为处于矛盾期的少女指引了人生的方

① 清水美知子．吉屋信子の小説にみる大正末～昭和戦前期の女中像—『三つの花』『良人の貞操』を中心に[J]．関西国際大学研究紀要，2011(12):105．

② 出久根达郎．给作家标个价：旧书店的文学论[M]．黄悦生，译．成都：四川人民出版社，2019:367．

向。”[1]大正初年妇女运动极为活跃，在这种背景下，中产家庭积极为家中的女孩们订阅杂志，少女小说成为她们的精神食粮。“20世纪10年代，得益于第一次世界大战，日本经济景气，产业结构剧变，城市中形成新的中产阶层，他们热心于子女教育，对城市文化持肯定态度。”[2]在这个被称为“大正浪漫”的大正时代，女孩们沉浸在各种少女杂志中，醉心于编织少女梦。这些短篇均以花的名字命名，如“铃兰”“月见草”“白萩”“野菊花”“山茶花”“水仙”“无名花”……这些花在各自的故事中以女主人公登场，有女校中爱慕低年级学生而苦恼的少女，有与志向远大的学生心灵相通的女教师，有将自己的一切都奉献给妹妹的姐姐等等，共通之处在于都是女性之间相互鼓励、帮助、关爱的故事。这部像盛开的花朵一样可爱的少女们的虚幻故事，是少女们心中的圣经。《花物语》中每一篇的主人公都是少女，她们人格独立，勇于探索自我价值，为新一代的女性树立了标杆。对当时进一步解放女性思想，摆脱父权制下传统的“贤妻良母”形象具有重大意义。少女时期对女性而言是“塑型期”，是要成为“传统女性”还是“新女性”的选择期。这个时期铺天盖地的少女杂志和小说，无疑给万千少女提供了答案。

《三朵花》是应杂志《少女俱乐部》的约稿创作的长篇小说，于1926年4月至1927年6月在该杂志上连载。小说的主人公是内山家的三姐妹，长女“几代”17岁，是神户女学院的学生。她气质高雅，有“白百合”之称，她的未婚夫是一名大学生。次女“绿”16岁，同样是神户女学院的学生，她在容貌上逊色于姐姐，但好胜心强，才华横

① 彭旭，肖霞．天地魂之女人花——吉屋信子文学世界中的女性自我[J]．兰州学刊，2018（1）:113-114．

② 李长声．况且况且况[M]．上海：上海交通大学出版社，2017:30．

溢，如“黄玫瑰”般知性温婉。最小的妹妹是小学六年级学生，是一个娇气十足、毫不认生、非常惹人怜爱的小姑娘，宛如一朵“红山茶”。三姐妹就构成了小说名字的“三朵花”。三姐妹的父亲是神户一所高等商业学校的教授，也是一名基督教徒。母亲是一名典型的温柔贤淑的全职主妇。内山家作为典型的新中产阶级家庭的代表，家里还有一位女佣。

这个原本温暖幸福的家庭，却因为父亲的突然离世而轰然坍塌。内山母女四人离开了原来的家，开始了在东京姑姑家的寄居生活。姑姑是三姐妹父亲的姐姐，虽身为富豪太太，但为人极为冷淡。母女四人就这样在东京的新环境中展开了新生活。她们独立自强的坚毅品格、相互扶持的真挚情谊，最终打动了姑姑。通过各自的奋斗，也都翻开了人生的新篇章。面对人生的沉痛打击，她们没有彷徨不前，而是坚强面对。勇于挖掘自身潜能，加上团结的力量，最终将难题一一破解。特别值得一提的是女佣对内山一家的持续帮助，不离不弃，更见证了女性间超越阶层的真挚情谊。让读者感知到女性的纯洁高尚的灵魂、被爱和温暖充溢的心灵。这篇小说不仅描写了落难少女们克服困难追逐光明的故事，也如实地传递了大正末年社会生活的场景，因此受到了读者的广泛好评。该部小说也于1927年发行了单行本。

《丈夫的贞操》于1936至1937年间在《东京日日新闻》《大阪每日新闻》上连载，小林秀恒担任插画师。主人公水上邦子是镰仓一位官员的女儿，女子学校毕业后想继续求学，却遭到父母的反对，最终在父母的安排下通过相亲和一位大学毕业的技师结了婚，构建起另一个新中产阶级家庭。小说的另一位女主人公是邦子女子学校的同学加代。加代是深川一家木材店老板的独生女，在关东大地震中失去了父母，家财也一夜散尽。她被奶奶抚养成人后，在一家百货商店当营业员。经邦子介绍，加代和民郎结婚，无奈民郎因意外事故突然离开了人世。加代带着3岁的女儿来到了东京，通过邦子丈夫信也的介绍谋得了一份工作。随着时间的推移，信也在照顾加代的过程中对她产生了感情，两人发展了一段不伦之恋。这让邦子陷入了被丈夫和朋友双重背叛的窘境。加代也受到良心的谴责，认识到自己的错误。加代深刻反省自我后，选择和邦子的友情，渐渐远离了信也。邦子经过内心巨大的痛苦，激烈地挣扎最终选择宽恕了二人，并且收养了加代的女儿。加代和商人准吉结婚后，带着女儿离开了日本。

这部小说在日本社会引起了巨大反响，销售情况空前。“昭和十二年（1937年）4月28日初版，到5月11日竟然印了30次。销量十分惊人。”[①]《丈夫的贞操》的标题中“贞操”一词引人思考。在社会一般认知中狭义上的“贞操”总是与女性紧密联系在一起。它是父权社会加在女人身上的一道沉重枷锁。而当“贞操”被冠在“良人”（丈夫）的名后时，制造了反讽的效果。《丈夫的贞操》书名本身具有相当高的话题热度，这也是它能成为畅销书的原因之一。吉屋信子也凭借这部小说成为文坛炙手可热的人物。

小说《阁楼上的两处女》于1920年由民文社出版。这部作品是以作者少女时期的经历为素材创作的，书写了同性恋体验，有作者自身的投影。小说的主人公泷本章子和秋津环都是独立自强的少女。她们为了实现自己的理想来到同一所教会学校学习。两人住在宿舍的阁楼上，她们把秋津房间作为共用书房，把章子的房间作为共用寝室。思

① 出久根达郎．给作家标个价：旧书店的文学论[M]．黄悦生，译．成都：四川人民出版社，2019:368.

想和行为都非常独立的两位少女，很难融入周围的环境。但是，两人可以彼此理解，相互安慰。两人一起构建了相互爱护、相互扶持的美好世界。二人的能力和才华各有所长，没有普通女孩之间的攀比、嫉妒、钩心斗角，反而是相互肯定，相互吸引。二人决定携手开创一片新的人生天地。章子最后被赶出了寄宿学校，秋津则不离不弃，与章子共进退。在这篇小说中，信子极力讴歌女性之间的情谊，但也浸染了“同性恋”的色彩。她从正面描写被视为禁忌的女同性恋题材，直面社会的偏见。

“吉屋信子对男性社会的不信任原本就深深扎根于她的生活经验中，母亲是彻头彻尾的男性中心社会的传统女性，信子无法信任这样的母亲。母亲与身为官吏的父亲过着无爱的生活，在盲从的日子里生育了一个又一个孩子，溺爱着男孩，却对容貌不佳的信子从不表现出感情。对于蛮横的父亲和哥哥，以及借着因循守旧的道德，对女儿百般折磨的母亲，信子甚至产生了一种毫无道理的生理上的厌恶感。”[①]成长的环境，深刻影响了信子的婚恋观。对她而言，相较于被谎言和不信感充斥着的异性恋，或许相亲相爱的女性友人才是真正志同道合之人。

“秋津环那勇敢无畏的形象，获得大正时期少女们的欢呼喝彩。大正三年（1914年）成立的少女歌剧团也起到了推波助澜的作用。吉屋信子通过小说呼吁：同性恋是本能，而非病态。对于当时的少女们来说，这是一种全新的观点。”[②]两位心意相通的少女，决定一起携

① 荒木詳二．1920年代の「新しい女たち」について—「モダンガール」の日独比較[J]．群馬大学社会情報学部研究論集，2007（14）:246.

② 出久根达郎．给作家标个价：旧书店的文学论[M]．黄悦生，译．成都：四川人民出版社，2019:372.

手开创人生新局面。从某种意义上来说颠覆了传统婚恋中男女组建家庭的观念，由此开启新生活的形式。“少女小说的读者变成成人小说的读者，而她们的女儿则重复着母亲的历程。也就是说，信子的读者包括了母女两代人。”[①]少女小说中展开的文学世界开辟了隐去男性的话语空间。女性的思想意识、情感得到充分的言说和释放，鼓舞了万千女性。暗示了仅靠女性的纯洁、爱心、奋斗，就可以到达美好的人生境地，至少说明了吉屋信子“精神”同性恋者的身份。在现实生活中，吉屋信子也与女性朋友相伴左右。“同性恋”倾向在多部作品中都有体现。

“无论从吉屋信子的人生经历还是从其文学创作都可以看到她对贤妻良母主义的反抗，她通过自己的言行和作品中的女性之口解构着贤妻良母主义的社会秩序。”[②]吉屋信子的女性小说可以归纳为以下三类内容：一是对女性的自我价值、精神价值的发掘；二是被隐去的男性话语，被颠覆的男权，对男性卑劣品质的书写；三是纯美的女性情谊，或者是精神爱恋。

《三朵花》中姐妹三朵美丽的花朵，各具特色。她们或美丽、高雅，或才华横溢，或生动活泼。这些值得称颂的特质，是对女性自我价值的肯定和讴歌。父权社会长期宣扬男性价值、雄性魅力，而信子作品中对女性价值、女性魅力不遗余力地赞美，无疑是对父权社会既有性别价值标尺和秩序的解构。信子少女小说之所以在日本女性群体中广泛流传，圈粉无数，是因为她唤醒了女性对自我的认知，对自

① 出久根达郎．给作家标个价：旧书店的文学论[M]．黄悦生，译．成都：四川人民出版社，2019:368．

② 彭旭，肖霞．女性的性别突围与身份重建——以吉屋信子及其通俗小说为例[J]．河南师范大学学报（哲学社会科学版），2018（6）:123．

我的确信。获得了自我认同的女性，更勇于发掘自我的价值，不再成为男性的附庸，踏上了实现自我生命价值的道路。“进入昭和以后，‘自我实现的欲求’井喷式爆发，《少女之友》中的作品描写歌唱自由，追求自我实现的少女。因此，家人不是少女的束缚，毋宁说是成为少女自由的讴歌和自我实现的应援。”[①]作为少女文学开创者、确立者的吉屋信子，在这个转变过程中无疑起到了重要作用。

女性巨大的精神力量在信子的作品中也得到了书写。《三朵花》中女主人公们遭遇人生变故，并没有走上堕落绝望的道路，反而是越挫越勇，依然与困境顽强斗争，最终收获完美人生。这些故事表现了女性坚韧、勇敢、拼搏、宽容的精神特质。对女性精神价值的书写和赞美，是信子作品的另一大特质。

其次，为了表达对父权制的藐视，信子在作品中或是不让男性出场，隐去男性话语，或是毅然将男性钉上耻辱柱。《丈夫的贞操》中出轨妻子女同学的丈夫信也，《鬼火》中在深处绝境的女人身上压上了最后一根稻草的燃气抄表员忠一，都是这类男性的代表。信子狠狠地将他们讽刺和嘲笑了一番。“正如田边圣子所言，从小在男性霸权包围中成长起来的吉屋信子，是一位男性霸权的终极反抗者。”[②]作为男性霸权的终极反抗者，信子在少女小说中也开辟了女性精神纯爱的叙事空间。

“少女是一个文化性幻影”[③]，而吉屋信子就是日本少女文学的鼻祖，并且对日本少女漫画产生了深远影响。信子的女性小说不仅得

① 今田絵里香．少女雑誌にみる近代少女像の変遷—『少女の友』分析から[J]．北海道大学大学院教育学研究科紀要，2000(82):149.

② 彭旭．吉屋信子对男性霸权的颠覆与解构[J]．中华女子学院学报，2015(6):71.

③ 李长声．况且况且况[M]．上海：上海交通大学出版社，2017:30.

到日本大正时期女性的追捧，在当代文化中依然释放着巨大的能量。其作品对解放女性思想、肯定女性价值、鼓励女性独立等方面具有积极意义。

自由、幸福的追寻者——宇野千代

宇野千代（1897—1996），活跃在大正、昭和、平成时期的日本小说家、随笔家。她是一位精力旺盛、充满正能量的女性。宇野千代二十多岁时作为作家出道，同时也做和服设计，所以她是作家，同时也是一名女性实业家。她作为作家长期活跃在日本文坛，获得了许多文学大奖。1921年，在《时事新报》杂志上发表了《脂粉之颜》，获得悬赏小说的一等奖。代表作《阿范》于1957年获得野间文学奖，1958年又被授予第9届女流文学奖，1971年被授予第28届艺术院奖章，在1981年被授予第30届菊池宽奖。另外，宇野千代还发表了《色忏悔》《一个女人的故事》《幸福》《刺》《一个男人的侧面》和《三浦环一片鳞》等作品。她98岁时去世，在她去世前一直坚持写作。

宇野千代的一生是追求自由、为爱而活的一生。这份执着和洒脱与她坎坷的生活经历有着密切关系。宇野千代1897年11月28日出生于日本山口县，2岁时母亲因肺结核去世，父亲性格乖戾，对宇野千代极为严格，千代把父亲的话当作命令一样执行。比如，父亲要求千代赤脚去上学，放学回家后也不能随便外出，外出买酒必须牢记父亲喜欢吃的下酒菜等等。可以说，在当时日本的这种封建家长制下，父亲深深影响着千代的内心世界。她无比渴望自由，在她14岁父亲去世后，她离开家过上了一种前所未有的自在生活。

宇野千代的感情生活丰富多彩，有过四次曲折的婚姻经历，同时和许多男人交往过。无论是抛弃或被抛弃，面对每次挫折她都能够潇洒对待、坦然面对，从未消减过对爱情的渴望。她总能迅速从一段失败的感情中抽身，投入到新的恋爱中。

宇野千代的作品风格一方面同自身的经历有关，另一方面也受到当时日本社会妇女解放风潮的影响，具有鲜明的时代特征和女性主义文学特点。明治维新以后，日本开始受到西方妇女解放运动的影响，女性意识也发生了时代性的巨变。日本女性开始积极寻找表达自我的渠道，而且当时很多“新女性”都全身心地投入到追求女性独立和解放的生活中。大正时代，日本许多地方都成立了当地的妇女协会，同时也创办了一些女权刊物。著名的杂志《青鞜》就是当时日本新女性形象的象征。这本1911年9月由平塚雷鸟创刊的杂志，激励日本“新女性”重新定位她们在家庭和社会中的角色，颠覆了传统的日本女性“柔顺”“服从”“被动”“温和”的温婉形象，为鼓舞日本女性表达自我、创作文学提供了空间。“它帮助日本女性从封建社会的落后传统中解放出来，肯定女性追求自我价值，并成为鼓舞众多女性精神力量的存在。”①

受当时社会风潮的影响，风华正茂的宇野千代的作品主要探讨了女性的情感和幸福观念，反映了妇女争取独立解放，追求男女平等的思想。在明治维新的近代化中，政府提倡贤妻良母思想，但宇野千代、圆地文子对此提出异议，她们作品中的母亲、妻子、恋人为了争取自己的地位，往往表现出强烈的反抗意识。王晶教授曾对战后女性作家做出分析：“战后日本女性作家可以分成两类，一类就是在虚幻的文学世界中融入自己真实的人生经历，重视自己的体验。……其中，以用吟唱诗歌散文的方式描绘流血般放浪生活的林芙美子，在作

① 赵霞．论日本女作家宇野千代的女性独立意识[J]．青年文学家，2019(21):95.

品中露骨地描绘入狱经历的平林泰子，以及对自己情欲生活又爱又恨的宇野千代、濑户内晴美等人最具代表性。”[①]宇野千代的作品受日本随笔传统写法影响的同时，也受到西方写实主义文学的影响，把自己的生活经历、情感体验充分融入作品中，作品的细节刻画十分真实、人物场景的描述非常具体，她将自己的一切毫无掩饰、淋漓尽致地展现给读者。所以，读她的作品仿佛置身于她的世界。

《一个女人的故事》是宇野千代写于1972年的自传式小说，是她在七十多岁时完成的对自己少女时代的感情和前两段婚姻的回顾。小说描写了主人公吉野一枝从出生到和让二离婚后8年间的故事。小说以一枝14岁为时间分界，在她14岁之前一直笼罩在封建家长制的阴影下，过着卑微的生活。一枝的父亲高傲、乖戾、寡言少语、不近人情。在这样的家庭环境下，一枝学会了隐忍，但她内心无时无刻不渴望得到自由。在她14岁父亲去世后，她马上就按照自己的方式自由地去追求幸福了。

和丈夫让二的生活索然无味，她就去追求爱情。因为与教员筱田恋爱被免职。与第一次见面的男人野崎七郎同居，这个男人点燃了自己的激情，爱情仿佛洪水决堤一般汹涌而来，她立刻把自己的丈夫让二忘得一干二净。与野崎同居时由于受不了野崎家的种种限制，她又和偶遇的青年藤井基吉恋爱了，像当初离开让二时一样，毅然决然地离开了野崎。之后又和很多男人发生过性关系，其中有男学生、让二的朋友、自己朋友的丈夫等，但无论与谁恋爱，她从没想过结婚，她就是这样无意识地追求自由恋爱的感觉，和当时贤妻良母式的传统日本女性完全不同。这种婚恋观形成的背后，其实是一枝对家长制度的

① 王晶．动荡时期的日本女性文学——日本战后女性之管窥[J]．大连大学学报，2005(3):62．

反抗，她不愿被别人束缚，她疯狂恋爱寻求自我的同时，在和服设计事业上勤勤恳恳，取得了巨大的成功，甚至以一己之力负担着家庭开支。

小说里的人物和情节都依照宇野千代的真实经历写成。当年宇野千代曾担任过代课教师，并且喜欢上了同校的男教师，尽管宇野千代进行了热烈追求，却被男教师拒绝了，宇野千代还因此事被学校辞退。23岁时，宇野千代和继母姐姐家的小儿子藤村忠和结婚。因为是包办婚姻，她和丈夫没有感情。后来由于生活拮据，她开始为了生计而工作。她参加了当时《时事新报》的悬赏小说征稿比赛，以《脂粉之颜》荣获一等奖，在文坛展露才华，之后不断向杂志投稿，凭借写作获得巨额稿费，在事业上获得了经济独立。和丈夫结束5年的婚姻后，1926年同作家尾崎士郎结婚。但因为尾崎与他人的暧昧关系使她的爱转瞬即逝，2年后因为出轨梶井基次郎，宇野千代和尾崎士郎离婚。这篇小说展现了宇野千代从少女到青年时期的自我精神蜕变过程，描绘了她思想独立、恋爱自由的价值观形成过程。

《色忏悔》以画家东乡青儿为情自杀未遂事件为题材，描写了主人公汤浅让二和四个女人之间的感情纠葛。小牧高尾是三菱高管的独生女，美丽妖娆的外表下有一颗叛逆不羁的心。在父亲面前是乖乖女，父亲离开就变成不良少女。这种两面性是由于父母关系疏远造成的。由于父母关系不融洽，各过各的生活，高尾长期得不到关爱。百无聊赖下使得这个18岁的花季少女爱上了32岁已婚的海归画家汤浅让二，连续几个月执着地给他写信，虽然知道他有妻儿，但小牧高尾傲慢地认为凭自己的姿色和财富，让二一定会喜欢她。最后高尾终于和让二发生了一夜情，事情过后，高尾决定另寻他欢，她躲到一家酒店和一个年轻男子来了一场艳遇，享受着美好的海滩风光，让二找到她，她漠然以对，仿佛那段爱情从未来过一样。高尾的爱情没有缘由地开始，又不动声色地结束，真是潇洒至极。在家道中落后，高尾一夜长大，她凭借继承于父亲的管理才能最终事业成功，最后在好友露子面前毫不留情地撕碎了让二虚伪的假面，把他痛骂一通，彻底清算了与他的过往，找到了真正的自我。

和高尾分开后，让二与露子走到了一起，两人互相深爱对方。露子是海军某将军的女儿，生活在典型的封建家长制家庭环境下，被父母包办婚姻，要求她嫁给一个军官。露子为了自由的恋爱，两次与让二私奔未果，不得不分开。在让二与知子结婚后两人再度重逢，两人对生活感到厌倦和失望，为了永远在一起相约自杀，两人在露子的房间里打开煤气、用手术刀割破喉咙，最终却被救了下来。可以说露子是一个爱情至上的女子，为了获得感情的自由，她勇敢地与命运抗争。

在经历了离婚、露子的离开后，让二疲惫不堪。不久后他在年轻的知子身上看到了新的希望。知子年轻的气息和温馨的家庭氛围让他重新燃起了面对生活的勇气。在知子父母的极力劝说下，让二和知子开始了一段没有感情基础的婚姻。然而这样的婚姻最终在让二前妻的来访和露子的频频来信中变得摇摇欲坠。知子和一个年轻男子私奔了，让二后来才知道，知子在同自己结婚前就和这个男子在交往，和他结婚完全是因为一时被他知名画家的身份所魅惑，是一个年轻女子对成熟男人的一种向往罢了。知子在看清这段婚姻的假象后，不留只言片语就与情人私奔了，在感情上是一个极为果断、无所顾忌的女子。

《色忏悔》是宇野千代和东乡青儿婚后，1935年根据东乡为爱自杀未遂的经历写成的。小说中对细节的描写融入了宇野千代个人的经历，因此刻画得异常生动。比如，小牧高尾对让二的追求方式，是每天坚持不懈地给他写信要求与其见面，一直持续了好几个月。这源于宇野千代的初恋经历，和男教员分手后，她割舍不了这段感情，坚持给对方写了3年情书以诉衷肠。再如主人公让二的职业是海外归国的西洋油画家，他在回国后虽颇负盛名，但却因为无法得到价值认同，陷入了创作瓶颈。其职业生涯和困境与东乡青儿十分吻合。此外，让二和露子相约自杀的过程取材自真实事件，因此描述得极为细腻而具体。“我看着露子的血从喉咙里冒出来，慌张地把她抱到床上躺下，我本打算镇定地赴死，却没想这一刻的心情完全相反。……我想不能就穿着这染了鲜血的衣服死去，于是下床从衣柜拿出一件新的衬衫换上……我意识模糊地看着旁边露子的脸，一边摸索着吻上她的唇。是多么的冰冷啊！就像坐在冰窖里，深入骨髓的那种寒冷。……我感到血在我们身下蔓延开来，我的意识渐渐模糊，仿佛在做梦似的。感觉自己像个没有灵魂的躯壳，或者说只剩下了灵魂，而身体已经消亡。”①

当时日本社会在大正恋爱论热潮结束后，女性们的恋爱争论蓬勃日上，可以说掀起了“第二次恋爱热潮”②。许多女性作家们认为封建的恋爱观是扭曲的、罪恶的，女性应该拥有“恋爱的自由”，同时也要保持经济的独立。《色忏悔》正是在这样一种女权主义思潮背景下完成的。而小说中的这三个女性形象都有自立自强、敢爱敢恨、飞

① 岡本かの子，林芙美子，宇野千代．岡本かの子、林芙美子、宇野千代集[M]．東京：筑摩書房，1970:385.

② 菅野聡美．消費された恋愛論—対象知識人と性[M]．東京：青弓社，2001:196.

蛾扑火般追求自由生活的性格侧面，可以说是宇野千代人到中年的内心写照。

《刺》是宇野千代第四段婚姻破裂后，和丈夫北野武夫分居期间开始动笔创作的，3年后的1967年正式完稿，描写了自己与北野武夫25年婚姻自然走向消亡的过程。二战后，主人公“我”和丈夫经历了事业的成功、失败，再到婚姻破裂。在长达约30年的婚姻中，“我”作为一个妻子虽然在事业上比丈夫更加强势，但在夫妻关系中却始终是隐忍、卑微的一方。“我”虽然知道丈夫有一个情人，但却佯装不知，也许是因为懦弱，太害怕失去，我默默承受着这份沉重压抑的感情。

为了引起丈夫的注意而去学习舞蹈，为了能让丈夫安心待在自己身边，斥巨资在工作室附近买下了豪宅。甚至在事业遭遇滑铁卢时，不做任何计划地决定开始新的事业，想要立刻投入到新的工作中，来抚平丈夫出轨带来的伤痛。在丈夫的情事被大家知道后，“我”伤心地去了巴黎。但丈夫和解的信一来，马上又飞回日本，继续过着不闻不问的日子。虽然从未见过那个女人，但看到丈夫书里的一张女人照片时，立刻就知道是丈夫的情人。两人分居后，“我”也会时不时做些手工给丈夫送去，哪怕丈夫表示出一丁点喜欢，“我”也会感到高兴。我扭伤了腰，康复期间丈夫时不时来看“我”，“我”沉溺在这温柔的眼神中。虽然之后才知道丈夫是希望“我”早日康复，好与“我”离婚。最终这段婚姻自然而然地结束，离开时“我”还帮丈夫搬行李，最后丈夫头也不回地离开了，“我”的心情说不上悲伤，既然分手是丈夫所期待的，那“我”也想过他那般期待之后的生活。“我”平静地接受了这一切：“我们极其自然地分开了，就像秋天到了，树叶从枝头飘落那样自然。即使有些许苦恼，但那也只是类似于树叶离开枝头时，一瞬间的微痛而已。”①

宇野千代的四段婚姻中，与北野武夫的这25年时光应该是最让她难忘的。宇野千代比丈夫大10岁，为了追求他，不顾自己知名作家的身份天天在其报社门口等他。小说《刺》中两人创办杂志、公司倒闭、四处置业、丈夫出轨等都是发生在宇野千代身上真实的经历。小说反映了宇野千代历尽千帆后的心境，在她看来，当幸福离开时，应该淡忘，甚至忘却，那才是保持幸福的方式。

《幸福》写于《刺》之后的第四年，主人公的名字“一枝”和《一个女人的故事》中的“一枝”恰好一致，而全文写的则是一枝和丈夫之间的点点滴滴，可以说是小说《刺》的延续。我们不难发现，《一个女人的故事》《刺》《幸福》是宇野千代记录自己从少女到老年的四段婚姻和感情生活的三部曲。

《幸福》则是70岁的宇野千代对自己人生哲学的总结：“快乐，是我的生存之道。”②

开篇描写主人公一枝洗完澡后，在镜子中欣赏自己的胴体，感叹与维纳斯画像太相似了。虽然脚下没有贝壳，腹部松弛、皮肉下垂，但一枝仿佛看不见一样，满足地欣赏着她70岁的身体。

“一枝就是这样把幸福的碎片一片片地捡起。”③当战时生意失败后，和丈夫回到乡下的家，虽然不能像以前那样奢侈地生活，但能

① 岡本かの子，林芙美子，宇野千代．岡本かの子、林芙美子、宇野千代集[M]．東京：筑摩書房，1970:405．

② 岡本かの子，林芙美子，宇野千代．岡本かの子、林芙美子、宇野千代集[M]．東京：筑摩書房，1970:411．

③ 岡本かの子，林芙美子，宇野千代．岡本かの子、林芙美子、宇野千代集[M]．東京：筑摩書房，1970:408．

用随身带的和服向乡亲们换吃的，这也是乐趣；早起为丈夫和公婆做美味的食物，大家说好吃，就会很满足；美国大兵拿着枪对着她开玩笑，她也一点不害怕；丈夫被充军，两地相隔的日子里，一枝经常给丈夫写信、送吃的，虽然也知道这些食物或许并不会到丈夫手里。就是这样，人们普遍觉得不幸的事情，一枝从不去想。她不想把自己看作不幸的女人，也许是怕受伤，她总是努力去做一个幸福的人。也因为这个性格，她总能充满正能量地去做事业，但凡她决定了要去做事，就会马上着手去做。因此她在和服事业上做得风生水起，手里拥有11套房子。不在乎任何人的想法，能阻止她的唯有金钱，但这恰恰是她最不在意的。

小说最后描写道，独居在山里的日子一枝一点也不感到孤独。河里的水结冰，从二楼望下去就像一面镜子一样，就连这样的小细节，一枝都能感觉到幸福；家旁边有一条平缓的坡道，刚好可以滑雪，这样一想也觉得很幸福。

对宇野千代来说，找寻幸福、发现生活中的乐趣是最重要的事。她总是抱着积极的心态面对生活中的波澜曲折，这是她的人生奥义。

日本无产阶级文学女斗士——宫本百合子

宫本百合子（1899—1951），原名中条百合子，1899年2月出生于东京小石川区。日本昭和时期的小说家、评论家。日本女子大学英文系中途退学。1937年改名为宫本百合子。祖父中条政恒曾任当时福岛县典事，曾向明治政府内务卿大久保利通强烈要求开拓安积原野，这项工作倾注了他全部的热情。外祖父西村茂树是活跃于明治初期的思想家、伦理学者，身兼公众顾问官和华族女子学校校长等职务。父亲中条精一郎是大正时代著名的建筑家，曾任日本文部省技师。母亲葭江在贵族学校接受过教育，是一名不折不扣的才女。受到母亲精心的培养，百合子自幼习字、练习钢琴、观看话剧、参观美术馆等，受到上流社会的熏陶。父亲和叔父的英美留学经历，让年幼的百合子耳濡目染，接触到很多西方思想。成长在这个处在上升期的中上层家庭中，百合子从小具备了非凡的文艺才能，也树立了远大的理想，这为她以后的展翅高飞打下了基础。

1911年，百合子进入东京女子师范学校附属高等女子学校学习，在此期间开始创作小说。1916年，进入日本女子大学英文系预科学习，18岁的百合子在《中央公论》9月号上发表了《贫穷的人们》，这也使她被冠以“天才少女”的名号。

1918年，百合子陪伴因公出差的父亲来到了美国。父亲公务结束后，百合子并没有同父亲一起返日，而是成为哥伦比亚大学的一名旁听生。在这里，她与研究古代东方语言研究者，年长她15岁的荒木茂恋爱并结婚。两人在1919年末返回日本，之后因为性格、理想的不同婚姻遭遇瓶颈。百合子经野上弥生子介绍认识了俄罗斯文学家浅汤芳子之后，于1924年做出了离婚的决定。这段婚姻的经历也被写入其代表作《伸子》中。

1927年，与浅汤芳子共赴苏联访问，期间也曾到西欧旅行。1930年11月回国，次年加入日本无产阶级作家同盟，参与无产阶级文学运动，1931年加入日本共产党。1932年与比自己小9岁的日共党员、文艺评论家宫本显治结婚。由于无产阶级文化运动受到镇压，1933年宫本显治被揭发，成为间谍案件的主犯被送上了法庭。之后百合子冠夫姓，改名为宫本百合子。即便受到镇压，百合子依然没有放弃文学创作。在1932至1945年间，百合子屡屡被捕入狱，数度被禁止发表作品。1942年在肮脏酷热的监狱中得了“热痉挛病”，侥幸保住性命。1944年宫本显治被判无期徒刑，在日本战败的1945年12月，才重获自由，结束了长达12年的牢狱生涯。在此期间夫妻之间通信900余封，这些信件在百合子离世后结集出版。战后，百合子仍然致力于社会运动，战时遭到封禁的《风知草》于1946年9月至11月在《文艺春秋》4月号上刊登。1946年3月至11月期间在《新日本文学》杂志连载了《播州平原》。这两部作品描写了日本战后的生活，抨击专制政治和侵略战争。1947年两部作品的合集获每日新闻出版文化奖。此后又出版了长篇小说《两个庭院》（1947）、《道标》（1947—1950）等。另有评论集《越冬的蓓蕾》（1935）、《妇女和文学》（1947）等。百合子以日本共产党员的身份担任了新日本文学会委员、妇女民主俱乐部干事等职务，在共产党的领导下推进文艺运动和妇女运动。1951年1月，51岁的百合子突发急性脑膜炎，抛下终生为之奋斗的事业和聚少离多的爱人，猝然离世。在她逝世后出版的全集里，共收录了小说84篇、评论和散文等697篇，反映出其旺盛的创作欲望，丰富的文艺评论活动，也是其一生战斗的结晶。

处女作《贫穷的人们》于1916年发表在《中央公论》上，受到文坛泰斗坪内逍遥的称赞。这部小说讲述了发生在福岛县一个群山环绕的穷困小山村的故事。明治初年，来自日本各地的移民，用了半生的心血在这里开辟荒地，建设了这个小村庄。然而，随着时间的流逝，这批村庄原本的主人却日趋老迈，最终沦为镇上人的佃户。小说描摹了农村生活的百态、形形色色的人物，以及各种不幸。反映出作者对农民悲惨命运的深切同情，也向不平等的制度发起了批判。作品中展现的人道主义情怀，受托尔斯泰和屠格涅夫的影响痕迹明显，也有受日本白桦派人道主义思想的影响。这种对弱者、被压迫者的同情，对强权和侵略者的抗议，也是百合子毕生文学创作的主线。

小说中描写了佃户们穷困凄惨的生活。沦为佃户的父母无法让女儿摆脱同样成为佃户的命运。佃户的身份如同压在他们身上的大山，是一种无法更改的定律。佃户们把贫困归因于命中注定，“那些孩子早就看见自己的双亲在为谁流汗了吧？在收割的时候，毫无怜悯和同情之心，从他们手里抢走一草袋、一草袋粮食的，究竟是怎样的人呢？”[①]百合子对这种人吃人的不公平制度发出了控诉。穷人家的孩子们食不果腹，兄弟间为了仅有的食物经常起冲突。在生存的边缘苦苦挣扎的人们的窘态，深深地刺痛了百合子，也激发起她关怀和帮助这些人们的善意。“我”在这个村庄居住期间，尽可能去改变他们的生活，派人给箍桶匠的闺女送去牛奶和鲜鱼，试图跟一个白痴孩子搭话，以善良、博爱的心关爱村里的人们。然而，镇上太太们却从

① 邓进深．世界著名作家处女作[M]．南宁：广西民族出版社，1995:579.

头到脚珠光宝气，这和村民们的赤贫形成了强烈对比。“我们都是为了生存才生下来的。在这一点上，难道我和他们有什么差别吗？”[①]天赋人权、自由平等的思想在青年百合子的心中已经深深扎根。“社会是不公平的。一个天才的出现，必定增加更多的愚夫。的确，为了一小撮人的富裕，更多的人不得不在饥饿线上挣扎而面临着生死关头。”[②]这集中体现了宫本百合子反对压迫无产阶级的思想。“我觉醒了。我一定要赶紧填起我和他们之间的那道该诅咒的鸿沟，在那里修起一座美丽的花园！”[③]这段宣言式的表达真实地反映了百合子的心路历程，也可以说是百合子为自己终生奋斗的事业立下的誓言。这篇百合子尚处在青年时期的作品，展现了她主张自由、民主、博爱的人道主义思想，暗示了她一生奋斗的目标。

在女子学校四年级时百合子就热衷俄国文学，为托尔斯泰和高尔基所倾倒。伟人的思想、著述给她以极大的冲击，促使她进行了与年龄并不相符的深入思考。她放眼世界，心怀天下，饱含人道主义精神，对穷苦民众充满深切的同情。在去苏联考察和欧洲旅居的3年时光里，自由、平等、民主思想更是在她心中深深扎根，更升华为一生为之奋斗的理想。“在人道主义关于追求自我价值实现的影响下，产生了自我解放意识。这种意识经历了无畏但又青涩的女性解放，蛰伏在对人生思考的过渡期之后，发展成为以全人类的解放为目标的马克思主义。”[④]百合子的思想的确经历了从最初的自我解放，到妇女解放，再到全人类解放的过程。这样的思想进程指导着百合子的革命斗

① 邓进深．世界著名作家处女作[M]．南宁：广西民族出版社，1995:581．
② 邓进深．世界著名作家处女作[M]．南宁：广西民族出版社，1995:581．
③ 邓进深．世界著名作家处女作[M]．南宁：广西民族出版社，1995:581．
④ 于海鹏，宿久高．论宫本百合子的自我解放意识[J]．求索，2013(9):176．

争方式，也为她波澜壮阔的人生轨迹做了铺垫。

长篇小说《伸子》是一部展现作家自身经历的小说。讲述了19岁的伸子来到美国纽约，不顾周围人的反对嫁给了年长自己15岁的佃。艰苦的生活条件，丝毫没有影响二人感情的热度。伸子是那个年代思想进步的女青年，她竭尽全力打破以往生活的束缚，想要遵从自我意志，过自我主导的生活。百合子笔下的伸子就是作者自己的化身，她祈求的不是享乐主义，而是极具自律性的自我成长。她期待与丈夫共同发展事业，获得精神上的进步。然而，丈夫佃却安于来之不易的中流阶层生活，这让伸子大失所望。最终无法改变丈夫的伸子，挣脱出爱憎的泥沼，毅然决定离婚。伸子选择逃离父母家和丈夫，靠自己的力量开创新生活。伸子虽然期待婚姻，但对婚姻的诉求，不是做一名相夫教子的贤妻良母，而是在经营婚姻的同时，发挥自己的才能，成为一名不断进步的知识分子。她的思想中体现了反叛传统的进步性，引发许多青年女性读者的共鸣。

伸子选择和自己家庭背景有着巨大差异的佃结婚，是对自己原生家庭的一种反叛，即所谓的“破家”。她的爱情和婚姻中包含着对父母的传统婚恋思想的叛逆，她嫁给了一个从世俗意义上并不门当户对的对象，以婚姻的方式打破了中产阶级家庭对她的婚姻价值的期待。成长小说的观点认为：“成长需要来自外界的刺激和养分，而伸子外向的性格使她怀有主动去拥抱世界的热情。她因此渴望离开原生家庭，渴望以分离来获得成长的先决条件——精神与意志自由。”[①]可以说，女性意识已经觉醒的百合子将意志自由作为自己生存的根本条件，所以她的行为充满了自主性。

① 陈婷婷．日本成长小说及其文化特性研究[M]．芜湖：安徽师范大学出版社，2020:152．

“伸子希望婚姻生活确实能成为自我意识供给的源泉和补充，然而对伸子而言，与佃的婚姻生活却使她的自我常常得不到燃烧，陷入了不满状态，成了荒漠的地狱。以至于伸子断言，婚姻会使女性丧失人性。”[①]婚姻异化女性，这个观点的提出，在当时的社会环境下，显得极为锐利、大胆。作者自己也亲手打破了曾全情投入的婚姻生活，毅然选择踏上新的人生征途。

小田切进认为：“由于过分渲染了主人公一心想出人头地的思想，这就使佃和多计代的形象趋于片面性，流于模式人物，这是小说的不足之处。主人公伸子是个希望真正独立，自谋生活出路的女性。”[②]小田切进指出了小说的瑕疵之所在，但也进一步肯定了伸子的女性主义思想。尽管要面对在社会立足、谋生的艰辛，她依旧不甘沦为丈夫的附庸，表达出女性独立的勇气和决心。这虽是一条布满荆棘的道路，却为日本的女性做出了表率。渡边澄子也对宫本百合子和《伸子》给予高度评价。她说：“伸子就像她的名字一样，象征着无拘束发展的女性，而且是绝不妥协、顽强拒绝惰性的女性，我认为伸子的伟大就在于此。……不管怎样说，我都认为百合子生涯中最高水平的作品，还是《伸子》。”[③]

宫本百合子战后发表的《两个庭院》和《道标》可谓《伸子》的续篇。主人公仍叫佐佐伸子。《两个庭院》是1947年1月到8月在《中央公论》上连载的长篇小说，描写了伸子离婚后与研究俄罗斯文学的吉见素子一起前往苏联之前的经历。《道标》是1947年到1950年在

① 水田宗子．女性的自我与表现——近代女性文学的历程[M]．叶渭渠，主编．北京：中国文联出版社，2000:70.

② 小田切进．日本的名作[M]．山人，译．福州：福建人民出版社，1985:112.

③ 渡辺澄子．日本近代女性文学論[M]．京都：世界思想社，1998:149.

《展望》杂志上连载的长篇小说。《两个庭院》完成后，宫本百合子马上着手《道标》的书写。《道标》从伸子抵达莫斯科时开始写起，一直写到3年后决定回国时为止，宫本百合子对这3年多的生活进行了详尽的描写。《道标》描写了旅居在苏联和欧洲的妇女知识分子对社会主义的接近及自我形成的过程，是一部超长篇小说。作品中肯定了苏联社会的进步性，批判了欧洲社会的腐朽性。这部作品以百合子的第二次外游为基础写成。有人指出百合子的作品只不过将自己的体验加以罗列。但是对照百合子的日记会发现，作品中有大量的虚构。在一部作品中将批判性与艺术性完美结合乃是一项艰难的工作，而《道标》在这方面取得了巨大成功。这部作品也是日本无产阶级文学和战后民主主义文学中最出色的作品之一。

在宫本百合子的战后作品之中，最负盛名的是《播州平原》。这部作品是宫本百合子战后的第一部小说，1946年在《新日本文学》创刊号上开始连载，是杰出的反战文学之一。作品描写了宏子在前往网走迎接丈夫出狱途中的所见所闻。一路上宏子目睹了各色人等，有复员军人，有归国的朝鲜人，有少年兵。尤其在返回东京时，宏子目睹了少年兵的队伍。“他们是一列脸色呈土灰色，服装呈青土色的少年兵。简直像从地底冒出来似的出现在宏子眼前。他们个个都是十二三岁，最多十五岁的少年。粗绳子在他们洼陷的胸前交叉，超过头部的巨大行李绑在他们瘦弱的身躯上。在重压之下，他们像黑猩猩一样垂着的双臂在身体前方摇晃，步履蹒跚地行进着。”[1]这群少年兵被一位三十来岁的大个子男人赶着，“他们像感受到鞭子将至的小驴驹一样加快脚步，……他们脖子朝前伸，在那满是污垢的细脖颈上，粗粗

① 宫本百合子．宮本百合子選集：4[M]．東京：河出書房，1956:101-102．

的静脉弯曲着突了出来。宏子把这些都看在眼里。”[①]这些文字传达出对日本军国主义政府驱使少年兵上战场的卑劣行径的愤怒和不满。

《播州平原》以主人公宏子的目光透视了日本战败后的各种场景，比如被解除武装的士兵，到处可见的废墟，失去男人的寡妇村等等。但是百合子也通过自己的观察，感觉在战火纷飞之后，日本也将会迎来重建。作为富于人道主义的日本作家，宫本百合子也看到了日本未来的希望。

百合子出生在体面富足的中产家庭，但却没有丝毫资产阶级的拜金主义、享乐主义思想。她勇敢地从自己所属的社会阶层出逃，毅然决然地探索属于自己的道路。文学才能非凡的百合子在少女时代就奠定了作家的身份，文学成为其谋生的职业和战斗的武器。在个人情感和事业两条路线的探索中，百合子历尽了艰辛和磨难。百折不挠的精神，为自由、民主奉献一生的信念，指引她走出了一条光辉的道路，宫本百合子堪称日本无产阶级文学的女斗士。

① 宮本百合子．宮本百合子選集：4[M]．東京：河出書房，1956:102．

女性儿童文学家——住井末

住井末（1902—1997），小说家、儿童文学家，致力于女性解放和农民文学运动。1902年1月7日，住井末生于日本奈良县矶城郡平野村满田的一个富裕家庭，家中经营大和木棉的制造业和农业。在幼年时期，日本被歧视部落的草鞋商贩们经常来到住井末家中，这也是住井末最初接触到部落民①，他们所受的差别待遇在住井末幼小的心灵留下了深深的记忆。住井末8岁那年在学校的早会上从校长口中得知1910年发生的幸德秋水事件，受到很大触动，对幸德秋水提倡的平等思想产生了共鸣，在心中祈求没有贫富差距的平等世界。9岁那年5月，住井末特别喜爱的老师川村先生因结婚而离开学校。住井末晚年曾提道："如果没有这位老师也许我会成为拒绝上学的孩子，也许会成为落后生而吃尽苦头吧。"这时，还是小学生的住井末从哥哥辰藏那里得到了很多杂志，开始阅读《太阳》《冒险世界》《新小说》等杂志，也开始阅读田山花袋、德田秋声的文章，幼小的心灵中充满了对文学的憧憬与向往。其代表作有《没有桥的河》（共7部）（1961—1973）、《我的少年少女物语》（1989）、《我的童话》（1988）等。

1914年3月，12岁的住井末以第一名的成绩从小学毕业。4月进入田原本技艺女校，期间曾向《少女世界》《文章世界》等杂志投稿，时有文章见诸报端。通过博文馆的杂志与编辑犬田卯相识，开始

① 部落民：江户时代士农工商身份制度之外，有一部分从事淘粪、屠宰业等事务的底层人，当时被称为贱民，深受歧视。明治维新后改称部落民或新平民。

书信往来。1918年，即住井末16岁那年自学考取了小学教师资格证。之后担任了一年小学教师。1919年，住井末来到东京，应聘成为讲谈社的记者，在担任记者的同时，通过写童话作品赚取稿费维持生活。同年，与农民作家犬田卯结婚。1920年，因参加抗议女员工不平等待遇离开了讲谈社，之后全心致力于文学创作活动。1921年8月，第一部长篇小说《相剋》发表，得到了生田长江的极力称赞。这部作品暗示了住井末今后农民文学作品的创作方向。婚后参加农民文学运动，正式开始了作家生涯。夫妻二人以“大地的艺术”为最高追求，1924年创立了“农民文艺研究会”，1927年改组更名为“农民文艺会”。此后，住井末成为“农民自治”和“女性解放”的旗手。1931年，九一八事变以后，日本无产阶级文学活动受到镇压。1935年，住井末与丈夫一同离开东京，移居丈夫故乡茨城县稻敷郡牛久村，开始了农耕生活，文学活动也并未间断。之后住井末一直居住在此地60余年，其大部分作品都是在农村撰写而成。1940年，发表的《农妇谭》由青梧堂出版。1941年，《孩子的村庄》和短篇小说集《大地的女人们》再度由青梧堂出版发行。1942年出版《孩子日本》，1943年发表的《大地的伦理》等作品描写了被压榨的农民极度困苦的生存境遇。此外，还为小学馆主编的儿童杂志、教育杂志创作了童话等儿童文学作品，一些内容被NHK的《文艺放送》采用。住井末战后从事儿童文学创作，成果不俗，1952年，凭借作品《橘子》一举获得“小学馆儿童文化奖”。1954年，凭借《黎明》再度夺得第8届“每日出版文化奖”。1955年，丈夫犬田卯意识不清，住进了土浦的医院，被诊断为衰弱性神经症，住井末住在医院边陪护边写作。丈夫因病情辗转于医院和家之间，次年4月开始在家中疗养。1957年7月，丈夫去世，享年

66岁。丈夫去世后，住井末将自己与丈夫共同生活的记录著述成书，这部夫妻间的爱情回想录《爱与生命》，至今读来仍感人至深。

1958年，发表长篇小说《逆风》。1959年，住井末着手创作《没有桥的河》，在1959—1960年间，《没有桥的河》（第一部）分22期连载在日本部落问题研究所的杂志《部落》上。此后，在1961年、1963年、1964年、1970年、1973年该小说的第二至六部相继出版。1992年已90岁高龄的住井末发表了第七部作品，而读者们依然对续篇怀有期待。

这部作品描写了被歧视的部落民少年的成长经历，揭露了现实生活中不平等的社会现状，激励人们为部落解放而斗争到底。作品引起了读者的广泛共鸣，拥有数以万计的读者，以超过800万册的销量，成为经久不衰的畅销作品，曾两度被拍摄成电影。住井末的作品中不乏论及天皇制、和平问题的散文，1982年在牛久村的家中开办了互助学习的“抱扑舍”，就和平、文化等方面和读者进行了积极的交流。1992年，住井末90岁那年，《没有桥的河》全六卷由新潮社再版，由东阳一导演执导的电影《没有桥的河》在东宝系电影院公开上映。6月，住井末自己也在日本武道馆进行了以《九十岁的人间宣言》为题目的演讲，听众人数达8 500人之多。住井末以90岁的高龄迎来了人生的另一个高潮。同年9月，《没有桥的河》第七部由新潮社出版，菲律宾语译本也在菲律宾刊行。1997年1月，因突然无法行走，住井末住进牛久市的爱和医院，6月在自己家中去世，享年95岁。

小说《没有桥的河》的发生时间是1908年，小说的舞台是大和盆地的山村小森村。主人公是诚太郎和孝二，年幼的兄弟二人在日俄战争中失去父亲，在性格刚强的祖母和温柔善良的母亲的悉心抚养下渐渐长大。两兄弟内心期待着上小学的日子到来，可是兄弟二人无论是在学校还是上下学的路上，总是受到百般欺负，原因正是小森是被歧视部落。小说通篇描写部落民悲惨的生存境遇，控诉了部落歧视的不平等和屈辱。作者通过小说发出了内心最深处的呐喊，痛恨不平等的世界，渴望还给部落民最基本的人权。作品中细腻的心理和欺凌场面的描写，引起了读者深深的共鸣，具有非凡的震撼力。住井末一生追求真正意义上的民主主义，这种思想贯穿于她的全部作品中，其作品在现代日本文学史上占有重要地位。

此外，住井末还著有儿童文学作品，作品集《和大地在一起》中收录了包括《朱顶兰》《钻地豆》《呼唤云的老爷爷》《和大地在一起》等短篇儿童文学作品。《朱顶兰》描写了妈妈用蜡纸把盛开的珍珠花裹起来，送给"我"作为升入五年级的贺礼。当"我"来到学校，一片欢乐的景象呈现在眼前，百余名新生在爷爷、奶奶、爸爸、妈妈、哥哥、姐姐的陪伴下兴高采烈地玩耍着。于是，"我"不由得眼泪"啪嗒啪嗒"下落，打到包着花的蜡纸上。原来，"我"是在东京轰炸中失去了家人的孤儿，那时只有5岁，和很多孩子一样住进了孤儿院。后来，"我"迎来了收养自己的"新爸爸""新妈妈"。当看到别的家庭其乐融融的场面时，"我"内心受到巨大冲击，瞬间泪如雨下。"我家住在东京的江东区深川。1945年3月10日，那一带也遭到了空袭，顷刻之间我便失去了父母。我在倾泻的炸弹和烈火浓烟之中冒着寒冷的夜风拼命地奔跑。那以后，我就成了上野公园中无家可归的孤儿和小乞丐。"①此篇作品借战争中失去亲人的小学生之口，诉说着日本国民对战争的厌恶，表达了对战争的控诉

① 住井末．住井末儿童文学作品选：和大地在一起[M]．淀川德，译．长春：吉林大学出版社，1998:2.

和对和平的强烈祈求。“我”在放学的路上捡到了一个植物的“根球”，其他同学说是“彼岸花”，是开在地狱的令人憎恶的“死人花”。可是“我”毫不忌讳，带着好奇，执意将它带回家里悉心栽培。“新爸爸”“新妈妈”也极力配合“我”照料它，终于在7月初的一个早晨，“两个花骨朵张开了比百合花还要美丽的朱红色的嘴唇”[①]，“我”在同学中奔走相告，爸爸也知道了它的名字——“朱顶兰”。它并不是丢在田间的无名根球，也不是让人闻之厌弃的“死人花”，而是街头花店里摆着的名贵西洋花种。一家人异常欣慰，视若珍宝。“朱顶兰”并没有辜负大家的期望，开出了艳丽的花朵。从此，“我”也经常被父母比喻为“小朱顶兰”，享受着父母的宠爱。这个故事的寓意是：在战争中受到重创的人们，不怕风雨，终能迎来属于自己的春天。特别是作为儿童文学作品，它可以激励儿童，给予儿童们面对生活的精神动力，使他们在困难的命运中重拾信心，获得坚毅向前的巨大力量。“和大地在一起”这个名字也体现了作者扎根农民、扎根大众、服务大众的创作意识和奉献精神。

住井末一生之中常年居住在农村，从事耕作和文学创作。致力于妇女解放、反对部落歧视运动，关心农民生活的疾苦，关注儿童的心灵世界。她一生著作颇丰，文笔流畅，语言凝练，文字浅显易懂，道理却耐人寻味。对儿童心理的描写细致入微，人物性格刻画丝丝入扣，极具艺术感染力，深受广大读者喜爱。

① 住井末．住井末儿童文学作品选：和大地在一起[M]．淀川德，译．长春：吉林大学出版社，1998:8．

日本“笔部队”女成员——林芙美子

林芙美子（1903—1951），日本小说家。1903年12月出生于日本山口县。父亲经商成功后把艺妓领回家中，母亲不堪其辱，带着幼年的林芙美子和沢井喜三郎私奔。喜三郎经商失败后，带着母女二人四处流转，过起了动荡不安的生活。15岁的林芙美子升入尾道市立女子高中，文学才能得到老师的认可。在校期间，芙美子开始夜以继日地阅读，贪婪地汲取文学养分，为日后的创作奠定了基础。从18岁开始，其诗作、短歌见诸报端。1922年从女子高中毕业后，她追随恋人来到东京。为了谋生，她当过女工、业务员等。1923年恋人取消婚约后，林芙美子开始使用“芙美子”这个笔名进行文学创作。

1924年，芙美子为了生计离开父母回到东京，认识了壶井繁治、冈本润、高桥新吉、小野十三郎、辻润、平林泰子等人。之后，与友谷静荣出版了第3期诗歌小册子《两个人》，积极四处向杂志社、出版社推销原稿。1926年，23岁的芙美子与绘画专业的学生手冢绿敏姘居结婚，过上了稳定的生活。绿敏为人耿直，成为妻子写作的助手。1928年，林芙美子的《放浪记》一经问世，引发文坛轰动，使其正式步入作家的行列。1929年6月自费出版了诗集《看到苍马》。由于《放浪记》好评如潮，1930年改造社出版了《放浪记》和《放浪记续》，依然取得了不俗的销量。芙美子成为畅销作家，也获得了不菲的收入。她曾一人到中国旅行，也在日本国内四处演讲和旅行。1931年11月，芙美子经过朝鲜、西伯利亚独自来到巴黎旅行，也曾在伦敦驻足，于1932年6月回国。1935年，32岁的芙美子创作了短篇小说

《牡蛎》，被评价为脱离了私小说风格的真正意义上的小说。1951年6月28日，芙美子因心脏停搏突然离世。舆论普遍认为繁重的文笔活动扼杀了她的生命，使她在创作的鼎盛时期，走向了人生的终结。

第二次世界大战爆发后，她曾以每日新闻社记者的身份参加日本的战地报告团，在1938年的武汉战役中，她作为日本内阁情报部“笔部队”中的一员参军，她毫不避讳地表达了对日军占领中国的“歌颂”与“崇拜”。作为从军的“收获”，林芙美子回国后发表了书信体从军记《战线》和日记体的《北岸部队》。在日本的“笔部队”中，林芙美子是一个非常特殊的人物。因为她是日本“笔部队”中仅有的两名女性作家之一，被戴上了“从军出征女作家”的“桂冠”，被当时的宣传媒体誉为陆军班的“头号功臣”。对于林芙美子的“笔部队”经历，李炜认为：“在军部或媒体派遣女性作家进行战地视察方面，她们二人确实起到了‘先头兵’的作用……他们留下的相关文字实质上是‘军部、媒体、作家’共谋的产物。”①

在林芙美子23年的作家生涯中，共创作了将近200部作品，题材涵盖了小说、诗歌、传记、童话、散文等。虽然处在昭和恐慌时期，但小说一出版就成为畅销书，蜚声文坛。此后创作的《牡蛎》（1935）、《鱼贝》（1940）、《恶斗》（1940）等作品，也大多是以女权主义为中心，反映出当时社会浪潮中女性的悲惨命运。

《放浪记》于1928至1929年间在《女人艺术》杂志上连载。这部小说虽然以作者的日记为底本创作而成，但非生活琐事的罗列，字里行间荡漾着诗意的情怀。作品一扫昭和初期的萧条、颓靡之感，表现出不惧贫困、向阳而生的鲜活生命力，引起了读者强烈的共鸣。芙美

① 李炜. 国家、媒体及女性作家间的多层“战争”——以吉屋信子和林芙美子为中心[J]. 日本侵华南京大屠杀研究，2021(1):104.

子的人生际遇极为坎坷，但她并没有堕落沉沦，而是抱着真诚的生活态度，顽强地坚持着文学梦想。她作品中这种特殊的感召力，使该作获得"昭和时期日本女性文学第一杰作"的赞誉，芙美子的人生也从此开启了新的篇章。

小说以第一人称的视角展开叙述，女主人公名字即为芙美子。以一首抒发旅途中对故乡、父母思念的儿歌开篇，直言自己是宿命论的"放浪者"，没有故乡。日语的"放浪"意思是流浪，饱含孤独感的自白，直击读者心灵。小说自述旅途就是自己的故乡，这样绝对的漂泊感在"我"幼小的心灵中就已萌芽。4年之中转学7次，没有一个朋友。虽然故事书中的英雄主义、理想主义也曾滋润"我"的心灵，可物质的极端匮乏，让金钱的话题成为"我"生活的主角。"我"做过童工，卖过折扇、夹馅面包，也曾挨门挨户地叫卖，幼年的唯一理想是成为女富豪。然而，这只是"我"早年生存方式的一种。出于生存的需要，"我"先后从事过女工、女服务员等职业。小说中同时穿插着和不同男性之间的情爱纠葛，是一部紧紧围绕生存与恋爱主题的女性小说。某种程度上揭示了那个时代大潮下，来到大都市东京谋生女性的必经之路。因此，更能引起女性群体的共鸣。

小说中的女主人公芙美子一直以世界各国的文学作品为精神食粮，花瓣、白粉蝶、月光这些随处可见的美景皆可引发"我"的诗意情怀。随着日记的逐渐推进，"我"开始恋爱了，也开启了和男人之间爱恨情仇的篇章。"我"屡次遭受男人的抛弃，让"我"原本漂泊无助的生活雪上加霜。但在生活中也结识了一些诗人、油画家之类的文艺工作者。"我"始终读诗、写诗，困顿的生活反而让"我"拥有了浪漫、富足的精神世界。

《放浪记》第二部的开篇中，男友一走了之，返回了家乡。面临生活和感情上的双重困境，被抛弃的“我”毅然选择独自在东京苦苦挣扎。“我们彼此曾坚信不疑，那么努力地工作，甚至忘记了养父和母亲。然而，那些肤浅的、年轻的恋情岁月，却比泡沫更加虚幻。”[①]被男友抛弃，让自幼饱经磨难的“我”再度清醒地认识到现实。“我咽了一口唾液，只觉得自己十分可怜。在这间屋子里，我与过去的男人共度了数月光阴。这儿仍旧浮动着我那五光十色的梦想。令我痛苦不堪。”[②]恋人离开后的哀伤深深地折磨着“我”的心灵，在幻想和现实间挣扎的“我”最终还是从梦中彻底醒来。恋爱的受挫，让年轻的“我”在痛苦之余，得以理智地审视男性和女性之间的关系。“我”清醒地意识到男人是不可依赖的，爱情也不足以寄托自己的全部理想。和男人情感的纠葛，虽然给人生带来了巨大的痛楚，也让“我”继续坚定地探索自己的人生道路。为了谋生，“我”依旧经历了多种职业磨炼。销售员、股票推销员、彩绘、报社记者、咖啡馆服务员，不论门槛高低，“我”牢牢抓住每一次工作机会。尽管“我”的梦想是成为一名职业作家，却始终以这种零散工作的方式，为有朝一日成为作家蓄积着能量。

“我深深体会到了男人的残酷。这不是任何他人的不是。我是一个真正的失败者。我所无法忍受的只是，我的命运竟然这样的悲哀和凄惨。”[③]《放浪记》中还记录了囊中羞涩的“我”为了招待远途而来的母亲，去找曾经的恋人借10日元钱，而对方却非常为难地拿出了5日元。这一举动让“我”再次认识到男人的绝情和残酷。这份清醒

① 林芙美子．放浪记[M]．魏大海，译．北京：北京十月文艺出版社，2003:140．
② 林芙美子．放浪记[M]．魏大海，译．北京：北京十月文艺出版社，2003:54．
③ 林芙美子．放浪记[M]．魏大海，译．北京：北京十月文艺出版社，2003:345．

的认识也更加坚定了“我”不会依赖男性，成为其附庸的想法。这件事情也伤害了“我”的自尊，对失败者的定义，对“凄惨命运”的认识，也促使“我”勇敢地向命运发起搏击，向失败发起挑战。在物质和精神上都不能获得恋人的支持，这加重了“我”的不安，同时也更促使“我”坚定地追寻属于自己的道路。因此，尽管收入微薄，动荡漂泊，但“我”从未停止过工作，也从未放弃过自己的文学道路。

“‘日记体’和无结构，正是《放浪记》文体形式的一大特点。”[①]正是这个文体特征决定了这部作品弱化事件性，强化心理感受和情感性的特点。林芙美子在述及《放浪记》的创作动机时说：“读了汉姆生（挪威作家）的小说《饥饿》，我便产生了创作《放浪记》的欲念。不过，当时的我根本没有想到当什么作家。只是信笔由缰地描述了倾吐不尽的内心独白，禁不住一直不停地写了下去。写作，令我感觉到异常的充实，使我忘记了男人的抛弃、身无分文和饥肠辘辘。”[②]日记式的文学述说，更能发挥文学具有的疗愈功能。第一人称的叙事视角，能够使作家更自然、无障碍地宣泄内心郁积的情感，更为透彻地思考自我存在的方式。“文学和医学一样，其产生和发展曾受制于本民族的传统，但内在的幻想能量却可以跨越语言和文化的界限，从而具有跨文化治疗的可能。”[③]汉姆生的小说超越国界、跨越文化对芙美子的精神世界产生了影响，给以她生存的力量、创作的勇气。文学创作使她更好地调适情感、排遣孤独。让芙美子在极端困顿的生活境遇中，依然可以撷取诗意的花朵，获得超然于世的心态。

① 林芙美子．放浪记[M]．魏大海，译．北京：北京十月文艺出版社，2003:432．

② 林芙美子．放浪记[M]．魏大海，译．北京：北京十月文艺出版社，2003:431-432．

③ 叶舒宪．文学治疗的原理及实践[J]．文艺研究，1998(6):84．

“作为妇女解放运动大潮中的一员，林芙美子不得不说是文学上的一个个案，她避开了激烈的性别对抗，以迂回的方式描写昭和时期都市女工所处的悲惨境地，主张女性应有的社会地位和权利，并以此引导社会舆论和获取社会的同情与认可。”[①]面对恋人的抛弃甚至殴打，林芙美子都没有表现过多仇视男性的思想，也没有彻底否定两性关系。她将之归因于自我和命运，是自己的失败和命运的不公使自己处于悲惨的境地。因此，她对男性和社会的控诉，某种意义上是言辞平和的。“我如今的生活，正是那苦苦的挣扎。最近以来，一种火一样的懊恼烧灼着我的心。来吧！来殴打我，把我彻底地打垮吧。我的心中拥有土崩瓦解一般的巨大激情……此时，我又必须努力地克服那种毁灭自我的邪念。这部《放浪记》触及的不过是我的表皮。在我的日记中记载着无数的痛苦，令人不堪目睹。”[②]可以说长年底层生活的磨砺，赋予了她一种自我调和的能力。这是一种能屈能伸的生存智慧。山田有策指出：“支撑她创作欲望的是靠一支笔来维持生活的生命力……比起理性，她更注重感情。她具有顽强的生命力，灵活的处世能力，这都源于她年少时的流浪生活。”[③]让她既没有选择和男性彻底对立，也没有走上自我沉沦的道路。对母亲的依恋，对继父的心疼，对故乡的深情，都是她生命的原动力。芙美子心中的诗意、浪漫与风雨飘摇的生活同时出现在《放浪记》这部半自传体小说中，让底层女性的生活场景飘荡着文学的馨香。

“近年来，在战前的日本，女人的放浪被认为是性放纵的同义，

① 杨本明．同时代女性的言说[D]．上海：上海外国语大学，2014:79.

② 林芙美子．放浪记[M]．魏大海，译．北京：北京十月文艺出版社，2003:261.

③ 李晓光．解析林芙美子文学的流行符号——贯穿一生的平民情怀[D]．上海：上海外国语大学，2010:7.

而这部小说以主人公的放浪成为女性作家自我塑造的故事，其新颖之处得到了高度评价。”[①]芙美子流浪的生涯，导致了自我身份的缺失，但是在这个过程中，又以自身的奋斗实现新女性身份的建构。她历经了多种社会底层的职业，也描摹出这些生活困顿女性的真实生活境遇。即便是穷困潦倒、食不果腹，也没有产生依附男性的想法。在自力更生、自我奋斗这一点上，林芙美子展现出较为彻底的女性主义思想。可以说，《放浪记》这部小说既是作者自身的漂泊史、奋斗史，也是展现当时东京都市世相、生活的一幅画卷。

“近代化的进程为女性的流浪提供了新的机缘，林芙美子无疑正是其中的突出人物。她的身体在流浪，精神也在流浪。流浪造成了她身份的缺失，这种缺失带来的无归属感化为从《放浪记》到《浮云》等诸多作品中频频出现的乡愁。”[②]近代化进程为女性创造了更多的就业机会，女性追求独立生存的意识更加强烈。像芙美子这样自幼生活动荡的女性，却一贯地追求自立、自强。她们的身体是漂泊的，但是信念和灵魂却是坚定不移的。因此，她们意念中的漂泊感，不是对理想的茫然，而是自我归属感的失落。她们租住在陌生的都市，以各种职业谋生存。这样的都市漂泊族最容易产生的就是乡愁。“乡愁”也是一种言说方式，是对孤独感的宣泄，对归属感的祈求。

另一部代表性长篇小说《浮云》创作于1949至1951年之间。小说以女主人公雪子的情感经历为主线，描写了一个凄美的爱情故事。雪子为了逃避与伊庭的情感纠葛，随军来到越南大叻。在浪漫的异国氛围中，雪子爱上了有妇之夫富冈。日本战败后，两人回到了日本。因战争变得颓废的富冈并没有因雪子的存在得到救赎。两人多次分分合

① 岩渊宏子，北田幸惠．日本女性文学史：近代编[M]．京都：ミネルヴァ書房，2005:192．
② 顾蕾．近代女性的流浪——从《放浪记》到《浮云》[J]．外国文学，2011(5):91．

合，但雪子最终没能得到理想的爱情。即使出轨背叛，富冈依旧能够得到雪子的谅解。雪子深深陷入这段不稳定的爱情关系，最终自暴自弃走上了沦落之路。雪子甚至为了穷困潦倒的富冈，从教会偷出一笔巨款，并追随他来到遥远的屋久岛，不久后因病惨死在那座孤岛。作品以日本战败为时代背景，描写了男女主人公在混乱的年代中的生活境况。女主人公积极面对生活和爱情，最终却走向沉沦。男主人公表现出的消极、颓废感也折射出时代对大众心理的影响。

“林芙美子没有让雪子从日本战后的混乱时期生存下来，旨在揭示雪子作为女性虽然有追求独立、自由的意识，但受当时社会环境的影响和制约，并没有完全摆脱男权文化，还是抱着把自己的未来寄托在男人身上的幻想。而过度依赖男人的女性是没有出路的，最后也只有走向死亡。”[①]这部小说反映出在日本战败后国内各种矛盾进一步激化的背景下，人们内心的颓废、惶恐。富冈的堕落以及雪子执着爱情的背后，是人们在现实生活中由虚无感引发的更深层的问题。此外，从旧式家庭出逃的雪子并没有实现真正意义上的独立，也没有获得圆满的爱情。这样的情节设定反映出女性主义在日本当时社会现实中的艰难处境。父权压迫的顽固性，女性意识觉醒的不彻底性，都暗示了女性解放道路的曲折。

《晚菊》是林芙美子最具代表性的短篇小说，1948年11月在《别册文艺春秋》上发表，次年摘得第3届女流文学奖。《晚菊》描写了韶华已逝的昔日艺妓，因旧日恋人的突然到访而心荡神驰，但爱情理想又最终幻灭的故事。小说发生在昭和二十三年七月，56岁的艺妓相泽欣的家中。阿欣积累了一些财富，过着衣食无忧的生活。然而她的

① 张丽，王有红．冲不破的樊篱——用社会性别差异视点解读林芙美子的《浮云》[J]．北京工业大学学报（社会科学版），2006(2):88.

曾经恋人田部的到访，打破了原有生活的平静。田部和她的年龄差距很大，但是抵挡不住两人旧情复燃。然而，经历了岁月洗礼的爱情已经面目全非。此时的田部生活落魄，也不复当年的英俊潇洒。再次出现在阿欣身边并非因为对她的旧情难忘，而是想向她借钱还债。

作品中屡次描写阿欣对镜欣赏自己历经岁月却不失风韵的脸庞、身姿，这也是对女性魅力、自我价值的宣扬和肯定。与之相反，对田部形象的塑造则暗示了男权的衰落。这样的情节设定反映出男女权力、地位的此消彼长，实现了对男权的解构、颠覆。从这种意义上说，《晚菊》是一部出色的女性主义小说。内心独白的方式是女性自我言说的最佳方式，它区别于传统文学叙事中以他者的角度对女性存在及情感的叙述，因而具有独特的价值。作品中存在大量老年艺妓对自我生命体验、情感体验的述说，展现出女性的情感、情欲世界。昔日艺妓对过往青春的回首，对人生的回望，伴随着恋爱、希望破灭后的清醒，折射出女性在面对机体衰老的一种心理走向，也为这部小说涂上了沉静、荒凉的底色。

女性主义的核心思想之一就是追求经济的独立。林芙美子的一生都在用自己的辛勤工作换取生存的物质保证。这一方面反映出她家庭的极度困顿，也体现出其女性主义思想。或许是受到了母亲和养父生存方式、爱情模式的影响，林芙美子从幼年时代开始自食其力，也从未产生过依附于男性的想法。工作、挣钱和文学是她生活的现实和理想。她和多位男性有过情感经历，屡屡受到伤害，但却始终保持清醒。她笔下没有把父权狠狠踏在脚下的宣言，也没有过多对男性的无情抨击。在二十余年的创作生涯中，始终选择在诗意的行文中，恣意倾吐孤独和哀伤。

崇拜父亲森鸥外的女性作家——森茉莉

森茉莉（1903—1987），1903年（明治三十六年）1月7日，出生于东京千驮木，日本文豪森鸥外与第二任妻子的长女。森茉莉出生后的第二年日俄战争爆发，森鸥外被任命为第二军军医部部长，赴小仓上任。因公务离开家庭的森鸥外屡书家信询问女儿茉莉的情况，返回东京后，茉莉却表现出对父亲的疏远，更激发了森鸥外的慈父之心，为和年幼的女儿建立亲密关系而对其极为宠爱。森茉莉和父亲极为深厚而甜蜜的父女之爱，成为小说《甜蜜的房间》的创作素材。

1908年，森茉莉5岁时，与1岁的弟弟同时患上百日咳，被下了病危通知书，最终奇迹般地活了下来。6岁时进入东京女子高等师范学校（现御茶水女子大学）附属小学学习，次年妹妹杏奴出生。7岁时父亲为她购置钢琴，开始学习乐器演奏。10岁时转入法英和高等学校学习法语。

1919年3月从法英和普通小学毕业，同年11月与贸易商人之子、法国文学学者山田珠树订婚。1920年10月11日长子出生。1921年，丈夫珠树为了文学研究赴欧，次年茉莉和异母兄长於菟一同赴欧。在旅居伦敦期间，传来了父亲离世的消息。1923年8月，20岁的茉莉从法国归来，9月发生关东大地震，次年次子出生。由于丈夫流连艺妓花丛，夫妻情感日渐恶化。但是，自幼在父亲的百般呵护和宠溺下成长的茉莉，不改天真烂漫的少女天性，和两个孩子过着简单而纯粹的生活。1927年，和丈夫的关系极度紧张，茉莉几乎被禁止外出。最终她留下写给孩子的信，彻底离开了家庭。

27岁时，茉莉与东北帝国大学医学部教授佐藤彰再婚，婚后定居仙台。后来又遭变故，对方突然要求离婚，茉莉再次恢复了单身，之后回到东京娘家和弟弟一起居住。33岁时母亲去世。1937年森鸥外所建的“观潮楼”因租户过失，导致主屋焚毁，1945年的空袭中观潮楼被全部烧毁。1946年，茉莉43岁时才迎来了与次子的再度相会。此时，前夫珠树已去世。这次约20年后的重逢，让母子喜极而泣，紧紧相拥在一起。而与长子的重逢，却直到森茉莉48岁才得以实现。此时的茉莉居无定所，搬入了代田的套房。一代文豪之女经历世事浮沉，拮据之时甚至典当了母亲留下的钻石。

1957年，写下父亲的回忆录《父亲的帽子》，获得当年日本散文家俱乐部奖，文学才能得到文坛的高度认可。以此为契机，森茉莉开启了文学创作之路，主要作品有《恋人们的森林》（1961)，获得第2届田村俊子奖；《甜蜜的房间》（1965—1974），于1975年获得泉镜花文学奖。1979—1987年的大约8年之中，因心功能不全、肺水肿等病症多次入院治疗，依旧在报纸杂志上开设专栏，始终没有搁笔。1987年6月6日，84岁的森茉莉在自己独居的寓所内去世，被发现时已是两天之后的6月8日。

森茉莉以“少年之爱”为主题的作品有《恋人们的森林》《星期日我不去》（1961）、《枯叶的寝床》（1962）。作品具有唯美主义倾向。唯美派的作品不受道德、善恶的约束，将对官能美的追求视为最高的文学价值。1961年，森茉莉发表的《恋人们的森林》是一部描写“少年之爱”的作品，以“美少年”和宠爱他的“上年纪男子”之间的关系为主题展开。该作品开启了女性作家描写“男同性恋”体裁的先河。在当时文坛因为此类体裁作品尚无称谓，部分批评家在评论《恋人们的森林》时使用了“sodomy”一词，用于说明其“男色”“异常性爱”的主题。现在此类主题叫作“boyslove”。森茉莉小说中区别于传统“唯美主义”的特质就在于对“男同性恋”的描写。

关于“男同性恋”体裁作品的创作动机，学界众说纷纭。森茉莉则称“既不是为了反映社会问题，也不是出于人道主义考量，只是单纯地觉得‘男男之爱’委实唯美，是让人瞠目、赞叹的恋爱。”[①]可见，森茉莉提倡的“艺术至上”和“官能主义”与谷崎润一郎代表的唯美派在艺术理念上是相通的。追求“官能”与“禁忌”的刺激，以寻求突出日常的感官享受和审美体验。现在“少年之爱”的文学属于“腐女”[②]文化的一部分，森茉莉也被视为“耽美”“腐女”文化的鼻祖。

《甜蜜的房间》的第一部于1965年发表于《新潮》6、7月号上，第二部《甜蜜的喜悦》、第三部《重返甜蜜的房间》分别刊登在《新潮》1967年2月号、1972年4月号上。1975年，三部作品结集由新潮社出版，同年获得泉镜花奖，此时的茉莉已经75岁高龄，这部作品也可视为其文学作品的终结之作。

小说的女主人公藻罗是一位集“少女”和“魔女”特质于一身、对异性充满魔性魅力的女性。小说以年龄为叙事主线，在情节铺设上呈现非线性的碎片化场景的堆叠，按内容的同质性可划分为内心独白、父女相处、与痴迷男子的交往、与女性的交往四类叙事单元。在少女藻罗的年龄这一时间主线周围附着了相对独立的叙事单元。叙事单元之间呈现出一种非逻辑性的演进，只是服务于作者的叙事目

① 野田茜．森茉莉『金色の蛇』論一〈罪のにおい〉と耽美[J]．日本文学研究．2016(2):117.
② 源于日本，全称是腐女子，指喜欢男男爱情（即男同性恋）的女性。

的——对少女容姿不遗余力地赞美。

《甜蜜的房间》描写了自幼失去母亲的藻罗，在企业家父亲林作的百般呵护下渐渐成长为一位极具女性魅力的“少女”。小说中的男性几乎无一例外地被这位“魔女”所吸引，承受着百般煎熬。而藻罗却以出轨行为将丈夫逼入幻灭的深渊，自杀结束了生命。父亲带着颇有深意的微笑，将藻罗迎回了“甜蜜的房间”。对藻罗痴迷的男性除具有健硕、刚毅的外表之外，都具有禁欲主义者的特征。作者极力描写了“少女”身体的“官能”之美，这种美是带有强力唯美主义特质的美感。“香气、酒色、肉欲、恶性（罪人）这是官能美的构成要素，而且是强烈刺激人类感官的东西。”①作品对少女圆润、丰满的肉体，散发出的魅惑香气不吝辞藻。“虽然藻罗汗毛密布的身体还残留着几分稚气，但就像日渐成熟的果实一样，散发出植物香料般的香味。柴田结婚时，曾经在六月中旬用剪刀剪下深红色的百合花，当时她嗅到的慵懒香味和擦拭藻罗身体时不经意地闻到的香味十分相似。”②类似的描写出现在小说的每一个角落，颜色、气味等与五感相通，更能加重对官能的刺激。小说中男性对女主人公的迷恋均来自少女身体散发出的官能讯号。“这种不可思议的肉体魔力下长大的藻罗从大约10岁开始，就渐渐把亚历山大逼入这种圣人抵抗裸女诱惑的状态，这种恍惚和痛苦的日子，每星期都会造访一次，简直就像面对火的考验。”③“这是世界上独一无二的皮肤。于是，天上守安成为藻罗的丈夫后，就成了这不可思议的皮肤的俘虏，成了藻罗身体的可怜守护者，提防着生着这般皮肤的藻罗的身体被其他男人夺

① 齐珮．日本唯美派文学研究[D]．长春：吉林大学，2007:117．

② 森茉莉．甜蜜的房间[M]．王蕴洁，译．南京：译林出版社，2016:97．

③ 森茉莉．甜蜜的房间[M]．王蕴洁，译．南京：译林出版社，2016:72．

走。”[①]“美女”对男性的破坏性在作品中体现得淋漓尽致，他们或情感上挣扎于“道德”的边缘，或肉体在苦于挣脱致命的诱惑，而致身心疲惫。魔女的破坏带来的“罪恶的气味”也是森茉莉唯美主义的又一关键词。

藻罗是自恋、贪婪和欲望的化身，表现出否定母性和道德的反叛特质。可见，她的破坏性，不止对于男性，更是对传统父权社会诸多秩序的叛逆。“以人物的独特性格和反叛模式解构已有的秩序，通过正常与非正常的恋爱叩问制度与道德存在的合理性。”[②]藻罗对周遭的女性几乎无一例外地进行讽刺、贬低和漠视。在藻罗眼中她们丑陋、可怜，却维护着可笑的“道德”。“六岁的藻罗就已经听出了林作的弦外之音，好好利用这个肥胖身体中隐藏着性压抑，外表却装得像个尼姑一样的怪物吧。”[③]藻罗眼中家庭教师“御包”的形象，正是自己的“对立面”。“肥胖”“性压抑”“尼姑”是“御包”所代表的一类女性形象，因为不具备美丽外表而无法获得男性欢心，却假装正义地维护道德的圣女形象。她们对藻罗充满嫉妒，却又视其为“异端”，坚强地捍卫着传统女性的道德规范。比如，连师范学校的修女裁缝指导老师，也认为藻罗的懒洋洋的姿态和动作都是不道德的象征。

一般认为藻罗的极度自恋，来自幼年时期父亲的赞美和娇宠，其表现出的自恋倾向是为自己的容姿所陶醉。同时，藻罗也极具动物性，是“欲望”的化身。承认女性的动物属性，除具有唯美主义对“官能美”选择上的意义外，更是女性自我解放的表现，解构了传统

① 森茉莉．甜蜜的房间[M]．王蕴洁，译．南京：译林出版社，2016:172.
② 肖霞．日本现代女性文学的主题表达与价值取向[M]．济南：山东人民出版社，2016:253.
③ 森茉莉．甜蜜的房间[M]．王蕴洁，译．南京：译林出版社，2016:10.

女性“贤妻良母”形象。长期以来女性是男性欲望的对象，美丽、温柔、顺从的“家庭天使”是男权社会最理想的女性形象。森茉莉丝毫不以女性的动物属性为耻，反而认为羞耻心是父权对女性束缚的证据。藻罗如动物般贪婪地渴求父亲无止境的爱，接受男性的顶礼膜拜，享受肉体的欢愉。地位绝对崇高的“女王”拥有的是父权社会中男性的特权。因此，藻罗的思想和行为具备了和男性统一的特征，从某种意义上说，男女在生命本位问题上的平等权利得以实现。

森茉莉的唯美主义创作的特质表现为对“官能美”“罪恶美”“破坏美”的追求。“恶魔主义”的创作思想流淌于作品的字里行间。以“魔女”的形象，不仅仅是通过征服男性，更以给男性带来“苦闷”“挣扎”和“幻灭”来实现终极的“罪恶之美”。带有诱惑芳香的丰满躯体、玫瑰色的双唇、能渗出蜂蜜一般的肌肤、“肉食兽”般炽烈的情欲和冷酷的内心，构成了日本传统唯美主义作品中的“妖妇”形象。这与日本唯美主义大师谷崎润一郎《刺青》中所描绘的世界异曲同工，美丽的东西都是强者。不同的是谷崎润一郎的作品是男性视角的女性拜跪思想，而“藻罗”这一“魔女”形象则是出自女性之手，体现了女性的主体立场。“妖艳”成为女性的致命武器，男人成为脚下的累累白骨，化为让她绽放娇艳花朵的“养料”。通过男性的苦闷和幻灭，表达现代女性在情感、两性、生活等多方面的主体性诉求，即颠覆传统的男权秩序，脱离从属地位。藻罗的“冷漠”则是对男性群体、权威的漠视和嘲讽。

这本小说被三岛由纪夫盛赞为官能小说之杰作，是一部寓居于“官能”和“时空隐喻”之上的唯美主义佳作。小说的开头这样写道：“少女藻罗的心里，有个奇妙的房间。那房间用不透明的、磨砂玻璃般模糊、厚实的东西做成。来自外界的情感，都经由这层玻璃进入藻罗心中。……进入内心的情感穿透玻璃时，会变淡、变模糊。”①

关于作品的命名，“甜蜜的房间”具有双重意义，第一层含义是指代盛放与父亲之间美丽的父女情谊的“时空容器”，把它闭锁在时空中，成为一个永恒的无人可以侵犯的空间。现实生活中的森茉莉在幼年的确受到大文豪父亲森鸥外的百般呵护和溺爱，但在森茉莉19岁跟随丈夫赴欧洲游学之时，父亲就与世长辞了。作者和父亲的交集只有19岁之前的少女时代，因此也在作品中投射了“少女”与“父亲”的相处模式。这个具有“超时空”性的房间，是父女情感最好的庇护所，永恒地保留在时空之中。“房间”的隐喻中包含作者对父亲的缅怀之意和绵延不绝的眷恋之情。

第二层含义是森茉莉自身的隐喻，“房间”是放置自己最珍贵、隐秘情感的空间，这个空间是闭锁性的，暗示了自己情感闭锁的状态。在自己的情感与外界之间设置了壁垒，以“毛玻璃”的形式，阻隔、弱化外界情感的进入，事实上是一种自我防御机制。其次“房间”的隐喻，也暗示外部空间潜伏着对自己的强大威胁，以房间隐喻外化“生存焦虑”，将其作为灵魂寄居的心理密室。这就不难理解为何“进入内心的情感穿透玻璃时，会变淡、变模糊”。②而藻罗对于感情的“钝感”“漠视”也源自房间的过滤，实为稀释情感，减少创伤，达到自我保护的目的。

冷酷“魔女”的背后是情感的极致化与绝对化的表现。从小说的结局可以发现，藻罗的“房间”是只能容下父亲，而对外界极度闭锁

① 森茉莉．甜蜜的房间[M]．王蕴洁，译．南京：译林出版社，2016:1.
② 森茉莉．甜蜜的房间[M]．王蕴洁，译．南京：译林出版社，2016:1.

的房间。这一点不妨结合作者的人生经历加以思索，《甜蜜的房间》的创作始于1964年，止于1974年，此时森茉莉已是古稀之年，回顾人生，最为滋养的就是来自父亲绝对的、无条件、充满褒赏和赞美的爱。在她的两次失败的婚姻中，都没能获得如父爱般深沉、稳定、永恒的“爱情”，伴侣之爱的缺位，使得与“父亲”的准恋爱的相处模式，成为作者情感世界最珍贵的财富。森茉莉在《刺》这篇散文中写道：“‘我把对爸爸的思念装入华丽的盒子里，上了锁带在身边。’话语里蕴含着小小的叹惋或自豪。因为我相信我同父亲的情爱是美丽的。父亲身上有诗，而丈夫没有诗。这使幼小的心灵里无意识做出了判断，尽管我还不知道为什么。我真的这样做了。由此，我想将最初的世界封闭于心底。最初的世界美丽、高大，充满了散发灰色香气的情爱。我要将这爱情生活的馨香封存而永藏起来，直到死去。”①可见，在日常生活中，森茉莉一直珍视来自父亲的爱，并视为她一生最大的骄傲。

在潜意识中，步入人生晚年的森茉莉，以“重返甜蜜房间”的形式，达成父女的双向默契。暗示父亲赋予自己的情感是世间任何男子都不能超越的，而自己和父亲最终返回仅仅属于彼此的“甜蜜的房间”，以艺术的形式将父女之情进一步升华。一方面是发自内心对父亲的爱，对父亲之爱的回报；另一方面是以自我封闭、隐逸的方式实现与命运、世俗的对抗。这一论断的得出，是基于作者对“甜蜜的房间”隐喻的设定，并不涉及“藻罗”这一人物，即藻罗这一人物并非作者自身的完整投射。因为小说是唯美主义作品，不能将藻罗、林作直接投射为“森茉莉”“森鸥外”。作者以“房间”的形式将官能的

① 日本名家随笔选[M]. 陈德文，译. 天津：百花文艺出版社，2001:201.

世界与现实世界的父女之情隔离开来。“现在藻罗正探寻着只属于林作和自己的爱情秘室，甜蜜的房间，藻罗和林作之间，是一种父亲和女儿之间的亲密，不可能存在任何危险。”[①]甜蜜的房间中暗示的是父女之间具有独占意味的，凌驾于男女之爱之上的，更为美好、恒定、感人的情感。

作品中描写的藻罗与男性的情感纠葛，只有“性爱”这个单一维度，并没有涉及太多对“精神世界”的交流。这源于“藻罗”的精神之爱全部寄托于父亲“林作”的身上，因为自幼从父亲那里得到太多的赞美和无微不至的关怀，血浓于水的父女之情，是“藻罗”精神上爱恋的终极寄托。换言之，从某种意义上来说，“藻罗”的精神世界是“婴儿”般的纯洁，对被自己的身体迷惑的男性，无法寄予爱情，从本质上是蔑视的，这也是“重回甜蜜房间”这样结局设定的缘由。因此，可以推断“甜蜜的房间”和“官能创作”是相互交融、互不矛盾的两个主题。作者通过溢满情色意味的“官能”创作，开辟了通往精神上“乌托邦”的道路。

① 森茉莉．甜蜜的房间[M]．王蕴洁，译．南京：译林出版社，2016:217.

在逆境中百折不挠的作家——平林泰子

平林泰子（1905—1972）是经历了二战前后日本社会转变的重要的女性小说家。当今日本的长野县诹访市建有平林泰子纪念馆以纪念泰子在文学上的功绩，纪念馆内的场景再现了泰子生前起居室的样子，展示着泰子日常用过的东西以及泰子和她的作家朋友们之间交往的资料等。同时，在诹访市图书馆的二楼专门设有“平林纪念文库”，用以存放接受捐赠的泰子的藏书。

泰子1905年出生于信州（长野县）诹访湖畔的一个村庄，父亲名叫平林三郎，母亲名叫胜美，泰子是家中的第三个女儿。泰子的祖上在当地很有声望和经济实力，她的祖父是村长，经营制丝业，并参与政治活动，但是到了泰子的父辈这一代家道中落。由于当时的松方财政政策导致生丝价格暴跌，平林家因此而破产，身为入赘女婿的父亲担起责任，为处理债务而四处奔波。

泰子出生时，平林家耕种着七十多亩田地，但是因为有大量债务，所以是当地生活贫困的农家。泰子的父亲为了振兴家族，远渡朝鲜，泰子的母亲一边从事农耕，一边经营一家杂货店，而年幼的泰子从10岁开始就帮助妈妈照顾店面。这种生活的艰辛，对她之后曲折的人生产生了巨大的影响。在泰子的短篇《没落的家族》一书中，读者可以看到泰子一家从兴旺转向没落的过程。

家道中落给年幼的泰子带来的贫困感逐渐磨炼了其顽强的意志力，同时也使得泰子对成功非常地渴望。年幼的泰子不断刻苦学习，试图改变自己的命运，最终以第一名的成绩考入诹访女子高中。这样一种不懈努力摆脱困境，追逐成功的性格贯穿着泰子的一生。

与文学的相遇最早可以追溯到泰子11岁时。当时，年幼的泰子接触到了白桦派文学、自然主义文学以及北欧文学，因此接受了文学启蒙。第二年，12岁左右的泰子因阅读俄国文学作品而对文学渐渐产生浓厚的兴趣，并在这一年决心要成为作家。之后，泰子在中学时代便广泛阅读各类文学作品。尤其值得注意的是，此时的泰子特别关注北欧文学和俄国文学。同时泰子从教头土屋文明那里还间接地学习了阿罗罗木派[①]的写生手法，也深深折服于日本的作家志贺直哉、国木田独步。

泰子15岁时，读左拉的《娜拉出走》后非常感动，便写信给《娜拉出走》的译者堺利彦，身为文学青年的泰子对堺利彦非常崇拜。在之后的修学旅行中，泰子打算亲自去东京拜访堺利彦，最终没能成功。同时，泰子对总同盟的铃木文治做的演讲也十分感动，进而阅读了《资本论》《播种人》等书，自觉意识到了社会主义思想。1922年泰子毕业后到东京，在东京做中央电话局实习交换员的工作。当然，泰子到东京去的原因之一就是想联系一直崇拜的堺利彦。泰子最终跟堺利彦取得了联系，但是由于泰子是在工作中与堺利彦通话，一个月后遭到解雇。

此后，泰子做了德国书店的店员，并与在书店遇到的无政府主义者山本虎三同居。正是因为与无政府主义者密切接触等原因，泰子在1923年的时候被人举报并被捕入狱，随后的1924年泰子流浪至朝鲜和中国东北。此时，她来到曾去过的朝鲜，在银行工作，靠微薄的薪水度日。关东大地震之后，她来到中国大连。但是在大连时，山本的

---

① 以短歌杂志《阿罗罗木》为阵地的一个流派。该流派以伊藤左千夫、岛木赤彦、斋藤茂吉、土屋文明、五味保义等为核心成员。

哥哥一家其实并不欢迎泰子。另外，身处大连的泰子在铁路工程做炊事工作，非常辛苦，薪水也很低，进而因为劳累和营养不良患上了夜盲症。随后泰子被送到医院接受免费治疗，治病期间泰子的女儿曙降生，然而由于营养不良曙出生17天就夭折了。更为悲惨的是，泰子的丈夫山本虎三被控不敬之罪而被投入监狱，刑期为2年。泰子的成名作《在免费病室》就是以这段悲惨的经历为原型完成的。

泰子和山本虎三在中国大连境遇悲惨，不久泰子便抛下大连监狱中的丈夫，怀揣自己作家梦想独自回到日本，住进深川八幡的诊所。可能对追逐梦想的泰子来说过于看重自己的想法，因此家庭所带来的累赘感反而过于沉重，抑或是对于渴望成功的泰子来说，丈夫的入狱、孩子的夭折使她在大连看不到希望。日后泰子在对比自己和林芙美子在感情和文学创作方面不同的时候，也说感觉自己一旦有了爱情便像背负了枷锁一般，不得不远离写作，这使得自己的文学写作无法像林芙美子等作家那样超越悲惨的现实。

回到日本的泰子并没有马上收获作为成名作家的巨大成功。恰恰相反，她当时写了一部描述劳动者的小品文投到《文艺战线》，却没有被采纳。顽强的泰子并不灰心，持续努力追逐自己的作家梦想。泰子在这一时期结识了小野十三郎、荻原恭次郎、林芙美子等人。小野十三郎和荻原恭次郎是当时日本著名诗人，林芙美子则是当时和泰子一样醉心文学写作的日本女性作家。正是有着一群共同志向的作家朋友的相互扶持和相互鼓励，泰子最终走出了这段人生中的低谷。

在爱情方面，再次回到日本之后，抛弃丈夫的泰子曾与高见泽太郎、冈田空男同居。关于这段与多位男性同居的经历，泰子日后也有反省。比如泰子的短篇小说《鬼子母神》中的主人公圭子，是一个

"在系着的绳索可以允许的范围内，不论是毒草还是药草，都要品尝，努力成长的有着动物般生活力的女人"。[①]泰子的这种毁灭自我的危险也可以说是一种强烈而贪婪的生长欲，一种可视为虚无主义的丰富自我的热情，它深深地根植于泰子的内心。因为这段感情经历，泰子也往往被认为性生活混乱。从另一方面讲，这也是泰子对自我生命中过剩能量的一种发现。当然，她对所谓"贞操"这一价值观念的反抗意识也基于这段时间自己丰富的感情经历。

1926年，泰子发表了短篇小说《嘲笑》，后来她创作的这篇《嘲笑》入选《大阪朝日新闻》的悬赏小说。泰子此后加入了无产阶级作家的文艺队伍，成为工农艺术家联盟成员。1927年，经山田清三郎介绍，泰子与《文艺战线》同人小堀甚二相亲结婚，志同道合的无产阶级作家小堀甚二在生活上非常照顾泰子，泰子正式拥有了第一个家庭。这一年，泰子22岁。

1927年，泰子不仅收获了婚姻，还发表了《在免费病室》。这部基于她自身体验的佳作使得她作为无产阶级作家而被广泛认可，一跃成为无产阶级文学的有力新人，从此泰子作为知名作家活跃在日本文坛。泰子的这部代表作主要描写一个临产的妇女和从事罢工斗争的丈夫一起被捕的故事，很明显和泰子的自身经历非常类似。该作品对日本殖民地的关东洲（辽东半岛）及其慈善医院有着一定的揭露作用。当时泰子还著有《敷设列车》《殴打》《夜风》等小说。

泰子在无产阶级文学上看到了希望，也收获了成功的喜悦，开始进一步学习马克思、恩格斯、布哈林等人的著作，在无产阶级作家的道路上继续前行。同时，泰子也结识了日本无产阶级艺术联盟成员青

① 平林たい子，黒島伝治，葉山嘉樹．現代日本文学大系56葉山嘉樹、黒島伝治、平林たい子集[M]．東京：筑摩書房，1971:325．

野季吉、叶山嘉树、中野重治等人。在该联盟分裂时，泰子与青野、叶山等人组成工农艺术家联盟，作为文战派的代表作家，与纳普派[1]对立，继续她旺盛的创作活动。1930年，泰子退出文战派（即退出工农艺术家联盟），以无产阶级作家的身份独立创作。期间，她主要创作了《非干部派的日记》《酱油工厂》《耕地》《无产阶级的星星》等作品。

1933年，泰子因过劳患上哮喘病，多年奋笔疾书式的写作透支了身体。但是泰子并没有因为哮喘病而放弃写作。相反，顽强的泰子此时为专心创作无产阶级文学作品而独自搬到旅馆寄宿，也因此她与丈夫小堀有了长达12年的分居生活。这期间，她以批判法西斯主义为主题创作了《樱花》《某人和妻子》《短外褂》，以及二战后的《这样的女人》。

1937年末发生了“人民战线”[2]事件，泰子被传唤，最终泰子因“人民战线”事件被捕，并在拘留所生活了8个月。泰子本身就因为写作透支了身体，在拘留所被捕的岁月里，恶劣的环境更使她肋膜炎与腹膜炎并发，结果因病情加剧而被释放。此后，泰子在丈夫小堀的精心护理下，度过危险，后醉心于古典文学。

日本战败后泰子重返文坛，也重返了日本的无产阶级文学界，曾参加初期的“新日本文学会”，泰子亲自来到东京，当选为“新日本文学会”的中央委员。初期的“新日本文学会”是于1945年12月由秋田雨雀、江口涣、藏原惟人、德永直、中野重治、藤森成吉、宫本

① 纳普即全日本无产者艺术联盟的简称。该联盟于1928年成立，使长期处于分裂状态的日本左翼文艺团体开始走向联合。纳普的成立在日本无产阶级文艺运动中具有重大历史意义。最终纳普于1931年改组成日本无产阶级文化联盟（考普），因此又称纳普为战前纳普派。

② 1937年12月与1938年2月，日本政府逮捕了一批响应共产国际反法西斯统一战线的号召而企图在日本建立民众阵线的劳工、农业政治家、知识分子、大学教授和学者。

百合子等创立的一个进步文学团体。但是重返无产阶级文坛后的泰子对日本无产阶级文学运动中的战前纳普派原封不动的再建运动感到不满。泰子认为，新时代的文学运动，应该从批判和反思作家内心过程入手进行文学的重建，不过这一想法与当时日本的无产阶级文学运动主流并不吻合。然而，勤奋的泰子并未消沉，她积极地写下了一系列和无产阶级文学相关的自传作品，主要以战时的举报、入狱、与疾病抗争等真实生活体验为原型展开创作。《一人行》《冬之物语》《这样的女人》《我活着》等作品都展示了泰子对活下去的强烈愿望，讴歌了生命元初的强韧生命力。泰子的文学资质自此全面显露，尤其发表在1946年10月号《展望》杂志上的《这样的女人》获得日本首届女流文学者奖。此时泰子的作品还有《人生实验》《黑时代》《沙漠之花》《地底之歌》《人命》等。

然而，1949年泰子发表《日本共产党批判》一文。1950年开始，泰子突然转向反共立场，退出了“新日本文学会”，同时担任文化集会日本委员，之后出任社会民主党预备党员。尔后泰子又参加了日本保守派系的言论人团体——日本文化论坛·言论人座谈会。因此，战后的泰子又被认为是转向文学的代表作家。关于泰子为何会由一个拥护无产阶级文学的女性作家转变为一个反共立场的女性作家，众说纷纭，莫衷一是，但是泰子所理解的无产阶级文学观念和当时日本的无产阶级文学运动主流不吻合这一点由来已久。

二战后泰子另外一个显著的变化就是经常参加国际化的活动和会议。1952年，泰子作为日本作家参加了在尼斯（法国）举办的世界作家大会。之后泰子还访问了德国、韩国、菲律宾、挪威等国家。一系列的国际性活动的出席无疑增加了泰子作为作家的知名度，同时也是泰子不懈努力追逐梦想的回馈。

但是事业上取得巨大成功的同时，泰子的婚姻和爱情方面却非常不如意。因为长期同疾病做斗争以及一直关注自身的写作工作，泰子和之前细心照顾她的丈夫小堀之间的感情渐渐淡化，而且由于泰子在1950年开始转向了反共立场，原先和丈夫小堀志同道合的泰子也渐渐和丈夫在事业上产生步调的不一致。1954年，泰子发现丈夫小堀和保姆之间有了私生子，此时的泰子面临艰难的抉择，她和丈夫长达27年的婚姻到底是去是留，在当时还上了日本的报纸被媒体报道。最终，性格刚毅的泰子在大家的注视下和小堀离婚，彻底结束了自己的婚姻生活。之后泰子写下了小说《沙漠之花》（1957）、《不毛》（1962）等，均为自传性作品，尤其在长篇自传小说《沙漠之花》中有很多泰子反省自身一生感情生活的片段，内容非常引人关注。

结束了婚姻生活后，泰子并没有独自过上非常愉快开心的生活，相反，由于一直以来各种疾病缠身，同时又没有了丈夫的细心照料，另外可能由于醉心于写作过于劳累，最终患上了癌症。但是接受乳腺癌手术后的泰子仍不屈不挠与疾病抗争，同时参加各类社会活动，在社会活动中表现出坚强的女性形象，并创作了《秘密》《铁的叹息》等文学作品。尤其是在婚姻破裂、重病缠身的情况下创作的《秘密》这部作品，可以说又是一篇难得的佳作，该作品于1968年获得日本第7届女流文学奖。可以说泰子在逆境中不屈不挠的精神贯穿其一生，非常让人敬佩。1972年，泰子和疾病斗争到最后一刻，患肺癌去世，享年67岁。而泰子的作家生涯也一直到她生命的最后一刻，她去世后，留下了她的遗作《宫本百合子》。

在泰子离婚后不久的1959年，原先照顾泰子的前夫小堀甚二也去世了，出席泰子葬礼的人多以泰子在文学上的伙伴为主。日本的女流文学者会举办了泰子的葬礼，墓地选在她的故乡长野县諏访市。基于泰子生前对日本文学以及对日本社会的贡献，泰子死后获得了恩赐奖、内阁总理大臣奖以及绀绶奖章。日本的奖章分为红色、绿色、黄色、紫色、蓝色、绀色六种颜色，用以表彰在日本社会、日本的公共福利以及文化等方面做出贡献的杰出人物。其中绀绶奖章设立于1919年，用以表彰热心社会公益并在社会公益上有很多捐款的个人或者团体。

1973年，根据平林泰子的遗志，平林泰子纪念文学会创办平林泰子文学奖，用以表彰献身文学事业而未受重视的人们。①纵观泰子的一生，泰子通过自己的奋斗从一个家道中落的贫穷农家女孩最终成长为一位知名作家而荣归故里，背后顽强拼搏以及异于常人的努力是不能被忽视的。

泰子二战前属于文战派，生前的日本纳普派的马克思主义文学运动占据无产阶级文学的主流地位，因此，她在当时的日本并没有获得与其实力相符的公正评价。学术界对泰子的研究一直都有进展，但是战后早期的评价也是仅仅停留在泰子是一位劳动派作家的政治判断上。因此，如何重新探讨泰子的早期作品，成为研究日本无产阶级文学的一个重要课题。

譬如前面讲过的《在免费病室》，发表在1927年的《文艺战线》上，是泰子早期的杰作，她凭这部作品成为与叶山嘉树并称的文战派实力作家。小说中的主人公“我”的丈夫因为领导劳动诉讼，被关押入狱。而在免费病室等待分娩的“我”也要面临着生产后入狱的境

① 宋兴．日本文学奖种种[J]．日本研究，1985(3):81．

遇。全书以“我”从宪兵队出来回到医院开始，到因为入狱而被赶出医院为止。作者采用紧凑的文体，生动地描述了免费病室内阴森惨淡、丑陋污浊的光景，其敏锐的感觉和凌厉的文风弥漫全书。尤其是文章开篇，回到病室的“我”，因为脚气病在地下室的楼梯上绊倒，无法从湿冷的混凝土地板上爬起的场面，展现了作者特有的“感觉描写”。黑岛传治评价泰子是在用身体写作。泰子曾经学习过阿罗罗木派短歌的写实风格和志贺直哉的现实主义，因此她使用的辞藻使人产生具象，简短而具有压缩性。

另外，泰子在书中设置了在现实中未真实发生的“丈夫领导劳动诉讼”和“恐怖行为”。从这种刻意为之的文学变形以及对“我”的描写等，都能看出泰子受到了无政府主义者罗普申的影响。然而，“我”的反抗一方面是非常坚定的，另一方面又是虚无绝望的。描写这段心情的段落出现在“我”给婴儿喂患有脚气病的母乳，本来“我”打算拜托院长给“我”一点牛奶，当看到院长指桑骂槐，痛斥护士给“我”注射高价药治疗贫血时，“我”断然放弃了原来的想法。如果泰子单纯只是一个社会活动家的话，会认为为得到牛奶而抗争是必要的。然而书中的“我”没有付出丝毫的努力又显示出“深切的虚无感”。因此，有评论家认为泰子的文学是不抗争的文学。

然而泰子当年真的是想写不抗争的文学作品吗？为了消灭敌人，不惜要杀死自己，其实泰子认为这是很恐怖的。如果说“我”对刚出生的婴儿很残忍的话，这种残忍会以同等程度作用在与敌人猛烈而绝望的对峙中。因此，简单的将其归为不抗争的文学，或者认为泰子把女性的自我凌驾于对婴儿的爱之上，都是不合适的。泰子的思想实际上比不抗争更为复杂。当今如何重新解读泰子的思想，还需要结合其一生的轨迹与所处的历史背景对其作品中的女性形象进行重构。

与疾病斗争的“幽闭”式女性作家——大原富枝

大原富枝（1912—2000）于1912年9月28日生于日本高知县长冈郡吉野村寺家（现为本山町），其父亲大原龟次郎是小学校长。大原富枝因结核病退学，在故乡养病期间开始文学创作活动。1938年，《姐姐的礼物》入选杂志《令女界》，《祝出征》在《文艺首都》上发表。时值战争期间的1941年，大原为专心投入创作而来到东京。自此之后，一直以东京为主要根据地，开始了与众多名流人士的亲密交往，他们的交往贯穿于大原的一生。

1960年，以小说《婉女》（又译《一个名叫婉的女人》）一举夺得第14届每日出版文化奖和第13届野间文艺奖两项大奖，并于1970年凭借《於雪——土佐一条家的崩溃》获得第9届女流文学奖。1976年，大原在东京的修道院接受了天主教的洗礼，远游苏联和以色列。《婉女》最初在苏联翻译出版，之后被翻译成多国文字远播海外。1990年，授予三等瑞宝章[①]奖章。以授勋为契机，1991年故乡高知县本山町大原富枝文学馆开馆，同时获得本山町荣誉町民奖。1992年，为振兴高知县文学，在高知报社等单位的支援下，设立了“大原富枝奖”。1998年，获得恩赐奖、日本艺术院奖，同时也成为艺术院会员。2000年1月27日，因心力衰竭去世，享年87岁。同年5月，骨灰被带回故乡本山町安葬。大原富枝生前工作和奋斗过、位于东京的书斋，现已迁至大原富枝文学馆中。

① 瑞宝章是日本于1988年开始制定的勋章，由国家授予长年从事公务的有功人员。原来仅授予官吏，后更改条例，只要民间人士对国家尽力者也可授予。

大原富枝的文学作品大体可以分为以下几类：《巢鸭的恋人》《亚纪子》等多部短篇小说群；《河流流淌依旧》《鬼女诞生》等集乡土性与自传性为一体的作品；《正妻》《於雪——土佐一条家的崩溃》等取材自历史中真实人物事迹的作品；《我的和泉式部》等以古典文学为题材的作品；《亚伯拉罕的幕社》等宗教题材小说，以及《今日之命——小说·歌人三岛葭子的生涯》等评传性质的作品。

1956年，大原富枝根据自身患病经历创作的短篇小说《链霉素聋子》发表于昭和三十一年九月的《文艺》上。该作品描写了当时患有“不治之症”——结核病的病人在战后链霉素被发现之前的幽闭意识、愤怒和对自由的憧憬。这种幽闭意识与大原多年的幽居“斗病”生活有着密不可分的关系。自作者18岁肺结核发病以来，到其44岁之间20多年生涯中，屡屡遭受病魔侵袭。大原曾与文学同人相恋，怀孕却又不得不流产，最终与恋人分手。恋人为了家庭选择与其他女性结婚，而后在战争中丧命。恋人的背叛和死亡，给了大原双重打击，在其余生中一直独身。

长期与病魔斗争的经历，是大原富枝人生的原点，也是其文学创作的起点和根基。作者自己也称，近十年的疗养是其生活的基础，文学作品的重要特质也在这段生活中孕育而生。《链霉素聋子》这一作品可以说是作者与病魔斗争过程中发出的痛苦挣扎、呻吟，是对社会的批判与控诉。

1960年2月，大原富枝以江户时代乡土历史人物为母本，创作了历史小说《婉女》，是其作家生涯中最具代表性的作品。小说以江户时代前期的著名儒士野中兼山之女野中婉为创作原型，描写了因父亲被诬陷而成为政治牺牲品的阿婉，身受株连所度过的悲哀而孤独的一生。以受土佐藩残酷的刑罚而被禁闭几十年的一个女人的生涯为中心，描述她的亲人和外界的动态。该作品获得了野间文学奖，从而确立了大原在文坛的地位。

《婉女》以女主人公回忆的形式展开故事。阿婉的父亲——开明的政治家兼山遭政敌诬陷而死，阿婉兄弟姐妹8人被囚禁大山，与世隔绝40年，禁止婚嫁，以绝兼山之后。阿婉对为劳苦大众谋福利的政治家父亲满怀崇敬，但又对政治抱有深深的厌恶。她深处绝境，但并没有放弃希望，与兄长一同在狱中追随江户时代中期儒者、神道家谷秦山（谷丹三郎）学习国学、汉学、中医，与老师常年保持书信往来。日久天长，两人暗生情愫，情投意合。阿婉的三位兄长和一个弟弟都离开了人世，兼山家绝后，阿婉才被释放，此时已经43岁，青春年华尽失。阿婉并未放弃对爱情和美好生活的追求，然而她所爱的秦山与在监狱中梦想过的男性形象相距甚远。他体格瘦小，身体孱弱，浑身散发着体臭。他本是与阿婉生活在不同世界的人，但为了自己学者的野心，让野中家的血脉得以延续，而策划与阿婉的婚姻。秦山最终也卷入政治漩涡，蛰居[①]12年后，抑郁而终。秦山留下的书籍成为两人最后的信物，也是阿婉与世界最后的一丝联系。她把自己比作被世界遗弃的物品，静静地摆放在角落，想努力融入这喧嚣熙攘的世界，却无能为力。当然，这个世界也无力改变她、打击她、毁灭她。经历了半生坎坷的阿婉迎来了孤独与绝望尽头的平和，这既是她的无奈，也是无声的反抗和控诉。

“不被一切政治、社会动向所束缚，不会被打倒的‘我’，究竟指什么？至此，‘我’被从当作‘物品’放置（幽狱、幽囚），转移

① 江户时代一种刑罚，闭门自省。

到世俗的牢笼（幽狱）中。在小说的世界里诉说着主人公以‘物’的姿态生存的‘绝对孤独’。人身自由受到限制，而保有精神自由的阿婉从幽囚的境遇中解放之后，要面对的是秦山妻子的存在，世俗投来的好奇眼光，控制自己与秦山的接近，对秦山心理情绪的顾及等‘精神上的束缚’。”[①]面对秦山的“背叛”和离世，阿婉觉得自己刚从现实中的幽狱中解放，却又住进了精神的“幽狱”。作品展现了阿婉这一历史女性的悲剧命运和强烈的“求生”“求生活”的执着精神，也表明了作者“写即是生的态度”。

“生”和“幽闭”是《婉女》这部作品的两大主题。阿婉在囚禁40年后被赦免时，喃喃道：“因为我们实在从未有过人的生活。——一丝讥笑浮现在我的嘴角。很好，什么政治啦，权利啦，我对此毫无兴趣。我只想在一隅悄悄地生活。你们什么都不怕，那么我一个，40岁的女子只想竭尽全力地生活，又有什么可怕呢？”[②]“外面的世界其实比幽居的世界更严酷，但是，人生来就具有一种能力，人的生命力中有能与这种严酷抗争的能力，因此，活着就是为了与严酷的现实抗争。被囚禁了40年的阿婉对生命更执着了。”[③]

大原富枝出生在土佐，通过父亲了解到这个历史事件。少女时代曾亲眼看到阿婉出生后初次沐浴汲水的古井，她深深为阿婉的故事所吸引。为了拨开历史的迷雾，揭开阿婉当年真实的生存境遇，大原在战后开始了这部作品的创作。

渴望恋爱的历史人物阿婉是现实生活中因患病无法正常结婚、

① 勝倉壽一．大原富枝「婉という女」論—歴史小説と自伝小説[J]．福島大学教育学部論集人文科学部門，2004(6):54．

② 服部正．女性心理学[M]．江丽临，等译．上海：上海翻译出版社，1987:23．

③ 季爱琴．日本文学概述[M]．西安：陕西师范大学出版社，2005:204．

生子的大原富枝自身的投影。所以，大原富枝对作品中的人物尤其是阿婉细腻、微妙的心理刻画入木三分。作品触及当时社会普遍关心的男女平等问题，揭示了当时具有浓厚封建残余的家制度对女性的束缚，展现了幽闭女性的生命意识。与世隔绝的处境，更激发了其对生命和爱情执着的渴望。

这部作品在1971年被搬上银幕。大原曾坦言，如果没有10年的疗养生活，即便与野中婉相遇，自己的文学创作也难以结出硕果。女主人公阿婉禁闭几十年，四十多岁才被释放，得以重返现实世界。大原同为而立之年已过，却依旧孑然一身的女性，对这种孤独与苦恼有着足够深刻的体会，所以更能玩味野中婉的心境，因而对其孤单、绝望的处境的描写极具真实感。换言之，“阿婉”这一形象的成功塑造，离不开同样无法结婚生子，得不到丈夫庇护和家庭庇护，饱尝屈辱、困苦的大原富枝的相似心境。若非作者也经历了“来自自己身体内部的痛苦的呻吟”和“直面屈辱控制自我”的两方面的挑战，将无法书写野中婉的一生。

在《女性心理学》一书中，以“阿婉”的故事为案例，分析了阿婉一类女性群体的生命意义。“对总算没有在牢笼中送命的阿婉来说，‘在一隅悄悄地’生活，对政治、权力‘毫无兴趣’，这斩钉截铁般的反论中正包含着变相地把日常性和非日常性天衣无缝地重叠在一起的生存意义。”①阿婉勇敢地告别过去，面对生活再度树立了“视死如归”般的决心，也反映了现代女性对生命意义追求和叩问的姿态，从某种意义上来说，她们的生存意义是由日常性和非日常性的重合叠加而成的。

① 服部正．女性心理学[M]．江丽临，等译．上海：上海翻译出版社，1987:23．

10年的“斗病”疗养生活是大原的第一原点，幽闭意识的产生源于社会对结核病患者的歧视，并直接导致了其幽闭的生活方式、生命历程。被恋人抛弃而生成的“怨”是其第二个原点。作者从对人生的彻底放弃和断念为原点再度出发，以文学创作为自己的生活方式和精神支撑，穿越了痛苦的沼泽地，最终收获了达观的人生态度和创作上的辉煌成就。大原凭借顽强的意志和信念，将“负”的人生反转为“正”。在《婉女》和《於雪——土佐一条家的崩溃》中共通的女性形象，以故乡为背景的乡土气息都成为大原文学魅力的独到之处。

长篇历史小说《建礼门院右京大夫》于1975年由讲谈社出版。作品描写了平安时代后期贵族的爱情故事。建礼门院右京大夫邂逅了当时叱咤风云的平家年轻武士资盛，两人开始了梦幻般的恋爱，彼此认定对方为命中注定之人。同时，她也被年长的艺术家隆信所宠爱着，过着如画卷般美妙的贵族生活。然而，时过境迁，平家灭亡的悲惨现实正无情地等待着她。建礼门院右京大夫生于保元二年（1157年），卒年不详，平安时代末期至镰仓时代初期的女性歌人。父亲为藤原（世尊寺）伊行，母亲是大神基政的女儿夕雾，也传名为伊子。承安三年（1173年）以右京大夫的身份仕于高仓天皇的中宫建礼门院平德子，与藤原隆信、平资盛恋爱。资盛死后，对其追善供养。建久六年（1195年）左右再次仕于后鸟羽天皇。这部长篇历史小说，描写了为爱而活、为歌而活的建礼门院右京大夫的一生，展现了一个女人被历史巨大时代浪潮捉弄的命运。华丽如锦的前半生，与怨恨悲叹的后半生的鲜明对比，也印证了“诸行无常，盛者必衰”的道理，暗示了在历史的滚滚洪流中，诸如建礼门院右京大夫这样宫廷女性命运的跌宕起伏。

此外，作为一名日本女性作家，大原富枝和当时中国文坛的作家也有亲密的交往。冰心在作品中曾回忆了中日女性作家交流的盛况，称大原富枝曾把冰心请到她的小巧精致的家里去，还邀请了壶井荣、佐多稻子、由起繁子等女性作家作陪，还用生鱼片招待她们。“我们和日本作家和人民都坚信‘别离是重逢的开始’，我们都要拿起我们的一支笔，为促进中日两国之间正式邦交的恢复，为两国人民之间的正常往来，而尽上我们的最大的力量。”[①]冰心和日本女性作家的友好交往，也是中日两国民间友好交流的缩影。映衬出两国人民对和平的期求，对理想的向往。

① 冰心．冰心全集：第5卷[M]．卓如，编．福州：海峡文艺出版社，2012:208．

擅长描写下町风景和庶民文化的作家——芝木好子

芝木好子（1914—1991），小说家。1914年，出生在日本东京经营高级和服店的家庭，父亲酷爱日本传统文化，对日本画、茶道、歌舞伎、净琉璃均有涉猎。好子经常跟随父亲去看歌舞伎，自幼耳濡目染，对传统文化产生了浓厚的兴趣，造诣颇深。这为其日后的创作提供了重要素材，打下了坚实的基础。1932年，好子毕业于东京第一女子高中（现东京都立白鸥高中）。毕业一年后父亲去世，照顾母亲和妹妹的重担落在好子肩头。在1941年5月与经济学家大岛清结婚之前，好子一直在三菱经济研究所任职。关于与丈夫大岛的婚恋在自传体作品《丸之内八号馆》中有所描写。

好子从少女时代开始文学创作，作品内容涉猎极为广泛，包括自传体小说、风俗小说、艺妓小说和艺术家小说等多种类型。结婚同年发表了以战时统制下的果蔬市场为背景的小说《青果市场》，塑造了为了振兴家运而努力拼搏的“八重”的形象。该作品女主人公的独立意识与进取精神也是好子本人对待生活态度的写照。1941年，这部小说一举夺得第14届芥川奖，芝木好子宣告正式步入文坛。在之后的创作生涯中，独立、自强、拼搏、进取都成了其作品塑造的女性形象的品格。好子一生共有6部作品获得日本各项文学大奖。1941年《青果市场》获得芥川奖，1960年《汤叶》获得女性文学者奖，1965年《夜之鹤》获得小说新潮奖，1972年《青磁砧》获得女性文学奖，1984年《隅田川暮色》获得日本文学大奖，1987年《雪舞》获得每日艺术奖。1976年她就任日本女性文学家协会会长，1981年获得日本艺术院恩赐奖，1983年成为日本艺术院会员，1989年被授予“文化功劳者”称号。1991年8月因乳腺癌去世。

在好子的早期创作中，引起反响较大的作品是自传体三部曲《汤叶》（1960）、《隅田川》（1961）、《丸之内八号馆》（1962），这三部作品奠定了其创作的主体风格。《汤叶》以自己的祖母为原型创作而成。少女阿露在15岁时就成了一家做汤叶的商人家的养女，并接管了养父的事业而为之奋斗一生。《隅田川》以作者的父亲为原型，描写了一家高级印染店的盛衰和小商业区的手艺人的生活。《丸之内八号馆》则是好子对自己在丸之内三菱经济研究所工作6年的回忆录。三部曲记述了祖母、父亲及自己经历的自传体小说。通过三代人不同生活境遇，可以窥见日本社会的变化。

在《流逝的日子》（1946）出版之后，好子相继发表了多部作品，受到了诸如“通俗化”“模式化”的批评，使得好子不得不重新审视自己的创作思路。可以说，自昭和20年代起，其创作一度处于停滞不前的状态，通过对固有的创作主题和模式进行调整，开辟了一条崭新的创作道路。好子通过细致周密的调查和资料搜集，从新的视角切入，在昭和二十九年十月的《中央公论》上发表了《洲崎乐园》（1955）。这部作品描写了独立谋生的妓女和光顾她们的男性的生活样态。以这部小说为契机，开始了“洲崎”系列作品的创作。“洲崎”曾是妓院集中的地区，在战后成为“赤线地区”，即“红灯区”。这部作品曾被拍摄成电影，由新珠三千代主演。此外，同样以洲崎风俗街为舞台的小说《洲崎之女》是著名导演沟口建二封山之作《赤线地带》的原作。小说聚焦几名妓女艰难的生活状况，她们有的为了供养孩子读书，有的为了支持失业的丈夫，有的为了让父亲从监狱释放……为生活所迫走上了妓女的道路。好子对“洲崎”系列作品中日本庶民地区的特点和战后的风俗描写得细致入微，无疑得益于其在东京浅草的成长经历。

纵观好子一生的文学创作，不难发现她擅长塑造独立自强的女性形象。作品多以日本传统手工技艺从业者为创作素材，流淌着对日本下町①风景和庶民文化的眷恋与热爱。她的文风柔美，以描写人物细腻的情感、略带伤感的景色见长。作品多以妇女生活为主要内容，描写普通妇女的奋斗史，献身传统工艺的妇女的悲欢，代表作品有《染彩》（1965）、《葛饰之女》（1965）、《冬天的茶花》（1970）、《青磁砧》（1972）等。《染彩》讲述一个从事染色的女人与一个少年画家的恋爱故事。《葛饰之女》刻画了一位因对其老师极致的爱而自杀的日本女画家形象。《青磁砧》描写瓷器鉴赏家的人生。这些作品的创作契机是1963年好子与丈夫的欧美之旅，海外游历使她对日本的传统文化有了新的理解和认识，随后创作并发表了这些以日本传统文化为素材的作品，受到高度评价。

好子笔下的女主人公大多从事手工艺制作，过着深居简出的生活。在一个隔绝了世间喧嚣的寓所，潜心于艺术或手工艺创作，定期外出参加设计培训班，为了自己的理想和事业刻苦钻研，奉献青春。

《隐秘的山谷》在1979年10月号的《群像》上发表。小说主人公北里直子的哥哥北里康从事陶瓷的学术研究，在家旁边的陡坡上建起瓷窑，与一同研究陶瓷的伙伴东木透二一起设计新的陶瓷造型。直子从小跟随严厉的哥哥制作美术陶瓷，学习创作。后来辞去工作帮助哥哥，7年后哥哥离开了人世，现实生活的挫折和过于艰苦的工作导

① 下町：平民街。城市城区中位于低地的地区，多为工商业者集中居住的街区。

致了哥哥的死。但是直子并没有放弃这一事业，一直幽居于隐秘山谷的作坊里与合作伙伴一起进行艺术创作，这是她生活里最大的乐趣。小说另一位女性人物奈可子，一直沉浸在丈夫离世的悲痛中。她把自己冰冷的人生和直子的生活相比，对在工作上和异性方面都能自由把控的直子无比羡慕。这也更加凸显好子塑造的以直子为代表的女性形象，看似离群索居，生活枯燥无味，内心却极为充实和笃定。独身的直子不刻意追求爱情生活，但真正的爱却存在于彼此相互协作、为之共同奋斗的日常生活之中。像直子这样有坚守、有梦想，敢于独立和坚守孤独的女性正是好子所讴歌的女性形象。

《奈良的乡里》发表于1987年，主人公玲子是一位经历坎坷，但最终突破了传统枷锁的日本现代女性。在封建思想笼罩的家庭里唯命是从的传统女性玲子，受到婆婆和丈夫的欺凌，迫于无奈和丈夫离婚，离开了痛苦的牢笼。在哥哥的安排下去中南美游历，途中与敬一邂逅，两人志趣相投，相谈甚欢，经过短暂的接触，两人约好一起回到日本。玲子留在墨西哥的日子所剩无几的时候，猛然意识到自己对爱情的渴望。虽然经历过一次不幸的婚姻，爱情的种子再度萌芽。于是，玲子在回国前赴了二人的瓦哈卡之约，自此两人情定终身。他们从遥远的南美洲回来之后，就住进了师兄留下的奈良乡间的别墅，一住就是两年。敬一每周去3次京都的研究室，玲子则在家里用原色织着从南美学来的具有古老传统特色的图案。玲子过着隐士般的生活，每日操作一种叫作“地机”的织机，却从未感到单调乏味，反而从中悟出了人生的意义。他们的居所，从廊下可以望见奈良绵延的丘陵，在这田园诗般的景色衬托下，玲子唯一的乐趣就是学习织染。与从事学术研究的敬一一起过着避世幽居的桃花源般的生活，夫唱妇随，琴瑟合鸣。一日，前夫小冢的到来，使玲子的前尘往事再度浮现眼前。“玲子的白天常常是独自一人度过，家里静无人声。干活时，时而眺望眼前的自然景色，想起自己在东京生长了二十八个年头后，竟漂泊到南美，现在又来到山里，这一切连她自己都感到不可思议。”①当抛弃她的前夫再次见到她时，不由得感叹玲子会变得如此成熟、坚强。此时的玲子已经完成一个女性的蜕变，从弱小、无助、顺从的不幸女子，成为有执着追求、有情投意合爱人的现代女性。他们避开凡俗尘世，过着神仙眷侣般的生活。这一切得益于玲子毫不自怨自艾、与命运顽强抗争，自尊自爱，努力进取的独立精神。

这部作品以女性视角凝视女性命运，主要关注其情感境遇和家庭地位，聚焦夫妻、婆媳等家庭伦理关系。对不公平待遇的反抗，暗示着主人公女性意识的觉醒。她勇敢冲破原有的家庭束缚，逃离不幸的婚姻。其内在逻辑是被父权制度、封建思想压迫的女性，通过挣扎反抗，获得精神、意志上的独立、自由。之后，获得了纯真而美好的爱情。在新的爱情模式中，作者设定了一种乌托邦式的生活情境。隐居的山谷、对艺术的沉溺、审美的生活，以及与恋人深层次的契合，都是好子爱情乌托邦的重要元素。这样的生活从某种意义上来说，是一种对现实社会的逃避。然而，女主人公视之为甘美的世界，反映了其所代表的一类女性的价值追求。很难说这样的价值观是现代的，或是古代的，却反映了女性群体的爱情追求在人生价值构建中的重要地位。

作者在《隐秘的山谷》和《奈良的乡里》两部作品中都设定了远离都市、相对隔绝的空间。女主人公离群索居，很少离开“幽闭”

① 张莹．大师谈幸福[M]．长春：时代文艺出版社，2012:128．

的空间，即使离开也会迅速返回。在自己构筑的隐蔽空间里，才能获得安全感，从而投入能动自主的生活。“彼此约定下一周末在歧阜见面以后，直子上了出租汽车。汽车一直向前飞驰，似乎奔向遥远的国度。远离城市的灯光，就挨近漆黑的丘陵。”①“遥远的国度”是直子灵魂的期望所在，也是作者设定的“乌托邦”式的空间，这种空间隐喻的架构，是解读作者叙事目的之关键所在。

“空间话语从本质上而言具有隐喻的特点，一是对于时间与作品内部转换而言，一是就空间本身所透露出的意义而言。这一点在叙事型的文学作品中表现得十分明显。”②“山谷”和“乡里”的隐喻构成了其叙事的重要空间话语形式，反映出主人公与社会之间独特的关系。

《奈良的乡里》的开头这样写道：“从奈良的八木乘樱井线下行，在第一个小站下车后步行相当一段路，有一个小小的村庄。村子的中间有一座古寺，周围有十六户人家。玲子家就在这依山的一面坡地上。房侧是一片疏林，门前是开阔的庄稼地。山坡下，一条清溪蜿蜒流去，玲子常在这浅浅的溪水中浣纱濯布。”③

“从东京跨过多摩河，一进入港北区，岗峦上丘陵绵亘，他的家就住在这里的某个丘陵里。在平列的两道丘陵之间，有一个小小的峡谷，当地的人们把它叫作隐秘的峡谷。”④《隐秘的山谷》在开篇中也不例外地设定了一个大都市中少有的幽静之地，并直接赋予它“隐秘的山谷”的名称，更增加了许多神秘幽居的氛围，反映了作者的幽

① 文学朴．日本当代短篇小说选[M]．沈阳：辽宁人民出版社，1980:528．
② 朱全国，肖艳丽．诗学隐喻理论及其文学实践[M]．北京：中国社会科学出版社，2014:128．
③ 张莹．大师谈幸福[M]．长春：时代文艺出版社，2012:127．
④ 文学朴．日本当代短篇小说选[M]．沈阳：辽宁人民出版社，1980:509．

闭意识。这种意识大多来自对都市喧嚣等现代文明带来伤痕的逃避。而女性的幽闭意识又反映了女性独特的审美意识和价值取向。“构筑了一座展示女性独特矛盾情感和成长经历的城堡——女性相对封闭的生存生活空间，相对封闭的自我凝视、自我调和乃至自我成长的精神空间。”①

女主人公与社会的关系是好子的深层意识作用下的生存方式和价值取向的选择。究其内部原因，可以发现女性生存主体在社会生活、情感生活与现实世界的碰撞中，产生难以磨合的矛盾，并对其身心造成一定程度的伤害。这使得女性在超越生存困境的探索中，不断更新自己的价值建构，从而获得一种相对调和的生存状态。反映在以上两部小说中，主要体现为隔世而居的生活，沉溺于艺术追求。在情感中体现出或逃避，或经过情感苦难最终达到甘美世界的两种情境。

《隐秘的山谷》中的直子，在哥哥去世后沉溺于艺术事业，通过超强的意志力和信念，主导自己的生活。“直子相信自己不会陷入迷途……但只要有高昂的苦干精神，就一切都不足畏惧。”②直子将对艺术事业的追求视为最高的价值追寻，其意义大于与异性的情感关系。这样的精神价值建构从一个侧面反映了现代女性的独立意识和自我主体性。

“玲子在车站附近买了点什么就回到山里。一天的工作还在等着她去做。她从未感到单调乏味，而是乐在其中。”③玲子则展现了灵魂伴侣和事业追求的兼有状态。反映了女性在生命、情感历程中不断自我调节、自我超越之后，呈现的“美好”“圆满”状态。以玲子为

① 李新英．幽闭心理与女性的自我成长——陈染小说女性成长分析[J]．科教文汇，2010(5):66．
② 文学朴．日本当代短篇小说选[M]．沈阳：辽宁人民出版社，1980:511．
③ 张莹．大师谈幸福[M]．长春：时代文艺出版社，2012:129．

代表的现代女性所体现的精神内核不是因社会、情感等带来伤害后的精神失落，乃至病态、极端、歇斯底里的情绪集合体，而是在人生沉浮中勇往直前的生存态度。因此，好子这两部小说中的女性形象对现代社会女性精神价值建构具有积极意义。

至于“幽闭”的选择，如上文所述，反映出女性与社会的关系。但同时也可以做出两种解读：一是叙事者的聚焦，在囿定的空间内，做聚焦式的叙述；二是设定幽闭的空间。旨在让女性完成自我凝视、内省，实现精神的成长。作品结构、情节极为简单，但在细腻的描摹中，传达出女性独特的生命、情感体验。

1984年出版的长篇小说《隅田川暮色》，同样描写了一位单身女性为了实现理想，锲而不舍地奋斗的故事。35岁独身的女主人公冴子为了振兴严岛绦带[①]而倾注了全部心血，这位忠于自己的理想型女子的命运却在不经意间发生了转变。交织着彷徨于三个男子的爱情之间的矛盾心理，隅田川边生活的人们的悲欢离合在好子笔下缓缓地铺展开来。小说中对汤岛、弥生町、浅草等东京城区的景色描写，使小说充满下町特有的情调。而绦带这种传统手工艺自身具备的艺术性，也给读者带来新的审美体验。小说通篇流淌着日本传统的美意识，伤感的风景叙事可以看作是对日本物哀的现代诠释。作品既展现了隅田川边的风情，也赞美了新时代的新女性，堪称芝木好子毕生的力作，获得当年日本文学大奖。

① 用于和服外褂和女和服腰带。

出家为尼的女性主义文学者——濑户内晴美

濑户内晴美（1922—2022），日本小说家，原名三谷晴美，又名濑户内寂听，寂听是她出家后取的法号。濑户内晴美1922年生于德岛市，父亲经营佛皂等用品，有一姐姐，年长她5岁。因为父亲做了濑户内家的养子，她随之改姓氏为濑户内。

濑户内晴美自幼便热爱文学，9岁时开始喜欢北原白秋、岛崎藤村的诗歌，后来又广泛阅读中外各类文学作品，具有非凡的文学禀性，自幼立志当作家。1935年，以第一名的优异成绩考入了县立德岛女子高中，定期向校办文学杂志投稿，每期杂志上均可看到她的诗文。从高中时代开始，濑户内晴美喜欢上了描写平安时代贵族的理想与现实的长篇物语《源氏物语》，对《源氏物语》中描写的以恋爱与烦恼为中心的风流审美世界产生了共鸣，这为继与谢野晶子之后将《源氏物语》翻译成现代日语打下基础。

18岁时，濑户内晴美考入东京女子大学国语专业。21岁，大学三年级时提前毕业。在校期间经媒人介绍，她与一位研究中国古代音乐史的历史学者成婚。丈夫为人正派，婚后丈夫一人去北京工作，濑户内晴美也前往北京，长女出生后一家三口返回故乡德岛。

濑户内晴美乃性情中人，我行我素，不受传统道德制约。1947年夏天，丈夫就职东京期间，濑户内晴美在德岛与丈夫的弟子檀郎展开了狂热的婚外之恋。因为濑户内晴美和丈夫是经媒人介绍认识而结婚的，两人之间并无恋爱的感觉，而丈夫的弟子可谓濑户内晴美名副其实的初恋。她认为，一个生命和另一个生命不期而遇、相见恨晚的时候，每个生命的密度就开始注定了。同年秋天，举家搬到东京。1948年2月，她撇下丈夫与女儿，与檀郎私奔，来到大学同学丸本恭子生活的京都。半年后，这场轰轰烈烈的热恋降温，二人分道扬镳。其后，濑户内晴美又与文学杂志《文学者》编委小田仁二郎等男人产生过恋爱关系。仅从文学角度看，濑户内晴美体验的这一连串“风流韵事”，对她后来成为名震文坛的作家，具有极大的促进作用，因为恋爱是艺术的酵母。

1950年2月，精力充沛的濑户内晴美与丈夫正式离婚，开始以“三谷晴美”为笔名，创作少女小说与童话。其间，濑户内晴美恶战苦斗，历尽了人生苦楚。1956年，《女大学生曲爱玲》刊登在《新潮》杂志上，这部以濑户内晴美在北京时的生活为素材的小说，使她获得了文学生涯第一个奖项——新潮社同仁杂志奖。后来濑户内晴美师从“中间小说”作家丹羽文雄，埋头于文学创作。在丹羽文雄创作风格影响下，于1957年发表第一人称中篇小说《花芯》，作品发表后引起了巨大反响，评价褒贬不一。1961年，发表了评传式小说《田村俊子》，并凭借此作品获得首届田村俊子奖。1962—1964年在杂志上连载评传作品《鹿子缭乱》。1963年，濑户内晴美发表《夏日终焉》，获得女流文学奖。1973年，濑户内晴美51岁时选择出家为尼，取法号“寂听”。1982年，在她的故乡德岛县开设了“寂听塾”，为提高故乡人的文化水平做出贡献。1987年，任岩手县天台寺住持，1988年，就任敦贺女子短期大学校长，后来就任德岛县文学书道馆馆长。1992年，凭借《问花》获得谷崎润一郎文学奖。1996年凭借《白道》获得艺术选奖文部科学大臣奖，被选为文化功劳者。1998年，获得NHK放送文化奖。2001年凭借《场所》获得野间文艺奖，2011

年，凭借《风景》获得泉镜花文学奖。特别是1997年翻译成现代日语的《源氏物语》，在世界范围内再度掀起热潮。2022年，濑户内晴美100岁时离开了人世。

濑户内晴美的创作以其出家为界限，分为前期创作和后期创作。前期创作中，《花芯》是其代表作，是发表于《新潮》杂志1957年10月号的第一人称中篇小说。女主人公园子的原型即作者本人。“我”是个文学少女，曾梦想当探险家，自幼本能地厌恶同性，喜欢异性，女子学校时代就痛畅享受到英语教师的热吻。在父亲的安排下，“我”被迫和雨宫结婚，后来雨宫到了京都的分店工作，园子探望雨宫时遇到了自己的初恋越智，此时越智是雨宫的上司，园子被越智吸引，两人陷入热恋。跟越智重逢后，园子真正体会到什么是真爱，于是她决定和雨宫离婚。园子的决定使母亲非常生气，妹妹也帮助妈妈禁止园子外出。这期间，园子对越智的感情越发升温，最后园子和雨宫离婚，靠自己的双手挣钱养活自己，走向自立之路。园子和多个男性有过一夜情，在和男性交往的过程中，她终于明白无论哪个男性都无法在身心两方面满足自己。

《花芯》是涉及女子性心理的先驱性作品，蕴含着对既成道德的反叛。作品发表后，文坛负面评价居多，尤其是资深评论家平野谦的批评甚为激烈：“描写平凡的人妻完全变成了娼妇的这部作品超出必要地使用了‘子宫’一词。以前我读该作家的短篇集时，对于以私小说风格来描写陷入僵局的恋爱作品抱有好感，她描写的没落中小企业经营者与职员的恋爱故事也印象深刻。我认为，该作家在文学实力上不输给原田康子和有吉佐和子。但是，描写三十多岁的女子性心理的这部作品中，明显可以感受到作者对于新闻媒体轰动效应的追随。

这是该作家的弱点。这种弱点在《花芯》中以‘子宫’一词的过度使用而显现。”[①]当然也有对她的这部作品持赞美意见者，濑户内晴美回忆跟大江健三郎一起讲演旅行时大江说的话：“大江以非常认真的态度对我说，《花芯》真好，真是好。《花芯》是评论家将作家搞臭的一个例子。”[②]秋山骏也对《花芯》给予好评，认为这部作品不是“制作”，而是“创造”。因为“其中的所有场面几乎没有西欧文学的影子，与日本的现实有着紧密的联系。作者想要正确地演奏全身感受到的现代生存的音阶，才产生了这个主人公”[③]。

1961年，濑户内晴美发表了评传式小说《田村俊子》，描写了田村俊子（1884—1945）的生涯。作为职业女性作家，田村俊子第一个在经济上实现了自立。该部作品的主题是女子为了从根本上获得自由、独立与自我，究竟应该怎样奋斗。在这个问题上，濑户内晴美与田村俊子高度相似。濑户内晴美称田村俊子的作品至今仍具有不可思议的新鲜度，燃烧着顽强的生命力。她描写田村俊子，在某种程度上也就是为了表现自己。

传记作品《鹿子缭乱》连载于1962年7月号至1964年6月号的《妇人画报》上。女主人公为冈本鹿子（1889—1939），也就是冈本可能子（也有人译为冈本加奈子）。冈本鹿子是一位小说家与歌人，师从明治时代的新女性歌人与谢野晶子（1878—1942），是“青鞜派”的一员。濑户内晴美对冈本鹿子那烈火一般的生涯与绚丽的文学业绩深有共鸣。这部作品的主题是对觉醒了的新女性的赞美，是对“神圣恋爱”的肯定。冈本鹿子虽是青鞜成员，却很少在同人会上露面，只跟

① 平野谦在1957年10月22日《每日新闻》的文艺时评上进行了评价。
② 瀬戸内寂聴．瀬戸内寂聴全集[M]．東京：新潮社，2002:6.
③ 秋山駿．瀬戸内寂聴：小説家の誕生[M]．東京：おうふう，2004:32.

平塚雷鸟和生田花世等人有个人层面的交流。鹿子不盲从于青鞜的意识形态，她通过倾吐女性的哀怨来表达女性的所有属性，使男性充分意识到女性本质上的生命本态，从而确立女性相对于男性的存在理由。

濑户内晴美还有一部传记文学作品，名曰《美在乱调之中》，发表于1965年的《文艺春秋》上。作品标题来自伊藤野枝的丈夫大杉荣曾经讲的名言“美只在乱调之中，谐调[①]乃为虚假”。该作品反映了《青鞜》后期主编伊藤野枝的人生波澜。伊藤野枝从小做事风格泼辣，雷厉风行，曾考上东京上野高等女子学校，后加入青鞜社，跟与谢野晶子等人交往密切，友情深厚，伊藤自己也开始写评论和小说。1915年，平塚雷鸟辞去《青鞜》主编，之后伊藤野枝担任主编。伊藤野枝对《青鞜》倾注了极大的热情，使得《青鞜》继续坚持发刊一年多时间。伊藤野枝跟大杉荣相识之时，大杉荣已是家喻户晓的无政府主义者，且已有妻室，此时伊藤野枝也已嫁人。但是他们一见如故，彼此吸引，很快开始同居生活。伊藤野枝自由奔放，在恋爱和社会运动中大显身手。不过，生命的终结却是悲惨的。关东大地震后不久，她和大杉荣以及大杉的侄子橘宗被宪兵带走，当天就丧命于市谷的宪兵队内部，年仅28岁。濑户内晴美的《美在乱调之中》以浓重的笔调将伊藤野枝那充满密度的一生进行了披露，读后令人泪目，令人哽咽。

1962年，濑户内晴美创作了私小说《夏日终焉》。作品以相泽知子为中心，讲述了围绕知子展开的一段四角恋故事。濑户内晴美把其中知子的形象塑造成坚守自我的新女性，她经济独立，自己的苦乐不

---

① 谐调指音乐的节奏、绘画的色彩等和谐的状态。

由男人做主，以对等的立场看待男女关系，在此意义上，知子可谓日本战后妇女解放运动的急先锋。1963年，《夏日终焉》获第2届女流文学奖。这部作品是濑户内晴美对自己恋爱经历的回忆。濑户内晴美和丈夫的弟子产生感情是1947年的事情，经过15年后，濑户内晴美以冷静的视线客观描写了当时的恋爱故事。

1973年，51岁的濑户内晴美皈依佛门，在坐落于岩手县西磐井郡平泉町的中尊寺举行“得度仪式”，改名“濑户内寂听”。濑户内晴美以此告别了男女纠葛的跌宕生活。濑户内晴美为什么会选择出家，那是因为濑户内晴美对于自己的感情生活感到一丝厌倦，她想在佛教世界中得到拯救，渴望从人生的束缚中得到解脱。这一点在她47岁时写的随笔《关于放浪》中可以得到证实：“出家遁世与放浪如今成为我每日的憧憬，在诱惑着我的心。”[①]由此可见，濑户内晴美早已有出家的打算。

濑户内晴美不断与男人热恋，却不愿与任何一个男人一本正经地经营正常的家庭，她憧憬的只是激情燃烧的生活。因此，濑户内晴美的孤独感与她的生活现实，形成了两级分裂，因而决定了她的作品特色。濑户内晴美后期作品中，《比睿》是一部代表作，是其出家6年后发表的长篇小说。主人公尼僧俊瑛未出家时名叫藤木俊子，曾于二十多岁时相亲结婚，她抛夫弃女，跟丈夫的弟子私奔，后成为作家，51岁时出家为尼，在比睿山修行。透过作品的细节可以看出，女主人公的经历跟濑户内晴美完全一致，显示出濑户内晴美作品的私小说特点。

濑户内晴美的后期创作还有描写僧人西行的作品《问花》，该作

① 瀬戸内寂聴．放浪について[M]．東京：講談社，1972:112．

品1992年获得谷崎润一郎文学奖。虽已皈依佛门，但濑户内晴美仍然执着于描写男女感情。故事从游历关西的僧人一遍上人在京都一老铺旅馆与老板娘相遇开始讲起，虽然描写了佛教的世界，但中间也穿插着男欢女爱，不过在叙事中增添了平静与坦然。

濑户内晴美的人生可谓波澜壮阔，她精力充沛，情感丰富，敢爱敢恨，其人生哲学可谓“平生只流双行泪，半为文学半男人”[①]。濑户内晴美作品的私小说特质，反映了她遍历男人的经历。“其作品赞扬女性不拘一格、为所欲为、天地皆春的悠畅恋爱，赢得广大女性读者的狂热欢迎。”[②]

① 刘立善．论濑户内晴美文学的创作特色[J]．日本研究，2012(1):61．
② 刘立善．论濑户内晴美文学的创作特色[J]．日本研究，2012(1):61．

现实社会的“凝视者”——山崎丰子

山崎丰子（1924—2013），日本女性作家，本名杉本丰子，1924年生于大阪，父亲是一名经营海带的商人。山崎丰子1944年从京都女子专科学校毕业后，在每日新闻社文艺部当记者，当时的文艺部副部长是井上靖。在履行记者勤务之余，山崎丰子开始写作，从此踏足小说创作世界，其初期作品多以船场为背景展开描写。20世纪60年代以后的作品创作逐渐脱离大阪这一城市背景，风格逐渐转向现实批判。多部作品直面日本社会问题，犀利地剖析了社会阴暗面，赢得了读者的喜爱，以《白色巨塔》为首的大部分作品都被拍摄成电视剧、电影，在国内外引起了极大的关注。

山崎生前创作了8部短篇小说、1部中篇小说和16部长篇小说。1957年，以《暖帘》初试啼声，进入文坛。次年，连载于《中央公论》的《花暖帘》获得第39届直木奖。之后，获得文坛肯定的山崎丰子辞去报社工作专职写作。1959年发表小说《少爷》，获得大阪府艺术奖。1960年发表《女人的勋章》，1963年出版《女系家族》，1964年发表《花纹》等小说。其中，《花纹》获得了第2届日本妇女公论读者奖。1963年《白色巨塔》在《Sunday每日》周刊连载。1968年《花宴》获得了第6届妇女公论读者奖。1973年由新潮社出版《华丽一族》（又名《浮华世家》），1976—1978年发表《不毛之地》，1991年凭借《大地之子》获得第52届文艺春秋读者奖，同年，因其对日本文学的卓越贡献而获颁菊池宽奖，可谓实至名归。1999年发表《不落的太阳》。2009年《命运之人》获得第63届每日出版文化奖特别奖。2013年9月29日去世，享年88岁。

熟悉日剧的读者对山崎的作品并不陌生，由她的小说改编的影视作品几乎做到了部部经典，比如《白色巨塔》《华丽一族》《大地之子》等。好的故事永远是影视改编的硬通货，山崎的好故事来源于她对社会的体察与出类拔萃的取材。这种洞察或许得益于她作为报社记者的经历中所养成的坚持与执着。山崎曾经说过："我更深切感受到，要对一件事情一直抱着热情、抱着耐力而持续，是非常困难的。写小说这件事必须要写得巧妙，更重要的是必须持续着热情和耐力。"①为了搜集创作素材她可以奔走到世界的各个角落。在写《白色巨塔》时，为了解当时癌症研究的最新成果，山崎丰子硬着头皮读了5本专业医学书，甚至只身往返于东德和西德之间，费尽波折也要争取到拜访德国癌症研究中心的机会。为创作《两个祖国》专程去菲律宾实地进行采访，查阅大量历史资料，画出美、日两军在菲律宾的攻防路线图，并沿着这些路线实地采访100多个当事人。这种不灭的小说创作热情被评价为"不屈的取材"。"无采访、不写作"的写作习惯也贯穿于她的整个创作生涯。

担任山崎秘书职务50年之久的野上孝子在《山崎丰子先生的素颜》一书中提及山崎的工作态度说："无论是电话的应对还是日常的寒暄，她都事无巨细，雷厉风行。当问到我对稿件的感想或者如何改善时，如果无法及时给出具体有效的意见，她总会严厉地说提不出意见就走开。只要涉及工作，她对自己对周围都是一贯的严格。"②山崎丰子践行了身为作家笔耕不辍的信念，88岁高龄仍坚持写作，直到生命最后一刻。

① 山崎豊子．大阪づくし　私の産声　人生編[M]．東京：新潮社，2011．
② 上野孝子．山崎豊子先生の素顔[J]．文春文庫，2018年9月．

山崎丰子的早期作品立足于大阪的文化与传统之上。处女作《暖帘》发表于1957年，当时她已当了10年的报社记者。这部长篇小说描写了两代大阪商人崇尚老店传统，保卫店号信誉的奋斗史。以象征着大阪商人灵魂的“暖帘”为题，凸显了大阪商人对老店的传统和字号、信誉的执着追求与坚守。作品分为两部分，第一部分讲述父亲吾平到大阪“浪花屋”当学徒，凭借毅力和执着，终于在大阪分得此店店铺商号，开始独立经营，但因战事店铺被烧毁。第二部分讲述儿子孝平，在战后的废址上励精图治、埋头苦干，重振家业的故事。在时代的剧烈变化之中，人的思维和工作方式都会随之改变，但是历经社会变迁，依然存在需要固守的精神。经历了战争、自然灾害的两代大阪商人就是凭借对“暖帘”的执着信仰，获得了最终的成功。通过这部小说，作者塑造了心目中最为理想的大阪商人的形象。

写父亲吾平初创家业的部分实际上是在赞颂日本的传统和精神，表达了对明治时期日本的独立和拼搏精神的赞许。写主人公孝平再振家业的部分是在间接地描写战后日本饱受战争摧残、信仰崩塌，从而产生对日本政府的质疑，对战争根源的思考。“暖帘”象征着商家信誉，代表着一种历史传承，表达了山崎孕育出一个新的和谐世界，人间爱的夙愿，流露着潜在的反战意识。

《花暖帘》《少爷》《吝啬鬼》等早期作品地域色彩浓郁、怀旧旨趣鲜明。山崎丰子以细腻的笔触生动地描写了俗世人生的悲欢离合，满足了20世纪60年代前后读书界对新型民俗文学的需求。中国作家廖辉英评价山崎：“能把自身记忆写得很好的作家，就足以称作好作家；能把身世记忆，延伸、扩大、加厚，变成一个时代的记忆，那不仅是好作家，还堪称伟大的作家。山崎丰子的小说，足堪令她成为好作家，这已是不争的事实。”①

而山崎作为“社会派作家”的发端，始于《白色巨塔》的创作。《白色巨塔》描写了大学医院的腐败等尖锐的社会问题。男主人公财前五郎是名外科副教授，是浪速大学附属医学院最具前途的年轻医生，他医术高明，成功为大阪府知事切除癌症肿瘤，得到院长的赏识。被财前五郎抢了风头的东教授，岂能对此置之不理，于是一场明争暗斗就此开始。当然小说中也不乏单纯、有良知的医师，第一内科的副教授里见就是这样一个人物。医院里腐败、阴暗与正直、善良的两股力量不断交锋，使得这部小说情节跌宕起伏、扣人心弦。对邪恶的痛恨和对良知的呼唤，给读者以巨大的精神冲击和共鸣。

该部小说最初连载于综合周刊杂志《Sunday每日》，杂志编辑拥有医学博士头衔，深谙医师学会与制药公司在医界贿选中的牵扯与内幕，给山崎的创作构想提供了帮助。除此之外，山崎不仅采访多位公立大学医院的医师，亲历观摩学术会议及手术现场，还为描写医疗诉讼情节而多次咨询专业律师。

“白色巨塔”既是等级森严、壁垒层层的医界权威象征，又是医者毕生仰望攀爬的理想巅峰。山崎仿佛用一把手术刀解构了重塔威压下的藏污纳垢、暗流涌动。将日本医疗体制内部肮脏、扭曲的世界展现在读者面前。然而小说并不止步于此，更是刻画出医者人性的真实对白，无论是东教授，还是财前或是里见，作者都没有对人物进行绝对的善恶评判，有的只是对人性的客观剖析、对价值观的理性关照。“巨塔”此时幻化成一面镜子，折射出个体的不同价值取向与人生态度，让读者不再置身“巨塔”之外，从而共感社会现实下人性的挣

① 廖辉英．从大阪出发的作家[EB/OL]．(2011-10-24)[2020-06-18]．https://tieba.baidu.com/p/1256722186

扎。小说打破行业壁垒，具有普世价值。《白色巨塔》号称“日本国民级小说”，前后经历5次翻拍，数次被搬上银幕，在富士台45周年台庆时还作为重磅剧推出。有观众评价道：“没有一句台词不精妙，没有一个真相不伤人。”作者精妙的写作技巧与犀利的社会洞察可见一斑，用批判的眼光透视社会，通过文学来干预生活，这是山崎丰子创作思想的飞跃。

除《白色巨塔》之外，另外两部被影视化的作品《女系家族》和《华丽一族》同样具有鲜明的批判现实主义色彩。皆是主题深刻，角色众多，利害关系明暗穿插，情节紧凑，文笔简练明晰，文风沉稳，展示着各自庞大错综的世界观。

长篇小说《华丽一族》连载于《周刊新潮》，是以神户银行（现三井住友银行）为原型的商战小说，系《白色巨塔》的姐妹篇，堪称山崎丰子的巅峰之作。这部小说以20世纪60年代末70年代初日本金融界重组为背景，描写了银行界一个金融家族赤裸裸的人性欲望。为创作《华丽一族》，山崎深入采访与自己有业务往来的城市银行行长，与业内人士推敲金融界重组的情节设定。故事中“阪神银行”布局吞并居上位的“大同银行”的构思设想就来自业内职员的启发。

山崎着力描写一个充满金钱、权利、欲望、野心、情感纠葛的世界，以敏锐的洞察力和犀利的语言抨击了权钱勾结的黑暗勾当，描绘了见利忘义、父子反目等人性的丑恶面目。意在揭露一切丑恶人性的始作俑者都是对资本的追逐，无情地鞭笞了为了金钱和权利而使道德沦丧的上流社会。这部日本现实主义创作揭开了文明、文化高度发达的日本社会的面纱，把腐朽和腐败赤裸裸地展现在人们面前，引导人们对人性、对社会现实进行深入的思考和深刻的反思。山崎丰子被读者称为“日本的巴尔扎克”。山崎丰子在一次采访中说：“作家的良心促使我不能沉默，得用自己的笔去暴露、抨击他们……我觉得作家的笔比枪杆子还要有用，我就用笔同那些恶势力斗……《华丽一族》《白色巨塔》等小说中写的事件都来源于真实生活，绝不是我闭门造车杜撰出来的。”[①]

山崎的社会小说具有广阔社会背景和相关行业深层内幕的特点，决定其必须四处走访搜集一手资料。2015年9月25日，在东京桥高岛屋举行的追悼山崎丰子展会上，展出了她的创作手记、素材收集笔记本等资料。从展示的资料中可以窥见山崎丰子作为一名作家极为认真、细致的创作态度。她制作写作笔记，对写作素材进行事实调查、追踪、确认，最终写进作品中。

担任其遗作《约定的海》一书编辑的新潮社出版企划部的矢野新一郎见证了“不屈的作家”山崎丰子鲜为人知的一面。据矢野口述，为了举办展览会在山崎家中找出的创作资料竟达100纸箱之多。这也是读者热爱山崎作品，觉得其创作特别引人入胜的原因所在吧。山崎为了创作一部作品都会走遍全世界去搜寻需要的资料，她是一个勤奋努力的人，也是把读者的感受放在第一位的作家。

然而，也有指责其在创作过程中，对资料未加润色而直接使用，控诉其涉嫌抄袭的声音。究竟是“抄袭”还是“参考资料的引用”，社会舆论也是两方相争，僵持不下。正如山崎自己所言，在虚构中穿插真实事件的创作手法也一度遭到批评，《大地之子》《花宴》中均因有内容与其他作品相似，而受到指责甚至被告上法庭。山崎对此做出解释，称秘书在搜集资料时出了问题。

① 莫邦富．山崎丰子谈《华丽的家族》及其他——访日本著名作家山崎丰子[J]．外国文学研究，1981(4):101．

20世纪70年代起山崎丰子投入到战争题材的创作中来。“战中派”的山崎丰子对战争有着切身体验，战后30余年仍对那段残酷的战争记忆难以释怀。1978年秋天，山崎在美国夏威夷州立大学任客座教授，1984年也曾赴任中国社会科学院担任研究员。这些经历为她的实地采访创作提供了可能。自1973年起，山崎丰子历时近20载创作了“战争三部曲”。“战争三部曲”分别是描写战争期间在美日本人苦难生活的《两个祖国》，讲述战后西伯利亚归国俘虏奋斗历程的《不毛之地》，以及在中国的日本孤儿成长故事的《大地之子》。山崎的战争题材小说中并不侧重描写宏大战争场景，而是着墨于在社会波乱之中、大国角力之下被命运倾轧的芸芸众生，写出了战争的切肤之残酷，表达了和平来之不易，不应再有战争的反战、厌战情绪。

小说《不毛之地》在《Sunday每日》上连载5年，由新潮社分别于1976年和1978年出版前半部和后半部。小说主人公原壹岐正作为二战战犯被苏联军队拘捕，受到军事法庭的审判后被送往西伯利亚最北边的流放地。经历了11年战犯生涯后，他最后回到日本，加入一间商业机构，致力向国防部推销战机，但同时另一间机构向首相行贿，令旗下的战机成为国防部的首选。原壹岐正企图扭转局面，因而掀起了一场紧张惊险的商业头脑战。小说主人公在商战中浴血奋战时，发现经济争夺背后暗藏着黑色商战，政界与防卫厅利害关系错综复杂。同时也意识到自己在战争中曾经的军人身份与战后社会的格格不入。战后日本的繁荣景象在他的内心不过是“不毛之地”般荒芜，而支持战后繁荣的国际商战更是一个污秽不堪的世界。

山崎丰子为刻画主人公在西伯利亚服役的经历和回国后军用机商战的情节设定，曾远赴西伯利亚，以及沙特阿拉伯、科威特和美国收集素材，采访时收集600本录音磁材，整理笔记几十本，阅读小说时的真实感扑面而来。就在小说连载结束的1978年2月，围绕日美战斗机交易的日本高官资金丑闻“道格拉斯格鲁门事件”[①]爆发，似乎旁证了山崎丰子先于现实的敏锐嗅觉。山崎丰子正是看到了战后日本经济高速增长背后的“不毛之地”，通过这部作品来深刻反省战争和近代工业社会所带来的种种弊病。

《两个祖国》中的主人公天羽贤治是出生在美国的二代美籍日裔，太平洋战争爆发后他入伍参战。二战结束后随美军来到东京担任远东军事法庭庭审监听译员。审判结束后天羽深感被美日双方怀疑，身心俱疲的他最终在空无一人的法庭内吞枪自尽，天羽至死都没有认清战争的真正本质，反映出战后很多美籍日裔的共同苦恼。《大地之子》中松本耕次受日本政府鼓动举家迁入中国东北进行所谓“拓荒”。随后从军入伍随日军侵略中国南方。二战结束后，松本侥幸逃回日本，妻儿成为战争遗孤，两代人精神层面永留战争伤痕。战争遗孤的存在反证日本侵略行径，也是对日本政府的有力质问。山崎通过这部小说对日本军国主义进行了谴责，指出军国主义政府不仅欺骗劳苦大众，在残留孤儿问题上也采取消极态度。

山崎丰子的作品具有结构紧密，充满戏剧冲突，情节跌宕起伏，人性复杂纠缠等特点，每每出版新作总是迅速成为畅销书。1973年，小说《华丽一族》出版后，在不到半年的时间内竟销售了250多万册。随后被翻拍成电影和电视剧，1974年，由社会写实派著名导演山本萨夫拍成电影，2007年由日本东京放送电视台（TBS）二度改编成电视剧。其他作品也多次被搬上银幕，反响不俗。其中，《暖

① 道格拉斯格鲁门事件：1978年2月发生的日美战斗机交易相关的渎职事件。

帘》《花暖帘》均先后4次被改编为电影或电视剧，《女系家族》自1963—2005年的40余年间，先后8次被搬上银幕。《白色巨塔》在1966年被拍摄成电影，之后自1967—2007年的40年中5次拍成电视剧，其中2007年由韩国拍摄了同名电视剧。可见，山崎丰子的作品有着经久不衰的魅力，有着庞大的受众群和巨大的影响力。

纵观山崎丰子一生的创作，可以大致分为三大领域：一是以“船厂”为背景描写大阪商人的奋斗史，她直接描写和赞颂大阪的传统和精神；二是对社会“不合理现象”的揭露与抨击，如《白色巨塔》直指医学界的腐败和权力倾轧，《华丽一族》曝光金融行业被金钱和权力欲望操纵的大家族光鲜外表下不为人知的一面；三是“战争伤痕文学”创作，为了创作《不毛之地》曾横穿西伯利亚，远赴美国，前往中国，进行全面、细致、深入的调研活动。

用山崎自己的话说：“我认为一个真正的作家应该有自己的使命感，要敢于向恶势力做斗争，我就是在这种使命感的感召之下写出一些小说的。尽管我是一个流行作家，我的小说很畅销，但是我没有发什么大财。因为我没有成批生产艺术低劣的商品文学。……不过，我觉得我又是个富翁，在文学上，我是个百万富翁，我有上百万的读者，当一个作家，只有这样才有意思。”[①]这金石掷地般的铿锵之声从山崎丰子的口中传来，也从她的小说中传来，是一位现实“凝视者”的铮铮之词。

① 莫邦富．山崎丰子谈《华丽的家族》及其他——访日本著名作家山崎丰子[J]．外国文学研究，1981(4):101．

超现实主义的异色——河野多惠子

河野多惠子于1926年4月生于日本大阪的西道顿堀，家中共有兄妹5人，排行第四，父亲是山货批发商，母亲出身于大阪的一个富裕商家。从九一八事变到日本战败，这段时间恰好是河野的少女时代和花季岁月。战争期间，她曾被编入军需工厂工作，她的确可以称得上是“战中派的一代”。河野在出生后11个月就患上了急性肺炎，31岁时罹患肺结核。她这种与病魔斗争的生活以及青春期的战争体验对她的文学创作产生了巨大影响。

1939年，河野多惠子进入女子学校学习时，她就特别喜爱谷崎润一郎和泉镜花的文学作品。他们唯美式、幻想式的反现实主义文风给河野多惠子极其重要的影响，也是河野多惠子成为具有抽象性、唯心性特质作家的一个主要因素。也正因如此，许多评论家直呼其作品甚是“费解”。

1947年，河野从女子学校毕业后，满怀雄心地想要在文学上有所建树，但不得要领，无可奈何，5年时光匆匆逝去，并未取得任何成就，在其26岁的时候，迫于家里逼婚，加上自己对文学的追求，前往东京开始了她的创作生活，在学习丹羽文雄、石川利光文学的同时，自己的一些练笔也得以在《文学者》上发表。但是，随着创作的瓶颈期到来，加之《文学者》的休刊这一精神打击，1957年河野31岁时不幸肺结核发病，不得不进行了一年半的疗养生活。在3年后的1960年，河野多惠子时隔6年在复刊的《文学者》上发表《操纵女角木偶》。这一时期对河野来讲是一个极度困顿的时期，精神上的低谷加上身体上的病痛以及感情的纠葛，使她的日子极其苦涩，但这一时期也为她的创作带来不小的收获。关于这个漫长的摸索期，河野曾在采访中说道："那是失望累积的每一天，那时候的我很难找到自己作为一名女性，作为一名作家的自我认同。"[①]

1961年，河野多惠子发表了成名作《搜罗幼童》，引起日本文坛的关注。该作品获得第8届新潮社同人杂志奖。这篇成名作和仓桥由美子的《党派》并称为日本女性文学真正开始步入"战后"阶段的经典之作。和当时还是学生的仓桥由美子不同，河野当时已年过30岁。1962年发表了《雪》《美少女》。这两部作品都入围芥川奖，最终未能获奖。1963年，河野多惠子终于凭借《蟹》获得了第49届芥川奖。1964年发表了短篇集《梦之城》，1965年发表《男朋友》，1966年发表的《最后的时候》获得第6届女流文学奖，1968年发表的《不意之声》获得第20届读卖文学奖。1970年改编勃朗特的《呼啸山庄》，同年11月发表《回旋门》。1971年发表短篇集《骨肉》，1976年发表的《谷崎文学与肯定的欲望》获得第28届读卖文学奖。1987年河野多惠子与大庭美奈子一起成为日本芥川奖的初任女评委，任职至2007年。河野多惠子的文学创作长达50余年，创作小说40余部，其作品曾多次获得各种奖项。她是日本现代文学中最重要的女性作家之一。

河野对木偶净琉璃有着偏爱，在其作品中的超现实主义色彩中，可以隐约看到她的生活与舞台艺术之间的关联。此外，她还十分钟爱歌剧，对音乐剧和演剧的造诣也很深，晚年时亲自创作了戏剧《呼啸山庄》，甚至可以说其作品是基于某种戏剧理论而进行的创作。在她就读女子学校的时候，一次偶然的机会使她接触到了艾米莉·勃朗特

① マンフレート·オステン，大杉洋訳．河野多恵子—日本人の告白—女性の場合[J]．日本の現代作家12人の横顔—桃の実のエロス（鳥影社），2008:80．

的诗，并深受其感染，而当时所处的战时环境的不安和残酷的现实使她不得不相信一些超自然的事物，她对超自然物的迷信，可以追溯到她过往的体验。比如《<呼啸山庄>的超自然性》（1995）中有这样的描写："轰的一声，炸弹落了下来，当时我的身体蜷缩成一团，由于太过紧张，甚至相信这世上真的有灵魂，相信只要炸弹落在自己的身体上，灵魂就会从身体中飞出来。"①曾经这样追忆自己遭遇空袭时的感受，她相信这就是超自然物。"在空袭的时候，所有理性的判断能力都丧失了，甚至自身的存在，或者一切现实的感觉都丧失了，连是否还有意识都忘记了。"②这样的体验超越了理性与现实，开启了人的内心世界，河野由此产生了对超自然物的执着。如此看来，河野文学中的超自然物元素，离不开曾经的空袭经历。正是河野所经历的空袭事件，使得她对人性的认识超越了理性与现实的界限，以崭新的视角揭示潜藏于日常中的人性奥秘。而同时勃朗特的诗给了她很大的影响，并使得河野产生了了解勃朗特其人、其作品的想法。河野自己也曾说过，对于那时的自己而言，勃朗特的诗里有一股神秘的力量和一种激昂的精神，在宁静之中闪烁着异样的光芒，给了当时的自己很大的激励和慰藉。

河野充满战争体验的青春期生活，是构成河野精神及文学起点的决定性因素。她作品中的超现实主义、超自然和怪诞、神异的特质最早见于其作品《操纵女角木偶》中，作品中描写到，有几个人看到操纵女角木偶的幸六所使用的女角木偶背后有黑衣人操纵的人偶影子靠近，这是对幸六的行为心生怨恨而死去的兄弟玉枝的亡灵。在其后的作品如《雪》《最后的时候》《不意之声》《心里不踏实》《妖术

① 河野多惠子．河野多恵子全集：第9卷[M]．東京：新潮社，1995:339.
② 河野多惠子．河野多恵子全集：第9卷[M]．東京：新潮社，1995:341.

记》等中，这一特点也极为突出。《不意之声》这部作品主要描写女主人公吁希子与父亲的生灵以及亡灵之间的精神交流。小说的开头，吁希子与丈夫馗一吵架之后离家出走。在父亲亡灵的示意下，在决定杀死三人的幻想中展开故事的叙述。吁希子与亡灵进行精神交流的世界，是一个现实意识不起作用的世界。在这种意识的世界里，亡父亲切的面容一直起着暗示作用。亡灵的出现，给人感觉似乎进入了“泉镜花”式的怪诞世界。她将日常生活中非现实存在的一些东西暴露于读者的视线之下，达到了戏剧性的效果。河野确信灵魂的存在，她所构想的作品，如同《不意之声》一般，在深层的心理世界、非合理的情感世界中人们的意识活动会变得极其活跃。作为对过于合理化、系统化的现实世界的反向假定，现代人虽然理性上不相信灵魂的存在，但是内心又反被这种元素所吸引，河野的文学就是在这样的非合理性中揭开了潜藏于深层的精神世界。神田由美子称“河野多惠子文学的魅力在于对于人生的深深的爱恋和依恋”①，而大田三郎则从“深入日常生活中的战争体验”②的角度出发，对河野文学展开探讨，并指出《围墙之中》《遥远的夏天》等作品正是河野文学中带有战争体验作品的典型代表。此外，在河野的文学作品里，刻画了逃离旧有的贤妻良母形象的女人和渴望在性爱中支配男人的女人。河野作品中所刻画的女性所共同具有的不伦等现象的来源可以归结为战争体验。虽然不能确定河野文学中人物的性格特征是否与作者及其体验有必然联系或是间接的反映，但可以肯定的一点是，无论在《围墙之中》为弥补过失要求中尉进行殴打以获得受虐快感，还是在《春愁》中听了丈夫在战场上的残虐行为后而萌发出嗜虐心理的妻子，其体现的都不仅仅

① 神田由美子．研究動向：河野多恵子[J]．昭和文学研究，1999（9）．
② 大田三郎．戦争体験が貫く文学—河野多恵子の世界[J]．文藝，1972（11）．

是一种男女世界扭曲的变态性爱，而是以此来展现战争中的一些异常现象。近藤功曾指出："河野的文学不是日本近代文学中极为重视的'求道性实践者'的文学，而是'人间性认识者'的文学。"[①]可以说，河野的作品是在"用一般道德中涌现出来的日常性视角和悠闲的无机文体描写受虐、施虐等男女之间的异质关系，并在此基础上产生了一种象征性，这是分析和认知河野多惠子文学的基础"[②]。

河野多惠子曾表示，在战争中被压抑、被封锁的自己，在战争结束的时候获得了解放，对未来抱有无限的憧憬和期待，却又总是失败而感觉难以得到满足，直到她在21岁的时候开始渐渐踏上了文学之路。在河野的作品中描述了许多婚姻生活不幸或者男女关系不和的故事，以及在这种扭曲中不安定的心理和在身体上挣扎的女性。比如《搜罗幼童》中的晶子、《战斗》中的依子、《不意之声》中的吁希子、《骨肉》中的女人、《回旋门》中的真子、《心里不踏实》中的方子等，都是战后社会中被残酷抛弃的女人，并且都挣扎于失望和倦怠感之中，都对充满活力的生理和心理生活有着极大向往和憧憬。这些女人都是不能生育的女性，或者有恋男童癖或者有受虐倾向等，都是一些有着变态性爱观念的"疯女人"。这些女人拒绝生育，抗拒婚姻的束缚，在现实生活中表现出了非伦理性以及嗜虐性等特征。同时，她们又能坚决地维护自我，具有强烈的自我意识。从弗洛伊德的观点来看，河野所描绘的这些女性可以看作是源于对性方面劣势的认识、不育和母性丧失的一种颠倒。另一方面可以说是对女性生殖的一种剥离，自己想要在性方面成为主体的意愿，从被支配的女人转为具有主体性的女人。

---

① 近藤功．河野多恵子この子この蠱惑的存在[J]．三田文学，1971（5）．
② 神田由美子．研究動向：河野多恵子[J]．昭和文学研究，1999（9）．

作为在20世纪六七十年代成长起来的女性文学的典型代表，河野多惠子的文学作品中有着浓厚的昭和气息。她的文学个性与她所经历的独特的时代密切相关，也与她自身的经历密切相关。河野的文学风格可以用一句话来概括，那就是“作品有着对周围世界的杀意、对幻想的嗜好这样的异色存在，同时作品所描述的奔放的幻想世界中又带有现实性”[①]。造就河野作品中的幻想世界主要有两大因素。首先是她在战争中的体验对“超自然”产生的信仰。河野和她的小说中的主人公无一例外都是对超自然的肯定者。其次，河野的文学创作受到了战后文学的较大影响。战后，存在主义等现代思潮席卷了日本。现代主义学者们受到弗洛伊德的影响，主张人的潜在意识和无意识中包含着种种被压抑的原始性冲动、无法表达的欲望以及尚未意识到的心理活动。这种冲动和欲望需要通过梦和想象等幻想的世界来表达。可能是受到此种思潮的影响，总体而言，日本战后的小说有着浓厚的反现实主义色彩。与同时代的男性作家们相比，当时的女性作家们以她们纤细的笔致，热烈地表达了她们的梦和想象、无意识、幻觉、情绪、情感、观念和意志等。特别是生于战前，在战后才成为文学者的河野多惠子等女性作家，从战争的压抑中解放出来后，同时还接受了第二波女权运动的洗礼。因此，她们势如破竹，把以前无法表达的感情全部释放了出来，她们的作品呈现了一个自由且疯狂的文学幻想世界。

河野多惠子的作品有着平淡且妖艳的文风。她的创作主要可以分为以下三个阶段。

第一阶段：20世纪60年代至70年代初——充满热情的启航。包括其在踏入文坛之前的4部作品，这个时期河野的创作主要以中短篇

① 松原新一，磯旧光一，秋山駿．戦後日本文学史：年表[M]．東京：講談社，1979:330.

小说为主。在超过40篇的短篇小说中描写的女性均背离了现代社会所定义的正常女性。作品中描写的异常家庭、倒错的性爱以及对幼童凄惨的幻想，都渐渐勾勒出河野文学的主题思想。这种执着于对被压抑“女性”的描写，贯穿在河野此后所有的作品中。

第二阶段：20世纪70年代至80年代——稳定的发展。河野从1965年开始，以两年一部的频率创作着长篇小说。但是，到了20世纪70年代以后，短篇小说和长篇小说不分伯仲。她的短篇小说虽然不如《双梦》（1972）、《妖术记》（1979）等长篇小说受到世人的关注，但是河野不急不躁，稳定地开拓着自己的文学领域。20世纪80年代，她埋头于创作长篇小说《木乃伊列奇谭》。

第三阶段：20世纪90年代至今——作家的成熟。1990年，耗费了河野10年精力的《木乃伊列奇谭》终于问世。在这部作品中，河野作为一名成熟的作家得到了世人的认可。平成时代，河野的作品丰富豁达，作品中体现了她一贯的女性幻想话题，但是也出现了例如《木乃伊列奇谭》和《秘事》这种以男女同等视角出发的作品，并且还罕见地以男性视角出发创作了作品。以男性视角创作的作品就是《半所有者》（2000），这是一部描写想要再一次占有死去妻子身体的男性心理的杰作。另外，随着河野自身年龄的增长，其作品中也展现了对年老妇女的描写。《红唇》（1993）描写了在枫叶正红的季节祖母对孙女红唇的喜爱。此外，随着河野移居美国，其作品中还增加了很多外国素材。例如，1996年出版的《总统之死》和1999年的《日后之事》就是以17世纪的意大利为背景而创作的作品。

总的来说，河野多惠子的作品呈现出的特征有以下几点：一、女主人公一般具有被动性和非伦理性，围绕性本能的性爱描写，展现了女性的嗜虐性；二、女主人公虽然恋爱、结婚，但是几乎不生育，且具有强烈的自我保护意识；三、从弱势群体的女性视角表现了现代人的自我意识与痛彻的孤独感；四、确信灵魂存在，以反写实主义手法即幻想的、超自然的描写去剖析女性的深层心理和非合理的情感世界，冷静且客观地关照生与死，探索现实人生的心理奥秘；五、重视日常性，通过细致的生活现实状况描写，增强了作品的现实感。

近代文明的“咒术师”——石牟礼道子

2018年2月15日，以叙说水俣病真相的小说《苦海净土：我的水俣病》而闻名的作家石牟礼道子的追悼会在东京举行。约千人在她的遗像前默哀，表达着对她的哀思。在追悼会前，皇后美智子也亲临现场吊唁，并评价：“她是个慈心仁厚的人，（我们）失去了日本的瑰宝。”[①]即使在辞世几年后的现在，石牟礼道子作品的影响力依然长盛不衰。被作家池泽夏树誉为“战后日本文学的第一杰作”的《苦海净土：我的水俣病》一书，不断再版，已然成为日本现代文学史上的经典。而石牟礼道子擅长使用写实性与抒情性相结合的文体，营造充满诗意、具有浓厚宗教性的故事氛围，并结合方言叙事手法讲述现代文明之下的世间百态，揭露急速发展的近代化给人类带来的生存危机，被誉为“近代文明的‘咒术师’”。

石牟礼道子1927年3月11日出生于日本熊本县天草郡宫河内，其父白石龟太郎承包道路建设工程，其名“道子”就来源于预祝道路完工的祈愿。出生3个月后便随父母移居至当时的水俣镇，并一直在那里成长。家中的主业是石材生意，祖父吉田松太郎热衷于道路建设，被誉为“石材之神”，在当地小负盛名。但由于富裕后的挥霍无度，以及开拓事业时的资金运作不当等，这个小富之家几乎一夜之间变得一贫如洗，甚至落魄到不得不暂居到当时最下层人聚居的咚咚村（现白浜町）的茅草屋中。祖母因为突如其来的家庭巨变以及丈夫的纳妾问题而受到了巨大的精神打击，患上了精神疾病，而能与发病时的祖

① https://asahichinese-j.com/society/11486032.

母沟通的只有当时尚且年幼的石牟礼道子。在与祖母朝夕相处的日子里，她深深地体会到了生而为人的深切悲哀，也获得了与他人灵魂进行深入交流的原体验。

石牟礼道子生来就是个具有强烈感受性的女子。年幼时母亲在田间劳作时的自言自语、与草木的轻语对话在幼小的石牟礼道子听来都带有如诗般的感染力。而早在小学一年级时，她对文字的敏锐感触就初见端倪。在一年级的作文课上，当她试着将某次玩耍时意外受伤的经历写成文章时，她惊讶地发现文字带给她的痛感远比实际感受到的疼痛更为强烈，正是这种奇妙的体验引领她开始走向文学之路。仿佛来自本能的强烈感受性，让她更为敏锐地感知这个世界，不论是不知火海的潮起潮涌、家境的大起大落、亲人的命途多舛，还是时事的诡谲变化，都激烈地冲击着她的内心，让她在与世界的联结中一次又一次审视自我，从而形成了她独特的世界观，并最终投射在了文学创作之中。在后来的文学作品中，不知火海沿岸地区始终占据了故事发生的主舞台。在她所讲述的故事中也往往能看到家人、朋友以及她自己的身影。

但是，在石牟礼道子成为作家之前，对文学的强烈感受性也让她异于常人地体味到行走在人世间的艰辛与彷徨。虽然自小对文学感兴趣，但贫穷使她不得不放弃进入女校学习的念头，转而进入了水俣市的实务学校。16岁时以第一名的优异成绩毕业，随后作为外聘教师在田浦国民学校和葛渡小学任教。然而她却对教师的工作倍感煎熬，并非不热爱教师这份工作，相反她曾对教育工作倾注了莫大的热情，并受到了学生们的拥趸。引起她内心极大抗拒的是战时的军国主义教育。戏称自己为“厌教教师”的她，甚至开始对整个世界感到厌倦，这种念头几度将她逼入绝境。在转职到葛渡小学后不久，她就被诊断为“肺结核”而结束了教学生涯，在家休养。对此，她在自传中这样写道：“……我很开心，终于我也被诊断为肺病了。当时人们都认为肺结核是高级的文学青年的专属，这次终于轮到我了啊！……我认为这是上天给予我的机会，于是迅速展开了诗歌的创作。”[①]从外聘教师时代开始的短歌创作，可以说是石牟礼道子文学创作的开端。

1947年3月，在家中的安排下，她与同为外聘教师的石牟礼弘结婚，并在次年10月诞下长子。这是一桩在当时极为普遍的家长包办婚姻，夫妻之间只有家长制的婚姻关系，却没有文学少女渴望的高度契合的灵魂邂逅。加之当时对女子的桎梏，“将女子读书写字都视为罪恶”[②]，作为家庭主妇还要为贫困的日常生活奔波，残酷的生活现实和对热爱文学的灵魂的镇压，致使她才新婚4个月就不可遏制地萌发了自杀的念头。拯救她的是长子的出生，还有诗魂的支撑。1952年25岁时，她在《每日报纸》熊本版上进行了第一次短歌的投稿并发表，第二年加入了诗歌杂志《南风》，成为会员。在那里，她体会到了前所未有的文化氛围，很快便成长为《南风》的新锐代表诗人之一。同时，也结交了志贺狂太等志趣相投的诗人。1956年（29岁）其作品入选由“短歌研究”协会主办的“第四届新人五十首”，成为石牟礼道子短歌创作活动的顶点。但是好友志贺狂太的服毒自杀给她的短歌创作带来了巨大冲击。面对短歌创作上的同行者的逝去，她感到了巨大的空虚，“无法再作诗（短歌）了，真正意义上的空白到来了。即使想写，任何词汇都成了虚妄，什么都写不出来了。”[③]

① 石牟礼道子．葭の渚（石牟礼道子自伝）[M]．東京：藤原書店，2014:235-236.
② 石牟礼道子．葭の渚（石牟礼道子自伝）[M]．東京：藤原書店，2014:262.
③ 石牟礼道子．葭の渚（石牟礼道子自伝）[M]．東京：藤原書店，2014:262.

上帝关上一扇门的同时还会留下一扇窗。几乎是同一时期，石牟礼道子遇到了文学生涯中最重要的一个创作契机。1953年，儿子因结核病进入了水俣市市立医院进行住院治疗，隔壁的病栋就是后来被命名为“水俣病”的病人们的集中治疗区域。在那里她第一次目睹了水俣病病患的惨状，并在内心产生极大的震撼。

崭新的水俣病特别病房楼二楼的走廊里，即使有透进来的燃烧般的初夏的光芒，也如同散发着腥臭的洞窟一样。那也许是因为有人发出的无法形容的“叫喊声”。

……

我无法走过釜鹤松的病房而不停留。他仰躺着，细微的表情中都透着冷峻的风采，并不是一下子就能看出来的。

……

这天，我为自己生而为人心生厌恶，无法忍受。釜鹤松那悲哀的，像山羊、像鱼一样的眼睛，还有那仿佛是一节漂流枯木般的身影，以及那绝对无法往生的灵魂，就在这一天，全部移栖到了我的体内。①

水俣病患者的主要症状是痉挛性麻痹和语言障碍，在语言、听力、视力、吞咽、四肢活动等能力上会出现不同程度的症状，有些甚至还会致盲或者致聋。很多患者都不能用语言来表达身心的痛苦，但是当石牟礼道子看到崭新的病房墙壁上一道道深深的抓痕，病床上一具具形容枯槁动弹不得的躯体，以及目光交会中透露出的羞耻、愤

① 石牟礼道子. 苦海净土：我的水俣病[M]. 肖放，秦维，译. 北京：生活·读书·新知三联书店，2019:90-93.

怒、不甘，她深深地感觉自己与他们处于同一个“命运共同体”之中，必须有人将他们的悲苦诉说。这种悲天悯人的情怀和受到命运感召的使命感成为她后来创作《苦海净土：我的水俣病》的原动力。

而真正触动她去了解水俣病现实，加入反公害斗争的契机是1958年熊本大学水俣病研究班的报告书。翌年5月，她看望了在水俣市立医院接受治疗的患者，参与了诸如“水俣病对策市民会议”等组织，真正迈出了为患者代笔、为民请愿的散文创作之路。

1969年，石牟礼道子的代表作《苦海净土：我的水俣病》发表，发表后在社会上引起强烈反响，该作品被授予“熊日文学奖”“大宅壮一纪实文学奖”。但石牟礼道子婉言拒绝了所有奖项，理由是这部作品描写了水俣病患者的悲痛生活及经历，以此获奖，良心不安。后来她在报纸、杂志等上发表了大量随笔，同时在杂志上连载《苦海净土：我的水俣病》的第二部和第三部。《苦海净土：我的水俣病》描述了不同年龄、不同性别“水俣病”患者的经历，讲述了一个残酷的事实，即工厂排污使得水俣市的民众水银中毒，从而导致思维不清、视力下降、口齿不清等症状，严重者甚至会死亡。这部作品同时也对患者的诉讼进行了描写。

“世上的幸福大同小异，世上的不幸却各不相同。”在《苦海净土：我的水俣病》中，我们能够看到因为水俣病而带来的各种人间悲剧：热爱棒球却因目不能视、身体畸形而永远只能以自己的方式艰难地做着挥棒练习的山中九平少年；固执刚强，过着时钟般准时的规律生活却最终无声死去的仙助老人；本与丈夫幸福生活却因患病而失去了作为女人的自尊和基本的生育权利并最终被抛弃的“雪女”坂上雪；从鲜活可爱的小女孩变成“没有灵魂的人偶”并悄然走向死亡的小由利……然而，石牟礼道子并没有用歇斯底里的、呐喊式的表现方式去描绘这样一个凄苦难言的世界，甚至在整本书中都找不到类似于“绝望”的字眼。她似乎只是用一种旁观者的口吻，将自己的“所见所闻”娓娓道来。在讲述患者故事时，她是带有感性诗人特质的叙述者；在记录受害者们与新日窒公司、政府之间的谈判、斗争时，她又是反公害运动浪潮的见证者。她引导我们辗转于带有强烈文学色彩的、诗性的非纪实性语言与带着冰冷、残酷味道的纪实性语言之间，带领我们行走于时而现实，时而虚幻的奇诡世界之中。当我们沉浸于一个个悲怆而无力的悲剧故事之时，一种暗默的认知又将这种悲剧性放大到无以复加：那些使我们哑然的温情骤逝后的孤寂与虚无，那些来自被偷走的灵魂深处无声的苦楚与挣扎带来的窒息感，在这个世界上的那个角落里真实地存在着，并曾经日复一日年复一年地上演着。

不得不说，由于书中对患者的主观记述使用了“倾诉式”的访谈录文体，其真情吐露过于打动人心，会使人不由得想当然地认为这是一部根据水俣病患者的真实言谈而进行再加工的对话记录性作品。然而事实却并非如此。在她的自传体小说《葭之渚》中，这样写道：“在《苦海净土》刊发之后，很多人肯定会认为我手拿笔记本，辗转于患者们的家中采访了吧。但是这样的事情我一概都没有做。……当我听说（患者们）在汤堂、茂道（等地）接受检查时，我每每去到现场混迹于患者之间，倾听他们的对话。……在汤堂的尖端地区有个巨大的公用古井，去那边饮水时也能听到在那儿聚集的妇人们的对话。……专程去家里询问的也就……（几家）而已……”[①]由此可见，这些看似来自患者亲口叙述的内容，实际上只是作者以真实人物

① 石牟礼道子．葭の渚（石牟礼道子自伝）[M]．東京：藤原書店，2014:312-314.

为原型进行的艺术创造，是她站在患者的角度“替”他（她）们说出了内心的呐喊。这正是石牟礼文学令人叹为观止的过人之处。

日本的女性作家大多关心身边事，描写身边事，围绕性别、家庭进行文学创作，而石牟礼道子的关注点更多地集中于环境问题和社会问题，比如“水俣病”这种与保护生态环境、协调人与自然关系相关的话题。正是石牟礼道子让大家知道了“水俣病”，了解了“公害问题”，认识到人与自然的密切关系。从文学创作意图上而言，她更像是以笔为剑的女侠，执笔书写普通民众之苦痛，仗剑直指现代文明之弊端，以纤弱女子之身，发振聋发聩之言。

除了《苦海净土：我的水俣病》，她还创作了许多揭露生态危机和描绘生态危机背后世间百态的文学作品，比如《弥留之花》，这部1985年创作的作品在广义上以宗教为主题，其中，因为“水俣病”，8岁就失去生命的小女孩的故事是作品的中心所在。每当樱花盛开的时候，她的母亲就会想起在即将离开这个世界时开心赏花的女儿，并且劝慰自己：孩子离开这个世界，就能够成佛，从而摆脱人世的种种苦难，进入极乐世界。后来她的母亲也同样因为“水俣病”离开了这个世界。石牟礼道子通过对母女二人的描写，以自己独特的宗教观诠释了“水俣病”带给患者的痛苦，指出了公害病的社会根源。《弥留之花》这部作品表现了面对突如其来的“水俣病”而痛苦不堪的人们的无奈，也深深地触及了人们心灵深处的那份亲情。

回忆自己的年少时光，石牟礼道子曾经评价自己“天生反骨”：“在老师面前装成好孩子，人们都认为她是一个品行端正、学习优秀的学生，因而经常获得很多奖状。但是我讨厌这样，偷偷撕碎奖状又苦恼扔到哪里去好。”①这也许正是她年少时痛苦的根本来源。出生在普通的家长制的封建家庭，有着传统日本女性特有的温柔、贤淑以及包容力。在祖母精神失常后，她毅然肩负起照顾祖母、打理家务以及十几人工程队的日常吃喝等重担。在弟弟确定婚期后，为了减轻家庭负担，坦然接受家中安排的包办婚姻，并在婚后恪尽职守地扮演好一个家庭主妇的角色，为了生计买过黑市米，刷过黑锅底，推销过化妆品，还缝补过旧衣物。然而在这温驯的表层之下却隐藏着一颗被苦苦压抑的灵魂。她曾遍览种种撕裂绝望的人生：曾为家族希望却偏偏早夭的母舅国人，受家业束缚困扰而酗酒不止的父亲龟太郎，对她温柔以待却红颜薄命的少女堇，因战争征召入伍从此生死两茫茫的青年男女学生，深陷亲生家庭与抚养家庭的泥沼最终选择服毒自杀的蓝颜知己志贺狂太，因与父亲冲突不断酗酒意外身亡的弟弟阿一。石牟礼道子也为传统社会中的女性悲剧而唏嘘：祖母的恍惚人生，由于贫穷而被家人卖到娼馆里的妓子的无望人生，更因自己生为女子而不得实现的文学梦而空留怅惘空虚之感。因此，对世间悲苦，特别是女性的生存惨剧，她内心怀有天然的怜悯与共鸣，却也因此而深感彷徨与无力。直到遇见了同为水俣出身的诗人兼女性史研究家高群逸枝。1963年，高群逸枝的《女性的历史》一书像照进黑暗的一道光，点亮了她的内心。从生命再生产的角度重新审视世界的女性主义思想，极大地动摇了她的世界观。发女性未能发之言，重视未敢直视之自我。从此，“生为女子”渐渐从石牟礼道子的软肋进化成了她文学创作中最重要的利器。

在《苦海净土：我的水俣病》的创作过程中，她“发现患者和他

① 石牟礼道子．葭の渚（石牟礼道子自伝）[M]．東京：藤原書店，2014:198．

们的家人都是自己的同族。因为水俣病患者和他们的家属们不仅仅忍受着病魔的折磨和经济窘迫，而且还正在忍受着人和人之间联系的纽带被切断所带来的痛苦”[①]，正如同曾经目睹、经历过的种种惨痛体验一般，她轻而易举地读懂了那些悲惨表象下被撕裂的灵魂。

身患疾病却执着于用自己的方式进行棒球练习的山中九平少年，使她想起与少年年纪相仿的儿子，感受到自己那被痛苦折磨着的母性。面对由于患病口不能言，生活不能自理，却总用眼睛与“我”交流的少年杢太郎时，石牟礼道子感到少年与自己心意相通，少年深邃的眼眸中蕴含着她所追寻的灵魂的深度。在因为水俣病而不得不堕胎，并失去了作为女性的尊严，最终被丈夫抛弃的坂上雪身上，她看到男性中心主义社会中必然被轻易舍弃的女性的悲惨命运。当她在讲述水俣病患者的悲剧故事时，也在倾诉自己对这个被割裂的世界的抵抗与愤怒。因而可以说，当她抱着巨大的历史责任感与使命感投入为患者发声、竭力还原水俣事件真相的文学创作之时，也在对身处这支离破碎的凄苦世界的不完整的自我进行救赎，因此才有了小说副标题“我的水俣病”。

① 石牟礼道子．苦海净土：我的水俣病[M]．肖放，秦维，译．北京：生活·读书·新知三联书店，2019:243．

具有神秘色彩的女性作家——原田康子

原田康子（1928－2009），小说家，1928年出生于东京，成长于北海道钏路市，本名佐佐木康子。市立钏路高等女校毕业后，在钏路报社担任记者。1954年，发表处女作《萨比达的记忆》，在新潮文学杂志主办的全国同人刊物评奖中夺魁，自1955年起在同人杂志《北海文学》上连载长篇小说《挽歌》，并在1956年出版，成为畅销书。1956年，《挽歌》获得第8届女流文学者奖。1999年，《烛泪》获得第38届女流文学奖。2002年，《海雾》获得第37届吉川英治文学奖。2003年，荣获北海道文化奖。此外，还著有《病丘》（1960）、《虹》（1979）、《遥远的森林》（1980）、《恋人们》（1982）、《满月》（1984）、《星之岬》（1985）等多部作品。成为人气作家之后，也一直居住在北海道，继续文学创作活动。康子深居简出，极少出现在大众媒体面前，其行事风格和笔下的作品一样具有几分神秘色彩。

《挽歌》是原田康子创作生涯中最具代表性的作品，问世以后仅8个月就再版138次，印量高达70万册，创下当时销售的最高纪录，成为当之无愧的畅销书之王，也得到了伊藤整等文坛大家的一致赞赏。一时间“挽歌”的热潮席卷全国，甚至小说创作的舞台北海道也成为大众心中“浪漫”“凄美”的爱情圣地，吸引着大量游客到访。小说虽然是昭和30年代的作品，但当时钏路与日本其他城镇不同，有着俄罗斯或北欧的异国风情，为作品增加了浪漫情调。这部作品也多次被改编成电影搬上银幕，成为日本国民街谈巷议的经典之作。

《挽歌》的主人公兵藤怜子居住在街道寂静一角的老旧木板房里，这所战火中残存下来的旧宅子是1920年祖父修建的。它已经破败不已，常年拉着窗帘，也鲜有人来访。母亲过世，怜子和父亲、弟弟以及家中帮工阿姨生活在一起。虽然怜子在少女时代患关节结核切除了左肘关节，左臂活动不便，可是她并没有衍生太多自卑，渐渐成长为一个浪漫主义者。

一次在公园散步时，怜子被一个小女孩的狗咬伤了手，女孩的父亲表示要送她一只小狗表示歉意。这次小事故的发生是怜子和桂木初次邂逅，之后怜子又在父亲事务所所在的住友大厦前看到过桂木的身影。一次次不期而遇，使怜子心中开始对这位男士萌发了好奇。怜子为了推销鸱鸺话剧团公演的票，登门拜访桂木，遇到了他的太太。不经意间发现了其太太的秘密，原来自己撞见的与青年学生幽会的成熟女性就是这位太太。掌握了这对夫妻的秘密，怜子对桂木先生心生怜悯，并且开始主动接近他，最终走进他的生活。

怜子去桂木事务所看望这位先生渐渐成为生活的一部分，或是静静地坐在投身工作的桂木身边翻阅杂志，或是听他讲建筑，讲自己参加战争的经历。怜子对桂木的了解越多，越是被他沉稳、冷峻的个性所吸引，他对建筑的理解、战争造就的沧桑，都让他散发出无可比拟的光芒。怜子日复一日在自己心中筑起浪漫的爱情梦想。桂木太太的秘密，让她隐秘的爱情在胸中肆意开花，并且毫无违背道德的罪恶之感。少女的无知与无惧，终于敲开了桂木的心门。

在向桂木告发了他太太出轨的秘密后，桂木毫无顾忌地亲吻了怜子。两人就此掀开了那层朦胧的面纱，确认了彼此的爱意。之后，桂木又带怜子去建筑工地所在的阿寒湖，二人的感情进一步升温。怜子更是把家人抛之脑后，不顾一切投身于桂木的怀抱。在桂木一次长达两个月的出差中，病中的怜子不惜瞒着家人借钱前往相聚。然而，在好奇心的驱使下，怜子编造谎言和桂木太太成了朋友，自此经常出入桂木家中，甚至还在他们家中给桂木写明信片的回信。通过对太太明目张胆的挑衅，自己潜意识里收获满满的兴奋和刺激感。

桂木太太的美丽、端庄、大方的举止，以及对怜子的友好和善意，让她在毫无察觉的情况下，对夫人产生了深深的友情。然而，在一次夫人来家中探望生病的怜子时，阿姨故意透露了桂木先生和怜子要好，并且还打来电话问候病情的信息。怜子就任性地借势向夫人坦白了和桂木的恋情。

"'夫人，您知道吗?'我上气不接下气地喘着气说。夫人没有改变步子，含着微笑看着我。'您还这么沉得住气，还笑……'我很快地说，'告诉您吧。我到札幌去，也是去见他的。这一段您猜我们到哪儿去了？'我轻轻地咬了咬嘴唇，'夫人常去的地方，鸳鸯旅馆……'"[①]对于突如其来的打击，夫人虽然表现得极为镇定，然而故作坚强的外表下，内心早已不堪重负。自己要好的年轻女性与丈夫的不忠，让自己遭受双重背叛。然而，对于怜子挑衅般的"夫人常去的地方"，成为压垮她的最后一根稻草，导致她最终选择在河边服用镇静剂结束了自己的生命。尸体找到时，怜子随同桂木去了现场，夫人冰冷苍白的面容深深印入怜子的脑海，她失去生气的脖子上挂着怜子赠送的十胜石项链。

"我的膝头在微微发颤，但我使劲握着拳，眼都不眨地看着这场面。我只能昂首看着这个我曾经崇拜过、爱过，而终于不得不深深

① 原田康子．挽歌[M]．管黔秋，刘文智，译．长沙：湖南人民出版社，1987:259.

刺伤她的心的被害者，没有别的法子。”[①]桂木夫人的死让怜子清醒地认识到自己对她的友情，为自己蓄意接近最终直接导致她的死亡而陷入了无边的愧疚和悔恨。之后，怜子虽然依旧爱着桂木，却刻意保持距离，决意彻底从这段感情中走出。面对桂木的见面谈心的请求，怜子一意孤行地选择逃避。怜子之后的言行反映了年轻女性自我、主观、偏执的性格特点。怜子用愚蠢的行为造成难以收场的结果，最终又执拗地放弃爱情，品尝自酿的苦果。

“女主人公毫不掩饰地流露出离奇的思维方式与行为准则在女作家笔下被描绘成为女性自主价值观的展露，表面看来似乎描摹了一个要支配自己命运的年轻女子对战前礼教的抗争，实际上是战后某些女青年在婚姻爱情问题上，受新浪潮冲击下的彷徨与沉沦，现代利己主义、现代享乐主义对人们精神的扭曲和对社会生活的迷惘，追求的是没有婚姻的‘爱情’，反映了战后女性对待婚姻爱情态度的重大变化。”[②]左臂略有残障的怜子学业结束后，担任民间剧团的美工，没有理想、没有目标，可谓当时的社会边缘人士。在新价值观和婚恋观的冲击下，怜子过着混沌迷茫的生活，因桂木夫妻间的秘密而产生了重大转机。与桂木的恋情赋予了她新的生活意义，在现代利己主义与享乐主义思想的影响下，怜子积极主动争取“爱的权利”，在辗转中得到了桂木的心，却也因恋人的行为和态度，对爱情本身产生了质疑和迷茫。

“在西方女性主义作家那里，一种妖女的写作方式应声而起。这种妖女的写作特征就是，在根深蒂固、习以为常的男性中心文化模式中，没有自己言说方式的女性，有意识地选择与男性理想恰恰相反

① 原田康子．挽歌[M]．管黔秋，刘文智，译．长沙：湖南人民出版社，1987:274．
② 李德纯．爱·美·死：日本文学论[M]．北京：中国社会出版社，1994:285．

的角色定位来言说自己。男性要求女性温柔，她们就选择狂放，男性要求女性贞节，她们就选择放纵，男性要求女性顺从，她们就选择逃逸。”[1]怜子身上展现出“妖女”的特点，抽烟、撒谎、挑衅、逃避等特质，打破了男权中心文化模式下的理想女性形象，充分反映了其对男权社会的反叛。“怜子”这一对传统道德和行为模式极具破坏力的女性形象，体现了战后新女性思维方式和行为模式的转变。她“主动”“自我”，在对自己命运的把握上，充分展现了女性的主体性。对爱情的“追逐”和“逃避”都是遵从自己内心的声音，不惧世俗，亦不委曲求全。

然而，怜子的“自我追寻”也造成了对周围人群的伤害。与桂木无法贯穿一生的爱情，与倾心于自己的久田干夫保持若即若离的关系，甚至用谎言撩拨桂木夫人的情人古濑，使对方强吻了她。怜子用带有好奇的目光揣测世界，用接二连三的谎言愚弄所有人，自己却也被伤得体无完肤。怜子的思想与言行有一种耐人寻味的矛盾，而这样的复杂、矛盾的集合体正是人类情感所特有的属性。这样的叙事角度，与战后人们颓废、空虚、茫然的心理高度契合。“主动追求”与“刻意逃避”，怜子展现了新女性在勇敢外表下的踌躇与彷徨。

此外，桂木夫人的优雅、大方、美丽的形象塑造，在其出轨女性的人物设定中，也有诸多矛盾，并且小说中对这一女性的心理活动着墨极少，未提供合理的解释。这样的处理，增加了这位第二女主人公的神秘色彩，她所展现的女性思想和行为准则与怜子形成对比，赋予读者更大的想象空间。

“在《读卖新闻》的《主妇与最畅销作品》这篇报道中称，对

① 赵树勤．找寻夏娃：中国当代女性文学透视[M]．长沙：湖南师范大学出版社，2001:221．

《挽歌》的意见分为两种，一种是指责怜子的否定性意见，一种是‘用纤细的笔致表现出让人难以置信的男人的微妙心理’”。[①]20世纪50年代是“婚外恋”被当作禁忌的时代。颓废少女与有妇之夫的“不伦”之恋，其妻子的出轨以及自杀身亡，这些极具冲击性的话题在整个日本引起了轰动。这部小说描写了处在社会变革时期，日本民众人生观、价值观、婚姻观的变迁。小说中惊世骇俗的婚外恋情节设定，恰好切中了大众心中隐约的不安与“骚动”，因此引发了巨大的热潮。这种“骚动”主要表现在，女性在西方价值观念和生活方式的冲击下，实现了自我的觉醒，意欲从男性主导的社会体系中脱身而出，实现自我对人生价值、爱情、婚姻的追求与探索。为了找到“真正的自我”，首先会无视传统的道德伦理，以极大的破坏力对传统婚恋关系加以解构。以此宣泄战后新女性对来自传统婚恋意识束缚的厌恶，体现了女性对自我主体的高度关注，强调女性生命体验。

风吹动树梢的声音，海雾的笼罩，加重了小说浪漫、唯美的气息。这些景致都具有幽暗的色调，和男女主人公、桂木太太与青年秘不可宣的“不伦”之恋，构成统一的灰色调。在朦胧的暗夜和雾气的迷散下，这样超越道德的恋情，肆意地生长着，祈求躲避外界的目光与纷扰，获得短暂的愉悦。这样“颓废”“黑暗”的情爱之美，如同罂粟开出的娇艳花朵，虽然会被周遭唾弃，自己亦如同饮鸩止渴，却兀自盛放，尽显魅惑之力。小说的结局体现了年轻的奔放、残酷与脆弱。

① 岡まゆり．文学史の足りないピース—原田康子『挽歌』[J]．近代文学研究と資料，2009(3):96.

否定和厌恶“母性”的女性作家——三枝和子

三枝和子（1929—2003），1929年生于日本兵库县，小说家，日本女性主义文学批评的先驱。1945年3月进入兵库县师范学校学习，后进入关西学院大学哲学系，1950年考取硕士，研究生期间研究黑格尔、尼采，并开始诗歌和小说的创作，迈出了作家的第一步。三枝和子积极参加文学社团活动、哲学研究会活动，邂逅了僧人身份的评论家森川达也，1951年与其结婚，之后二人同在京都的一所中学任教，同时开始在同人杂志上发表作品。三枝和子也曾参与丈夫主编的文艺杂志《审美》的编辑工作，在这本杂志上发表的《处刑》（1969）获得了第10届田村俊子奖。自1976年开始跟随森川读《大乘起信论》，这使她对“近代知性”产生了怀疑，并察觉到自己曾经刻意迎合男性、顺从“男性原理”思想的谬误，女性意识获得了深度觉醒。

三枝和子对当代社会“男性原理”的形成及根源怀有执念，穷其一生在希腊神话和日本的古典中寻求答案。她的女性主义创作和批评，立足女性思想的解放，致力于消除性别歧视，帮助女性摆脱“性别束缚”，获得真正意义上的自由。其女性主义创作的主线，围绕“男性原理”如何取代了“女性原理”，对“母性”的彻底否定，对“生产性”的厌恶而展开。无意在家庭中寻找自身的存在价值，而是通过对“家庭”“生育”“母性”这种强加给女性的即成观念的破坏，重新设置人生坐标。和子小说中也描写过女性产生“杀婴”念头，试图从自己的机体之内彻底扼杀“母性”，以作为对男权社会的强烈反叛和报复。对“母性”的否定，源自对男性塑造的圣母式的

“母性”的憎恶。这种巨大的叛逆力量引领女性实现对“男权”的解构，从而从贤妻良母的角色设定中逃脱出来。

三枝和子的创作涉及领域极为广泛，包括小说、随笔、评论。其作品选集六卷本由鼎书房出版，第一卷收录了《八月的修罗》《乱反射》《处刑》等5部作品，第二卷中收录了《意外风之蝶》《野守之境》《野守》《萤酒屋》4部作品，第三卷收录了《响子微笑》《响子爱染》《响子恶趣》《响子不生》4部作品，第四卷收录了《隅田川原》《江口水站》《鬼夜深》等5部作品，第五卷收录了《那日之夏》《清少纳言・诺子之恋》《女王卑弥呼》3部作品，第六卷收录了《恋爱小说的陷阱》《白月》《模糊的彩虹》等8部作品。1963年，《送葬之晨》被选为第2届文艺奖佳作。1983年，凭借《鬼夜深》获得第11届泉镜花文学奖。2000年，《药子之京》获得第10届紫式部文学奖。

三枝和子早期以“反浪漫主义”的风格蜚声文坛，阅读《大乘起信论》后受到影响，创作了一系列佛教色彩浓郁的作品，最著名的是《野守之境》。进入20世纪80年代，和子开始关注女性问题，特别是1983年初次访问希腊之后，投身女性主义批评领域。1988年之后，开始了一系列以平安朝女性文学家为主人公的历史小说的创作。1991年刊行的《恋爱小说的陷阱》中进行了史无前例的女性主义文学批评。

三枝和子的女性主义理论来源于希腊，认为人类的文明、文化几乎都是“男性原理”创造而来，在漫长的人类文明发展过程中逐渐将女性卷入其中。并且，不仅限于文明、文化，对女性的“生育的性”（也称“生产性”）的领域也产生了影响。“在三枝和子看来，人类最初的社会形态是母系社会，担当生殖的女性为其中心。希腊文明就萌芽于由母系社会开始向父系社会过渡的时期，男性欲打破母系社会的原理而建构以男权为中心的父系社会的原理，在这样的文明过渡时期所产生的思想，便成为其后各种思想、文化的源泉。其最明显的标志是德尔菲神由大地母神盖亚变成了阿波罗。孩子们无法自由地选择母亲，但能够选择父亲。尽管建构了父系社会的原理，但只要重视血缘关系，仍然是母系社会原理的不同形式。”①

就20世纪80年代女性主义批评的发展而言，追求男女平等和注重男女差异的女性解放论者，成对立并存的局面。三枝和子强调的“男性原理”的着眼点是男性的优势地位带来了客观的不平等，这些不平等体现在社会、文化和女性的生物自然属性之上。三枝和子在多部作品中对女性“生育的性”这一要素进行探讨，其本质是围绕男女“性别分工”进行探讨。20世纪80年代女性主义作家的作品中大面积出现“否定母性”这一主题，表现出女主角对“生育的性”的厌恶，欲以摆脱“生育性”而获取“自由”。这种获取平等的手段是以“自己”的身体“不可侵犯”为前提的。“生育的性”是生物学上的“雌性机能”，具备生产、养育的含义之后，发展成为“母性”。“从‘生产性’向母性的变迁，也是男人支配女人的‘生产性’的历史。”②这是三枝和子女性主义理论的内在逻辑关系。然而，在20世纪80年代第三次女性主义浪潮来袭之际，其理论依据和作品中呈现的相关思想却受到了日本女性主义批评界的诟病，认为其思想来源于希腊文艺，就女性主义在当代的发展而言，是一种历史的“倒退”。“我对包括三枝和子在内的女性原理派怀有不满，称为‘女性原理・男性原理’也好，‘生产・再生产’也罢，或者‘同化・异化’，措辞怎么变化，

① 肖霞．日本现代女性文学的主题表达与价值取向[M]．济南：山东人民出版社，2016:16.
② 李均洋．闲收乱帙思疑义——日本文学研究[M]．北京：外语教学与研究出版社，2013:198.

不都是性别分工吗？……三枝和子的‘女性原理’是从古希腊悲剧中的残片中挖掘出的‘亡灵’般的概念。”[①]在女性主义者阵营内部产生了不同派系之间的争论。

然而，这种被诟病为一种“历史倒退”的女性主义思想，却支配了三枝和子的思想和行动。发觉男性原理的形成来源于希腊神话，为了重读希腊神话，三枝甚至学习了希腊语，租住于希腊，亲自探访传说中的圣地。在之后创作了《男人们的希腊悲剧》（1990），其中讲述了“女性原理”如何被“男性原理”所取代。她否定母性，认为“生子”是父权社会强加于女性的义务。女性有选择“生”和“不生”的自由。在她的多部作品中出现了女性意图杀死腹中胎儿，以挣脱先天的“性分工”，从而实现对男性的报复。将女性的“生育的性”与“自由”放在了对立面上。

“为什么会产生对女性性的恐惧和厌恶呢？三枝和子就是试图从根源上把握其形成机制的小说家之一。与其他很多女权主义者一样，三枝所发现的内核就是‘生育性’。不过，三枝的‘生育性’并不是指在公民社会性别分工中合理地发挥机能，而是将下面两个案例作为小说的主要题材。一种是‘生育性’在战争时期被暴力袭击时，一种是死产、流产、堕胎等，胎儿和母胎的生命被停止的情况。”[②]透过这两种表象，通过三枝描写的战争时期的暴力和在日常生活中进行的生殖，对恐怖和厌恶的产生机制进行了考察。

三枝和子致力于女性解放，她对女性的生存状态进行了深入的思考。一系列以古代“女流文学家”爱情故事为主题的历史小说

① 倉田容子．三枝和子における不「自由」の水脈—『八月の修羅』から『隅田川原』へ[J]．駒澤國文日本学刊，2016（2）．

② 倉田容子．友でもなく、敵でもない者—三枝和子の諸テクストにおける「政治的なもの」と女の身[J]．奈良女子大学文学部研究教育年報，2016（13）．

的创作，是其作家生涯的另一座高峰。《清少纳言·诺子之恋》（1988）是其第一部历史小说，描写了《枕草子》作者清少纳言的情感之路，从结婚、离婚、侍奉宫中、与"殿上人"的相恋。最大程度还原事实，为读者了解女性作家生活的历史时代、情感世界及其命运提供了极为丰富的文本材料。此外还有《道纲母·宁子之恋》（1989）、《和泉式部·许子之恋》（1990）、《紫式部·香子之恋》（1991）、《小野小町·吉子之恋》（1992）。除古代女性作家外，1992年出版了以近代女性文学家樋口一叶的人生和命运为主题的作品《一叶扁舟——樋口一叶的生涯》。作为女性作家，三枝和子以不同时代女性作家的人生轨迹为视点，更能从女性群体出发，观照她们所处的时代困境和生存困境。在时代的格局中，描写女性跌宕的命运，使人物的形象更为丰满。改变了古代女性文学家的作品研究硕果累累，而对作家的个人研究相对迟滞的局面。

《药子之京》是一部长篇历史小说，描写了藤原药子跌宕起伏的生涯。1997—1998年连载于《京都新闻》，1999年分两卷正式出版，2000年获得第10届紫式部文学奖。《道纲母·宁子之恋》描写了右大臣藤原兼家的第二夫人、"本朝三美人"之一的藤原道纲母，无法独占丈夫的爱而日夜苦恼的长篇历史小说。从情感主线入手，描写了古代女性作家们的人生起落，人物形象丰满，寓意深刻。作品中大量使用女性的内心独白，以女性洞察历史人物的内心和情感，用细腻优美的语言，使一个个鲜活的才媛形象跃然纸上。使得她们在文学时空闪耀的光辉与自身所富有的悲剧性形成鲜明对比，更能引发后人的深思，迸发出震撼人心的力量。

长篇小说《鬼夜深》于1983年由新潮社出版，同年摘得第11届泉镜花文学奖。小说由"黑田庄站·夏""杉原谷川·秋""丹波街道·冬”“不来坂·春”四章构成。以附近的村落丹波为背景，第一章描写了特攻队的遗孤日佐子和她的母亲满子，第二章中描写了被同年级同学强暴后怀孕的仙子和她的祖母志乃，第三章的女主角是怀了有妇之夫孩子的崎子和她的母亲郁子，第四章中以与宪兵生下私生子的世津子、其母市子为主人公，以女性的视角，围绕战前和战后两代女人的“性”和“生殖”展开。在第一章中，日佐子的母亲满子因为生下了特攻队队员的孩子而饱受村民的冷遇，最终不堪重负投水自杀。其他三章中潜在的观点也是“怀孕”导致了女性的悲剧命运，是她们受到外界伤害的根源。小说描写了村落中女性的存在方式和身份认同，“怀孕的身体”是其“女性原理”的外在表现形式，在多部小说中都穿插了类似的情节。认为“怀孕”是女人受到伤害的根源，暗示了缺乏“怀孕的身体”而导致的共同体灭亡的“鬼”的消失，提出个人领域内的封建家长制的支配和公共领域内国家权利的支配是导致女性悲剧的根源。她的女性主义创作促使女性群体意识的觉醒，从而对女性解放事业起到了一定的推动作用。

言辞犀利的评论集《恋爱小说的陷阱》（1991）中，作者剖析了夏目漱石、永井荷风、谷崎润一郎、川端康成、德田秋声、武田泰淳、石川淳等代表日本近代男性作家的“恋爱小说”，认为它们被“性的政治”的主题所贯穿，虽以“恋爱”为主题却没有真正关注“女性”，反映出男性作家的真实女性观。作品视角独特，一针见血地揭示出男性恋爱小说潜藏的对女性的轻蔑态度。

三枝和子毕生致力于女性解放事业，对人世间存在的不合理、世界运行的本源问题进行了叩问。不仅确立了一系列否定传统的小说概念，还为后世留下了大量内容形式多样的作品。她运用不重视情节和故事性的新手法而创作的实验小说为文学家注入了新的创作活力。

博古通今的女性作家——竹西宽子

竹西宽子（1929—），日本小说家、文艺评论家。1929年4月11日生于日本广岛市皆实町一个酿造业家庭。1942年进入县立广岛女子专业学校（现广岛县立皆实高中的前身）学习，战争末期被学生动员曾在工厂义务劳动。1945年8月6日广岛被投下原子弹的时候，恰巧因为身体不适，在距离爆炸中心2.5公里以外的家中休息，幸免于难。但大部分同学被炸身亡，这一经历成为其之后文学的根基。1957年进入出版社筑摩书房，负责日本现代文学全集及古典文学全集的编纂工作。工作之余撰写评论，因身体原因，在1962年辞去出版社工作之后，专心从事文学创作活动。1969年作为教育学专业的大学讲师，讲授王朝文学课程。1969年担任早稻田大学教育系讲师，还担任日本文艺家协会理事。

代表作品有以自己经历的原子弹爆炸为主题创作的长篇小说《管弦祭》《赠答歌》等，主要著作收录在《竹西宽子著作集》（全五卷）中。除小说创作外，竹西宽子还经常在《现在丛书》《文学者》《思想的科学》等杂志上发表评论性文章，主要评论作品有《幕》《中途下车》《远吠》，评论集有《论源氏物语》《式子内亲王·永福门院》等。宽子一生获奖无数，1957年曾获得《妇人公论》女评论新人奖。1964年，凭借《往来记——日本古典随想》获田村俊子奖。同年，《仪式》被女流文学奖提名。1973年，历史小说《式子内亲王·永福门院》获得平林泰子奖。1976年，短篇小说《鹤》获艺术推荐新人奖。1978年，小说《管弦祭》斩获女流文学奖。1981年，《大兵的宿处》（又译《大兵旅馆》）摘得川端康成文学奖。1986年，凭借《山川登美子》赢得每日艺术奖。1994年，荣获日本艺术院奖，成为为数不多的日本艺术院院士。2001年，获授勋三等瑞宝章。2003年，74岁高龄凭借《赠答歌》荣获野间文艺奖。2012年，获得“文化功劳者”殊荣，以表彰她为国家和人民所做出的贡献。作为日本艺术院会员，竹西宽子成为女性文学者的杰出代表，展现出旺盛的创作欲，持续活跃于文坛的身影令人钦佩。

除了上述获奖作品外，竹西宽子还著有《仪式》（1963），代表性随笔集有《没有旅伴的旅行》（1970）、《古寺巡礼京都》（1976）。另著有《竹西子随想集》（全三卷）、《人和轨迹》（1970）等。其创作特色是文笔凝练、语言清新、结构严谨、善于描写人物内心深处的活动。

竹西宽子一生的文学创作可以分为两大部分：一是围绕“被爆体验”的战争伤痕文学，一是日本古典文学评论、随笔。竹西宽子在自己的随笔《追忆的风景广岛》中这样写道：

这次灾难让很多人失去了至亲之人和朋友，但是由于未见尸体，没有已经身亡的确凿证据，在我心中还一直抱有奢望，希望某一日他们可以突然出现在自己眼前。16岁的我陷入了巨大的悲哀和绝望，自己生活的街区瞬间被夷为平地，活生生的人骤然消失，留在记忆中的是不敢去触碰的伤痛。这份伤痛也是我人生和创作的原点。

……

我在废墟中的生活至今仍记忆犹新。火盆里掉落的头发的焦味，日复一日地飘浮在空气中，久久不散，并不是只有惨烈。夏日的晴空下，废墟被照得格外明亮，有一种难以名状的寂静与温柔。不知道这种“明亮”来自何处，至今我仍想倾听来自废墟的声音。听听它用静默诉说着什么。如果那时的我只是听到了“惨烈”，或许我的工作就不会持续到今天。[①]

小说《管弦祭》以每年阴历六月十七日在宫岛举行的“管弦祭”为作品名，但仅仅出现在小说的结尾部分，整篇小说以回忆的方式展开，描写了主人公有纪子和她周围的形形色色的人们在战时和战后的生活境遇。通篇流淌着竹西宽子对广岛被投下原子弹之前的地名的留恋和痛惜。在作品的最后章节中对“管弦祭”的描写进一步渲染了小说追思的哀伤情绪。

短篇小说《大兵的宿处》以其亲历的广岛原子弹爆炸为背景展开写作，发表于1980年3月号的杂志《海》上，获得了1981年度川端康成文学奖。这部作品曾多次入选日本高中国语课本。小说描写了为大兵提供住宿和伙食的普通百姓复杂而矛盾的心情，塑造了沉默寡言、忧心忡忡的青年大兵的形象。小说以不知世事艰险的少年“洁白”“单纯”“懵懂”地控诉战争对无辜人们的“真”“善”“美”的无情摧残。人物的言谈、举止、微妙心理在淡淡的笔触下铺展开来，没有跌宕的情节、激烈的言辞，没有发自内心的控诉和呐喊。而正是这种淡然，将人物的悲剧命运和战争带来的厄运烘托到极致。

旅馆都满员了，只好来求海港城镇附近的住家腾出房子来为大兵做住宿之处，根据保甲长的通知，谁家分摊到给候船出征的士兵安排住宿，都不必提供伙食、洗浴，只要提供卧室和寝具就行。人们接

① 刊登于2010年10月28日的《朝日新闻》。

受任务并称其为“大兵宿处”。少年阿尚的家庭就是承担了“大兵宿处”任务的众多家庭之一，在大兵宿住的日子里，阿尚的母亲虽因照顾的烦劳而不悦，但也有招待士兵点心、年糕之类的“人之常情”的交流。少年阿尚热衷于画士兵们的“军马”。在军官和士兵们即将开拔时，高个子军官向阿尚的母亲请求，让阿尚带他们去一趟神社。阿尚一想到有一天可以和马在一起，就欢欣鼓舞地答应了。“这些军官从这个城镇开拔后的命运如何呢？这个念头不由得模模糊糊闯进了孩子的心灵。”[①]在军队离开后的一个月，阿尚的父亲收到了来自三位军官的联名来信，内附短信一封、照片一张。照片是三位军官和阿尚的合影，背景是神社的樱树。阿尚拿到这张照片，心里揣摩着三位军官是在向自己告别，他蓦地涌起一股莫名的悲哀情绪。

川端康成纪念会理事长、著名作家井上靖指出：“作者以敏锐的眼光，抓住了被人忘却了的主题。她写了本应有人来写而事实上却没有人尝试过的内容，而且笔调轻快、明朗、有力，实为一篇文学艺术性高的佳作。”[②]

16岁的劫后余生，使得竹西宽子更加珍惜自己宝贵的生命，创作也更有使命感。战争伤痕文学是其创作生涯的最大命题，倾注了毕生心血。宽子一生笔耕不辍，用自己感性、细腻的笔触诉说着战争带来的沉痛打击，形成难以磨灭的记忆。让未经历过惨绝人寰战争的读者，了解战争的残酷，体会无辜承受其创痛的人们的无奈与凄凉。作为一名宣扬和平的反战作家，她无疑是伟大的，她的贡献不仅仅是对日本文学，更来自对反战思想的传播，对世界和平的倡导和呼吁。

① 竹西宽子．大兵的宿处[J]．唐月梅，译．世界文学，1982(5)：57．
② 竹西宽子．大兵的宿处[J]．唐月梅，译．世界文学，1982(5)：48．

竹西宽子在日本古典文学方面著述颇丰，《往返记》《古典日记》《式子内亲王・永福门院》《日本文学论》《歌之王朝》等皆为日本读者耳熟能详之作。然而，这些作品在中国尚无译本。宽子文学造诣深厚毋庸赘言，均为通晓古今中西的名著名作。其写作兴趣除战争创伤外，基本集中于古典文学随笔、评论。为古典诗歌书写随笔、随想原本就非易事。“物语”中穿插的和歌，如果不了解故事的情节，往往难以把握其真正意味。因此，一旦跳出语境，和歌的意境和表达效果可能会产生偏差。作者在《歌之王朝》这部随笔的序言中写道：“不是研究论集，所以就保持轻松自如的心态，随思想所致，肆意书写。没有脉络设计，或许更能凸显它本真的样态。只要能写出自己心中的王朝即可……”[①]这样自由开阔的创作视角，自由地往返古今，在古典的世界中肆意徜徉，极度自由地享受非凡的古典文学之美。

1984年11月8日至22日，竹西宽子作为中日文化交流协会代表团成员，与团长井上靖及井上芙美、大江健三郎等其他成员来到中国，前往乌鲁木齐、哈密、西安等地考察。回日本后写下散文《中国的山河》，在文中写道：“能访问中国，实在是荣幸之至，机会难得……姑且避开知识与想象力的贫乏不谈，中国的山河之中，蕴藏着无限的广博与襟怀深厚的东西。对此，我的一点浅薄的分析与归纳就只能使人觉得它是那样羞于出口了。这次旅行之中，所见所闻，令人吃惊之事多不胜数。我曾不断地在无限的时间与空间中驰骋，神游。直到如今，我依然多次对自己说：‘真是一次驰骋与神游。’”[②]文中对中国秀丽山河、博大文化、广袤土地，发出了由衷的赞叹。西安石榴的

① 竹西寛子．歌の王朝[M]．東京：読売新聞社，1979：序言．

② 莞尔非玉．外国百家千字文[M]．上海：上海文艺出版社，1991:300．

朱红，杭州杨梅的胭脂色，令人觉得仿佛是梦中景物的苏堤杨柳绿色，都引得宽子发自内心的感动。竹西宽子汉文学造诣深厚，自幼熟读中国典籍，亲眼看见“汉诗”中的景物，自然引起了无限诗情。心灵方面的巨大震撼，毋宁说乃中国文化、文学的光辉普照所至。

书写昭和传统大家庭的电视剧女王——向田邦子

向田邦子（1929—1981），电视剧编剧，散文家，小说家。1929年11月28日作为家里的长女出生于东京都世田谷区。父亲任职于一家保险公司，通过个人努力逐步升迁，担任总公司的部长，母亲是一名家庭主妇。由于父亲的工作调动，邦子家多次迁居。邦子从1岁迁居宇都宫开始，先后转学6次。从小学到高等女子学校，先后在宇都宫市、鹿儿岛市、高松市等地辗转长大。1946年迁居仙台，和弟弟一起寄宿在外祖母家。1947年4月进入实践女子专门学校（现实践女子大学）国文系学习，在校期间热衷于排球。1950年毕业，进入财政文化社工作，担任社长秘书一职。1952年进入雄鸡社，被分配到电影故事编辑部，成为一名电影杂志编辑。在此期间跟随市川三郎学习剧本创作，树立了成为优秀电视剧编剧的人生目标。

1960年，向田邦子从雄鸡社离职，开始以剧作家、散文家、小说家的身份活跃于文坛。但她最广为人知的身份还是家庭剧的编剧，她创作了《时间到了》《寺内贯太郎一家》《宛如阿修罗》《阿・恩》《萝卜花》《七个孙子》等大量脍炙人口的电视剧剧本。邦子对工作抱有极大热情，常年笔耕不辍、硕果累累。20年间创作了1 000多部作品。1975年罹患乳腺癌，手术后遗症导致右手丧失了功能。短篇系列小说《花的名字》《水獭》《狗屋》于1980年获得第83届直木奖。此外，她的随笔《父亲的道歉信》《深夜的玫瑰》等也广受好评。在20世纪70年代其全盛时期，曾与仓本聪、山田太一并称为“台词御三家”。1981年8月22日，邦子在去中国台湾为创作实地考察、搜集素材途中，因飞机失事不幸遇难，走完了51年的生命历程。1983年，日本设立了“向田邦子奖”，旨在奖掖优秀剧本的作者。据统计，邦子一生结集出版了散文、小说、剧本十余本。著名长篇小说《阿吽》原本应该有续集，但因邦子的离世，而永远无法与读者见面了。

日本战败之年，邦子刚刚16岁，在那个女性成年后便嫁做人妇、相夫教子的年代，邦子却走上了职业女性的道路。以其出色的天赋和对文学创作的极大热情，投入到剧本创作之中，成为日本职业女性的先驱。邦子的剧本、散文、小说都是围绕家庭生活展开的，充满市井色彩，洋溢着烟火气息。温暖的家庭和美食是人类心灵的家园，也是一切社会活动的起点。在向田文学中孤独的人可以汲取暖意，被爱的人可以重温家庭的记忆。“向田是位大众文学作家，但她平易却不平庸，通俗却不媚俗，这使她的文学兼具了纯文学的特质，契合了昭和后期社会转型时期日本人的审美需求。”①她的作品远离猎奇、曲折的情节设计，也不强调技巧，反而褪去矫饰，符合大众的审美趣味。其剧本和小说的家庭叙事，建立在人性最本真的情感需求之上，且温馨自然，毫无矫饰，故能引起大众的共鸣。但这些作品并不是为了迎合大众口味而作的商业化创作。“向田的电视剧魅力在于唤起了人们的味觉、嗅觉、听觉、触觉，从而重新塑造了视觉。依靠这种感觉，向田记录、挽留了逝去的昭和时代。”②向田电视剧从某种意义上说，成了“时代的记忆”“集体的记忆”，这也是“向田电视剧”经久不衰的秘密。

“向田电视剧”在日本国内引发的热潮和巨大的影响力让人瞠目。邦子曾在散文集《女人的食指》收录的《家庭剧的谎言》中记录

① 孙歌．求错集[M]．北京：生活•读书•新知三联书店，1998:200．
② 孙歌．求错集[M]．北京：生活•读书•新知三联书店，1998:95．

这样一个事件。因为剧中有台词称："女人一旦结婚，连走路都会变样。未婚时代穿着高跟鞋昂首阔步，现在却踩着拖鞋，噼里啪啦地上超市。"[①]结果隔天就有卖拖鞋的大人物来抗议。"向田电视剧"在民众中的巨大影响力可见一斑。"向田电视剧"的热播与导演久世光彦不无关系，1965年，他执导由向田邦子编剧的电视剧《七个孙子》，这也是他导演生涯的第一部作品，之后又相继执导了《时间到了》《寺内贯太郎一家》《姆》《姆一族》等日本电视剧史上脍炙人口的名作。可以说久世导演与向田的编剧、作家生涯密不可分。他利用电视这一大众传媒手段，成就了"向田电视剧"，也为大众传播做出了贡献。此外，另一位受到向田作品深刻影响的日本著名导演是枝裕和，他在特别访谈中坦言自己曾经最爱的就是"东芝周日剧场"中播放的向田邦子的剧，称仅聊"东芝周日剧场"就能聊到采访结束，喜爱之情溢于言表。

《父亲的道歉信》是向田邦子最著名的随笔，它以开篇《父亲的道歉信》这篇散文命名，是一部"围绕家人的记忆"。1976—1978年，该散文集在杂志《银座百点》上连载，出色地描绘了昭和时代的日本传统家庭形象，单行本大受欢迎。邦子的父亲向田敏雄，是父权时代家庭里典型的男性形象，外冷内热、顽固易怒的背后，隐藏着一颗温柔敏感的慈父之心。散文围绕家人生活的点滴书写，也折射出父亲的幽默、温暖，抒发了邦子内心深处如父爱那样深沉的爱。以《父亲的道歉信》为散文集命名也有深意，在邦子的很多作品中都有对父亲的回忆。父亲不幸的身世，父亲对邦子的爱，甚至父亲对境遇凄惨小孩的同情，都悉数刻在邦子心中。

① 向田邦子．女人的食指[M]．刘子倩，译．上海：上海文艺出版社，2016:101.

向田邦子创作了300余篇散文，其中以家庭为主题的占四分之一以上，其次是与食物相关的话题。各色美食在向田文学中充当着传递人与人之间感情、营造温暖家庭氛围的重要工具，也凸显了“物”在女性文学创作中的重要意义。“向田邦子所描写的‘物’的世界，是被封闭在‘家’中的女性与外界交流的媒介。”[①]日本的文化风土和民族性格决定了日语表达的“暧昧性”。朦胧隐晦、委婉含蓄的表达对高质量的情感传递、沟通交流形成一定的阻力。通过“物”来表达自己的情绪成为人与人沟通的重要手段。在日本，如果一个女孩心仪男孩，会奉上自己亲手烘焙的蛋糕、曲奇表达感情，而“喜欢”二字终是难以启齿。可见，日本人普遍的“含蓄”“羞涩”，在表达情绪、传递情感借助的最主要工具就是“物”。雪夜友人到访，准备下酒菜，酿浊曲酒，腌渍茄子、小黄瓜、墨鱼丝酱菜。向田邦子极擅长用“物”来传递情感，原本平淡的生活被向田邦子描绘得活色生香，同时也具有温暖治愈的色彩。《父亲的道歉信》中父爱依旧是无言的，而大龙虾就是爱女之情的最好佐证。邦子以昭和时代的各式物件传达着浓厚却无声也无形的爱意。在主人公离家返回东京的时候，父亲依旧是沉默的，只是木然地说了句“再见”。“书信的结尾，写着一行我至今依然记得的句子——‘日前你做事很勤奋’，旁边还加注了红线。那就是父亲的道歉信。”[②]

战争在邦子年轻的心灵中留下了不可磨灭的记忆。这种记忆也渗透到作品的各个角落，从中可以透视其战争思想。邦子的战争书写渗透在家庭伦理叙事之中，成为那个时代的背景和记忆，以此诉说对

① ファルトゥシナヤ，エカテリーナ・日本の女性作家のエッセーにおけるヒトとモノとの関係—幸田文と向田邦子を中心に[J]．北海道大学大学院文学研究科 研究論集，2010(10):66.

② 向田邦子．父亲的道歉信[M]．张秋明，译．上海：上海文艺出版社，2014:11.

战争的厌恶。在《无字的明信片》《阿吽》等多部作品中都有对战争记忆、创痛的书写。邦子所建构的战争记忆，是从真实的个人经历、体验出发的，书写了战争对“人”这一个体存在带来的威胁和伤害。《父亲的道歉信》中父亲对被迫分离女儿的担忧、挂念，“我”对能否活到明天的忧虑，都触及人类灵魂的最深处。可以说，战争触碰到了人类的生存和情感根本权利的底线。经历了生死存亡考验的人们发出的声音，纵使作者以毫无渲染的平静笔触书写，依然发出巨大的回响。这些真实的经历勾连出读者的记忆，在作品的广泛流传中，逐渐形成一种社会性的集体记忆、文化记忆。邦子的态度无疑是反战的，虽没有过多地评价战争，但她的战争观在作品中得到了最好的诠释。

散文《无字的明信片》以收到父亲的信件为开篇，引出儿时的回忆。二战结束那年的4月，为了躲避空袭，信子的三妹被疏散到乡下上学。父亲给了三妹一堆明信片，并跟她约定好在明信片上画圈，每天寄回一张，代表自己安全无恙。然而妹妹从最初按照父亲嘱咐以圆圈报平安，到渐渐地圆圈越来越小，后来取而代之地画叉，最终连叉号都看不到了，再后来就没有再寄来明信片了。等第二个月母亲去接她时，据说三妹正患严重咳嗽，在不足4平方米的房间里呼呼大睡，头上还生满了虱子。平日不苟言笑的父亲，看到归来的三妹，一把搂到怀里哭得天昏地暗。这篇作品主要描写了父亲对子女深沉的爱，同时反映出邦子的反战思想。虽然是描写亲情、父爱的主题，但是通过对三妹被迫与家人分离，在乡间患病，无人照顾的生活境遇的描写，表达了一种对战争的无声控诉。“在日本战后的‘反战文学’中，作家通常以经济主题、情感主题来表达对战争的态度。”[①]邦子的反战

① 彭蕾．论向田邦子《阿吽》中的战争书写[D]．长春：长春理工大学，2020:33．

思想渗透在家庭叙事、情感书写之中，以此洞察生活在战争阴影下的民众思想、情感世界。

在散文《父亲的道歉信》中也有一些反映邦子反战思想的场景描写。父亲从军用品工厂经过时，厂里的军犬狂吠，父亲气愤怒吼，并把鞋子踢飞到了工厂围墙里。父亲的态度体现了他强烈的反战情绪。“自从吃过那顿破釜沉舟的最后午餐后，连空袭的B29战斗机也将目标从东京转向其他中、小都市，让我们逃过了生命的威胁。”[①]战争使这位慈爱的父亲不得已与孩子分离，全家也处于生命安全的极端威胁之下。战争时期家庭的亲情，在这种非正常的境遇下，更加增添了厚重色彩。

邦子的战争书写与真正意义上的战争文学有所差异，相对于记录战场体验、战俘体验、原爆体验等二战文学作品，更倾向于对战时记忆和战后体验的记录。其战争叙事没有太多政治因素，从人出发，从回忆出发，记录了自身的战争体验，描述了战争对一个传统的普通家庭的影响——骨肉分离和生命威胁。生命是人存在之本，亲情则是人存在于世界最重要的情感内容。邦子的战争书写，再次说明了战争的残酷性，它具有对人类生存、情感方面毁灭性的打击力。

邦子的短篇爱情小说笔调淡泊，余韵悠长，深得日本美学之妙趣。直木奖获奖作品《花的名字》以及小说集《隔壁的女人》中收录的《隔壁的女人》《幸福》《核桃里的房间》《春天来了》几部作品都是以爱情为主线的小说。

《花的名字》描写了木讷、笨拙、本分的丈夫，在妻子的悉心教导下，学习识花，而最终找了一个取着花的名字的情人。情人“菈

① 向田邦子．父亲的道歉信[M]．张秋明，译．上海：上海文艺出版社，2014:83．

子”和妻子在咖啡馆碰面，两人都异常平静。妻子回到家问丈夫是否认识一个叫“蕗子”的女子，丈夫回答说那游戏早就结束了。隔壁又传出电视剧里的《君之代》……本应打响的“家庭战役”，就这样偃旗息鼓了。这种结局的处理也极具向田文学特色。

《隔壁的女人》描写了一位主妇幸子因为偷听了隔壁女人峰子的风流韵事而心旌摇曳，特别是隔壁房间传来的报站名的男性声音，使她颇为沉迷。在和隔壁的女人交往时，她和峰子的这位情人麻田相识了。风流多情的峰子在家中和情人阿信开煤气殉情，被幸子从阳台看见，奋不顾身砸开玻璃，最终救下了二人。幸子接受采访时的言谈，却遭到了大男子主义的丈夫的训斥。幸子专程找到麻田把峰子殉情的事情告诉了他，二人见面后却去了情人旅馆。幸子终于实现了“一生的爱恋”，她沉醉于和麻田这位放荡不羁的青年艺术家的爱情之中。终于有一天，幸子给丈夫留下字条，称去爬“谷川岳”了，实际上是去纽约和麻田密会。在这期间丈夫也许是为了报复出轨的妻子，和隔壁的女人峰子也走到了一起，并且说了句“这就是婚姻”，对婚姻中的忠诚嗤之以鼻。妻子用阳光的声音喊着“我回来了”，回到了家中。丈夫起身在幸子的屁股上拍了一巴掌，幸子扑倒丈夫怀里像个孩子一样哭了起来。这部小说中呈现的爱情、婚姻、家庭主题引人深思，特别是丈夫集太郎在自己同样出轨后，发出的对婚姻的感慨值得玩味。爱情的本质、欲望的深渊、对家的忠诚等主题，是人类生活中永恒的主题。在欲望与规则、本能与道德之间如何抉择，长久以来考验着人类。这部小说中夫妻双方都背叛了对方，但最终“家”的完整依然得到了保存。从中可以窥见邦子对“传统式家庭”的执念。

邦子虽然没有经历婚姻，但以她超人的感性和聪慧，对人性、爱情、婚姻都有着独到的见解。其短篇爱情小说虽然并不是传统意义上的私小说，但也不乏作者自身的投影。邦子的爱情观是柔和的，而非激烈的，是妥协的，而非决裂的。可见她经历人生种种后的通透与达观。婚姻中出轨的男女最终都回归了家庭，生活依旧。这样的结局处理，给人一种“历尽千帆，蓦然回首”的畅快感觉。“家”依然存在，还是自己温暖的港湾。它平和地接纳了自己的任性妄为，时刻为自己敞开着大门。依旧没有背离向田式的传统的幸福的“昭和大家庭”。邦子作品中传统意义上“家”有着强韧的纽带和无限的包容性。从这种意义上说，这不仅仅是爱情小说，更是一部家庭伦理小说。

邦子对“婚外恋”的态度是宽容的，这也有着她父亲和自身的原因。父亲敏雄曾经出轨，而自己也和有妇之夫进行着秘恋。在邦子心中，爱情的实质大于形式。所以她的爱情小说和家庭伦理叙事中无一例外地触碰了“婚外恋”的话题，并且结局的设定都如出一辙。“向田邦子女士描绘的家庭故事中，男人的安栖之处也在家庭之外。因此，我想试着讲述自己独有的真实的家庭故事。用一句话概括就是：‘难以替代，却很麻烦。’”①正如是枝导演所言，在邦子的爱情小说里，出轨的丈夫或者妻子，抑或是和丈夫有过一夜情的姐姐，很麻烦，但难以代替。他们虽然有不同的价值观、婚恋观，甚至有过不忠的行为，但终究是家人，要一起生活，用不变的家庭生活，化解了不和谐的声音。这就是邦子爱情小说结局的模式。面对回归家庭的爱人，另一方没有争论不休，而是重新投入到平静、安心的家庭生活中去。这种向田式家庭模式、爱情模式，具有现实主义的意味，在着

① 是枝裕和．拍电影时我在想的事[M]．褚方叶，译．海口：南海出版公司，2018:175.

力讴歌家庭的温暖、生活的美好的同时，也会让你见识残酷的现实。“向田作品表现人生的无常与徒劳，却不表现对于无常与徒劳的绝望。”[①]对人生无常的感叹，是日本作品中常见的主题，但邦子笔下的无常却是有所归依的。无常的尽头不是绝望，而是用火热的、对生活和家的热爱修补无常，消解绝望。

孙歌在《第三种文学？——从日本的向田邦子说起》一文中将中日两位大众文学家比较时指出，“王朔试图消灭文人趣味，向田则使雅俗合流；王朔创造意识形态，向田创造日本式感觉；王朔用嬉皮笑脸掩盖转型期中国社会的内在紧张，向田用怀旧情思沟通着新旧两个时代。”[②]日本式感觉和浓厚的怀旧色彩是向田文学的主要特征，雅俗共赏，打破了大众文学与纯文学的界限。

① 孙歌. 求错集[M]. 北京：生活·读书·新知三联书店，1998:178.

② 孙歌. 求错集[M]. 北京：生活·读书·新知三联书店，1998:177.

异域生活的体验者——大庭美奈子

大庭美奈子（1930—2007），出生于日本东京，日本战后派作家椎名麟三的女儿。在大庭少年时期，因父亲从事海军军医工作，全家曾频繁辗转于日本各地，大庭也因此自小学至高中十数次转学，故有评论家说大庭文学中的漂泊意识亦与其少年时期的这一经历有关。

1944年大庭14岁时，就读的中学被战地动员成为广岛县西条镇被服工厂的加工厂，中学生的大庭每天在皮鞭的监视下被迫做工11个小时。1945年8月6日，广岛遭原子弹袭击，15岁的大庭亲眼看到广岛上空原子弹爆炸后的蘑菇云，两三个小时后，亲眼看到惨不忍睹的原子弹受害者们逃到西条避难。大庭以这段记忆为题材创作并发表于1977年的《浦岛草》被日本评论界视为广岛原爆题材的代表作之一。

1946年，大庭进入高中并开始热衷戏剧表演，同时在就读的女子高中校友会文艺杂志上发表戏剧评论文章。1949年，大庭考入津田塾大学①英文系，发起并成立了戏剧研究会，大庭本人既演戏又兼做导演，并到戏剧研究所接受专业培训，她曾一度打算从事戏剧表演，但很快便转念专注于文学。这一时期她沉溺于西方文学，阅读了大量有关契诃夫、左拉、莫泊桑、梅里美、波德莱尔等作家的作品，并深受T・S・艾略特诗歌的影响，开始了诗歌创作。1959年，大庭全家移居美国阿拉斯加州东南小镇西特喀（Sitka）。20世纪60年代的美国，反越战、黑人民权运动、女权主义运动及反主流文化运动等相继

① 津田塾大学，英文名称为Tsuda College。津田塾大学的前身是在1900年开设的女子高等教育机构，是日本大学中最早开设国际关系学的学校，创始人为津田梅子女士。

蓬勃发展起来，因而局势动荡不安，美国本土一些质疑现代文明、反主流文化的人，以及世界各地持不同政见者纷纷涌入阿拉斯加。大庭听到并搜集了当地人许多真实的故事，这些积累、经历及影响均成为她文学创作的珍贵财富。

大庭的这段经历及其影响自其1968年发表的成名作《三只蟹》起，几乎贯穿于她的整个文学创作期。旅美期间，大庭在当地小学讲授日语并取得了教师资格证。她曾先后进入威斯康星州立大学美术系、华盛顿州立大学美术系学习，同时旁听文学部课程，其间先后创作了《没有构图的画》《彩虹与浮桥》等作品。

大庭美奈子的成名作为《三只蟹》。关于《三只蟹》在大庭美奈子整个文学创作中的地位，清水良典如是评价："《三只蟹》是大庭美奈子的文坛处女作。人们常说所谓处女作中包含着作家的全部。按照这个说法，这部处女作中，不仅有描写男女关系的主体，大庭其后常年创作体现并加深的文学诸要素和心象风景在这部作品中隐隐约约都能找到影子。"[①]《三只蟹》以20世纪60年代的美国为舞台，讲述了生活在阿拉斯加某港口小镇的一个日本人家庭的故事。主人公由梨尽管在家中尽心尽力，但仍得不到丈夫和女儿的认可，导致她孤独、寂寞，以至于她逃离家庭，到外面与一陌生男子发生了一夜情。由梨精神上的不满足和在家庭中的焦躁感在小说前半部分叙事中占据较大比重。作品颇显新意的构思，对人物心理独具特色的描写，以及带有明显异域色彩的人物对话等等，明显有别于传统日本文学。作家那睿智、讥讽且不乏调侃的创作风格均与日本文学惯常的思维及方法有所不同，因而得到了日本文坛的高度评价并获得当年日本群像新人

① 清水良典. テートムと『素敵な歌』[J]. 『群像』特集· 大庭美奈子『三匹の蟹』を読む，2007(62).

文学奖和第59届芥川奖。《三只蟹》基本确定了大庭美奈子文学创作的基调。川端康成对该作品也给予了高度评价："大家都知道这样的小说如今在世界其他地方可以看到。但在日本还不多见。就凭这点就值得获芥川奖。她很有才能。"[①]继《三只蟹》后，大庭的文学创作便一发而不可收。之后，在以美国为舞台的三部曲《没有构图的画》《彩虹与浮桥》《跳蚤市场》中，继续讲述了旅美日本女性在美国生存的故事。三部曲是大庭美奈子20世纪60年代旅美时期的作品，作品描写了在美国滞留的日裔女性主人公左喜在异国生活的艰辛，讲述了左喜的恋爱、结婚、怀胎、流产等一系列女性经历的故事，描绘了在灵魂与肉体之间挣扎的人生故事，以及在对自我主体的追求中存在的焦虑。

三部曲中，《没有构图的画》最为有名，以日本女性左喜为主人公，以美国阿拉斯加的生活和风土为舞台，围绕左喜的恋爱、结婚、性的苦恼以及母性意识的变换展开叙述。大庭将目光聚焦于美国社会人们的精神孤独、民族歧视，人种歧视、霸权主义等不平等、不合理的现实。左喜是一位自由而有魅力的女性，在日本时感情受到挫折，下决心只身前往美国留学。"刚来美国时，左喜有在日本受到伤害的记忆，她变得有些胆怯。总是逃避年轻男子。……她已厌倦被男人束缚，也厌倦被人唤醒。"[②]自称精神上受到严重打击的左喜马上和有妇之夫鲍曼建立情人关系。鲍曼只把左喜作为追求异国情趣的发泄物，以满足他的征服欲。除了鲍曼之外，西蒙等欧美人对左喜也心存鄙视。后来，左喜认识了同为留学生的阿岳，他们有共同的文化背景，有共同语言，于是左喜答应了阿岳的求婚。但是他们婚后并不幸

① 芥川賞全集：第八卷[M]．東京：文藝春秋，1982年9月．
② 大庭みな子．大庭みな子全集：第1卷[M]．東京：講談社，1990:105．

福，左喜产生了回日本生活的想法，而阿岳已经被美国文化同化，丢掉了日本传统的思维方式和行为习惯，夫妇二人不得已分道扬镳。

1970年，大庭美奈子回到东京生活，其创作活动随即转为在日本开展。回到日本后大庭美奈子先后发表了《梅之梦》《旧物博物馆》等作品。1976至1979年，其创作生涯步入中期，这期间创作了长篇自传体小说《雾之旅》第一部和第二部，还发表了长篇小说《浦岛草》以及《山姥的微笑》等多部作品。

《山姥的微笑》于1976年发表在《新潮》杂志上，作品一开篇就讲述了日本古代传说中居于深山的女巫——山姥的故事，同时还塑造了一个在现实中具有双重人格的女主人公。小说以一位刚刚去世的山姥的视角回忆了她的一生，这位山姥并不像传说中的山姥那样又老又丑，也不凶恶。她和普通女人一样成为人妻、人母。女主人公虽然常在内心幻想自己是一个居于深山中的自由、奔放的山姥，但在现实生活中却是一位相夫教子、恪尽职守的贤妻良母。女主人公生病后，从孩子和丈夫身上窥视出为照看自己而受累的家人内心的负担，选择窒息死亡，结束了生命。在亲人眼中面带孩子般纯洁微笑逝去的女主人公，死后重返山中做回传说中魅惑且令男性恐惧的山姥。“从表面上看，妻子处处处于下风，唯命是从，在家庭关系中处于明显的‘他者’地位，依附于‘丈夫’这一主体，但事实上‘她’事事预料在先，将丈夫、孩子的喜怒哀乐操纵于手。大庭意识到在二者关系中‘主体’‘他者’的位置是可以相互转换的，把握住他人心理的女性完全可以摆脱‘他者’的地位，掌控一切。”[①]在《山姥的微笑》中，大庭美奈子借助古代山姥的形象和作用，暗示了女性对家庭、对

① 周晗玮．大庭美奈子的小说世界[D]．上海：上海外国语大学，2017:III.

社会的实质性掌控。

1977年，以广岛遭袭原子弹为题材写就的《浦岛草》出版。该作品以海外归来的23岁女主人公菱田雪枝的视角讲述了一家三代人离奇的命运。作品中没有大量描写战争内容和原子弹爆炸等骇人内容，只是将广岛遭到核爆作为广阔的时代背景，将历史事件还原为个体记忆和集体记忆。三位女主人公泠子、夏生和雪枝各有各的烦恼。泠子周旋于两个男人之间，又忘不了战争带来的伤害，无法面对遭受核爆而患自闭症的儿子。夏生是混血战争孤儿，遭到社会排斥。雪枝旅居美国，却无法融入美国社会，回到日本后也没有社会认同感。她们各自处境不同，但又有共性，她们在持续探寻着自己的归路。“作家的这些笔墨，不仅彰显出其对催生出毁灭人类武器的现代文明的思考和抨击，而且，还将那场因人类欲望而导致的人类灾难，以及从那场灾难中幸存下来的人们内心深处的创伤鲜活地揭示出来。”①

1980年，出版的《俄勒冈梦十日》成为大庭小说创作中一部“重要的转折性”的作品，大庭的文学创作自该作品起进入了“后期”。这部作品以第一人称的形式，记叙了“我”从启程赴俄勒冈州讲学到决意回国的历程。“我”在旅美讲学期间与几对有着不同血统的美籍友人共同度过了美好时光，作品由记述这些时光的日记和“我”的跨时空冥想交织而成。该作品在大庭的作品谱系中占据重要的转折地位。因为大庭在之前的相当一段时间内，一直在为打造以《浦岛草》为代表的作品而全力以赴。后来在完成《浦岛草》之后，大庭美奈子得以拥有了作家的自由和自信，并且在这份自由和自信中，大庭如泉涌般自然流淌的灵感结出的硕果便是《俄勒冈梦十日》，这部作品带

① 田鸣．生命记忆的讲述：日本现代女作家大庭美奈子小说叙事研究[M]．北京：中国社会科学出版社，2014:142-143．

给作者创作的愉悦。

后来发表的《公主泪》被大庭本人称为《浦岛草》的续篇，《浦岛草》人物之一的夏生在该作品中成为主要人物，作品围绕一对父女与周围各色男女之间的人际关系及情感纠葛展开，叙写了两代人的爱恨情仇。《海中摇曳的丝线》则是由作家于1986－1989年陆续创作的7个短篇集结而成。作品均以大庭数十年前旅美时曾经生活过的阿拉斯加乡间小镇为背景，故事叙述人“我”时隔30年赴美故地重游，循着“我”记忆的思绪往事依依，逝去的人、活着的人、当年同为他乡异客的男男女女的故事依次浮现在眼前，令“我”浮想联翩。该作品获得第16届川端康成文学奖。

作品《二百年》则以一个家族的历史为中心，通过第一人称“我”的视角讲述了一个家族从曾祖父到曾孙五代人的故事，他们依靠血缘关系凝结成纽带，生命一代一代地传承，家族的血缘在顽强延续。在大庭病逝后出版的《七里湖》中，曾是《浦岛草》主要人物之一的菱田雪枝作为主人公出现。《浦岛草》是以20世纪70年代初携美国恋人马列克回国省亲的23岁的雪枝的视角展开叙述的，而在《七里湖》中女主人公雪枝已是人到中年的单身母亲、独自抚养着两个孩子。作品通过描写雪枝的人生境遇，将现代女性对生存状态的思考融入作品之中。1996年，发表的《红色的满月》再度获得川端康成文学奖。同年7月，大庭因小脑出血住进医院，9月因脑栓塞导致半身不遂。自此大庭开始了轮椅生活并继续其文学创作。

自步入文坛以来，大庭始终保持着旺盛的创作精力，直至2007年去世，创作了大量包括小说、诗歌、散文、戏剧、童话、人物传记等不同体裁的文学作品，先后获得日本文坛的多个奖项。1987年，大庭当选为日本文坛最具权威的芥川奖的评委，成为该奖项自创立起半个世纪以来的第一位女性评委，此外她还身兼日本文坛各类文学奖项的评委，并于1991年当选为日本艺术院会员。

纵观大庭美奈子的人生及其文学创作不难发现，大庭少女时代的战祸记忆及亲历广岛遭袭原子弹并前去救灾的经历对她的创作影响很大，当年的文化流亡地阿拉斯加的原始自然是其文学创作的母胎，而漂泊其中的异域男女以及他们无文化归属感的现状更增添了大庭的“他者意识”。无论从大庭本人在各种场合的讲述中，还是从其文学作品的字里行间，均可以感受到核爆经历与海外生活经历是跟大庭的女性生命经验紧密相连的，它们给其带来对生命的痛彻体悟和文化思考，并已成为融于其生命中刻骨铭心的记忆。而大庭的文学便是以其女性特有的生命体验对它们的诠释，是源于其生命记忆的书写和讲述。

日本文坛的“矿山云雀”——林京子

林京子（1930－2017），本名宫崎京子，1930年8月28日生于日本长崎市，出生后第二年，因父亲就职于三井物产上海支店而举家迁至上海，在那里度过了14年半的青少年时光。1945年2月，看到日本战败之势不可逆转，林京子一家决定返回日本。京子的父亲因公司需要继续在上海滞留了一段时间，京子转入长崎女子初中三年级继续学业。为了上学方便，林京子离开谏早市舅舅家前往长崎市租房独居。转校后的林京子没有什么朋友，日子虽然清苦但也安静。后来日本政府规定除国民学校初等科外，其他年级原则上一律停课，在战争体制下，对全体学生实行总动员，强迫他们参加军需劳动。1945年4月，由于长崎军需工厂的员工被前线征用，导致员工不足，所以初中高年级学生和高中生都被迫到军工厂劳动。在工厂劳动期间，林京子经历了她一生永远无法忘怀的日子——1945年8月9日，美国在长崎投放原子弹的日子。原子弹爆炸时，林京子所在的工厂距离爆炸中心只有1.4公里。十分侥幸，林京子没有受任何外伤，奇迹般地获救。然而命运之神却没有放过这个正值花季的少女，巨大的核辐射使她患上了“原子病”。一头美丽的乌发开始脱落，一波又一波的剧烈呕吐不断地折磨着这个本应快乐地享受着恬静学习时光的少女。与她一起做工的工人、同行的带队老师以及同年级的同学们，有的在爆炸当时受伤，有的虽未受伤却因体内受到核辐射而相继死去。死亡的阴影从未间断地笼罩在那些遭受核爆炸辐射的幸存者身上。从那时起，林京子一直不得不作为一个核武器的受害者生活于世。后来，林京子从长崎医科大学附属专科学校护士系中途退学，没能完成学业。林京子21岁时与某一报社记者结婚，两年后长子出生，因为原子弹爆炸后遗症的影响，林京子一直担心她们母子能否健康地生活下去。婚后林京子跟丈夫颇多摩擦，最终于1974年与丈夫离婚。

林京子曾于20世纪60年代在杂志《文艺首都》上发表了3部小说，分别是《闪光的夏天》《那时》《阴天的行进》，并以此在文坛获得认可。真正使林京子在文坛崭露头角的作品是1975年发表于《群像》杂志上的《祭场》，后来该作品由讲谈社文艺文库出版单行本，分别荣获第18届群像新人文学奖和第73届芥川奖，并受到井上靖等文坛前辈的大力赞扬。《祭场》发表之后的1976—1982年，林京子以《文学界》与《群像》杂志为阵地相继发表了《路》《同期会》《昭和二十年的夏天》《如同没有》《公历一九八一·原爆三十七年》等“原爆”作品。1983年5月，以上海时期的生活为背景的小说《上海》由中央公论社发行，并荣获第22届女流文学奖。1984年，《三界之家》获川端康成文学奖。1990年6月，《现在安息吧》由讲谈社发行，并荣获第26届谷崎润一郎奖。1995年，广播剧《酱鹅肝与公仆》获艺术作品奖。2000年，《长时间写成的人生记录》获得第53届野间文艺奖。2005年6月，《林京子全集》（全8卷）由日本图书中心发行，并获2005年度朝日奖。

从林京子的代表作《祭场》《现在安息吧》《长时间写成的人生记录》等来看，林京子几乎所有作品都以1945年8月9日为创作的出发点，通过追问原子弹给人们带来的灾难，而彰显出坚决“反核”的人生姿态。由于1945年经历的那段刻骨铭心的灾难给她的身心造成了不可磨灭的伤痛，所以林京子几乎所有的创作都与核以及原子弹爆炸有关，她也被称为“原爆文学”作家。1978年，当日本政府欲将由政府设立的“艺术选奖新人奖”颁与她时，她断然拒绝了，理由是原子弹受害者不能接受国家的奖。她坚决不与理应为战争后果负责的日本政府和解。她的创作态度在当代女性作家中旗帜鲜明，堪称誓不与核共存的日本反核女斗士。

林京子的作品虽然以1945年8月9日为文学创作内容的起点，却不局限于单纯地描写遭受核爆炸的个人体验，而是以作为原子弹爆炸受害者生活的战后时空为基础，再现了原子弹爆炸受害者战后的生活状态，关注他们的生活与遭遇，以及遭受歧视的问题，在这一点上，林京子可谓特立独行。

林京子的作品有几个突出的特征。第一，以历史为基点，着眼现实，关注未来。林京子的创作以1945年8月9日的长崎体验为基点，着重于表现原子弹受害者的现实生活以及他们生存所面临的困境，探讨“核”问题对今后人类社会发展的终极意义。她书写“原爆”却不拘泥于再现原子弹爆炸体验，而是重点描写原子弹爆炸受害者的“现在”，深度挖掘他们得不到政府救治、遭受正常人歧视等社会问题，进而表达了自己反对核武器的坚定立场。小说《祭场》中就有“将原子弹爆炸受害者看成怪兽”，将他们与“宇宙吸血星人”并列称为“原子弹星人”等描写。对于政府所言的很难做出对“原子弹爆炸症”认定的情况，林京子十分愤怒。《祭场》里，林京子对政府关于核问题持有的态度进行了直接质问。《祭场》没有直接描写原子弹爆炸当时的情况，因为她深知，如实记述当时的真实体验固然重要，但是原封不动地保存体验却是很难的。随着时间的流逝，体验会走样变形，发生“风化”，批评轻视和无视历史事实的政府，提醒轻易淡忘历史的民众，这无疑更有意义。

林京子作品的第二个特征就是从历史角度来看待自己的原子弹爆炸体验。她将日本战败前后的个人史与日本史、世界史叠加起来，通盘考虑，并不局限于长崎原子弹爆炸当天的事情。她相信万物皆有因果。这源于她少年时的异国生活经历，培养了她国际化的视野与客观的文学态度。在日军常驻的上海，林京子读了小学和初中，她与家人并没有住在日本人聚居的公共租界内，而是住在黄浦江畔一条不太富裕的中国人聚居的里弄，附近妓馆等下层人民生活的场所比比皆是，使幼小的她亲眼看见了中国人民生活的煎熬与不幸。林京子1945年返回日本，在这之前的14年间，林京子一直生活在这座城市，她通过自己少年时代的异国生活体验，无意识地养成了客观看待自身生存与体验的习惯。所以她能冷静地认识到，“广岛·长崎事件”是亚洲和太平洋战争造就的恶果之一，是“历史性的结果”。对于住在岛国的大多数日本人而言，他们一味地看到自己遭受原子弹爆炸的不幸，却不去反思是什么原因导致了最终的结果，缺乏“外国人跟自己一样，同样是人”的常识性认识，而林京子经历过“上海生活”，后又不顾亲友的反对旅居投放原子弹的“敌国”美国，所以，虽说林京子是日本人，但她能超越狭隘的民族主义高墙而看到事情的前因后果。

林京子作品的另一个显著特征，就是虽然质问原子弹爆炸体验与“广岛·长崎事件”的意义，却不仅仅拘泥于此。她宏观考察“核能”与人类的问题，形成了“人不能与核能共存”这一思想。1999年9月30日，日本东海村核临界事故[①]发生，放射能导致2人死亡，1

① 日本东海村核临界事故是指1999年9月30日发生在日本茨城县那珂郡东海村JCO核燃料制备厂（住友金属矿山的子公司）的一起核辐射事故。此次事故中有666人遭受核辐射，2名工作人员死亡。

人重伤，666人遭受核辐射，从根本上推翻了迄今为止日本政府与电力公司一贯宣传的核能发电的“安全神话”。然而随着时光的流逝，许多人的“核恐怖”意识渐趋淡薄，而向这种风潮中投进一石的是林京子的《收获》。这篇短篇小说讽刺性地写出了临界事故发生后人们的混乱状态。作品的主人公是一位老人，他在发生了临界事故的工厂附近种植甘薯。但是老人勤勤恳恳种植的甘薯却因遭到放射能污染，即使收获了也销售不出去。到了收获期，依然弃之不管任其腐烂在地里。《收获》的主题表明核事故摧毁了人们的生活，给人们带来了不幸。对从“广岛·长崎事件”到目前为止政府常常隐瞒关于核能的公开信息一事，林京子也感到愤怒。作品中到处存在对“核”的讽刺。在当代文学整体上关心“核”问题的作家较少的背景下，短篇小说《收获》可谓独树一帜。针对日本东海村核临界事故，除了林京子，再无作家问津。除了大江健三郎等少数作家的发言（包括记载于随笔里的意见），其他作家连发言都没有。在“广岛·长崎事件”55年之后，本来应该担负“矿山云雀”义务的许多作家，于今贪睡于表面的“富足和繁荣”之中，舍弃了文学的批判性。《收获》在某种意义上是对如此现状发出的抗议与警告。

2011年3月11日，东日本地区发生了里氏9级大地震，地震引发了福岛核泄漏事故，当时对该事故表示出强烈关心态度的只有林京子、川上弘美等少数女性作家，而大多数女性作家则对这次的核泄漏事故漠不关心。当然这里有社会的原因，但大多数女性作家仍满足于描写“恋爱”“倦怠的日月”和“心理纠葛”等内容。与之相比，林京子始终贯穿“反核”的人生姿态，她的创作态度与作家责任感在当代日本女性作家中堪当翘楚。福岛核泄漏事故发生后，日本政府反映迟钝而且有推卸责任之嫌。当时日本政府发出的避难指示是“直径20公里以内的居民强制撤离”。显然，直径20公里以内并不是很安全的范围。相比而言，如遇同样的事件，美国的做法会是劝告直径80公里以内的居民全部撤离。林京子对日本这种不尊重生命的做法非常不满，当听到核辐射导致一些人放射性内部伤害这些话语时，林京子热泪横流。因为66年前，核武器的受害者们有着同样的遭遇，那些受害者不断忍受核辐射导致的身体伤害和精神伤害。在肉体上，一些受害者皮肤和肉体不断破烂，活得非常没有尊严。林京子说过这样的话：“活到了今天，与我同样受到原子弹爆炸伤害的我的朋友当中，有的反复入院治疗，为了让政府认定此病是原子弹爆炸症而提交过资料，结果日本政府根本不认账，或以难以认定与原子弹有因果关系，或以原因不明为由，政府相继否认了他们的疾病跟原子弹爆炸有关。许多朋友就在这不被认定期间辞世了。长崎的朋友们大多死亡年龄都在三四十岁，正是养育孩子的年龄段。我的上海时代的朋友们，就没有这种夭折的噩耗。相继死去的长崎的朋友们，死因是脑肿瘤、甲状腺疾病、肝癌或胰腺癌等。他们的死因未被认定为原子弹爆炸症或放射线造成的内部伤害。”①

林京子等负有强烈社会责任感的作家们开创了“原爆文学”，她们怀揣着对核爆炸的恐惧与对遭受核辐射的人类的同情，将自己所感所闻的酷烈悲惨的原子弹爆炸与受害的体验写进作品中，传递着日本民族痛苦的呻吟和理性的反思。林京子也正是这样一只不知疲倦的“云雀”，向世人展现着文学家的责任感与人类的良知。

林京子还是一位怀旧的人，1931—1945年的14年期间，林京子

① 黑古一夫. 林京子的“原子弹”文学[J]. 日本研究，2012(1):52.

一直生活在上海。因此上海是她的第二故乡。这个第二故乡给她的文学创作提供了充足的素材。《米歇尔的口红》（1975）、《上海》（1983）和《三界之家》（1984）就是这样的作品。《米歇尔的口红》中描写了家人和邻里的日常事件，对其少女时代的上海经历进行了描述，其上海生活可以简洁地概括为“阴”与“明”两种生活的并行。“阴”的一面即战争阴影下的生活，“明”的一面即充满快乐的少年生活。因为林京子的日本人身份，导致战争期间她仍可以在上海过着舒服的日子，而不像中国人那样饱受战火的创伤。

1981年8月9日，林京子时隔36年再次造访上海，因是团体旅行，此次旅行没能按照她自己的意志自由行动，没能充分追寻儿时的记忆。在这次旅行的两年之后，林京子完成长篇小说《上海》。该长篇由《出发之前》《法国梧桐林荫道和四方形电灯》《黑夜》《四平新村和上海神社》《鲁迅与S医生》《会做槲叶粘糕的中国人》《人民公社的鸡蛋料理》《母亲河扬子江》等多部短篇小说构成，以第一人称写就，具有一定的私小说性质。

林京子回顾了她一家在上海充满温情的生活，描绘了其童年的快乐时光。历经36年，上海发生了巨大变化，作品不仅描绘了新旧上海的不同，也对幼年时期的上海生活进行了追忆。虽说长崎是林京子出生的地方，但在上海生活了14年回到日本后，她时刻想着要重回儿时生活的地方。“上海时代是我人生中，处于中心位置的有阳光的地方。可谓积极向上的时代。但8月9日之后我的命运开始向负面转化。”[①]身为日本人的林京子却时时怀念上海的生活。

由于其父殖民者的特殊地位，他们一家在上海没有受到任何伤

① 黒古一夫．林京子論—「ナガサキ」·上海·アメリカ[M]．東京：日本図書センター，2007:93．

害。但回到日本后，她和她的父亲则受到了身心的双重伤害。由此林京子开始对战争进行反思。在上海访问期间，她作为日本公民，对战争期间日本所犯罪行进行了忏悔。她认识到，日本被原子弹袭击，那是日本对其他国家的侵略行为的必然结果。在这个意义上讲，《上海》不单是温情的回忆，也包含了深深的忏悔和深刻的反省。

林京子的后期作品仍然在不停地追问核问题，只是采取的手段和之前有所不同。她通过揭露战后的社会性别结构，探讨两性关系应有的状态。《阴天的行进》《如同没有》《峡谷》等就是这样的作品。这些作品集中体现了林京子的女性意识，塑造了现代日本社会中女性的理想形象，热情讴歌了在原子弹爆炸和社会体制的双重压迫下女性所表现出来的顽强生命力。

林京子不仅是一位反对核武器的作家，也是一位女性主义者，作品《峡谷》便集中体现了她的女性主义思想。《峡谷》是林京子在美国旅居期间发表的短篇集，由《峡谷》《煮款冬》《二月之行》《女儿节偶人》等四部作品构成。这几部作品根据作者的亲身体验写成，反映了林京子婚姻生活的点点滴滴，尤其反映了作为原子弹爆炸受害女性在生理层面和精神层面受到双重迫害的残酷现实。女主人公那津子生于长崎，是1945年长崎原子弹爆炸的幸存者，21岁时嫁给一位新闻记者草男。草男出身于地方上的士族家庭，战争期间隶属日军报道部，派驻上海。这部小说讲述了那津子21岁结婚到44岁离婚，前后23年的婚姻生活以及婚内4次严重的冲突。作品中主人公多次追问自己为什么会走到离婚的地步。

林京子在《峡谷》里描写的时代是20世纪70年代，那时的日本社会男权思想仍然根深蒂固，尽管日本战败后实施了民主主义政策，女性地位较二战结束前有较大幅度的提高，但男性的主体意识依然浓厚，他们觉得是自己挣钱养活了一家，养活了妻子，妻子在家中像仆人一般任劳任怨是理所当然的。所以他们缺乏对妻子最起码的尊重，平日里对妻子的生活很少理睬，缺乏关心，更有甚者动辄对妻子恶语相向甚至拳打脚踢。女性的社会地位一直处于弱势。

《峡谷》作为林京子后期代表作之一，闪烁着理想的光辉。之所以这么说，是因为林京子经历特殊，个性坚强。林京子不仅遭受核爆的伤害，在现实生活中还忍受着家庭内的冷暴力。但是，双重压迫和伤害没有击垮林京子，生活的孤独没有使她消沉，她勇敢地选择自我完善、自我拯救的道路。

2017年2月19日，林京子去世，享年86岁。生前，林京子对在原子弹爆炸中牺牲的同学和老师们有一种负罪感。林京子不仅写了自身的受害体验，而且以这种经历为基础联系到核武器和核电站等现在的核问题，创作了作品。对于废除核武器和核电站一直积极发言。林京子的去世使日本失去一位反核斗士，失去了一位有良知的作家。

日本前卫女性作家——仓桥由美子

仓桥由美子（1935—2005），日本小说家。1935年10月10日出生于日本高知县香美市，其代表作品有《党派》《梦的浮桥》《黑暗之旅》《圣少女》《为了大人的残酷童话》《亚玛诺国往还记》等。2005年6月10日因扩张型心脏病去世，享年69岁。

仓桥由美子的父亲是当地一名牙科医生。经过在土佐高等学校的学习，仓桥由美子立志成为一名神经科医生，但是在公立医学部的入学考试中失败。由于母亲反对其复读，所以将学籍放至京都女子大学国文学专业。后来再次参加公立医学部的入学考试又告失败，于是进入日本女子卫生短期大学学习牙科卫生课程，大学毕业以后，通过了国家牙科保健员资格考试。之后她留在东京，在从事牙科保健员工作的同时，进入明治大学文学系接受斋藤正直的指导，研究中村光夫。

在校期间，仓桥由美子创作了她的处女作短篇小说《党派》，凭借这部作品获得第4届明治大学校长奖，该篇小说于1960年发表在《明治大学新闻》上。著名文艺评论家平野谦极力赞赏《党派》这部作品，他在日本《每日新闻》的文艺评论专栏对这部作品进行了介绍，从而引起了文坛的关注。平野谦说："我感受到了与以前发现大江健三郎作品时相似的感动。"[①]这部作品还被转载至《文学界》并成为1960年度上半期日本芥川奖的候选作品。1961年，短篇集《党派》还获得女子文学奖。同年，仓桥由美子进入明治大学研究生院学习，并正式踏入文坛，开始文学创作，陆续在《文学界》《新潮》上

① 平野謙．今月の小説[N]．毎日新聞，1960-01-29．

发表短篇作品。1962年，仓桥由美子凭借活跃的文学创作获得田村俊子奖。作为“第三新人”之后的日本新一代作家，仓桥由美子与大江健三郎、开高健等齐名，特别是与大江健三郎在创作风格以及学生时代便出道的经历上具有许多共同点，因此常被拿来做比较。

1962年，父亲因心脏病发作去世，仓桥由美子从研究生院中途退学，回到位于高知县的老家。也许是受到了丧父的打击，仓桥由美子对小说创作的抗拒情绪不断加强，为了躲避编辑的约稿，她多次外出旅行。1964年，仓桥由美子与仓桥富裕结婚并在土佐购置新居。由于身体状况不佳，这一时期其小说创作可谓十分艰难。后来，经伊藤整推荐，她准备去美国留学，但是由于身体原因宣告放弃。经过一段时间的疗养，仓桥由美子于1966年赴美国爱荷华州立大学留学，她的丈夫也进入该大学的电影工作室学习。仓桥由美子在当地恢复健康后于次年回国。1968年，仓桥由美子的长女出生，同时，仓桥由美子在《群像》上发表描写自己在美国的生活经历的小说《弗吉尼亚》。同时，受到日本能乐、古希腊悲剧以及川端康成文体的影响创造的《长梦路》在《新潮》上发表。次年，发表空想性长篇小说《烧炭工Q的冒险》，引发热议。

1971年，仓桥由美子的二女儿出生。同年发表小说《梦的浮桥》，开启了她文学创作的新时期，但是评价不高。此后，她以《梦的浮桥》中的人物为主人公创作了一系列作品。20世纪80年代以后，仓桥由美子成为日本作家中最早开始使用文字处理机进行写作的作家之一。1983年，凭借《亚玛诺国往还记》获得泉镜花文学奖。1984年，发表短篇小说《为了大人的残酷童话》，该书成为日本的长期畅销书。

仓桥由美子晚年健康状况每况愈下，无法从事长篇小说创作。这一时期，她主要精力用来从事安托万·德·圣-埃克苏佩里的《小王子》等儿童文学作品的翻译。2005年6月10日，仓桥由美子因扩张型心脏病去世，享年69岁。《新译小王子》成为其遗作。2006年，母校明治大学为其颁发了特别功劳奖，并举办了仓桥由美子回顾展。

1960年，发表文学处女作短篇小说《党派》，这部小说讲述的是，作为主人公的女学生“我”与恋人——一名身为党员的男学生“你”之间，围绕女学生“我”是否入党问题的一系列探讨。小说的发表正值日本安保斗争的时代背景下，仓桥由美子以辛辣的笔锋描写了政治组织的封闭性以及个人与组织之间的矛盾，作品获得了极高的评价。这部作品一方面是一部出色的政治讽刺小说，同时也是作者对其写作“文体”的一种探索，她尝试将卡夫卡风格的文字用加缪的文体进行组织。事实上，仓桥由美子从欧洲存在主义流派中汲取了营养，在《党派》加以实践。在谈到自己受存在主义的影响时，她毫不讳言，在自己的随笔中说道：“很明显，我的文坛处女作《党派》是卡夫卡、加缪、萨特的三位一体。现在我从他们的小说中受到的感动，成为我也想写他们那样的小说的冲动。《党派》是这种‘文学的青春’的产物，而不是我的‘青春’。”[①]这里所言的“青春”无非是指当时的安保斗争。《党派》发表之初，赶上学生反对日美安保条约正盛之时。总之，《党派》表现了女主人公想从过去中挣脱出来，投身于未来的心情。

① 市川角左衛門．曾野綾子·倉橋由美子集（筑摩現代文学大系82）[M]．東京：筑摩書房，1977:509.

1961年初，仓桥由美子发表长篇小说《黑暗之旅》，小说讲述的是女主人公“你”为了寻找自己失踪的未婚夫“他”而从东京旅行至京都的故事。这条寻找“他”的旅途同时也是一条寻找“你”的旅途，从作品结构上来说构成了自我探寻这一隐喻。小说中“你”这个第二人称视角的使用实际上是从法国小说家米歇尔·比托尔的小说《变》中受到的启发。但是，在小说《黑暗之旅》发表之时仓桥由美子并没有明确说明这一点。因此，许多评论家批评其“抄袭”，特别是江藤淳，他全面否定了这部作品。对此，仓桥由美子在各种场合反驳说，一个人要想成为一位艺术家，对前人风格的模仿是必不可少的。她还指出，《党派》这部小说很明显就是卡夫卡、加缪与萨特三位一体的作品，而《黑暗之旅》这部小说则以《变》为样板，这些都是不言自明的，自己还将模仿劳伦斯·达雷尔的文体来创作小说。

1965年，仓桥由美子发表长篇小说《圣少女》，该作品在描写年轻女性的生理感觉等方面给人以强烈印象。在《圣少女》中，少女未纪在车祸中失去母亲，她本人也因交通事故头部受伤，丧失记忆，通过未纪从前写的手记以及未纪与未婚夫K的对话，未纪的记忆慢慢恢复。在交通事故前她曾经在日记里写下自己对“爸爸”的爱恋与陶醉。手记被未纪的未婚夫K发现，为了确定手记内容的真伪，K进行了多方求证，通过求证发现，未纪和“爸爸”，未纪和K，K和他的姐姐L，三种关系中包含着家庭伦理方面的禁忌性。于是，爱的“神圣性”与“恶性”，这两种不同的侧面以非常残酷的形态出现。

《圣少女》以奔放的文体和告白详细阐述了父女、恋人及姐弟关系。故事以虚构的人物为中心展开，作品的表达非常具有冲击性。例如未纪受伤住院后，K想通过她的手记来唤醒她丧失的部分记忆。

手记部分开头第一句便是："我现在正在流血，爸爸！"[①]以这种唐突表达作为手记的开篇，是仓桥由美子文学前卫手法的具体表现，而且这作为当时很年轻的女性作家的表达，的确不同凡响。《圣少女》中有很多抽象表达，比如"我的想象力的毛毯追着未纪起了毛，我裹在其中无法动弹"[②]"眼看着母亲心里那顽强的抑制装置无情地被破坏，只是想象着这一点，我便觉得活着很愉快"[③]等，这些表达有别于通常的文学表达，很多文字具有隐喻性。

从1966年开始的一年间，仓桥由美子在美国爱荷华州立大学研究生院学习创作方面的课程，这一时期的经历给其创作风格带来了多样化的改变。她以在那里结识的友人弗吉尼亚为原型创作了中篇小说《弗吉尼亚》，其中描写了不同国籍、文化、成长经历的两位女性跨越国界成为好朋友直到最后分别的过程。小说中的"我"即仓桥由美子，就像读一本书一样将弗吉尼亚读透，在剥去跨文化、跨国籍标签的同时，将两人之间的相互碰撞用精密的语言进行表达。作品中所展开的关于文明论、艺术论、认识论以及对性别差异、婚姻等问题的评论中都充满了仓桥由美子独有的幽默，可以说是一部跨文化的文学杰作。

以这一段时期的海外生活为契机，仓桥由美子的创作风格出现了"向传统手法回归"的变化。1971年，出版的《反悲剧》是以希腊悲剧为样板，借用与近代小说中登场的人物截然不同的神话，来探索小说创作可能性的系列作品集。仓桥由美子认为，所谓小说就是使用"语言"为"反世界"赋予"形"的魔术。文学不是描写这样那样的

① 倉橋由美子．新潮現代文学69—聖少女、夢の浮橋[M]．東京：新潮社，1979:8.
② 倉橋由美子．新潮現代文学69—聖少女、夢の浮橋[M]．東京：新潮社，1979:6.
③ 倉橋由美子．新潮現代文学69—聖少女、夢の浮橋[M]．東京：新潮社，1979:13.

问题，而是利用各种问题来表现“反世界”的存在。

1970年，发表的小说《梦的浮桥》是桂子物语系列的开端，这部作品是受到小说*Couples*的刺激而创作的，以“夫妻交换”为主题，引发热议。这部小说以《源氏物语》洗练的典雅世界为基调，以学园纷争的时代为背景，描写了雅与俗、精英与大众之间的对立。在美好平凡的婚姻生活背后隐藏着两代人四对夫妇和异母兄妹之间的近亲乱伦。自小说《圣少女》以来，仓桥由美子尝试将近亲相奸这种不可能的爱作为被选择的爱加以神圣化，在《梦的浮桥》这部小说中她又尝试探索与公序良俗相协调的“圣化”的可能性。

仓桥由美子擅长描写“反世界”的创作手法，她将格林童话等进行诙谐模仿而创作了《为了大人的残酷童话》、将古今中外的奇闻怪谈融通无阻地改编成了《仓桥由美子的怪奇故事》和《烧炭工Q的冒险》。此外，她的“反世界”手法在《亚玛诺国往还记》中体现得淋漓尽致。这部作品将女性占优势地位的未来社会作为幻灭的乌托邦进行描写。仓桥由美子的创作方法在初期可以说是毁誉参半，到了20世纪80年代以后其稳固的地位得以确立。

仓桥由美子的小说创作以反现实、反对教条主义和反霸权思想而著称于世。早期作品显示出了讽刺文学的倾向，后期作品幻想性较强，具有很多科幻小说的要素。她的作品题材广泛，言辞大胆，极具西方后现代风格，同时又兼具日本古典美学的特色，深受各阶层读者喜爱。以至于仓桥由美子去世后，日本文坛名家对她也不吝赞美。日本作家、日本文艺家协会理事长黑井千次在仓桥追悼会上致辞称：“仓桥女士是近代日本文学史上最出色的作家之一，终生坚持走‘我独横行’的霸道，持续创作‘反写实’残酷作品，习惯站在常人对立面思考问题。即使再过50年，甚至100年，她曾经的独特存在也很难想象有人能够替代。”[①]仓桥由美子凭借辛辣的笔锋和独特的“语言公式”，成为当时文学界新人争相模仿的对象，也为战后日本女性文学创作增色不少。

① 刘冰．“反现实”文学旗手仓桥由美子去世[N]．新京报，2005-08-19．

追逐光、梦、影的女性作家——高树信子

高树信子（1946—），日本小说家，原九州大学亚洲综合政策中心特任教授，隶属亚洲现代文化研究部门。1946年4月9日出生于山口县防府市，原名鹤田信子，先后就读于松崎小学、国衙中学、山口县立防府高中，1968年毕业于东京女子大学短期大学教育学专业。毕业后曾在主要编写计算机教科书的出版社培风馆工作。1971年，与大学时期的男朋友结婚，1974年搬到福冈定居，并诞下长子。同年父亲突然去世，使其遭受重大打击。1978年，由于自己的婚外恋情而导致离婚，丈夫禁止其与孩子接触。1979年发表了短篇《摇曳的头发》，这部小说后来被著名文学刊物《文学界》转载。1980年，与律师鹤田哲郎介再婚。在文学活动方面，信子先后两次获得文学界新人奖提名，1980年，《那条小路》在《文学界》上发表，信子正式登上文坛。这篇以描写三角恋爱关系为特色的短篇小说一经发表，受到专家与读者的一致好评，并被选为芥川奖候选作品。此外，《太远的朋友》和《追风》两部小说也先后在1981年和1982年入围芥川奖候选作品，经过三次入围，信子终于在1983年凭借小说《拥抱光明的朋友》斩获这项日本纯文学至高奖项。确立了在文坛的地位后，信子进入了稳定而多产的创作期，几乎每年都有作品问世，而且频频将奖项收入囊中。其中，最具代表性的作品有《透光的树》《水脉》《HOKKAI》等。获得芥川奖之后，信子开始关注更广阔的世界，但创作主题依然围绕多样化社会里的人际关系和爱情纠葛，以灵活清晰的感性和引人入胜的故事著称。

高树信子的文学创作活动大致可以分为三个时期，即20世纪80年代的成长期、20世纪90年代的成熟期与进入新世纪后的圆熟期。在凭借芥川奖确立文坛地位，一跃成为一线作家之前，信子的小说创作在不断地摸索和试验中，因此尚未形成固定的风格。进入20世纪90年代，个人创作特色日趋鲜明，脱离了自传色彩的书写，开始聚焦广阔社会。信子的多部小说都有对三角恋情的描写，现代社会中的人、爱、情欲在她的笔下有着堕落的美感。

在20世纪80年代的成长期，信子出版了小说《寒雷》（1984）、《波光闪现的尽头》（1985）、《街角的法庭》（1985）、《阳光下的迷宫》（1987）、《花岚深林中》（1988）、《彩虹的交响》（1988）、《炽热的信》（1988）、《梦中的影子法师》（1989）。以1987年应美国政府邀请，访问美国20余座城市时的旅途生活为素材创作的连载小说《梦中的影子法师》，展现出作者全新的“人类观”，语言表达也让人耳目一新。

进入20世纪90年代以后，以《把时光染成蓝色》为转折点，其作品的特色越发突出，创作风格也基本稳定下来。文笔活动极为活跃，10年间共创作并出版了作品20余部。其中，《水脈》于1995年获得女流文学奖，《透光的树》于1999年获得谷崎润一郎奖。

进入21世纪后，信子的创作风格日趋圆熟，也进一步深化了主题，对人生的思考、社会的认识取代了单纯的情感、爱欲需求。这期间的代表作品有以罗马尼亚革命为背景，描写日本外交官与小提琴手异国恋情的《百年预言》（2000），以女性犯罪现象为题材的作品集《罪花》（2003），以上海为舞台的四卷本恋爱小说《甘苦上海》（2010）等。

1984年，《蔦燃》获得岛清恋爱文学奖。2006年，《HOKKAI》获得艺术选奖文部科学大臣奖。2010年，再度以『トモスイ[1]』获得川端康成文学奖。此外，2009年，被授予紫绶奖章，2017年，荣获日本艺术院奖，同年被授予旭日小绶章。71岁的信子在家中接受采访时称："在迈入古稀之年之际，自己毕生的努力得到了认可，心中万分激动。"根据日本政府规定，旭日小绶章的授予对象为市长、特别区的区长、町村长、都道府县议会议员、市议会议员、特别区议员、公益团体的团长、企业经营者和对社会经济发展做出巨大贡献的大企业及国际声望极高的企业负责人等。此次的授勋是对信子文学对社会和读者的影响和贡献的有力肯定，同时也是对女性作家肩负的日本文化发展的重大使命的奖赏。此外，71岁高龄的信子还称自己迄今为止的作品全是失败的作品，所以今后要创作出真正意义上的代表作，其旺盛的创作欲望让人钦佩。自2005年起，高树信子担任九州大学亚洲综合政策中心特任教授。目前担任芥川奖、日经小说大奖、朝日奖的评审委员。曾经担任过野间文学奖、大佛次郎奖、岛清恋爱文学奖等奖项的评审委员。

此外，她的作品也几度被搬上银幕，1986年，《波光粼粼》由藤田敏八导演执导拍摄成电影。1996年，《雾的子午线》由出目昌伸执导。2004年，《透光的树》由根岸吉太郎导演搬上大银幕。2009年，《新子与千年魔法》被制作成动画电影，在日本国内外反响不俗。

芥川奖获奖作品《拥抱光明的朋友》描写了一个逐渐走向沉沦的少女的生存境遇，它揭示了现实生活中的阴暗面，也将思春期女性那

① トモスイ是高树信子自己取的名字，是虚构的一种海洋生物。

微妙、细腻的感情及心理刻画得入木三分。作品讲述了成长在一个温馨、幸福家庭的女高中生凉子，目睹班主任老师殴打同班同学胜美，对其产生了同情心。胜美是留级生，也是传闻中的不良少女。有谣传说她曾经有卖淫、堕胎的经历。同情心驱使凉子主动关心胜美，在和她成为朋友后才发现她和外界的传言判若两人。胜美其实是一个受到酒精依赖症的母亲百般虐待的可怜女孩。她性格单纯、孝顺，对于母亲的坏脾气逆来顺受。即使凉子替她打抱不平，向她母亲发难，胜美却依然袒护自己的母亲，选择支撑着母亲坚强地生活下去。

这篇短篇小说揭示了少女人生中不为人知的一面，描摹了她在与现实生活斗争与妥协的过程中细腻的情感变化。高树信子的作品体现了她对女性烦恼的体察和自己对人的独特看法。这部小说批判了世界的阴暗一面，同时也赞美了人和人之间的脉脉温情。小说语言优美，对人物心理具有非凡的洞察力。结构成“序、破、急”三段式构造，在故事进入高潮的时候突然结尾，给人一种意犹未尽、怅然若失的感觉，也增添了作品的余韵之美。

2010年，『トモスイ』荣膺第36届川端康成文学奖，该作品由10个短篇构成，当时信子担任日本九州大学亚洲综合政策中心的特任教授，这10个短篇是该中心写作项目的成果，历时5年完成。5年中信子访问亚洲十余个国家，广泛了解当地的风土人情，并与各国作家进行交流，为这部小说的创作搜集素材。这部小说融合了情爱、幻想、恐怖、推理等多元要素，充满迷幻诡异的色彩，因而散发出更为迷人的魅力。

「トモスイ」是信子虚构的一种海洋生物，它如同婴儿一般大小，外形像从贝壳中剥出的肉，腹部有一个洞和一个突起物，可以用嘴吮吸出它极为鲜美的汁液。主人公与Yuhira这位泰国常见的化着淡妆的男性，在一个早春的月夜泛舟夜钓。两人钓到了「トモスイ」这种生物后，从它身上贪婪地吮吸着美味汁液，并沉溺其中。「トモスイ」被二人越吸越小，而他们却在摇曳的扁舟中沉浸于幻想世界的快感之中。这部作品以早春时节的泰国为舞台，虚构的「トモスイ」是一种雌雄同体的生物，而Yuhira也是性别模糊，这样的背景和人物是作者为了创作“性别无效”、远离现实的虚构世界而刻意设置的。这部作品以信子访问泰国为契机而创作，体现了作者对第三性的宽容态度。小说将读者完全引入作品所展现的既充满情欲又具有现实感的世界。这篇小说篇幅极短，虽然只有7 000字左右，然而其极具“破坏性”的艺术魅力却令川端康成文学奖众评委一致倾倒，最终以全票获奖。

作者在谷崎润一郎奖获奖小说《透光的树》中，对文学的生死、灵肉的主题进行了深入思考和叩问。对男女主人公精神世界中的不安、彷徨、挣扎、畏惧和他们在现实中纵情享受性爱的欢愉、恋爱的甜蜜、思考和等待带来的煎熬进行了细致的描绘。其背后隐藏的是向死而生的巨大生命力。因为世界没有不朽，所以要在热情的燃烧中确认自己生命本体的存在。

小说讲述了一对中年男女在若干年后重逢，燃起了炽热的爱情之火。女主人公千桐42岁，离异带着女儿，侍奉老迈并患有绝症的父亲。男主人公今井47岁，是电视台纪录片的制片人，有妻儿但却常年过着游离于家庭之外的生活。在前半部分叙事中，围绕金钱主题，对恋爱、情欲和金钱之间的复杂关系进行了思索。后半部分内容则描写了两人热恋中无法自拔的欢愉。两人的交往跨越了漫长的时间，往往一年只有二至三次会面。信子赋予二人的交往方式是，富有哲学意味的简短对话和语言极度赤裸、具有刺激性的性爱活动。在广袤的现实空间中为他们设定了极为狭小、闭塞的空间，即二人进行精神乃至肉体交流的极为隐蔽、私密的空间。爱情是肉体，还是灵魂？信子借男女主人公的语言和内心独白反复探寻、思索这个话题，充分显示了这个古老而历久弥新的命题的永恒性。双方在巨大的爱情洪流中，在灵与肉的纠缠中，不断确认彼此间的爱情，并最终走向了灵肉的高度融合。然而，男主人公生命的戛然而止为这部原本带有中年苍凉感的作品增添了浓郁的悲剧色彩。男主人公患上癌症离开人世，女主人公则在巨大的失落感中变得精神失常。

相对于上半部分内容的平缓推进，结尾部分的巧妙设置，使全篇内容陡然升华，勃发出浓厚的艺术魅力。这部小说情节虽是司空见惯的婚外恋体裁，但不落俗套，性爱描写的篇幅较长，却无猥亵之感。小说的深层结构中密布着对生与死、灵与肉等人生、哲学命题的探索。同时，也展现出与日本“幻灭”美学相吻合的审美特征。男女主人公间热烈的碰撞，暗示了男主人公终将凋零的生命，女主人公精神的崩溃。相遇时的火花以及生命如灰烬、烟尘般消散，赋予了这部作品深沉的艺术感染力。

在今井等待生命终结的时光里，两人生活在不同的城市，不通音讯。他们已用最后的相聚为此生话别。

“今井，你要死了吗？”

“嗯，就要死了。”

“什么时候死？”

“我还不知道，要是死了，我要告诉你。怎么告诉你？”

“怎么告诉我？我想一个只有你才能明白的方法。”[①]

在时间的怅然流逝和空间的隔阻下，两个生命静默地等待着生命的凋零。“那天，天气十分冷。千桐收到富来的石田久彦寄来的一个包裹，打开一看，里面有久彦的一句话——‘寄给千桐女士，谨此。’——和一柄短刀。”[②]千桐收到短刀，顿时明白一切。“她一只手拿着短刀，一只手抓过汽车钥匙，跑出家门，直奔车库。那天的对话在千桐的心里，已经重复了多次。那天他们骑在六郎杉树粗大的树干上，今井抱着她仰望落下的亮光。‘死了以后到这儿来吧，就这样紧紧地依偎着。’”[③]无法在恋人的身边陪伴他走完人生最后一程，而是以这样的方式，得到对方的死讯，无疑是残酷的。无法在对方的生命尽头等待、守候，面对残酷的现实，千桐唯有以自己的方式表达对今井的无限爱和眷恋。她在意念中创作了一个灵魂的栖居地，六郎杉是两人永恒的归宿。“透光的树”这一富有诗意的标题，与两人的相遇渊源深厚，也寄托着作者的某种隐喻。杉树伟岸，又极具生命力，象征着不朽。两个人骑在树干上仰望透过杉树落下的亮光的场景，给人无限诗意、光明的感觉。然而，穿透杉树枝干的光亮，是舍去荫翳、斑驳之后，方可沐浴的阳光，象征着历经世事万千，完成自我超越后，到达的光明、温暖、甘美的世界。

① 高树信子．中日女作家新作大系日本方阵：透光的树[M]．陈喜儒，李锦琦，译．北京：中国文联出版社，2001:161．

② 高树信子．中日女作家新作大系日本方阵：透光的树[M]．陈喜儒，李锦琦，译．北京：中国文联出版社，2001:161．

③ 高树信子．中日女作家新作大系日本方阵：透光的树[M]．陈喜儒，李锦琦，译．北京：中国文联出版社，2001:161．

今井死后，千桐精神失常，在女儿的照料下度过晚年。“一旦这种已经陷入痴迷状态的肉体因离开或者死亡的原因暂时或永恒地‘不在场’，就会对另一方产生毁灭性的影响，将其推进自我毁灭之路。”[①]今井的死亡象征着肉体的毁灭，千桐的失常是精神的坍塌。这样的结局反映了作者深刻的悲剧意识，彻底的毁灭、牺牲与奉献。千桐的人生因今井的缺席而全盘崩溃，在潜意识中放弃了人生。正是这彻底的悲剧意识，造就了作品震撼的艺术效果。结尾部分悲剧效果揭示了人的内在精神痛苦，在更深层次上探索了人生存在的意义。

作为擅长书写爱情小说的作家，信子坦言，恋爱是自己人生中无法剔除的要素。的确，其作品表现的潜藏在现代男女心底的对爱的渴望以及恋爱的伤痛，引起了广大读者，特别是女性读者的深度共鸣，给了她们很大的抚慰。透过信子数十年对爱情小说的书写，我们看到了随着时代而变迁的恋爱观，信子的小说如同一副天线，敏锐地接受着世人爱情观、婚姻观异变的信号，又像反射镜一样把它们反照到自己的作品中。从这种意义上说，信子的“爱情小说”存在意义巨大。信子所塑造的人物反映出她率真又极具道德感的为人处世风格，对不同命运的人物展现出深刻的理解和宽容，这种思想精神如同一股潜流在作品深处涌动，它汇聚了感动读者和震动文坛的力量。

① 张磊．异质的风景：当代世界女性小说创作面面观[M]．北京：中国财富出版社，2013:4.

推崇母性的女性作家——津岛佑子

津岛佑子（1947—2016），1947年出生于东京，原名津岛里子，是日本无赖派代表作家太宰治（原名津岛修治）的次女，1965年就读于白百合女子大学英语专业。大学期间，津岛便致力于文学创作，毕业那年以笔名津岛佑子发表的短篇《安魂曲：为了狗和大人》得到文坛认可，从此踏上专职文学创作的道路。津岛佑子是活跃于日本当代文坛的重要作家，曾担任过朝日奖评委，一生发表小说百余篇，此外还有12部随笔集问世。她在世界文坛获得了高度的肯定，她的作品，像《宠儿》《光的领域》《微笑的狼》《跑山的女人》《在火河之畔》《默市》《在夜光的追赶下》《山猿记》等代表作被译成英文、法文、中文、德文、意大利文、荷兰文、阿拉伯文、韩文等多种文字，其国际影响力可见一斑。关于津岛佑子文学的主题，《中华读书报》记者曾撰文写道："津岛佑子试图否定以男性为中心的传统家庭结构，转而通过肯定女性的性和生育机能来探索女性的生命价值和存在形式，进而构建以女性为主体的家庭模式。于是，在她的诸多作品中出现的家庭，都不同程度地缺少男当家的，或是没有父亲，或是没有丈夫。即便难得出现了父亲或丈夫的角色，这位父亲或丈夫也肯定是对孩子、对妻子和家庭无足轻重的多余人。"①与20世纪60年代许多女性作家的"反母性"主题相反，津岛佑子肯定女性的"母性"和"孕育性"，认为女性具有崇高的"母性"和"孕育性"，这一女性天然的使命更凸显女性的伟大。

① 戴铮．著名"女性"作家、太宰治次女津岛佑子去世[N]．中华读书报，2016-02-24．

津岛佑子作为女性，表现了女性特有的生理感觉，这也是津岛佑子认为女人之所以为女人的根本所在。其作品的女主人公有时甚至幻想孕育了其他动物的孩子，比如她在作品《孕狐》（1972）中主要描写了女主人公、姐姐和白痴弟弟三人的共生关系。作品中女主人公腹中孕育着一只小狐狸。1983年发表的作品《伏姬》中，她在描写男女主人公交合的快乐感觉时，写出了“感觉要生出长着狗脸的六个婴儿”这种表达。在她看来，身为女性同时身为母亲是一种无上的荣耀。所以津岛佑子在作品中尽情地描写作为女性的骄傲和作为母亲的快乐，比如在《动物聚集的家》这部作品中，津岛佑子对怀孕生产有一种无比向往的心情：“男人的热流像小河一样注入留都的体内，留都感到子宫仿佛听到了少女的歌唱。……留都祈盼着，就在这里和这个固定的男人重新一起生活，生养孩子，孩子又生养孩子，孩子再生出更多的孩子。求上天保佑，但愿心想事成，至死都不要离开这里。”①

津岛佑子在前期代表作《宠儿》中描写了“想象妊娠”，以女性独有的存在感表现了女性的存在意义。女主人公水野高子与畑中结婚，婚后育有一女夏野子。结婚3年之后，高子和丈夫离婚。等到女儿长到12岁快要上初中时，高子感觉自己身体有怀孕症状。她陷入了“想象妊娠”的幻想状态。在这里，女主人公水野高子的“想象妊娠”实际上是津岛佑子对“母性”和“孕育性”的赞扬和憧憬。

在《葎草似的母亲》中，借助对女主人公的描写，我们可以看到母性的伟大：“婴儿重要，我不由得站起来。总之，我想要婴儿。事到如今无论如何也不能失去孩子。……我非常想看孩子的脸。他在

① 津島佑子．生き物の集まる家[M]．東京：新潮社，1973:132．

我这薄薄的皮肤底下侧卧着。我不得不等待，十分焦急。我受想见孩子的心情驱使，哪怕把孩子硬拽出来也想见到他。”[①]这段描写把母亲对即将出生的婴孩的爱进行了深入刻画。无论是狐狸、狗，还是实际并不存在的“宠儿”，孕育他们的无疑是母性的孕育性，我们由此可以看出，津岛佑子极其推崇作为女性生育机能的孕育性。与20世纪60年代许多作家对母性的憎恶眼光相比，有着本质区别，显得更加积极。同时，她所塑造的女主人公对自身存在有着种种思考。

《葎草似的母亲》中，女主人公“我”为了使自己的生命注入新鲜的血液，选择了与雪夫交往。在交往3个月后，“我”怀孕了，雪夫希望自己能成为社会认可的父亲，而“我”却对肚子里的孩子说道：“小宝宝，怎么办？这个人做你的父亲行吗？还不能决定吧。什么？你说不需要老爸？不过，还是看一眼再做决定怎么样？那时也不迟……”[②]“我”与肚子里孩子的对话，体现了孩子仅属于女人，而社会意义上的“父亲”这一角色却是可以拒绝的。

20世纪六七十年代，全世界展开了女性解放运动，此次运动后，“生不生孩子是女性的自由”这种观念深深扎根于日本女性心中，特别是一些女性主义作家，她们的言论过激，在作品中多次提及对母性的厌恶。跟津岛佑子同时代的女性作家中，要杀死腹中的婴儿或者说厌恶女性生产则是常见的言论。女性作家对“母性”的憎恶更多体现在对孕妇的嫌弃和对腹中婴儿的憎恶。这里对母性的憎恶实际上是对作为男人眼里的“他者”的憎恶，是对男权制度的一种讽刺。

通过阅读津岛佑子的作品，我们发现她的文学最大的特点便是带有明显的女性意识。在津岛佑子的前期作品中，她关注母性，赞扬母

① 津島佑子．葎の家[M]．東京：河出書房新書，1982:37.
② 津島佑子．葎の家[M]．東京：河出書房新書，1982:39-40.

性。按照常识来判断，她应该属于贤妻良母类型。其实不然，津岛佑子是良母，但不是贤妻。现实生活中，她结过婚，育有一子，但儿子夭折，她和丈夫离婚，之后与其他男性同居，但没有再婚。

在她的作品中，女性的独立与自强是其着力渲染的内容。但是她的渲染方法不是通过口号来宣扬母性伟大，而是通过对作品中男主人公的矮化来达到颂扬母性、歌颂女性的目的。比如在她的作品中，女主人公多数都是婚姻制度以外的单身母亲，有自己的孩子，但是对于孩子来讲，父亲可有可无，甚至换成其他动物来承担父亲的角色也无所谓。因为这些女人往往都要独自承担孕育或养育孩子的重任，她们表面上似乎显得无助，但内心无比坚强。她们以找到心灵相通的伴侣为出发点，如果婚姻达不到心灵相通，他们宁可丈夫或者说孩子的父亲缺场，而不会向传统式的婚姻低头。即便和某男性之间有了实质性交往，生出孩子，她们也会根据自身的感觉而选择是否跟他继续生活下去。离婚后的她们会感到不安和孤独，但是却因为孕育了新的生命而内心充满希望和阳光。她们肯定女人的生育，却拒绝血缘关系上的“父亲”，也排斥社会制度下的“父亲”。津岛只是从不同的角度体现了她的女性主义思想。

津岛歌颂生命，赞美女人的孕育，不过她所塑造的女性形象并非传统婚姻制度下的所谓贤妻良母。她们中许多是未婚的母亲，抑或是他人之妇却希望生另一个男人的孩子，或者尽管已为人母，但并不放弃自己做女人的权利。《跑山的女人》主要描写了小高多喜子从一名喜欢在外游玩、空虚寂寞的少女逐渐成长为坚强的未婚妈妈的经历。“在世人看来，小高多喜子是社会的异类，整日不着家，回到家里不做家务，还和父亲顶撞，父亲训斥她时，她有时还跟父亲厮打，是典型的不孝女，放浪形骸。但她在生育了孩子之后，逐渐感受到肩上的责任，想尽一切办法为孩子创造良好条件，变得越发坚强，活出了自己精彩的人生。”[①]小说描写了多喜子由于孕育而导致的心灵孤独，同时也描写了多喜子由于孕育而带来的成长。女主人公从不认为自己与其他普通的母亲们有什么不同，她不依靠任何男性，勇敢地追求独立与自由。全文没有过多离奇怪诞的情节描述，却能在读者心中留下声声回响。

津岛佑子在《跑山的女人》中成功地刻画了一位新式女性的成长，作者的女性主义思想完美地融入女主人公心理和言行的方方面面，显得行云流水、十分自然。《跑山的女人》看似话题简单，却内涵深刻，独具一格，女主人公多喜子形象生动，给读者留下的印象鲜明而深刻。

津岛佑子的作品中，男主人公大多是残疾人，或存在智力问题，或行动不便。这些男性的存在使得女主人公不可能指望他们来生活，只好独立前行。津岛佑子的前期作品中，从发表第一篇小说《手之死》（1966年）开始，直至1984年的《厨子王》，在18年间共发表了80篇小说，其中有24篇作品出现了身体残疾者或智障者，例如《跑山的女人》中，多喜子的父亲便是残疾人，除了发脾气什么也做不成。当父亲对她发火时，多喜子揶揄无能的父亲说：“我有了孩子。真是遭报应！和你的户籍没有任何关系。是的，这个孩子是私生子。那又有什么不可以的？”[②]这表达了多喜子不接受家中资助，自己单独一人将孩子养大的意志。

① 李先瑞，牛家殷．母性的赞歌——论津岛佑子的《跑山的女人》[J]．解放军外国语学院学报，2019（6）:150.

② 津島佑子．山を走る女[M]．東京：講談社文芸文庫，2006:159.

津岛佑子的许多作品中有一个共同的背景，即女主人公身边的事情跟其自身的经历有部分重叠，比如女主人公性情刚强，匆匆结婚，育有一子，之后离婚，紧接着和有家室的男人恋爱，又育有一子，然后独自一人养育孩子，孩子突然夭折等等。小说中出现的女主人公有三到四个住处，女主人公出生后一直住在旧房子里，之后该房子改建翻新成为新家，离开母亲家后女主人公独自住公寓，多次返回母亲一人住的房子。女主人公幼时失去父亲，不知道有父亲的家庭应该有的氛围是什么样子，母亲溺爱有智力障碍的哥哥，自己和哥哥关系亲密。哥哥十几岁时因心脏病去世，这彻底改变了女主人公的生活。所有这些内容跟津岛佑子的经历都很相似。

津岛佑子晚期的创作少了些刻意强调女性意识和女性解放的话题，多了些对家庭温暖的期盼以及对历史问题的追寻。1995年，刊登在《文艺春秋》的长篇《风啊，在空中驰骋的风》描写了一个女儿从逃离母亲再到回归母亲的心路历程。看似平凡的主题，津岛却为自己的文学开辟了一片新天地。20世纪90年代以来，津岛还致力于历史题材的创作，出版了如《伊势物语·土佐日记》（1990）、《泉镜花》（1992）等诸多优秀的历史小说。2005年，津岛佑子为了创作长篇小说《太过野蛮的》而去中国台湾取材。2006年9月起，《太过野蛮的》在《群像》上连载，2008年5月连载结束。在这部小说中，津岛佑子以一个殖民地日本女性的视角，描述了发生在20世纪30年代的雾社事件。透过时空、梦境与现实的交错，探讨当时在台日本人的生活以及性别关系、家庭与性等主题。作品以两条时间轴为依据，令过去与现实接轨，从而在两个时间轴的会合之处作品达到了高潮。过去的时间轴将焦点放在20世纪30年代出生的日本人美霞身上，她与在台北某高校教法语的明彦结婚，其后美霞去了日本统治下的台湾生活，4年后美霞因疟疾而离世。现在的时间轴则放在美霞死后数十年才出生的侄女茉莉子身上，因为很想知道姑姑的往日事迹，于是茉莉子于2005年来到中国台湾探寻姑姑的足迹。两个时间轴会合于台湾山岳地带的空间中，这里曾经是日本军队占据的地方。

津岛佑子不仅仅描写了个人层面上女性的悲惨故事，她通过审视台湾的被殖民历史，指出日本士兵在台湾所犯的罪行，包括迫使当地女性充当慰安妇等罪行。那些不得已生下的孩子不知道自己的身世。另一方面，也有很多日本士兵对自己的孩子一无所知，他们也不想知道，因为那是他们犯罪的证据。津岛佑子作为日本人，敢于直视日本士兵所犯的罪行，在忏悔之余表达对新一代生命的美好祝愿。正因为如此，才令作品的历史复杂程度大为提升，也体现了作者正视历史的积极态度。

2016年2月18日，津岛佑子因肺癌溘然长逝，享年68岁。纵观津岛佑子的一生，幼时因父爱的缺失，心里一直有阴影，加之哥哥的残疾、孩子的夭折、跟丈夫离婚，在普通人看来，她是不折不扣的生活失意者。但是津岛佑子性格刚强，她通过文学创作表达了女人不要因为生活的挫折而向生活屈服的意念，彰显了其自强、独立和自尊的一面。2016年5月23日，其追悼会在日本东京举行，作家、编辑等150位生前好友参加了追悼会，作家黑井千次在致辞中评价津岛佑子："作品规模宏大，在日本女性作家中是个独特的存在。"①法国诺贝尔文学奖得主勒·克莱齐奥称津岛佑子的去世就像自己失去了妹妹，中国作家莫言也发去唁电称："她是许多中国作家的朋友，对于津岛的去

① 戴铮．著名"女性"作家、太宰治次女津岛佑子去世[N]．中华读书报，2016-02-24．

世深表悲痛。”[①]由于津岛佑子特殊的身世以及卓越的文学成就，她始终是日本文坛备受瞩目的作家，也是当代日本女性文学旗手一般的存在。

① 戴铮．著名“女性”作家、太宰治次女津岛佑子去世[N]．中华读书报，2016-02-24．

日本后现代女性作家——金井美惠子

金井美惠子（1947—），小说家、诗人，日本资深社会文化评论者。1947年出生于日本群马县高崎市，幼年丧父，由母亲抚养长大。学生时代热爱阅读文学作品，高中时创作的小品文曾在《妇人公论》上发表，并受到一致好评。从群马县高崎女子高等学校毕业后，金井定居东京，专心从事文学创作。1967年，金井成为诗刊杂志《凶区》的同人，并在1967年第5、6两期《现代诗手帖》上发表诗作，以诗人的身份登上文坛。同年又在《展望》上发表小说《爱的生活》，1968年同名短篇小说集由筑摩书房出版，奠定了其小说家的地位。之后，在1973年出版小说《兔子》，1974年发表长篇小说《没有岸的海》，1976年发表《金合欢骑士团》，1979年发表《柏拉图的恋爱》，1980年短篇小说集《既视之街》由新潮社出版。之后著有《落下来的水》（1981）、长篇小说《文章教室》（1985）、短篇小说集《在明亮的房间里》（1985）、《灵屋》（1987）等作品。《小春日和》《她们所知的二三事》《道化师之恋》《舒适生活研究所》等是1980年后相继发表的作品，故事虽然相互独立，并无关联，但都以"目白"为背景舞台，故称为"目白四部作"。

此外，在诗歌创作方面，金井也没有丝毫懈怠，不仅将现代诗歌奖收入囊中，同时著有诗集《JIUJIU夫人的家》（1971）、《金井美惠子诗集》（1973）、《春画馆》（1973）、《花火》（1983）等。此外，著有随笔集《玩至深夜》（1974）、《开始写作的时刻》（1978）。1987年，金井发表评论性著作《小说论——为了不再为人阅读的小说》。

金井美惠子的文学创作主要包括小说、诗歌和随笔三种体裁，并且在各自领域内都取得了丰硕的成果。处女作小说《爱的生活》曾3次入选太宰治奖候选作品，1968年1月，获得第8届“现代诗手帖奖”，1979年，小说《柏拉图的恋爱》斩获第7届泉镜花文学奖，1987年，小说《灵屋》获得第27届女流文学奖。

学界普遍认为金井的创作风格受到福楼拜、纳博科夫、布朗肖等国外作家的影响，在作品中加入了后现代主义的色彩幻觉、梦境等创作要素，整体风格呈现出唯心、怪诞、抽象、虚无的特点。

小说《兔子》于1972年6月在杂志《昂》第8期上刊载，次年筑摩书房发行了名为《兔子》的短篇小说集。小说描写了一个非现实的奇幻世界。“我”在散步途中发现一只大白兔，就追了过去。然而，这只兔子却是和自己身体一般大小的庞然大物。追逐中自己掉进了洞穴，随后和这只兔子展开了对话。仔细观察后发现兔子小姐，其实是一个披着白色毛茸茸兔子皮的少女，她戴着兔子形头套和粉红色镜片。为了了解兔子小姐的身世，“我”跟随她去了她破烂的家。兔子小姐回忆起父亲生前曾饲养食用兔子，每逢初一和十五就杀一只兔子做菜。父女俩一直重复着杀兔子烹饪，并和其他美味一起享用的日常生活，并且彼此都深感安稳幸福。久而久之，女儿开始习惯厨房里飘着动物热血的气味，沉溺于吃饱就睡去的轻松和甜美。从此女儿不再愿意受到外界的打扰，不去上学。父亲也把单位的工作都托付给别人，但因为每天都是吃饭睡觉而患上心脏病，最终病倒。之后，女儿开始代替父亲杀兔子，烹制菜肴。家中到处都是兔子的粪便和草料，父女两人坚决拒绝外人的到来。在父亲饱受病魔折磨的时候，女儿做了这件兔皮外套，在他生日那天把自己打扮成兔子，目的是为了博他一笑。但打扮成兔子出现在父亲面前时，父亲非但没看出惊喜，还大呼着“妖怪！妖怪！”把床边的水壶、被子都朝女儿砸去。女儿被一只搪瓷大水壶击中，镶嵌在兔皮外套上的粉色玻璃镜片碎裂后扎进了左眼，随即昏了过去。“我从脸上摘下头罩和假脸，猛然拔出扎在眼睛里的玻璃碎片。血拼命外流，让我觉得眼球也和血一起往外流。我简直就像流干了血的兔子一样。”①女儿醒来后，发现父亲已经死在了床上。她突然意识到，自己的兔子装扮，让父亲误以为是兔子的亡灵，恐惧加剧了他病情的发作，促使他离开了人世。“后来，我很清楚地感觉到兔子的亡灵附在了我自己的身上，我成了一只眼的兔子。我再一次清楚地认识到，总之是自己再也回不到人间了。”②兔子小姐在父亲去世后，继续着离群索居的生活，着兔子装，左眼失明，右眼的视力日益下降。“当我在镜子中看见我的眼中扎进锋利的粉红色玻璃片的时候，虽然确实觉得可怕，但也觉得很美丽，这时的我是一种未曾见过的、令人毛骨悚然的美丽。”③

这部作品的背景虽设定在现代都市，但充满了非日常的奇幻色彩，透过奇特的幻想空间和怪异的人物行为，展现现代人空洞的心理世界和扭曲的情感诉求。小说除了对人物的怪诞行为大费笔墨，还着力渲染环境，营造了破败、凌乱、疏离、闭塞的空间。在现代文明日益发展、竞争日趋激烈的今天，人们生活依赖科技、网络，交际和心

① 水田宗子. 日本现代女性文学集：作品卷[M]. 陈晖，等译. 上海：上海译文出版社，2001:121.

② 水田宗子. 日本现代女性文学集：作品卷[M]. 陈晖，等译. 上海：上海译文出版社，2001:121.

③ 水田宗子. 日本现代女性文学集：作品卷[M]. 陈晖，等译. 上海：上海译文出版社，2001:121.

理调适能力却呈下降趋势。在日本社会，“宅”“拒绝登校”等社会现象相继发生，也有大量社会存在感缺失、长期处于社会边缘的非主流群体。小说以非日常叙事的手法，描写了这个群体的生存状态，赋予了其深刻的寓意。在这个与社会隔绝的空间，吃兔子的人和被吃掉的兔子紧紧地联系在一起，之间的界限已经变得模糊。“吃”这种动作后续带来的是消化和吸收，最终“同化”，女孩自身也俨然化身成兔子。这部小说不再拘泥于“现实主义”或是“故事”，而是将“现实”解体后，重新组装在奇特的构思之内。

金井的诗歌创作秉承了小说的后现代主义风格，被评价为：“她的诗具有淫猥的官能的残酷，是作者强烈的刺激性的心灵冲动的果实。”①诗语血腥、赤裸、激烈，内容前卫、大胆、天马行空。诗歌将大量的陌生化诗语肆意拼凑、组合，以象征涂抹神秘色彩，带来强烈的感官冲击。

《情歌抄》
屠宰的猪
头数多得难以计算。
缢杀的新嫁娘
人数像星野的液河。

翻来覆去的亲吻
当然是在羊肠内壁拼命吮吸的
那种亲吻

① 鲇川信夫，等．黄金幻想[M]．郑民钦，译．广州：花城出版社，1990:235．

咖啡色的胆汁溢满口腔
把宇宙内的伪星吐出。
少年模样的女子跑垒者
光鲜的腿
令我们啧啧称赞神魂颠倒。
天空哟，星辰哟，
我们一次又一次地祈祷。
在羊肠的星野上搭建起窝棚，
痴迷地看着女孩子飞跑过去。

那一天除了以肌肉作眼罩
遮蔽彼此的眼睛，
再也无计可施。

女孩一边奔跑过去，
一边颤抖着喉咙吐出泡沫；
“我是猪呀，我是猪呀！”
在窝棚里我们把手紧紧相握，
把女子跑垒者和少年剑客
心中的故事
一次又一次地吸进岛宇宙的内海
这种吮吸式的恋情
使我们心力交瘁
这种吮吸式的接吻

使我们的喉咙溢满汁液，
我们都变得水汪汪湿淋淋。①

这首诗从内部话语构成来看，在诗语方面上演了一场狂欢盛宴。动物学话语（猪、羊肠），生理学话语（胆汁、羊肠内壁、喉咙、肌肉、眼睛、汁液），天文学话语（天空、星辰、星野），情色话语（亲吻、接吻、吮吸），地理话语（内海），身份职业话语（跑垒者、剑客、新嫁娘、少年、女孩），宗教话语（祈祷）等诗语统统拼贴在一个平面上，相互补充、对立瓦解，生成多种意义阐释的可能性。追求语言狂欢的诗意碎片和世界，情感的无序、混乱、多元构成了独特的美学特征。金井诗歌风格大胆，常常被认为出自男性诗人之手，而女性诗歌中情色话语的大量运用，从某种意义上来说完成了“男性中心话语”的消解，实现了后现代主义和女性主义的有机融合。

“金井喜欢实验小说的新写作手法并在创作中广泛运用，其作品中人物高度抽象化，有时使用A或P作为人称指代，情节则断续不连贯，场景跳动极快或使用无场所的空间。”②

从上述论述中不难发现，金井的“实验小说”创作手法和其诗歌艺术风格高度吻合。小说的人物抽象、模糊指代、情节的不连贯、场景的跳跃，都极具诗歌创作特色。金井在创作上能够打破传统的叙事方式，擅长使用后现代主义的创作手法和元素。诗歌中如梦呓般迸射的灵感，融入小说中强化了其非日常叙事的特性，多了几分光怪陆离

① 水田宗子．日本现代女性文学集：作品卷[M]．陈晖，等译．上海：上海译文出版社，2001:317-318．

② 刘春英．日本女性文学史[M]．北京：商务印书馆，2012:282．

的色彩。

然而，看似怪异、荒诞的情节背后，潜藏着现实主义主题，诉说着社会人的心理困境、情感诉求、伦理关系。也就是说，脱下怪诞情节和行为的外衣，每个主人公都是鲜活的个体，展现着浮世的众生百态。

金井的小说在20世纪60年代后期被定位为“前卫小说”。之后，在1974年发表了采用“反小说”的创作手法的《没有岸的海》，确立了“后现代主义”的创作风格。“反小说”这一概念由萨特在1948年最先提出，背离传统小说常规，不重视情节、对话、故事等一般小说架构。

小说《梦的时间》也是一部具有“反小说”特征的作品。主人公阿伊独自开车兜风，一路欣赏沿途风景，感受自然环境的变换，半梦半醒间思索、感知世界。梦呓般的文字和无情节、无主题、无对话的架构，颠覆了一般小说的创作理念，同时也有异于日本“心境小说”的要素。来自现实的“汽车”“咖啡”“香烟”“雨刮器”“毒辣的太阳”等和来自梦境的“鬼楼”“建筑”“软梯”等词汇的碰撞，使得小说虽然情节不突出，但艺术特色极为鲜明。小说通篇布满各种隐喻符号，读来如同漫步迷宫，意兴盎然。这篇独白式的小说诉说的主题是“对缺失的爱的渴望”。如同在梦境中一般，主人公驱车一路向前，将眼前的景物白描进小说中，中间穿插对两性间爱与欲的思考。“她躺在床上，睁眼望着天花板，能把那个男人想象成几种样子……由于微笑双唇向两侧少许咧开，这样就能对那个男人，或者对那个男人的记忆进行思考。”[①]这种单一人物设定的故事情节和《没有岸的

① 柳鸣九．世界短篇小说精品文库：日本卷[M]．福州：海峡文艺出版社，1996:703．

海》有着某种相似，“长篇小说《没有岸的海》，描写了在海边城镇居住的‘他’用一本黑色的笔记本记述着以‘自己’为主体的各种语言。那既是给记忆中的女性（不在身边的恋人）的信，也可以作独角戏当作小说来读。”[①]这两部作品在构造和主题上高度契合，构成了金井早期的“后现代主义”创作。

① 肖霞．日本现代文学发展轨迹：作家及其作品[M]．济南：山东大学出版社，2011:268．

现代生活的“孤独体”——增田瑞子

在20世纪70年代末期登上文坛的新人中，女性作家增田瑞子的名字是应当特别提起的。她1948年生于东京，有一兄一妹，从小就不温顺，16岁时进入东京都立白鸥高中，第二年因违反校纪而中途退学，后转校至上野高中继续学业。由于从小就对生命现象感兴趣，21岁考入东京农工大学农学部植物防疫学科。1973年，增田瑞子25岁大学毕业后成为日本医科大学的一名研究助手。后来，增田瑞子受到大庭美奈子和高桥高子的影响，决定辞掉工作，转而写小说。1977年，增田瑞子凭借《死后的关系》正式登上文坛，这也是她的文坛处女作。这篇小说凭借它独有的鲜明个性，在日本文坛引起很大反响，著名评论家秋山骏如是评价增田瑞子：“增田瑞子作为新感受性的表现者，以批判性的精神表达了她对生的状况和时代氛围的怀疑和嫌恶。”[①]

1980年，增田瑞子辞去干了7年的工作，专心从事创作。对于自己的这个决定，增田瑞子本人也感到吃惊，增田认为：“写小说不外乎是某种拯救之神，我很久以前有通过小说养活自己的想法。现在写小说成了我的职业，感到很幸福。”[②]所以，把创作当成事业，增田无异于实现了自己的梦想。至于增田为什么如此想成为作家，这要从其孩提时代说起。增田小时候不知道自己将来要做什么，甚至觉得自己活在世上都很荒谬。周围的人都认为她是个怪孩子，增田也觉得自己是生活在远离主流社会和主流文化的存在。她讨厌跟周围人交往，

① 李倩．增田瑞子文学中的孤体[D]．武汉：华中师范大学，2017:1.
② 增田瑞子．小说とわたし[J]．早稲田文学（第 8 次），1994:43.

即使跟周围的人交往也往往不顺畅。后来，增田通过读书发现了跟日常生活不一样的世界，她觉得自己可以和书中的人物对话，于是她拼命地读书，以获得与“他人”交流的机会。至于后来为什么辞掉工作专心写小说，可能是因为写小说是沉浸在一个人世界的私密作业，在小说的世界里，她可以在陌生的地方跟陌生人进行交流。自己和现实中的人达不成理解，却可以和书中的人物很好地交流，而且可以一对一地交流，增田在书中找到了无穷的乐趣。

增田瑞子之所以决定写小说，离不开许多知名作家的影响。昭和30年代，增田瑞子阅读了三岛由纪夫、大江健三郎、开高健、高桥和巳、安部公房的作品。稍后登上文坛的仓桥由美子和河野多惠子也对增田瑞子有较大影响。这些女性作家登上文坛之时，增田瑞子还是初中生，进入高中之后，阅读她们的作品成为增田的一大爱好。1970年左右，大庭美奈子、吉田知子、高桥高子、津岛佑子、金井美惠子等女性作家步入文坛，增田瑞子对这几位女性作家的作品爱不释手，并以她们的作品为范本开始模仿创作。1971年，增田瑞子接触了高桥高子的作品之后，开始认真考虑写小说的事情，增田不仅认真阅读高桥高子的小说，还阅读其随笔。增田认为：“小说直接刺激读者的感情，给人的生活方式以影响。我如果没遇到这位作家的小说，也许不可能开始写小说。即使开始写了，也会写一些跟之前一样的小说吧。”①

《死后的关系》发表后引人注目，该作品曾获得新潮新人文学奖候补的资格。1979年，第一部作品集《两个春天》成为芥川奖三篇候选作品之一。20世纪80年代以来，增田瑞子又有大量作品问

① 增田瑞子．小説に現れた女性の個性[J]．昭和文学研究，2000（40）:141．

世，像《麦秆笛子》（1981）、《自由时间》（1984）、《单细胞》（1986）、《降水概率》（1987）和《独身者札记》（1990）等都是比较重要的作品。

《死后的关系》是增田瑞子的处女作，作品的女主人公名叫盐尻惠子，她亲眼看到同住一室的会田自杀。惠子清楚地记得会田自杀前身上有不明原因的伤痕。医生曾说这个伤会留疤痕，但伤痕很快就消失了。这是惠子关于会田为数不多的清楚记忆。会田死后，惠子与会田，会田与会田的前夫之间产生了一种共生关系。惠子虽然和会田是同住关系，但她们之间没有话题可以交流，就像是两只暂时同处的动物一般。会田自杀之后，惠子受到许多人的责难，尤其是会田前夫的责难。不明情由的人们把惠子当作会田自杀的加害者。像这样，惠子觉得自己和会田的关系变得错综复杂起来。会田自杀前，其身上的疤痕是会田存在的重要标志，但随着疤痕的消失，会田的存在感变得稀薄。而且，对于惠子来说，随着会田身上疤痕的消失，惠子的加害者意识也在变淡，甚至觉得自己的存在感也在变得稀薄。连惠子的朋友在惠子身上都看不到惠子的影子，看到的反而是会田的影子。就这样，惠子的个体变得可有可无，最终不复存在。这部作品揭示了资本主义社会里人们的孤独生活，表现了资本主义社会中的人情冷漠。

前面提到，《两个春天》是1979年的芥川奖候选作品。该作品于1979年4月发表于《新潮》杂志4月号上。作品的女主人公治子是一位厌恶他者、在共同体中被孤立的女性。有一天，治子和达男吵架后离开房间，后来治子发现把东西忘到房间了，便回来取东西。结果搞错了房间，在错误进入的房间里发现有人倒在那里，于是治子和达男把这个人送到了医院。此人名叫内村仲子，有先天性心脏病，生命垂危的仲子躺在床上，大家都来照顾她，她身上就好像有个奇妙的磁场，把周围的人都聚集在了她的身旁。与此相反，治子对仲子不感兴趣，认为仲子的病跟自己没有任何关系，也不希望仲子的病能治好，她只是以冷淡的目光凝视着周围的人们。当周围的人们细心照料仲子时，治子始终保持冷淡的姿态。治子甚至认为，为仲子的病情而担忧的达男令人作呕。松村作为达男的友人，担心达男会因为受治子的冷遇而自杀，松村责备了治子，松村认为达男和治子的交往本身就是个错误，因为在松村看来，治子总是神情忧郁，人们无法揣摩治子在想什么。治子总是以一种“拒绝反应”[①]来对待他人，她认为自己跟他人是“无缘者”，治子自始至终保持着和他人的距离。

《麦秆笛子》是增田瑞子的第一部长篇小说，女主人公是冈野里子，在20世纪60年代学生运动高潮之际进入东京某大学学习，参加过学生斗争，但不久便离开东京，前往收留弱智儿童的机构——湖池学园里当保育员。她觉得唯独这里才能使她那不安定的情绪稳定下来，唯有和孩子们在一起才能使她感到心情舒畅。事过7年之后，当她为取得正式保育员资格再度上京并重逢旧友时，她没有为此激动不已，办完事后仍然决定返回学园，并与一个轻度残疾者结婚。在冈野里子看来，越是繁华的大都市，越会令人觉得孤独难耐。

在《自由时间》里，作者描述了女主人公晴代长达20年的漂泊生涯。晴代早在16岁时便离家出走，当时她是一名高中生。不过，她的离家出走并非由于家庭不和或者讨厌学习等常规动机，而是受“在体内增长的自然物体”的力量驱使。在她看来，只有离家出走才能摆脱一切束缚，不用顾忌任何人而随心所欲地度过一生。起初，她在一家

① 拒绝反应：未深入理解内容，就对事物表示拒绝的态度。

商店里工作了5年，后来她又转到一家食堂工作了15年。最后，她突然决定再次离家出走，到深山里去隐居起来。有趣的是，她没有什么确切的目标，只是不停地向前走，据说这是向着“无为的我”而进行的自我还原过程。

在《单细胞》这部作品中，作者从男性的角度来进一步表现人们的孤独性格。小说的男主人公椎叶干央正是一个孤独的“单细胞”[①]。他从少年时代起就过着孤独的生活。其后进入大学，又升入研究生院，埋头于生物学研究，没有心思游玩，也顾不上交女朋友，一心打算成为科学研究人才。但当他攻读博士学位时，导师却对他的研究能力产生了怀疑。受到这个沉重打击之后，他逃到一家山间旅馆。一面整理学位论文，一面思考自己的人生道路。正在这时，旅馆里来了一群女大学生，其中之一的棱子似乎对他产生了兴趣，跟他回到东京，并和他过起同居生活。然而棱子也是一个孤独的“单细胞”式的人物，寡言少语，从不表露真心。后来干央顺利提交了博士论文，并找到了新工作。可是有一天，棱子却突然不辞而别。作者通过这个故事表现了“单细胞”孤独性格的永久性和顽固性，无论怎样热烈的恋情也不能攻破他们的壁垒。这部作品达到了对“孤独”探求的顶点，是增田瑞子承前启后的作品。

在增田瑞子的作品中，有一部名为《女性的逃离》的散文集，这部散文集的题目很贴切地反映了增田瑞子的思想本质。在增田瑞子心中，很早以前就有从家庭、学习和社会中逃离的想法。她的家庭是一个知识分子家庭。由于家庭不和，增田瑞子16岁就开始一个人生活。之后虽然进入了都立高中，但她对当时的应试教育的风气非常反

① 所谓“单细胞”，是指实验用作为单体而取出的动植物孤立细胞，如不经常搅拌，便会由于细胞壁逐渐加厚而导致死亡。这里指性格孤僻的人。

感，便从都立高中退学，进入了一所夜校高中。之后又萌生出从“竞争”和“比较”味道浓厚的社会中逃离的愿望。同时，也许是受到20世纪70年代全共斗运动[①]的影响，加之她在大学学习的是生物学和生化学，在她的思想深处，有一种对知识优先的否定，对人道主义的怀疑，在她的作品世界中也执着地追求负面的情感和意识。

水田宗子将女性的自我表现分成两大类型，即自我超越型和自我追求型。如果援用水田宗子的观点，则“增田瑞子是典型的自我追求型。拒绝现代社会的秩序，反对社会对女性的固定观念。增田瑞子通过将自己囚禁在自我意识的牢笼中，来反对应试教育和结婚制度等制度”[②]。增田将知性视作暴力，试图从繁荣和喧嚣的现实社会中逃离，这也成为她文学世界中的一个核心。《道化的季节》就是反映这种思想的代表作品。作品中的主人公崇尚自由，从大学退学后，成为“来自过去的行踪不明者”，以尾随别人为目的，也没有明确的生活目标，为了追求自由，不惜做别人的“妾”。作者将女主人公对社会秩序的反抗刻画得淋漓尽致。

纵观增田瑞子的文学足迹，以《单细胞》为转折点，其后的作品倾向虽然有所变化，但其作品特色与前期文学仍有很大的相似之处。在短篇作品集《独身病》中，依然流露出女性反社会秩序的特点，以及那种近乎昏迷的孤独的生存意识。在这部短篇集中，增田瑞子试图以多种形式描绘出对既成道德持怀疑态度的女性那种孤独和自闭的心境。这其实也是增田自身精神世界的反映。但是，受到生物学和生化学研究方法的影响，在反映增田瑞子文学思想的评论《“孤体”的生命感：小说和生命的理论》之中，可以看到具有生态学思想痕迹的

① 1968（昭和四十三年）－1969年（昭和四十四年）发生在日本的学生运动。

② 金井泰子．短篇女性文学[M]．東京：桜楓社，1987:189．

“生命观”。这种“生命观”与近代人文中心主义的历史轴线不同，是一种相对于人类存在及其历史的生命大循环，即上升为“头脑构筑的生命感”，用自己的眼睛看清现实，追随生命流动的方向。

《单细胞》发表之后，增田瑞子结了婚，增田不再拘泥于现代社会所固有的一些东西，而是从没有标识的“迷路意识”和“洞穴”中的孤独感出发，试图将现有的文学世界进行延伸。也就是说，在增田瑞子身上，自我意识的牢笼正在慢慢崩坏。这一点可以从《孩子的家》和《家的味道》这两部私小说作品的理念中看出。在《孩子的家》这部作品中，围绕着叔父的葬礼，一家人产生了很多分歧和骚动。以此为契机，家族和各个亲属的历史也变得明了，父亲的存在也变得与之前不同。在作品中，现实逼迫人们改变自我意识，导致自我意识牢笼的崩塌。在《家的味道》中，主人公长期与父亲对峙，为了弄明白自己是谁以及自己这种性格形成的原因，主人公开始对祖先的坟墓进行调查。在这个过程中，主人公认识了一名与自己有着相同目的的男人，并与之发生关系。由此，主人公忽然从狭窄的水路中漂到从未见到过的大海中，漂到波涛的起伏中，从而得以解放自己。这部作品讲述的是一个终于从自我封闭的内部世界逃离到与他人相关的外部世界的故事。在某种意义上讲，这表达了从自我意识的病痛之中逃离出来的意愿。可以看出，作者在慢慢告别青春期，迎来自己的成熟。

增田瑞子和津岛佑子等女性作家拒绝现代的社会秩序，她们对针对女性的传统固定观念进行了“波状攻击”。津岛佑子以女性的生产性为武器，增田通过对自我意识的充分肯定，从而对重视考试制度和婚姻制度等各种制度的社会点燃了反击的狼烟。增田瑞子作品中的主人公试图从繁荣与喧嚣的现实社会中逃走。从其中逃走后，主人公漫无边际的自由愿望成了增田瑞子文学世界的核心。

增田初期文学中的“孤独体”大都是孤独的女性，这些女性无一例外处于封闭的城堡，却不肯走出，对社会及他人怀有敌意。在现实生活中她们的存在感很弱，于是她们想通过逃离现实来增加自己的存在感。增田初期作品中的主人公的孤独感与其家庭、经历、性格有直接关系。

1989年，增田瑞子发表了集大成的长篇小说《鬼之树》，在这部作品中，增田瑞子开始从孤独体中挣脱，与自我世界之外的他者和解，开始喜欢他者。也就是说，增田瑞子作品中的孤独体慢慢找到了新的生存状态。主人公野本道世是一位即将年满40岁的独身女性，她在东京郊外独自生活。道世的父亲性格孤僻，跟道世关系疏远，为此，道世在家里总是感到憋闷。大学毕业后道世曾在大学当过助手，上班10年之后开始对工作产生倦怠感，辞职后失业3年，这3年间过着与世隔绝的平静生活。随着年龄的增长，道世开始对家族的系谱进行探索，在探索的过程中，道世渐渐明白了父亲孤僻产生的原因，道世此时才把父亲作为一个他者来接受，内心产生了与父亲和解的念头，对于过去一直讨厌父亲的这种行为，道世欲在内心向父亲道歉。通过对比可以得知，道世其实就是增田瑞子的化身。可以说在《鬼之树》之后，增田瑞子对家庭和周围事物的理解越来越成熟了。在增田的作品中所出现的家族、家庭、血缘这些自我追究行为，或者说自己的寻根思想，让增田瑞子慢慢从自我意识中脱离出来，游向大海。换句话说，她开始关注普通人的普通生活，同时她的描写方法也发生了改变。以前的增田瑞子就像是“测量技术”一样，清晰而又明了，而在现代的作品中，他的自我境界崩溃，背景与自然和谐统一起来。

激情昂扬、率真潇洒的畅销书女王——林真理子

林真理子（1954—），日本著名小说家、散文家，同时也是日本文艺家协会理事长。1954年4月出生于日本山梨县山梨市，从县立日川高等学校毕业后，进入日本大学艺术学院文艺系学习。大学毕业后成为一名广告撰稿人，从事广告文案策划工作。1982年，其处女作《买个好心情回家》一经出版瞬间销售一空，成为最畅销图书。这部作品也成为舆论话题的中心，真理子也被冠以“畅销书女王”之称。32岁时以《若能赶上末班飞机》和《京都行》两部作品问鼎第94届直木奖。1984年，《星影的恒星》被直木奖提名，以此为契机，她开始全力投身创作，开启了职业作家的生涯。1995年，《恋恋白莲》获得第8届柴田炼三郎奖。1998年，《大家的秘密》获得第32届吉川英治文学奖。2000年开始担任直木奖评委，同时负责其他文学奖的评审工作。2011年荣获法国政府颁发的法国荣誉军团勋章①。2013年，凭借《阿斯克勒庇俄斯的爱人》荣获第20届岛清恋爱文学奖。因其广泛的文学活动和巨大的社会影响，2018年获得由日本政府颁发的紫绶奖章②。2020年创造了“在同一杂志上发表文章次数最多”的吉尼斯世界纪录。2020年荣获菊池宽奖。林真理子还著有《胡桃之家》（1986）、《失恋日历》（1987）、《战争特派员》（1987）、《读书的女人》（1990）、《青涩果实》（又译《不愉快的果实》）（1996）、《美女入门》（1999）、《野蔷薇》（2004）等大量知名作品。

① 法国政府颁授的最高荣誉骑士团勋章。

② 日本政府所颁发的奖章之一，授予学术、艺术、运动领域中贡献卓著的人。

真理子创作欲旺盛，长年笔耕不辍，著作等身。20世纪80年代出版单行本作品48部，90年代出版30部。21世纪00年代出版52部，10年代出版50部，加上合著、译著等总计超过200部作品。此外，真理子连续为《文艺春秋》的《周刊文春》撰写随笔《深夜跳绳》长达37年之久，创造了吉尼斯纪录，认定成绩是2020年7月2日的1 655次。现在真理子身兼直木奖、讲谈社散文奖、吉川英治文学奖、中央公论文艺奖、每日出版文化奖、山田风太郎奖、野间出版文化奖、岛清恋爱文学奖、渡边晋奖等多个奖项的评委。真理子不仅以其广泛的文化活动受到好评，还是女性广告文案撰稿人的先驱。曾是女性时尚杂志《AnAn》的特约撰稿人。其小说、随笔深受日本读者喜爱，近10年来作品销量始终是排名前3位。另外，有近10部作品被拍成电影、电视剧，大量作品被译成中文、英文、韩文等多种文字。

作为一名高产又畅销的作家，真理子在日本社会尤其是女性作者中引起了广泛的反响。“林真理子热”现象的背后潜藏的是“现代女性”的身份、意识问题。林氏的语言如同箴言、口号般直击女性的心灵，对女性意识的启发和现代都市女性的行为方式、婚恋模式都有一定的影响。真理子的作品关注女性的生存状态和心路历程，促进了当代日本女性意识的进一步觉醒，给处在迷茫、困顿、求索中的日本女性以无限的勇气和力量，因此具有极大的现实意义。

《若能赶上末班飞机》是一部销量破百万的“超人气”女性都市爱情小说，也是1985年林真理子摘得直木奖的作品之一。1984年7月初在《All读物》上发表。小说使用倒叙的手法，描写了与前男友的再次相会，回忆了两人曾经的交往和分手的经过。从中可以窥见女性独特的恋爱体验、情感轨迹。小说开篇是男主人公长原正在用刀叉吃着一盘色拉，他那细品慢嚼的样子，令美登里极不耐烦。因为她着急去赶末班飞机，而对面的自己的前男友却极尽拖延，希望她今晚能留下来。“对着眼前这位分手7年的恋人，而且当时的分手也并不怎么愉快，然而他却明确地对她提出了挽留。当然，此时的美登里不能说没有一点胜利感，可她心中的烦躁更像一阵阵难忍的恶心，朝上涌来。”[①]林真理子将女性复杂、矛盾、细腻的心理刻画得淋漓尽致。两人曾经历非常“不堪”的分手，而今天曾抛弃自己的前男友又执意挽留，让美登里心里五味杂陈。这个过程中美登里经历了女性自身能力和精神两个方面的成长。从以前的不名一文到如今的功成名就，从被对方半夜赶出家门，到今日对方的旧情复燃，其中经历了多少岁月的沉淀和女性的奋斗。小说情节设置最为巧妙的是，在百般的思想斗争和情感起伏后，最终美登里赶上了末班飞机。这象征着她勇敢地告别了过去，没有再次掉入男人设置的甜蜜陷阱，而是狠狠地将他扔在了原地。而究竟是什么驱使美登里多年后再次拨通了前男友的电话呢？“其原因是美登里心中的一个愿望，一个女人固有地想显示一下自己的愿望。她想要再一次听听长原对她的道别，更想要在长原这位对自己失去兴趣的男人面前，显示一下自己的魅力。”[②]美登里已经从昔日的普通女职员蜕变成今日的闪亮女明星，因其超群的制花技艺，成为电视台的常客，还经常在全国各地演讲。重新出现在昔日恋人面前的美登里满身光环，极为耀眼，再度激发了对方的爱意。在去机场的路上，长原屡次要求美登里留下来，而她最终还是赶上了末班飞机。“在荧光下，他的脸色苍白，显得有些苍老。这是一张美登里

① 朱川凑人，等. 日本畅销小说选[M]. 祝子平，译. 上海：上海文艺出版社，2006:43.
② 朱川凑人，等. 日本畅销小说选[M]. 祝子平，译. 上海：上海文艺出版社，2006:47.

在东京所熟悉的，今后也将继续见到的劳碌型的男人的脸。”[①]而化妆镜中呈现的自己确是一张漂亮、充满自信的女人脸。小说的结尾暗示了长原的形象在自己心中的坍塌，象征着男性权力、力量的削弱。而镜中自己漂亮、自信的脸庞则象征女性权力、力量的增强。搭上了末班飞机，宣告了和过去的一段情感彻底告别，斗志满满地迎接未来。

《京都行》于1984年10月初发表于《All读物》，也是直木奖获奖作品。小说讲述了30岁的杂志社女编辑佐野久仁子在一次公务出差的聚餐中，邂逅了年纪比自己小的草间高志，两人火速发展成恋人关系。久仁子屡次奔赴京都和爱人幽会，饱尝新恋情的新鲜与甜蜜，沉迷于爱欲中难以自拔。久仁子的干练、果敢、主动、多金赋予了她成熟女性独有的韵味。言谈举止中的积极开朗，遇事的沉着冷静，也加重了她在高志心中的分量。久仁子的“京都行”是“幽会”之行。在“京都”这个诗意又陌生的空间中，上演着两人的爱欲故事。幽会中的久仁子是美丽的，她把所有的烦恼都关在了东京。两人在一个被“净化”“过滤”的空间中培育出的爱情，自然也经不了世间的风雨。意志薄弱的高志逃避压力，惧怕承担责任，他对久仁子的爱情本身就是“欲”的成分大于“爱”。而耐人寻味的是，久仁子却把对方的欲望看作是纯粹的、纯真的。在久仁子无法忍受短暂的相聚，加上事业不顺，想要辞去工作搬去和高志双宿双栖时，高志却选择了避而不见。最终只是用电话的方式，向久仁子表明了自己的心迹：“你这不是把整个人生都押到我的肩上吗？我承受得了吗？真不知道怎么办才好。”[②]这株爱情的花朵还未来得及经历世间阳光的照耀就猝然凋

① 朱川凑人，等. 日本畅销小说选[M]. 祝子平，译. 上海：上海文艺出版社，2006:76.
② 林真理子. 京都行[M]. 王建康，译. 青岛：青岛出版社，2016:163.

谢了。小说中描写的都市男女情感中的姿态极具代表性和共通性，能深刻引发人们对爱情本质的思索。女性对爱情的沉溺和男性对爱情的逃避，似乎描摹出了这世界上多数恋爱的轨迹。女性读者能在其中看到自身的投影，因此，也更能激发出内心深处的共鸣。

《若能赶上末班飞机》中的美登里也是在男友的劣行下无奈分手，热烈而纯粹地爱着对方的女性最终选择了离开。《青涩果实》于1995年11月至次年6月在《周刊春秋》上连载，1996年10月出版了单行本。小说由“打扮”“选择”“跳跃”“热闹”“邂逅”“情恋”“决断”“运命”等8个篇章构成，生动描绘了都市男女复杂而微妙的恋爱心理。32岁的麻也子与大她2岁的航一结婚6年，内心的悸动早已烟消云散。虽然衣食无忧，内心却空虚无法满足。麻也子借故联系了昔日恋人野村，与已有家室的野村迅速发展了不伦之恋，后来又断绝了关系。之后与深情而纯粹的音乐评论家通彦迅速坠入爱河。与丈夫航一离婚后，与通彦再婚。然而再度对婚后的生活产生不满，又恢复了和野村的偷情。麻也子跌宕起伏的情感、婚姻如同一枚青涩的果实，让她尝尽了求而不得的不甘。这部爱情小说以清醒的视角描写了“不伦之恋”，引发了社会的高度关注。因其极高的话题性，小说也被拍成电视剧和电影。

女主人公麻也子的婚恋观中既有对纯粹、永恒爱情的追求，也有世俗功利的取舍。她对异性的爱掺杂了许多功利、自私的成分。对方的外表、地位、财富都是她爱情天平倾斜的砝码。连外貌条件无法接受，但出身东大，条件优越的南田，也是她“备胎”中的主力战将。麻也子婚恋观中包含的功利色彩，某种程度上反映了现实生活中女性择偶的真实心理。在其不满婚后生活，回忆起曾经的恋人们时，会将他们相互比较，逐一评价孰优孰劣，道出内心真实的想法。“用强有力的彩笔给麻也子的青春染上浓浓的色彩的，就是这个野村。”[①]恋人给她带来了优厚的待遇，特别是有妇之夫野村对于婚前的麻也子来说是个非凡的存在。野村通过自己职权轻而易举地给她搞到明星演唱会贵宾席的门票。通宵排队都难以买到的门票，让麻也子倍感幸福，在友人面前的虚荣感倍增。她的恋人都是能带给她实际利益，满足其对社会地位、物质条件的需求的。“觉得他还是给她心中留下‘青春回忆’的最中意的家伙。”[②]当她试图联系这位昔日情人时，心中又涌起一丝波澜。“麻也子最担心的是野村在公司里离开中枢位置，完全丧失往日的光彩。要是这样，与他见面就毫无价值。”[③]麻也子在无聊的婚姻生活中，想要寻找的情人对象，是实用“价值”主导的，而不是内心无法控制的情感。然而在精于算计的麻也子心中最高的价值追求依旧是身也迷恋心也迷恋。“期盼着更能搅动自己心灵的男性和人生。”[④]这也是麻也子铤而走险搞婚外恋的动机。“成为加害者，而非被害者。在男人和女人的世界里，她只是绝对不想当一个被害者。只有加害者才一定是胜利者。”[⑤]麻也子在爱情中，即便是出轨时对利益也计算得明明白白。麻也子不再是在爱情中无条件付出的传统女性，而是清醒地瞄准自己的目标，精明地推进，步步为营的“聪明女子”。

小说刻画的女主人公身上没有传统的“贤妻良母”的美德，闪光点就是她作为女性俏丽的面容和美好的肉体。这是她享受异性爱恋和

① 林真理子. 青果[M]. 石不石，译. 漓江：漓江出版社，2004:29.
② 林真理子. 青果[M]. 石不石，译. 漓江：漓江出版社，2004:31.
③ 林真理子. 青果[M]. 石不石，译. 漓江：漓江出版社，2004:31-32.
④ 林真理子. 青果[M]. 石不石，译. 漓江：漓江出版社，2004:53.
⑤ 林真理子. 青果[M]. 石不石，译. 漓江：漓江出版社，2004:54.

追逐的资本。麻也子没有生孩子的打算，和婆婆相处不好，工作极为懈怠，没有奋斗的目标。日常的享乐生活，特别是男女间的纵情欢愉是她人生的至高追求。当然，潜藏在这表象背后的是麻也子对男女间“灵”与“肉”完美结合的理想爱情的向往。打破了传统美德的“新女性”却没有脱离女性执着追求“爱情”的传统。在婚内出轨的女主人公，毫无疑问视道德为无物，因此可以不用在伦理道德的范畴内再作评价。而这位女性除了已经觉醒了的“勇敢”的自我，展现出更多的是女性不好的一面，如虚荣心、功利心。对于这一点，日本社会的舆论中，甚至出现了呼吁让麻也子得到惩罚的声音。林真理子认为让她品尝这枚“青涩的果实”已经是对她最好的惩罚。

这部小说细致生动地描写了日本现代女性面对婚姻、爱情问题时内心的困惑和迷惘。“麻也子在没有爱情的家庭里，拒绝让自己屈服，拒绝成为丈夫的附属品，拒绝为家庭牺牲。取而代之的是，大胆地追求自己所憧憬的爱情，寻求自身存在的价值。《青涩果实》作为爱情小说的最高峰，以婚外恋主题和极高社会性受到中日两国的关注。”①小说中女性意识的觉醒体现在对自我需求的深刻认识，对命运的自主把控，追求爱情婚姻时的积极主动。由于小说的话题性，使得这部作品在中国国内也引起了较高的关注。

在现实生活中林真理子也是一位女强人。她的丈夫东乡顺遭遇公司裁员后就没有再就职，而是成了一名“全职主夫”，全力支持太太的工作、生活。传言林真理子曾为丈夫购入多辆豪车。在林真理子的婚恋观中，男主外女主内，男人养家，女人附属的传统观念不是不可打破的。依靠自己的才华、魄力功成名就的知识女性，坦然地将自

① 韩梦婷．林真理子作品的“寻爱之旅”——以《青涩果实》《遗失的世界》《三十岁的女人》为例[D]．南京：南京师范大学，2019:21.

己的金钱、名望、高质量的生活与丈夫共享。夫妻琴瑟和鸣，幸福美满。可见，林真理子本身就是现代女性的最佳代言人。“天真的少女被男性气质的闪光所迷住。根据不同的情况，男性价值在她看来表现为身强力壮、潇洒、富有、有文化、聪明、有权势、有社会地位、穿军装……”①这里的男性气质与男性价值，是与上述诸多优点画等号的。在林真理子个人经历和文学作品中这些“男性价值”已不是男性所特有的。女性同样可以具备上述价值，特别是决定性的经济基础，以及带来优渥收入和社会地位的知识、智力水平。现代社会赋予了女性“受教育”和“被尊重”的权利，女性获得了和男性平等竞争的机会。如果女性意识不能觉醒，依然扮演着“小女人”的角色，就只能以“男人的爱”来获得自我存在和价值的确认。

《遗失的世界》从1999年3月起在《读卖新闻》上连载。2002年由角川书店出版发行单行本。小说分为“圣诞夜”“纪念”“制作发布会”“回忆之一 一九八六年”“朝霞”“回忆之二 一九九〇年”“传言”“古都”“东京”“回忆之三 一九九〇年”“杀青宴”“大结局”“绿风”13个篇章。正值青春年华的女孩泽野瑞枝，没有抵挡住多金成熟男性郡司雄一郎的狂热追求，尽管当时的郡司还是有妇之夫。这位泡沫经济时代的不动产大王为了瑞枝，不惜支付前妻上亿日元的赡养费才了断婚姻关系，履行承诺将瑞枝娶回了家中，并且生下了女儿日花里。瑞枝如同飞上枝头的凤凰，顺利地踏入了上流社会。然而婚后的丈夫却风流韵事不断，让她备受折磨，最终她决意结束5年的婚姻生活。瑞枝带着女儿做起电视剧编剧的工作，并且摘得奖项，在业内小有名气。新东京电视台的女制片人奥肋文香邀请

① 西蒙娜・德・波伏瓦．第二性：Ⅱ[M]．郑克鲁，译．上海：上海译文出版社，2011:498.

瑞枝担任电视剧《我的记忆》的编剧，因为剧中人物是以瑞枝和郡司的故事为原型改编的，瑞枝在几度犹豫后最终接下工作，也打开了沟通现实与过去的通道。瑞枝为了更好地完成剧本，和郡司的好友高林取得了联系。在创作过程中，瑞枝通过回忆与现实交叉的方式，梳理了自己和前夫从相识、相爱到分手的过程。另外还有两位男性也走进了她的人生，一位是曾经暗恋瑞枝的高林，另一位是强势而专注的久濑聪。瑞枝在两位男性之间徘徊不定，最终选择后者成为自己共同的前行者。小说还原了泡沫经济时代的广阔背景，并且穿插了电视剧编剧、制片界的专业知识，加强了小说的可读性。

左焱在《林真理子文学作品中的都市女性身份建构——以〈只需赶上末班飞机〉和〈京都行〉为中心》一文中将林真理子建构的“都市女性身份”归纳为以下三点：“一是独立能干的事业型女性，二是打破传统但追求爱情的新时代女性，三是追求自我探索和自我实现的知识型女性。”[①]这些功成名就的职业女性，其地位、收入、名誉高于交往的男性。如《若能赶上末班飞机》中的美登里已成为制作花艺的名人，经常出现在电视节目中，也会奔赴各地举办讲座。在社会中获得绝对独立的女性，是以怎样的姿态出现在爱情中，是林真理子探讨女性存在的一个角度。《京都行》中独立自强、冷静干练的久仁子，在骨子里依然是一个期求爱情的“小女人”，当她袒露真实、柔弱的自己，想要投奔爱人高志时，却遭到了对方的拒绝。久仁子彻底从爱情的迷梦中醒来，意识到即使放弃一切，也未必能得到纯粹的爱情。于是毅然放下了过去，回到了原本的生活轨道。《青涩果实》中

① 左焱．林真理子文学作品中的都市女性身份建构——以《只要赶上末班飞机》和《京都行》为中心[D]．长沙：湖南师范大学，2020:1.

麻也子不经意间流露出，与谁结婚都无法保证相伴终生之类的心声。现代女性对婚恋现实的清醒认识，也反映了女性理性程度的飞跃。

在林真理子的作品中，女性不再是卑微、顺从的男性附属品。她鼓励女性追求自己的人生，勇敢实现自己的社会价值。作品中的女主人公对生活和爱情都有自己的追求，会痛苦挣扎，但从不随波逐流。在情感中也站在与男性平等的位置，热爱但不痴迷，不会迷失自己。主体意识深度觉醒的女性，在面对自我与情感的问题时，体现出理性与智慧。作品中女性在人格和经济上的独立，以及清醒的自我认知是其女性人物的最主要特征。林真理子构建的现代都市女性身份特征，对仍受传统观念束缚的女性产生了极大的冲击，使女性读者产生共鸣，进而促进女性意识的进一步觉醒。

“纯文学先锋”的坚守与抗争者——笙野赖子

笙野赖子（1956—），小说家，原名市川赖子，1956年3月出生于三重县四日市，自幼在伊势市长大，在此度过了她的小学、中学、高中生活。高考落榜后复读一年，于1976年考取日本立命馆大学法学部，主攻民法。她在大学期间开始写作，不断向各类文学杂志投稿，大学毕业后并未选择就职，而是继续倾心文学创作。

1981年，笙野赖子凭借作品《极乐》获得了第24届群像新人奖，正式步入文坛，崭露头角。然而，对于该作品，日本文学界却褒贬不一。《极乐》描写的是一位执着于地狱绘画的无名青年画家的执念和阴暗情感，在选评中虽然获得了藤枝静男和川村二郎等人的肯定，但同时受到了田久保英夫的质疑，认为该作品称不上是小说。

此后10年，笙野赖子除了在《群像》上发表几篇短篇小说之外，屡屡投稿被拒，一度无人问津，几乎毫无收入。然而，遭受冷遇的笙野并没有停止文学创作，她依靠父母提供的生活费，蛰居家中，默默埋头写作，构筑自己孤高的文学世界。这段经历对笙野赖子产生了重要影响，并创作出《无所事事》，该作品的女主人公与世隔绝的境遇和笙野赖子本人颇为相似。

直到1991年，沉寂10年的笙野赖子再度震动日本文坛，她凭借《无所事事》获得第13届野间文艺新人奖。紧接着1994年以魔幻现实主义手法向沿袭千年的日本传统礼制发起挑战的作品《二百回忌》获得第7届三岛由纪夫奖。同年，《穿越时空·工业地带》以虚实结合、时空交错的独特叙事手法力夺第111届芥川奖。笙野赖子一举将日本三大纯文学新人奖收归囊中，尽显其创作实力，成为日本文坛备受瞩目的“新人奖三冠王”。

之后，1996年创作的《母亲的发达》描写了母女之间爱憎的扭曲与苦闷，入选第6届紫式部文学奖候选作品。1998年描写出没于现代社会的各种妖怪的《东京妖怪浮游》入选女流文学奖候选作品。然而，由于这两大文学奖仅面向女性作家，笙野赖子主动退出评选，称“要是自己获了奖，别人就会说‘女的真占便宜’”，由此可见其个性的倔强与孤傲。2001年，作品《幽界森娘异闻》获得第29届泉镜花文学奖。2005年，作品《金昆罗》获得第16届伊藤整文学奖。至此，笙野赖子几乎囊括了日本文坛各类文学大奖，从而也将自己推到了日本当代文学的最前沿，被称作纯文学女旗手。

更值得一提的是，20世纪90年代末至21世纪初笙野赖子参与了“纯文学论争”。面对当时日本文坛以销量评价文学作品价值的风气，笙野赖子毅然站出来表示反对，多次发言表示即使销量少也有书写纯文学的自由。1998年，她公开抗议大冢英志在20世纪80年代发表的“不畅销的纯文学是伪劣的商品”言论。为此，笙野赖子自诩“堂吉诃德”，在《群像》发表《堂吉诃德的侃侃谔谔》一文，抨击大冢英志只承认文学作品的商业价值，这对作为艺术的文学本身是一种莫大的伤害。作为反驳，大冢则发表了《不良债权的“文学”》，其反驳的证据是当前文艺杂志的利润赤字一直是靠漫画杂志的销售在弥补，并提出对症疗法，即“在现存的流通体系之外，开辟一个文学的市场”，也就是说，除了文艺杂志之外，需要开辟一个能让文学创作者和读者相遇的具体场域，如举办文学集市等。作为纯文学的坚决拥护者，笙野表示无法认可大冢的想法，并尖锐地指出大冢此番言论的背后正是因为那些只顾利益的编辑们对文学价值的一味否定，同时指责大冢在否定文艺杂志的同时又在文艺杂志上刊登连载小说，这是极不诚实的做法。

这场“纯文学论争”也象征性地说明当时日本文坛所处的状况，文学趋于商业化，纯文学濒临危机。然而，这一切丝毫没有影响笙野赖子对纯文学使命般的坚守与追求。她坚持不懈地奋斗，在创作上不断挑战自我，摒弃传统文学手法，在叙事结构、语言风格和作品意境等方面反复试验并创造出自己独特的文学世界，以自己的作品捍卫了纯文学。

笙野作品的特点之一是地域性和私小说性极其突出，作品中所涉及的地方均与其现实生活有一定的关联，主人公的境遇与自己的人生轨迹或实际生活有不同程度的相似，甚至重合。

笙野本人自幼生活在三重县伊势市，当地的伊势神宫被称为日本神社之首，地位尊崇，所祭祀的是日本古代神话中的天皇远祖“天照大神”。自古以来，历代天皇非常重视参拜伊势神宫，民间参拜伊势神宫的人也络绎不绝。伊势可谓大和文化的摇篮和圣地。因此，在笙野的作品中，故乡往往以一种近乎神圣的形象出现，其作品中“圣都”故乡的影子可以说到处可见，在其作品《无所事事》中，主人公回故乡省亲，途中偶遇了前往伊势神宫参拜的新天皇，并与其同行。在《大祭》和《伊势·原地》中所描绘的场景可以说是笙野赖子自身家庭生活状态的一个投影。笙野本人的外祖母曾是近代俳句诗人山口誓子门下的俳人，她自小在外祖母的溺爱下长大，但作为家中长女，又受到父母严格管教，加之其生长在守旧的地方，始终处于期待与束缚、溺爱与干涉并存的各种桎梏中。作品中主人公回到故乡，重新审视自己儿时以来一直回避的问题，剖析家庭桎梏的纠葛以及地域共同体对个人的束缚与压抑。

大学时期，笙野赖子搬到了京都，毕业后留在京都继续写作，而作品《无尽的噩梦》中“噩梦”的舞台“血光之城”有着极为浓重的京都色彩。之后，她曾移居到东京郊区的八王子，在作品《居无定所》中，主人公一心写小说，依靠母亲救济度日，无经济收入，无钱交房租，居无定所，为了寻找安身之处而在东京各地游荡生活，这些经历与笙野本人为了创作而不得不移居八王子的窘境极为相似。这一切无不和其创作路上的艰辛生活有着千丝万缕的联系。《穿越时空·工业地带》里同样是一位倾心写作的女性主人公，从地方城市到东京大都市闯荡，作品中主人公从东京乘电车前往JR鹤见线的海芝浦站，沿线的车站名和建筑高楼等均以实名出现，栩栩如生地刻画了东京及周边城市的街道，然而作者的笔触又将现实拉到过去，海芝浦的东芝工业区与其故乡四日市的工业地带时空交错，过去与现在，现实与幻想，虚构情节和生活现实在其作品中相互交错融合。有学者认为，笙野的作品虽然与其生活经历有不少相似之处，然而，其对现实的描述早已不再是本人生活的简单再现，不是传统意义上的私小说。

对女性地位的呼唤是笙野作品中的另一特色。在其作品中，主人公多为单身女性作家，用批判的目光看待现实世界，对男权本位的日本社会极尽辛辣嘲讽，试图颠覆并创造自己的世界。笙野赖子作为日本当代女性主义文学的代表人物之一，其创作可谓“体现了摧毁男权话语体系、解构既有的语言模式的大胆尝试以及构建女性话语空间的愿望”①。

① 王宗杰．试论当代日本女性文学的特征[J]．东北师范大学学报（哲学社会科学版），2005(5):143．

在呼唤提升女性地位方面，《无所事事》是其中一部典型作品。主人公是一名年逾30，既不工作又不结婚的都市女性，整天困扰于自己病因不明的“接触性湿疹”，而“无所事事”地生活在城市里的单身女人。在周围人的世俗眼光看来，这无疑是异类般的存在，各种好奇猜测、指责非议纷至沓来。这些莫名的指责和非议，无不透露着在以男性为中心的世界里，女性只有处于从属地位，才会让男性感到安心，如果女性不处于从属地位，不只是男性，就连习惯于接受女性从属地位的女性也会感到不安。可见，笙野赖子意在披露日本社会中根深蒂固的女性从属地位观，并借由“接触性湿疹”，讽喻女性对于男权本位的日本社会的接触性过敏，批判其对女性的束缚和制约。作品中，主人公回故乡伊势探亲，与此事并行出现的是新天皇一行人前往伊势神宫参拜。笙野赖子这样描写，意在揭示“接触性湿疹”的另一外界象征——为天皇即位仪式而沸腾的日本社会、以天皇为象征性的顶点的日本这个国家。这个国家更是无视从属于男性社会的女性的存在。对于外界的过敏和抵触也可以说是笙野赖子对个人思想以及自我主体被所谓的日本社会剥夺的一种抗拒。

在《水晶内制度》一文中，笙野赖子创造了一个没有男性只有女性的“女儿国”。主人公是来到该国的一位女性作家，以手记的形式展开叙述。与传统的乌托邦式的幻想不同，笙野赖子之所以勾勒“女儿国”，与男权主义社会的日本有着千丝万缕的联系。虽然日本社会对于女性在制度上的歧视逐步得到批判，然而隐藏在表面化平等背后的日常生活中和意识中的性别歧视仍然存在，而且更加容易被合理化。这无疑是为了反抗男性本位且始终结构性排斥女性的日本社会，从而创造出从男权主义中脱离出来的“女儿国”。这部作品不是在一味提倡男性中心论或是女性中心论，而是在呼吁男女地位的平等。该作品凭借寓意深刻的构思和大胆离奇的想象获得了第2届性别意识奖。

最富颠覆性的作品是笙野赖子的《无尽的噩梦》。笙野借助梦和游戏的形式，挑战既有文学的表达形式。作品中的噩梦，类似电子闯关游戏，噩梦空间是一个名为“血光之城”的国度，以压迫、歧视、驯服女人为过关晋升的游戏规则，而且，女性如果不对王子说“我爱你”，将遭到地狱极刑。梦境中的主人公是一个年约三十、看似平淡无奇的女性，她不结婚不恋爱，没有女性魅力，这一切都被视为不可饶恕的过错，使她屡屡受到语言的辱骂和攻击。然而，面对如此男性本位的游戏规则，主人公毅然举起反旗，不断抵触游戏规则。虽然屡屡受到处罚，但在不断闯关和练习中，她逐渐实现进化，最终操控游戏而成功闯关。作品中的主人公逐渐意识到“我”和这个国度都是文字处理机建构出来的符号。如果“我”不想变成被语言病毒感染的活尸，唯一的出路就是拿起语言的武器进行战斗。于是，她将既有的语言模式进行拆解，最后用神秘母系的吟诵，一举击碎了日本及世界上众多童话故事中公式化的男性叙述，从噩梦中逃脱。该作品以独特的表现手法，赤裸裸地展现了男性本位建构下的性别歧视与性别不平等，而且一针见血地指出女性自我表达和女性话语建构的重要性，非常引人深思。笙野赖子在与松浦理英子的对谈中，曾提及《无尽的噩梦》是女性对男性本位体制的抗争，更是强调“在男性统治话语的世界里，语言节奏偏执扭曲。所以，我把它改换成正常的语言，要是无法实现，那就彻底毁灭它。既非男又非女的‘我的语言’也就从此开启”[①]。这是笙野赖子对抗男权主义文化传统的呐喊，也是重塑女性意识、构建女性话语空间的践行。

笙野作品的另一个显著特点是充满幻想的色彩。在其幻想的色彩中，充斥着恶意、荒诞、恐怖、超现实、超能力灵异世界的因素，在写作手法上，笙野赖子也一反传统叙事手法，运用虚实结合，时空交错等手法展开叙事，作品表层结构的平衡在遭遇破坏后，往往与作品内容的荒诞幻想重新构成新的平衡。

其早期作品《石榴的底部》中已出现幻想手法。在第14次失去工作后，主人公在“底部的世界”这一幻想的区域里，将所有事物剁碎，其中包括一部电话，主人公不仅将电话分解，还对“电话皮”加以进一步的施虐。不仅如此，对电视，甚至人体做了同样疯狂的行为。在主人公的幻想世界里，充斥着透明的虫子，这种透明虫吸食人的精神，并在人身上聚集，主人公也因此遭受了很多不幸。居无定所、失业，甚至失去了正经做事和自由思考的能力。他在家里受到来自父母的巨大压力和粗暴辱骂，一时情感爆发，被幻听和幻视冲击，只好频频请假不去工作，变得特别喜欢吃石榴。并且，在他眼里，父母的体型开始慢慢发生变化，变成闪动着粒状光芒的集合体。最后他暴食石榴甚至连眼球也逐渐变成了石榴的样子。而这半透明的眼球则成了他进入冥想的“底部世界”的媒介，在他的幻想世界中他能得到短暂的治愈。但是，当他想粉碎吸附于人体和各种事物的透明虫时，它们却成了无论如何也去不掉的“牛皮糖”。这对主人公而言，是极为恐怖的事，但是，在承认“牛皮糖”的存在并认清自己已经成为其奴隶后，主人公反而在一定程度上得到了慰藉。可以说，将现实中的

① 松浦理英子，笙野頼子．おカルトお毒味定食[M]．東京：河出書房新社，1994:3．

人和世界转换成另外一种对象，这样的创作手法在笙野赖子的作品中屡见不鲜。但是，并不能将其作品单纯地当作幻想作品来对待。如在该作品中，主人公所居住的公寓总是发生盗窃事件，房东莫名其妙地送来电视机，主人公在幽闭的房间里不断产生幻听和幻想，怀疑电视里有窃听器。因此，才有了“底部世界”的电视，和主人公对电视的拆解。简而言之，这些幻想并不是单纯的幻想，而是由周遭环境中存在的负面因素引发，或者说其作品中的幻想由环境中存在的恶而引发，并随着这个恶的增长而凸显。

另一部作品《二百回忌》以魔幻现实主义手法讲述了发生在现代社会里的荒诞故事。离开家乡10年，早已定居东京的“我”，接到200年忌辰的通知，不得不回乡参加法事。这个法事是100年举行一次，而且不同于受习俗束缚的普通法事，因此接二连三地发生荒诞不经的怪事：忌辰场所里，混杂着生者与死者共百余人，人可以死而复生，死者与生者的界限完全消失，“我”邂逅了去世的祖母和亲友；族人因犯忌被族主不顾亲情活生生变成了鸟等等。小说结构新奇，时序颠倒，生死、今昔、虚实没有明确界限，而笙野赖子意在借助象征血缘关系的忌辰法事，嘲讽日本旧有的家族制度对人性的压抑，借由幻想的形式，在200年时空跨越中打乱时间并使之相对化，进而对神、国家、天皇制等日本社会的现实问题施以怀疑的目光。

由此可见，从其初期作品到后期作品，最大的变化在于，幻想不再是单纯的因素，更多地加入了现实性的因素，笙野赖子以其为变量加入自己的作品创作。最为显著的是，当这些因素以能够感知的形态出现时，笙野赖子往往采用妖怪的形象。比如《东京妖怪浮游》，该作品描写了逐渐失去女人味的东京独居女性在妖化后与各种都市妖怪相遇的故事，具体地再现了都市妖怪的各种形象。作品中出现了许多妖怪，笙野赖子将其一一命名，如“单身妖怪”“触感妖怪”“团块妖怪”“拥抱妖怪”等。而这些妖怪的幻想产生的原因仍然是恶意，由日本社会中的家族、职业、居住环境、性等现实因素而引发，幻想是笙野赖子力图消除这些恶意而产生的精神反抗。通常，在一般的关于妖怪幻想作品中，大多是妖怪侵袭了主体或主体受到妖怪的诱惑，但在笙野赖子的《东京妖怪浮游》中，主体本身被称为妖怪，主体作为一种妖魔在城市中生活的描写叙述是该作品的一大特点。在“单身妖怪”一章中，笙野赖子描述了不恋爱、不结婚、不生孩子、独自生活在东京的40岁左右的女性，是一种叫作“YOSOME”的妖怪。在这里，并不是主体被妖怪化了，而其本身是一个种群、一类人。“YOSOME”是一个编辑的形象，以写喜欢的文章为职业，借用其伙伴打字机妖怪猫，与通过心灵感应追求女性的美男子妖怪等接二连三出现的妖怪们一边战斗一边生存。在文章结尾处，作者透露了文字处理机、印刷机等写作行为及写作工具与幻想世界之间的纠葛与紧密联系。可见，正是写作这一行为构成了笙野幻想世界的原理。总而言之，笙野赖子的作品并不是单纯的幻想，或许可以叫作“幻想生成过程文学”，是带有动态变化的文学。

笙野赖子作为纯文学先锋作家，以其新颖独特的手法在日本文坛崛起，在文学创作道路上矢志不渝地执着追求，从题材、人物、结构、语言到叙事手法，不断探索出文学表现的新的可能性，对现存的文学价值观和构造形成了巨大冲击，创造出魔幻现实和象征意象的独特文学世界，为此，笙野赖子也被称为“90年代难解派”。同时，作为日本文坛激进的女性主义作家，笙野赖子积极地诉说着自己、女性，乃至人类共通的生命体验，始终以看异样世界的目光审视现实社会，其作品体现了对现实世界的反抗、对女性解放的呐喊，具有鲜明的超越时代的强烈意识。就如笙野赖子本人所说："我一直在与外界抗争，对于制度的违和感，对于自己是女性，或者对于自己生而为人、生于日本等所有一切。"①至今，笙野赖子仍然保持旺盛的创作激情，其新的力作值得期待。

① 笙野頼子．ゲームとしての日本、国家という名のジョーク[Z]．早稲田大学文学研究会会誌特集·笙野頼子講演録，1995:5．

笑对磨难的日本新锐作家——荻野安娜

荻野安娜（1956－），日本小说家、法国文学家，庆应义塾大学文学部教授，本名为安奈。1956年11月7日出生于日本神奈川县横滨市。母亲江见绢子是兵库县明石市出身的西洋画家，与冈本太郎等人交往密切。祖母是法裔美国人，嫁到法国后丈夫在第一次世界大战中作为船长随船沉入大海身亡。祖母一人带着4个孩子返回加利福尼亚的娘家。父亲出生于法国，成长在美国，后又游历多国。作者在小学时加入日本国籍，名字变更为荻野安娜。作者认为自己文学研究和创作活动中有来自母亲的强烈影响。父系的外国血统和跨国的文化背景，赋予安娜“作为女性的认同建构和个人诉求不完全受制于日本传统的文化模式而局限于私人领域，而是表现出公共性的特质”①。

从庆应义塾大学文学部法语系毕业后，荻野安娜作为法国政府公费留学生到巴黎第四大学（索邦神学院）留学，研究拉伯雷，撰写论文《拉伯雷的Comic与Cosmic》，并获得博士学位。留学结束后回国，在学术研究之余，开始文学创作活动。作品《我的母亲在喝茶》在《文学界》1989年6月号上发表后备受瞩目。1991年，凭借《负水》获得第105届芥川奖，一跃成为文坛炙手可热的一线女性作家。2001年，《吹牛者安里的冒险记》获得第53届读卖文学奖。2008年，《螃蟹和他和我》获得第19届伊藤整文学奖。2005年获得法国教育功勋奖。同时，安娜也喜爱日本传统文化，2005年，拜在日本当代“落语”（单口相声）大家金原亭马生门下，致力这一传统曲艺形

① 吕斌．我的故事我诉说——荻野安娜与《雪国舞女》[J]．当代外国文学，2008(3):157.

式的振兴和传承事业。其他主要作品有《游机体》（1990）、《勃鲁盖尔飞了》（1991）、《我的爱毒书》（1991）、《I love安吾》（1992）、《桃物语》（1994）、《食女》（1994）、《拉伯雷出帆》（1994）、《安娜的工厂观光》（1995）等。2000年之后的代表作品有《吹牛者安里的冒险记》（2001）、《殴女》（2010）等。

芥川奖获奖作品《负水》主要描写了女主人公的三条感情线，其中与男友珠里充斥着谎言的恋情为主线，与年长男性阿裕的约会、与汉诺的出轨为两条辅线。体现了现代女性追逐爱情，但同时又深陷迷惘，在困境中不断迷失，与“现实”碰撞，之后再度叩问自我的姿态。不是一味地思索和苦闷，而是在自我主体性的牵引下，审视男性，独立做出判断和决定。当然，“我”的行为是一种道德越境，但对传统道德的排斥、破坏，也恰巧反映出女性在自我解放进程中更进一步。“我”这一女性形象，表现出强烈的自主意识，虽然作品中“我”觉得自己与“女权主义”并无缘分，只是彻头彻尾的传统女性，然而在思想深处和行为举止上，已经体现出女性意识的觉醒。这一切缘于“我”对自己与传统女性意识的差异并未察觉。

另一方面，“我”与珠里的爱情从初见的美好，到日渐扑朔迷离，真伪难辨。面对疑似出轨的男友，“我”陷入了臆想的牢笼。对真相的执着、嫉妒、愤恨、患得患失，荻野安娜将现代女性在曲折爱情中的困顿，描摹得入木三分，极具共通性。揭示了古往今来，男女之间“忠诚”与“背叛”之永恒主题。虽然主观上“我”的出轨，是为了对男友实施报复，但客观上却享受与男性交往的愉悦，对来自男性魅力的强力吸引毫不回避。“我”关注自己生命的意义、探究异性之间“爱”的本质。在谎言掩饰下的两段“动情”，引发了“我”

对两性之间“灵”与“肉”的思考。“回到珠里身边呢？那儿有混沌的微笑和温暖的爱抚。在他稳健表层的覆盖下，爱抚的底蕴深不可测。照现时的情状探测下去，只有缓慢地回旋降落。”①暗示了她“混沌”和“稳健”下的伪装，温暖是真实的，但背后隐藏的却是无法拆穿的谎言。小说的结尾写道：“我笑容可掬，却又令人畏惧。因为我的微笑包含着冷漠与坚忍。这都是跟珠里学来的。书中云，搜寻猎物的章鱼有‘绸绢般的目光’。窥视男人的我，渐渐地变成了珠里。”②荻野安娜在作品中用“章鱼绸绢般的目光”影射“珠里”的眼神（爱意）温柔令人神往，但又是具有迷惑性难以捉摸的。以此呼应篇头点睛之笔，“若说谎言亦有色彩，我希望自己的谎言是蔷薇色的”③，使作品的主题得以深化。

此外，“负水”一词的来源及寓意，在文中也有交代。“日本某地有‘负水’的传说。说的是人一出生，便背负着一生饮用的水量。这就是所谓的‘负水’。负水亦即寿命。当你饮尽所负之水时，生命也就完结了。”④“负水”的理念被“我”用来解释和“珠里”之间迷雾重重、前途不明的爱情关系。体现了“我”深陷表象，未能洞察男友的本质之时，诉求于宿命的观点。“缘分”“命运”也是现代女性解释自己生命轨迹的常用概念。诉诸“命运”的“我”，是弱小的、依附的、闭塞的，虽然具备了不自觉的女性意识，却依然乐于用“缘分”“负水”来解释生活中的“必然”，这也反映了女主人公的主体意识尚不彻底。

① 荻野安娜．负水[J]．魏大海，译．世界文学，1997（5）:95.
② 荻野安娜．负水[J]．魏大海，译．世界文学，1997（5）:96.
③ 荻野安娜．负水[J]．魏大海，译．世界文学，1997（5）:38.
④ 荻野安娜．负水[J]．魏大海，译．世界文学，1997（5）:84.

作品中对“我”的“母亲”着墨寥寥，却塑造出较为鲜明的女性形象。母亲抛弃了父亲，与年轻男性同居，在外人看来二人宛如母子。母亲在爱情方面的诉求不同于儒家传统思想影响下的传统女子，这一大胆、前卫的形象，通常伴随“幼稚”“任性”“自私”的人物设定。“照夫是她自立后结识的朋友。说起照夫，母亲美滋滋的犹如蘸着砂糖嚼食巧克力奶糖，做女儿的见了都心生妒意。‘没事儿。用不着照夫帮忙。我像男人一样，可以照料好自己。’”①而这部作品中的“母亲”却展现了“新女性”独立、坚强、笃定的一面，因此，“我”对母亲的生活也只是“隔岸观火”，并未有半点诋毁和斥责。“母亲”实现了对传统女性形象的解构，透过“母亲”的“新品质”，可以窥见荻野安娜理想的新时代女性特质。

2004年，安娜47岁时，交往了10年以上的恋人，某文艺杂志主编片柳治患上食道癌且晚期，余命只有半年。在经历巨大打击之后，二人选择坚强面对，走上了与病魔斗争之路，手术、化疗，心怀攻克病魔的愿望，不屈抗争。片柳治的生命维持了一年，最终因为癌细胞转移到骨骼，肝脏肥大、腹水，于2005年6月离开了人世，享年55岁。根据这段经历荻野安娜创作了自传体小说《螃蟹和他和我》。

“Cancer”这个词最早是由被誉为“医学之父”的古希腊医生希波克拉底提出的，他用“carcinos”和“carcinoma”来描述非溃疡性和溃疡性的肿瘤。在希腊语中，“carcinos”和“carcinoma”都是指“螃蟹”，或许是癌症的可扩散性能使人联想到螃蟹向四处张开的钳子。在恋人癌症确诊后，荻野安娜四处搜寻关于癌症的书籍，在不断学习掌握癌症相关知识的过程中，了解到“螃蟹”和“癌症”之间的

① 荻野安娜．负水[J]．魏大海，译．世界文学，1997（5）:55．

微妙渊源。在这部私小说性质的作品中，试图以“螃蟹”表达意念里的某种隐喻。在《螃蟹和他和我》中，“螃蟹”处于首要位置，其次是“他”，最后是“我”。“螃蟹”非人，却主宰着人类的命运。因此，这部小说中，真正的主角并非“他”和“我”，而是“螃蟹”，即“cancer”。

《螃蟹和他和我》以私小说的形式展开，聚焦自我内在的心灵地带，思考“生”与“死”这一对生命本质命题。作品中反映了现代人所面临的典型性社会问题，可以洞察现代人的普遍精神世界，探究自我与外在环境的关系，感知现代人的精神悲剧和生存困境。私小说是日本独有的一种小说形式，以自己生活中的真实体验和日常生活为主要创作内容。非虚构的特性，使作者更容易将着力点放在“内心世界”的描写。因此，可以称为具有自我“告白”意味的作品，体现作家强烈的主体意识、生命意识。

如果说“螃蟹”（癌症）是小说的第一主角，第二主人公则是与“我”相恋10年，却因种种原因未步入婚姻殿堂的男友片柳治。对于“独身”（无家人亲戚在身边）的他来说，“我”是唯一的依靠，因此“我”责无旁贷地承担起日常照料和精神安抚的工作。虽然，他从被宣告癌症晚期之后，表现得极为克制和镇定，但来自身体和精神的双重折磨足以将一个意志坚定的人摧垮。作为恋人的“我”的坚定支持和陪伴，是他人生最后的慰藉。两人在相恋时，经常有意见向左之时，但在“灾难”来袭时，两人的感情却迎来了高度融合期。荻野安娜以惯有的拉伯雷[①]式的“饶舌”口吻和黑色幽默的风格，完成了对“生”“死”“爱”这些主题的深入思考。极为细致地刻画了现代都

① 弗朗索瓦·拉伯雷(Francois Rabelais，1494年2月4日—1553年4月9日)，文艺复兴时期法国人文主义作家之一，同时也是杰出的教育思想家，主要著作是长篇小说《巨人传》。

市人群的生活困境，描绘了在孤独、疾病、情感困惑中挣扎而又勇往直前的都市男女形象。

第三主人公“我”是一名教授、作家，从40岁开始父母轮流住院，作为独生女，常年独自照料父母。特别是父母愈发年迈之后，看护工作更是给“我”带来身体和心理上的双重压力。每日疲于奔命，难以喘息。不幸的是，男友片柳治被宣告罹患癌症，更是带来致命一击。两人在深渊之中，彼此搀扶，直到他生命的最后一刻。除现代人高发的“癌症”之外，又聚焦了“老年人看护”这一日趋严峻的社会问题。其背景是日本老龄化社会和不合理的人口结构。小说将这一问题再度推向风口浪尖，反映了都市现代人的生存现状和时代抛给我们的最新课题。“我”一个人看护、照料三位病人，在体力和意志力两方面都面临着极大的挑战。作者在小说中写道，在医院时会溜到附近的爬虫类动物商店看乌龟，以此来缓解巨大的精神压力。暗示我们人类就像乌龟那样，伸着长长的脖子，滑稽地四处张望着，在海里游泳，对周遭的危险信号毫无察觉。就如同人类不知道何时会遭遇艰险，会患上癌症，会日渐衰老，最终死亡。

小说中对“生”与“死”的体悟和思索，体现了作者的生命意识。生命意识是个体对生命的认识，包括生存意识、死亡意识、安全意识等。“志贺直哉、尾崎一雄、岛木健作的短篇小说大多皆通过描写自己对周围事物乃至自身一种‘死’的体验，来探索最为真实的自我的存在价值与‘生’的意义。伊藤整认为，如果说逃避型与破灭型的构思是一种通过对现实生活的逃避或者自身的破灭来体会生命的‘下降型’的构思方式的话，那么通过直接面对自身或者他者的死亡，由此而产生出一种‘死’或‘无’的意识，从而深刻地体会到大自然与生活赋予自己的一种生机。换句话说，只有通过死亡的体验，才会如同‘死而复生’的表述一样，真正地意识到‘生’的价值与意义，这也就是一种‘上升型’的构思方式。”[①]作者从生命叙事的视角记录男友的罹病和最终死亡，通过作品的创作，实现了对“生”与“死”的终极审视，实现了自我的调和，在困顿、迷惘的内部与自己达成了和解。

《电气作家》是荻野安娜根据东日本大地震的亲身经历创作的小说，身为日本原子能研发机构宣传企划委员，她在这部作品中对震灾后的社会气氛和流言蜚语做出回应，吐露出自己的心声。以“电气作家”这样半自嘲性的标题为书名，体现了荻野安娜惯有的幽默感和勇于自我解嘲的超然心态。从作品中可以窥见荻野安娜幽默的外表下，冷静洞察思索社会现实的姿态。当地时间2011年3月11日14时，在日本东北部太平洋海域发生了震级为9的强地震，震中位于日本宫城县以东的太平洋海域，距仙台大约130公里，震源深度达20公里。此次地震引发的巨大海啸对日本东北部岩手县、宫城县、福岛县等地造成毁灭性破坏，并引发福岛第一核电站核泄漏。荻野作为作家的人生也发生了变化。由于自己原子能“宣传大使”的身份，她受到强烈谴责，周刊杂志发文称其为“核电站大婶”，宛如她就是核能泄漏事故的共犯。灾后，荻野安娜第一时间奔赴灾区，在苦闷纠结之中，选择坦然面对自己的使命。这部小说评价褒贬不一，但作者直面批评，不逃避社会责任的态度和文中充满自我约束、克制的情绪，都展现出一位文学者的应有面貌。

荻野安娜在35岁获得芥川奖之后，一直笔耕不辍，出版了独著小

① 吴光辉．试论伊藤整的现代文艺批评观[J]．外国文学研究，2003(6):100．

说及合著作品，关心社会时事动态，积极参与社会活动。将周围发生的事件、社会问题融入自己的作品，引发大众思考。其作品具有鲜明的女性意识，从女性的角度观察世界，发出声音。荻野安娜的人生充满了波折和坎坷，但她以“写”为“生”，在“告白”式的文学中，完成对生命、对自我的思考，使心境日趋调和。与苦难生活抗争的同时，荻野安娜在生活中展现出对“落语”和“冷笑话”这样高雅抑或大众的幽默艺术的热爱，以积极的心态面对人生的态度使人钦佩。

一位“谎言”的真情叙述者——川上弘美

川上弘美1958年出生于东京的一个知识分子家庭，旧姓山田，婚后改姓川上。父亲是生物学教授，川上弘美5到7岁的3年时间在美国度过。小学三年级时因病休学一学期，休学期间开始在家中阅读儿童文学，喜欢上读书。双叶高中毕业后考入御茶水大学理学部生物系。在大学期间就曾给科幻小说杂志撰稿，并参与编辑工作。1982年大学毕业后直到1986年的4年时间里，她主要从事与生物课相关的教学工作，这段学习与工作经历对她日后的创作产生了潜移默化的影响，并为她之后的小说创作提供了大量素材。由于对工作的意义产生怀疑，她在辞去教师的工作后成为自由作家，之后结婚生子并成为家庭主妇。其作品多次被收录到日本的国语教科书中，并囊括了芥川奖、谷崎润一郎奖、伊藤整文学奖及紫式部文学奖等在内的众多奖项。譬如，1994年，以作品《神灵》获得首届网络文学奖——帕斯卡短篇文学新人奖，从此昂首登上文坛并屡获各类当代文坛大奖，获得赞誉无数。1995年，以《婆子》入选芥川奖候补作品。1996年，以短篇小说《踏蛇》一举荣获日本纯文学大奖——芥川奖。1999年，作品《神灵》再次斩获紫式部文学奖和马戈文学奖。2000年，又以《溺》获得伊藤整文学奖和最后一届女流文学奖。2001年，描写中年女性和半老男性的淡淡恋情的小说《老师的提包》成为畅销书，荣获谷崎润一郎文学奖。2007年，曾担任第137届芥川奖评委。2015年，曾担任谷崎润一郎文学奖和三岛由纪夫文学奖的评审委员。同年，她以小说《水声》获得第66届读卖文学奖。2016年，又以小说《为了不被大鸟掠走》获得第44届泉镜花文学奖，该作还获得了第37届日本SF小说大奖的提名。除了小说之外，川上弘美还写了《似有似无》《无意间的每一天》等随笔和评论。其作品已被陆续翻译成中文，深受读者喜爱。

川上弘美堪称当代日本文坛最重要的女性作家之一。有读者甚至将其誉为“21世纪的紫式部”，从客观的角度审慎地看待这一评价虽有过誉之嫌，但足以见其在读者心中的地位。因擅长以“异界生物”为创作媒介进行描写，她也被称为“东方的卡夫卡”。然而与卡夫卡的“变形”不同，川上则是直接将神话叙事引入现实生活，实现异界与现实世界的交融，看似无稽又寓意深刻，“异界生物”的出现并不令读者觉得有任何突兀之感，在若无其事的叙述当中为读者营造出种种犀利异常的幻境，读来亦真亦幻，像一块磁铁一样把读者吸入其作品营造的氛围当中。其作品语言风格清丽、简朴，氛围宁静、简约，没有跌宕起伏的故事情节，没有日本其他作家笔下的心理纠葛，然而读来却令人欲罢不能，有着一股不可名状的温暖人心的力量。

20世纪80年代的日本文坛，随着村上春树的《寻羊冒险记》、日野启三的《拥抱》等“纯文学”幻想风格作品的出现，日本迎来了幻想文学热。神话叙事与“小说的寓言化”成为日本文学界的一种强劲的文学创作倾向。受这一潮流的影响，川上也把神话叙事引入自己的创作之中。其作品多以“异界生物”为媒介，如《物语，开始》中的人偶三郎，原本是“我”从家附近小公园的一片沙地上捡来的一个身长约1米，脸、手、脚，还有性器官等一应俱全的人偶，却不曾想是一个有智能、有生命力的人偶。“我”为其冲澡、讲故事，人偶在“我”的照顾下也居然一天天长大，变成了一个真正的人。当“我”

与现实中的男友不能敞开心扉、真心实意地交往时，与人偶却可以畅所欲言、坦诚相对，后来发展至“我”与现实中的男友分手，人偶三郎作为“我”的同居伴侣及男友继续存在于“我”的生活之中，直至人偶快速衰老，变回原来无生命的木偶。此外，《婆子》中处于球形异度空间中的猫，《蜥蜴》中据说可以召唤幸运降临的蜥蜴等等也都是寓言化的主体。川上以“异界生物”为创作对象的情节与她的成长经历不无关系。由于受到身为生物学教授的父亲的耳濡目染，从小她便对各种生物比较感兴趣，再加上她本人也是学习生物出身，毕业后继续从事生物课的教学，所以造就了她文学的独特特征。正如和田勉指出的：“正是生物学学习以及对生物的强烈的关注，日后成了川上的文学原点，如果不明确这一点的话，就无法对川上的文学活动做出本质性的理解。”①

同卡夫卡一样，川上弘美的作品极受欢迎，其作品既文字婉转，笔调清淡尽显日本古风的委婉细腻，又显现出她自己称之为“谎言”的一种卡夫卡式荒诞。在她刻画的一系列“异化主角”的指引下，读者通过看似不可思议、超乎想象的故事进入她编织的谎言世界，这种写作方式使她的谎言世界似真非假，创造了一个令人惊叹的、温暖的成人童话世界。

在川上弘美的前期作品中，享誉度最高的是《踏蛇》，堪称川上的代表作。目前国内流行的译本主要有张唯城译的《踏蛇》、吴之桐与杨建琴分别译的《踩蛇》。众多译本的出现也正说明了读者对其作品的喜爱程度。《踏蛇》以这样的句子开头：“在去绿色公园的半路上，我在草丛里踩到了一条蛇。”②主人公真田比和子去香奈堂念珠

① 和田勉．川上弘美論[J]．九州産業大学国際文化学部紀要第38号，2007年12月:2.

② 川上弘美．踩蛇[M]．杨建琴，译．海口：南海出版社，2011:1.

店上班，途经绿野公园时不小心踩到一条蛇，蛇竟然开口说话，“被你一踩，我可就完了。”随后竟化作人形，向“我”住的房子走去。它看起来像一位50岁左右的妇女。之后，这条蛇就坚称自己是“我”的妈妈，并以妈妈的身份住在了家里。而“我”对蛇母的感觉从刚开始的觉得有点恶心，对蛇母做的食物总觉得难以下咽，到后来渐渐地开始习惯和蛇一起生活了。这期间蛇母不断地诱惑“我”到蛇的世界去，“我”挣扎着、抵抗着、品味着痛苦而又快乐的复杂感觉，同时也眷恋着蛇母给予我的温暖和舒适，并陶醉其间，“那种感觉像是抱着宠物，又好像被一张大毛毯严严实实地裹住一般，让人觉得十分惬意。她贴着我的脸，用双臂抱住了我，她的胳膊也是凉凉的，手指蜷曲着，稍稍变回蛇的样子了。不知为什么，她即便变回蛇的模样，我也不觉得恶心，反而更加安心。女人和我一样高，我们好像变成了一对连体人，互相用手抱着对方。”[①]有时候，“我”很想索性放弃自己的坚持，接受蛇的邀请去它们那个世界。可不知为什么，身体深处总有一种异常顽固的东西，执拗地阻止“我”被蛇同化。最终，“我”和女人用同样的力气拼命掐着对方的脖子，屋子则被水流冲卷着，飞速向前。此外，《踏蛇》中还穿插了三位与“异界生物”相关的人物及其故事，分别是由蛇变来的香奈堂念珠店老板娘西子的婶婶、愿信寺住持的妻子大黑夫人，还有“我”的曾祖父与之私奔的鸟变的女人。

按道理来讲，被蛇附体的人也好，一个能化为人形的蛇也好，本该给人一种令人毛骨悚然的感觉，但是随着川上娓娓道来的笔调，作品没有带给我们那种可怕的感觉，而是展现了一种极为自然的、宛

① 川上弘美．踩蛇[M]．杨建琴，译．海口：南海出版社，2011:24.

如现实世界般的梦幻世界。《踏蛇》篇幅虽小，故事也很简单，没有复杂的纠葛，也没有刺激的悬念，叙述平实、简约，然而它却能使人一气呵成地读下去。它的吸引力就在于川上所设计的“蛇”意象的复杂性。神话思维与神话原型给小说带来的跳跃性、幻想性以及难以言说的某种混沌性，丰富了作家意欲表达却又难以言传的女性体验的深度。芥川奖评委之一的日野启三评论道：“‘踩到了蛇’，这个若无其事的开头，让人感觉很尖锐，而且一个极普通的年轻女性在日常生活中并非本意地接触到神话领域。作者的表现力比起她以前的作品强大而柔和，这将一个戏剧的世界在文章表达的次元上得以完成。”[①] 蛇的形象在西方经典《圣经》里早已有之。亚当和夏娃正是受到蛇的引诱才偷吃智慧果，进而惹怒上帝被逐出伊甸园，领受诸如生育之苦、终身劳役之苦等惩罚。蛇由此也成为诱惑与危险的原型之一。在宗教、哲学、文学等各个领域，从不同的角度出发可以从中阐发出不同的命题。在中国古典神话故事《白蛇传》中，蛇妖白素贞修炼千年终化成人形来向许仙报恩，并与其相知相恋结为夫妻，却被卫道士法海百般阻挠，以所谓“人妖殊途”而生生拆散他们。这里的白蛇是善与美的完美化身，她的身上体现了女性所应有的所有美德，代表了敢于反抗强权压迫与传统藩篱束缚，追求自由爱情的坚贞不屈的勇敢女性形象。

然而《踏蛇》里蛇的形象在象征意义上则相对模糊且更为复杂，这与小说所设计的多重结构息息相关。“蛇”在小说中分别幻化为“我”的母亲、西子的婶婶、住持的妻子以及与“我”肌肤相亲时的男性伴侣的身体。小说设置了不同阶段不同类型的女性，展示在我们

---

① 日野啓三．選評の概要[J]．文藝春秋，1996年9月号．

面前的是女性在成长过程中所面临的种种困惑、不安、无奈与挣扎，以及对自我价值的苦苦追寻与不放弃。出于一名作家的责任感，川上与读者一起探讨了关于女性幸福的多种问题。人生的路是自己的，无论平坦还是坎坷，只能用自己的双脚去丈量、去体会。抛却了现世的烦恼进入混沌而无忧异界的我们就能幸福吗？这是一个值得认真思考的问题，毕竟逃避并不能解决问题，也不能让我们获得实质上的解脱，况且很温暖的蛇的世界是否是真实的存在呢？小说将比和子与蛇母的故事作为故事的支撑，层层追问何为女性幸福人生的应有之态，其他故事与之对照、延伸，进而将矛盾重重的女性意识一层层地披露出来。因此很难说清小说中的蛇到底象征着什么，这种多重结构的设置将五个不同阶段、不同类型的女性展示在我们面前，作者并未告诉我们她到底要追寻什么，然而我们却能从她的“谎言”之中探寻到现实世界中真实的生活状态。

对于川上的“谎言”式创作，原善在《现代日本女作家的幻想性》中做出如下分析：“当男性社会的价值观与自己生活实感之间的巨大鸿沟，以畸形的夫妇关系、家庭关系、男女关系等形式反映出来时，意识到这些现象的女性作家若要披露这些事实，必定会遇到日本男性社会制度以及文学制度的强大阻碍，因而导致了她们为抵抗而进行摸索的必然结果。”①

《踏蛇》发表之后5年，川上弘美创作出她的第一部长篇小说《老师的提包》。这部作品是川上所有作品中最受欢迎的一部，出版后便气势惊人，曾占据各书店排行榜榜首数月之久。小说笔调清淡细致、冷静内敛，日文古风之委婉细腻尽显其中，故事朴实动人、韵味

① 原善，竺家荣．现代日本女作家的幻想性[J]．世界文学，2000(4):130．

缭绕。

2001年，《老师的提包》获得第37届谷崎润一郎奖，2003年被拍成电影，由著名演员小泉今日子担纲主演。主人公大町月子，37岁，是一个虽然和家人相隔不远，但却独自一人生活的公司女职员。她在经常去的站前小酒馆和高中时代的国语老师松本春纲偶然相遇。老师跟她打招呼，可是月子想不起来老师的名字，就打马虎眼喊了声“老师”。以此为契机，30年未见的师徒二人经常来小酒馆喝酒，时间缓缓流逝，两人开始了一段宁静而又优雅的忘年之恋。月子时常向老师撒娇，显得非常可爱。但是，温馨而甜美的时光终将结束，想到两人即将离别，月子的泪水不由得涌上来。小说以四季变换的景物为背景，无论在语言表达和人物描写方面，还是景物配置以及食物等多方面都给人以温暖而柔和的感觉，向读者展现了两人平淡而又奇妙的爱情。我们可以在时间的缓缓流淌中感受到男女主人公忘年恋的自然和亲切。

老师一个人孤独地过着晚年生活。“老师”和我们普通存在的人是有很大差别的，是游离于现实世界之外的存在，因而在某种意义上也可以归为“异种生物”的范畴。在文章开头提到过小说的名字中的“老师”是用片假名「センセイ」进行表记的，而不是日文中一般习惯表记法的汉字“先生”或者平假名「せんせい」。月子的名字在行文中出现的时候也都是以片假名「ツキコ」出现的。由此可以看出，川上对人物设定的特殊安排。因为是不同于我们普通存在的人，连称谓也都使用非同寻常的方式，所以才可以成就一段平淡而又奇妙的爱情。故事中虽然没有急风暴雨、山盟海誓，但却为读者勾画了一段恬淡而又温婉的爱情，沁人心脾。有谁能说没有荡气回肠就成就不了爱情。通过现实生活的平淡叙述，孕育着现实生活中所缺乏的超出现实的温婉爱情。有谁能说这不是真爱？川上的高明之处就在于能够把“非现实”的事情如“现实”般叙述出来，把“不自然”的东西“自然”地叙述出来。把“异种生物”有如“人类”般描述出来。读者在川上的文学中不是体会不到这种“自然”中的“不自然”，只是总能顺着作家那清淡冷静的笔调适应这种自然且不自然的状态，并且意犹未尽。

2016年，川上弘美发表了小说《为了不被大鸟掠走》，主要探讨了面对人类灭亡的危机时，人们在想什么、在怎样行动等深刻的主题。该作品由讲谈社发行，小说里描写的内容给现在活着的人们以希望之光。小说的开头具有冲击性，老鼠、海豚、袋鼠，还有人类相继出现，并且使用从所有动物身上采集的细胞来重新创造人。小说中出现了女性集团，她们接纳偶然来访的男子并和他们结合，生儿育女，这些人是像植物一样用水和光来合成营养而生活的集团。

小说设定了这样的场景，在人口减少到极限的遥远未来，人类追求将不同集团的人士混合，从而产生具有进化可能性的人类。作者认为这才是阻止人类灭亡的方法。川上弘美不愧是学过生物学的，她借助女主人公莱玛之眼给人们展现了一个独特的世界，莱玛克隆出人类，“那些克隆人和睦相处。她们也结成了对，然而，她们却不自己生孩子，而是专门照顾由工厂制造的从各种动物细胞造成的人类的孩子。”①小说通过克隆塑造了一个产生变异的世界。所以该小说也体现了川上弘美对“异界生物”描写的偏爱。

总体而言，川上自己将其笔下的文字统统称为“谎言”，而且

① 川上弘美．大きな鳥にさらわれないよう[M]．東京：講談社．2016:338．

善用“不真实”来诉说尘世的“真实”，将幻想世界巧妙地糅合于现实世界，其笔下的“谎言”世界常常令人生出比“真实尘世”还要真实得多的欢喜悲愁。她以作家的敏锐触觉深刻体味并把握着当代女性的内心世界，为处于男权世界统治之下的女性发出自己的声音，她低调、谦逊、勤奋，虽没有像女权主义者一样振臂高呼、猛烈批判，然而她倾情诉说的“谎言”却如一记响亮的耳光扇在世人的脸上，让人无地自容。她深知在这样的时代女性很难独立于男权、独立于社会，发出自己的声音，于是这个聪慧的女子便只能口出“谎言”，并立足于自身营造的“谎言”世界，于荒诞之中辗转表达其女性意识。

日本女性“新文学”的旗手——山田咏美

2016年，由山田咏美的小说《贤者之爱》改编的同名电视剧一经播出便引起了争议和轰动，作为颠覆性题材的电视剧成为话题的同时，作者山田咏美也引起了中国读者的关注。山田咏美作为日本现代文坛上最受青睐的女性作家之一，在出道30年之际再次引发了一阵热潮。

山田咏美1959年2月8日出生于东京，原名山田双叶，自幼受母亲的影响，十分喜爱文学。由于父亲工作调动等原因，山田一家曾先后迁居札幌、金泽、静冈等地，直至山田咏美高中时期才在宇都宫安定下来。1977年4月，山田咏美考入明治大学文学系，在校期间又加入了明治大学漫画研究会，发表过一些漫画作品。1981年，山田咏美从明治大学退学，先后在银座、六本木等地做一些兼职工作。后来，山田咏美意识到漫画创作并不能充分发挥自己的艺术表现能力，于是开始投身于小说创作。

1985年11月，河出书房出版发行了山田咏美的成名作《困倦之眼》。这部以黑人逃兵之间爱情故事为题材的中篇小说，一经发表立即在当时的日本文坛引起巨大震动，作品摘得第22届日本文艺奖，同时还获得了芥川奖提名，山田咏美自此正式步入文坛。此后，山田咏美的文学创作如开闸洪水，一发而不可收。1986年4月，第二部中篇小说《手指的戏法》问世，同年7月发表《杰西的背脊》，这部作品亦获得当年的芥川奖提名。1987年1月，山田咏美发表了《哈莱姆区的世界》、短篇小说集《恋人才听得见的灵魂乐》、中篇小说《热带安乐椅》和《帆布灵柩》。其中《恋人才听得见的灵魂乐》荣获第97届直木奖。1988年3月，发表中篇小说《风葬的教室》，荣获第17届平林泰子文学奖，同年还出版了小品文集《我是变温动物》、长篇小说《跪下来舔我的脚》、短篇小说集《我是节拍器》、*Her*。1989年，山田咏美又发表了中篇小说《放学后的音符》等作品。

进入20世纪90年代以后，山田咏美在文坛上的影响力越来越大，所拥有的读者群也不断壮大，到了20世纪90年代末期，甚至被女中学生们视为“文学女王”。20世纪90年代起，山田咏美的文学创作日趋成熟，每年都有数部作品问世，其主要作品有小品文集《热血小蹦在前行！》、中篇小说《口香糖之吻》、长篇小说《垃圾》、小品文集《使我潇洒》、短篇小说集《色彩的儿子》《经历过晚年的孩子》、中篇小说《兔子病》、长篇小说《野兽逻辑》、中篇小说《A2Z》、短篇小说集《风味绝佳》等一系列的作品。其中，《垃圾》曾获女流文学奖，《野兽逻辑》荣获第24届泉镜花文学奖，《A2Z》荣获读卖文学奖，《风味绝佳》则获得了第41届谷崎润一郎奖。

在当今日本女中学生当中，山田咏美的存在犹如“女皇”一般，以女性读者为对象的问卷调查显示，在最想拥抱的作家一项中，山田咏美占据榜首，这一点充分证明了其在日本读者心目中的位置与分量。山田咏美是一位典型的“恋爱”小说家，她的小说只写当代爱情与性，而绝不涉及历史。这位始终以人类爱情为主题的前卫小说家，时常因其对恋爱与肉欲的露骨描写而遭到非议。因此，客观地讲，文坛对她的评价可谓是毁誉参半。步入文坛20余载，山田咏美的文学创作并非一帆风顺。她的丈夫是一位出生于纽约的美国黑人，由于婆婆出生于美国南部，故在退休后选择到南部定居，山田咏美与丈夫便时常前去探望。后来，其丈夫也决定与双亲定居于美国南部，这样一来山田咏美便随之成为美国南部的常客，每年都要到美国南部与丈夫团聚，并且一待就是一两个月。这种家庭背景与生活经历，便自然而然地反映在山田咏美的小说创作之中，而其毫不掩饰的特立独行的创作风格及与众不同的生活经历又无数次使之成为文坛与媒体的焦点。

但是，在山田咏美的创作中，也有很多受到非议和批判的地方，其实质是对“身体叙事”的质疑和批判。20世纪80年代以来，“身体叙事”一直成为大众关注与讨论的焦点问题之一。对于这一问题的认识与批判，普遍认为这一“性觉醒”“性期待”的女性意识，构成了对男性权威话语的消解与颠覆，反映了日本女性从边缘走向中心的强烈要求和真挚期盼。这是日本女性作家向男权社会发起的挑战，力求确立自身作为新女性的灵魂之觉醒与肉体之觉醒。

“身体叙事”的问题一直困扰着以山田咏美为代表的日本作家，不仅如此，整个日本社会也开始弥漫着一股“身体叙事”的气息，尤其是1996年《日本经济新闻》连载的渡边淳一的小说《失乐园》，更是将这一创作风格推上了巅峰。作为“通俗”的大众文学，或许我们可以理解其对女性形象从传统的“优雅”到现代的“放纵”的叛逆与颠覆。同样，对于女性作家的“身体叙事”这种实践活动，我们是否可以归结为使女性自身的一种自我的放纵、自我的颠覆呢？正如山田咏美在接受《读卖新闻》记者采访时的回答那样：“只是想写一种纯粹的恋爱小说，也就是读完后有种说不出来的心酸，又可以松一口气的小说。虽然我的小说以男女间肉体的吸引为起点，但那是人与人最基本的接触行为，它能使心灵感受到无限的喜悦与悲痛，最后升华为一种对人与人生的爱怜。也就是说，‘身体叙事’不过是最为基本的接触行为而已，在这样的最为基本的接触行为之中，人的自由才会得到最彻底的迸发，对人与对人生的关怀与爱怜才会从心底萌发出来。”①上述表达正是山田咏美针对“身体叙事”这一问题所进行的自我表述。日本文学从战前到现代经历了一个女性形象多样化的描述时期，而后日本文学将进入到一个“女性自己来诉说自己的时代”。以山田咏美为代表的一批日本女性作家，正是通过“身体叙事”或者“女性话语”的实践活动，逐步建立起了后现代主义的日本女性文学。那么，山田的文学作品为什么会获得如此的关注呢？一方面是来自社会大众的评价使然，另一方面则是基于文学作品本身的魅力。

首先，就社会大众的评价而言，20世纪80年代正是一个日本女性自我意识觉醒的时期，女性作家在关注女性的生存际遇与社会命运的同时，也会以自己最具个性的方式来反叛男权中心的既定传统，张扬女性强烈的生命意识和主体意识。山田的小说以大胆露骨的“性”描写为突破口，高扬“身体叙事”大旗，以一种多元化的文学境界、崭新的文学观念、新颖的文学手法来表达和诉说女性，乃至人类共通的生命体验，以前卫大胆的创作风格与特立独行的行为基准来探索生命的真相，从而成为持续地刺激日本大众与新闻媒体的源泉。

不仅如此，山田咏美的小说本身也具有女性文学的独特魅力。山田咏美的文学创作特征“首先是她与众不同的敏锐的洞察力，这是一种可以透视人们心灵深处的能力，其次是其高人一筹的近乎完美的艺术表现力。山田咏美善于运用平淡无奇的人物对话或细腻入微的情感描写，赋予几乎处于静止状态的人物以活力，令其苏醒、活跃，同

① 叶丽芬．现代日本女性文学中的女性形象——以山田咏美《天国的右手》为中心[J]．武夷学院学报，2010(3):40.

时又能入木三分地将这些人物跌宕起伏的内心世界跃然纸上”[①]。正是这种无与伦比的艺术表现力，从而使得山田咏美俘获了众多读者之心，使之成为日本文坛不可或缺的主流作家之一。加之山田咏美本人行事风格大胆，作品主题另类，因此备受舆论关注。山田咏美是一位熟练运用结构主义、语言学以及后现代写作技巧的女性作家。她的作品在叙事、主题表达和艺术形式上都做了后现代主义的尝试。从最初只描写男女恋爱开始，逐渐关注歧视、种族、艾滋病、犯罪等一系列复杂的社会问题。可以说，在后现代主义这一大背景下，山田咏美在对现代主义文学的解构中构筑了自己独特的文学世界。

后现代主义源自现代主义但又反叛现代主义，是对现代化过程中出现的剥夺人的主体性和感觉丰富性的整体性、中心性、同一性等思维方式的批判与解构。后现代主义必须与晚期资本主义这个时代特征联系起来。美国作家弗雷德里克·詹明信指出：“我相信，后现代主义的出现和晚期的、消费的或跨国的资本主义这个新动向息息相关。它的形式特点在很多方面表现出那种社会系统的内在逻辑。”[②]由此可见，后现代主义往往与社会生活、经济生活的动向一致。受后现代主义的影响，以重视外观的消费时代和共有价值的衰退为特征的后现代社会逐渐形成了。可以说，日本的后现代社会就是在这样的大众消费社会中产生的。1955至1985年，受石油危机的影响，日本政府开始调整产业结构，促成了安定的经济发展，使日本成为继美国之后的第二经济大国，进入了全面消费的社会。

山田咏美出生的时期正好是日本后现代主义文学的形成时期，而她开始创作小说的时候，正是日本后现代主义文学的成熟时期。在山

① 刘利国．日本现代作家评介(25)——山田咏美[J]．日语知识，2005(11):31-32．

② 詹明信．晚期资本主义的文化逻辑[M]．北京：三联书店，1997:418．

田的小说中出现的对商品的商标极其详尽的叙述，正是这种消费性的体现。比如在《困倦之眼》这部作品中，直接用“GORDON”这个品牌名称来代替「ジン」（GIN，杜松子酒）的描述。说到香烟时，不用「タバコ」，而是直接用“KOOL”或是“Peace”等品牌名称来表示等等。这些消费标志以及在其中生活的个体直观地表现了日本的消费社会。在体现后现代社会消费性的同时，如果基于后现代主义的理论来分析山田咏美文学作品的话，能够非常明确地看到，她的小说在艺术手法和主题结构等方面体现出来的后现代主义特征。与日本的传统文学相比，在山田咏美的作品中，我们看到了叙事文学的革新。

在山田咏美的众多小说中，作为具有后现代主义特色的作品，《野兽逻辑》极具代表性。小说的故事背景为被称为“人类动物园”的纽约曼哈顿。主人公是一位名叫茉莉的黑人女子，但是故事真正的叙述者是茉莉体内的细胞——布莱德。小说以一种多人物形象、多中心、多重情节的“杂烩”式的叙述方式，深入地探讨了山田咏美一向投以热烈关注的种族问题、同性恋问题、白人夫妇感情、艾滋病、儿童虐待等当时纽约的社会问题。茉莉体内的细胞布莱德时而尖酸，时而感性，时而口吻诙谐，让作品趣味横生。借动物的感官来阐述人们所提倡的文明非但没有消除歧视，反而是催生歧视和差别的源头，人类最终还是摆脱不了动物的逻辑。纵观整部作品，无论是在行文结构、主题选取，还是在文化态度、审美观念以及艺术形式等方面，都具有非常明显的后现代主义特色。从文学角度来看，后现代主义创作是通过一定的文学手法，有目的地打破传统的叙事策略。在这部作品中，山田咏美运用了戏仿化、多元化、平行结构等创作手法，给读者带来了全新的感受。

所谓的戏仿，就是对经典作品的风格、氛围以及语言等的模仿和借用。《野兽逻辑》的戏仿主要体现在对夏目漱石的作品《我是猫》的风格模仿。在《野兽逻辑》这部作品中，具有代表性的人物是一位女同性恋者苏西。她被自己的亲哥哥强奸了，在世俗压力下拒绝了哥哥的求婚，嫁给了自己不爱的史蒂夫。婚后的两人虽然成为被人羡慕的一对夫妻，史蒂夫也深深地爱着苏西，但是这种爱让苏西感觉到了罪恶。她感到巨大的压力，最后只能离家出走，和茉莉以及其他女性开始同居生活。对同性恋等社会问题的关注也是山田咏美作品的一大特征。在后现代主义思潮盛行的今天，对同性恋的关注也越来越多，一直作为亚文化存在的同性恋现象逐渐受到社会文化学的普遍关注，同性恋者作为后现代女性主义作品的主人公也频频出现，山田咏美的文学创作也颇具这一特色。

除了类似《野兽逻辑》这部作品中所表达的纽约社会的现实问题，山田咏美作品中对家庭及母性的描写也出现了新的特点。在《垃圾》这部作品中，离不开男人的女主人公可可认识了黑人男子利库，在什么都不能确定的情况下，可可和利库发生了关系，并在第二天决定和他开始同居生活。在之后的共同生活中，她不顾一切地爱上了利库。利库有一个孩子，叫杰西，在可可“闯进”他们家的时候只有11岁，“她无论如何都不知道该怎么和杰西相处。杰西也不会主动向可可示好，因为他永远都不会和父亲之外的人亲近。”[①]杰西对可可充满了敌意。但是，随着时间的推移，在共同生活的两年时间里，可可和杰西都学会了如何避免麻烦、快乐地相处，甚至形成了某种默契，

① 山田詠美．ベッドタイムアイズ・指の戯れ・ジェシーの背骨[M]．東京：新潮文庫，1996:224．

过上了安稳的生活。但是，“比起杰西来，利库就不行了。虽然是成熟的大人，但是经常会因为自己稍不注意的话受到伤害，还要以牙还牙地把这些伤害还回来。可可想，她有时候也觉得筋疲力尽，靠肉体连接在一起的男性是很容易找到的，但是心灵上却会变得渐渐迟钝了。”[①]从这部作品中可以看出，山田咏美向往的家庭无关血缘，也无关母性的有无，只要生活在一起就有组建家庭的可能性。她在对母性的探讨中，主要讨论了对情人的孩子在日常接触中产生的一种类似于母爱的感情。

而在极具颠覆性的作品《贤者之爱》中，女主人公真由子是谷崎润一郎《痴人之爱》的忠实读者，男主人公直已与《痴人之爱》中女主人公奈绪美的名字在日语中都读作“NAOMI”。真由子在一家大型出版社工作，从小就爱读父亲书架上的《痴人之爱》，对其中的故事了如指掌。一天，真由子家旁边搬来一户人家，他们的女儿朝仓百合成了真由子的好友。一日真由子撞见百合和自己的父亲有了男女关系，但是百合最终嫁给了真由子喜欢的凉一，并生下一个男孩。内心仇恨不断累积的真由子终于想出了一个复仇计划，她为百合和凉一的儿子取了一个名字，叫NAOMI。她计划要把这个男孩培养成自己可以控制的男孩，用爱来复仇。长大成人后的NAOMI真的爱上了真由子，让真由子感受到了复仇的快感。但是聪明的真由子明白，自己不能做痴人，要做贤者，在两人的关系中，她自始至终都是掌握着主动权的一方。但是在故事的结尾处，真由子成了一个脖子以下高位截瘫的人。这种瘫痪状态与《痴人之爱》中的男主人公让治只剩下躯壳在本质上是一样的：一个是肉体的残疾，一个是精神的残疾。在这部作

① 山田詠美．トラッシュ[J]．文藝春秋，1994（2）:19.

品中，我们可以看到山田咏美的审美意识是建立在西方女性主义思想及个人体验之上的，日本女性所处的社会现状激起了山田的一种叛逆书写。

毋庸置疑，山田咏美作为“新文学”的旗手，具备了引领现代日本女性文学的重要地位与巨大影响力。探讨其文学创作形式可以明白，其作品大多是通过基本的人与人的接触，从身体感官的全面感受，到个人心理所领受的悲痛与喜悦，最后上升为对人与人生的爱怜和彻悟，由此来表述女性，同时也是自身的独特体验。审视这一文学创作形式，可以说它超越了道德或善恶的伦理规范，纯粹以人的本能或者激情作为价值趋向与创作源泉，深刻地表现出一种写实主义的颓废之美。这样注重身体情感、强调个人心理，突出人生彻悟、留意写实趣味、渲染颓废之美的女性风格，应该说与日本的文学传统也是有缘的吧。

当代越境文学的旗手——多和田叶子

多和田叶子（1960—），1960年生于东京一个出版商人家中，高中时开始对德语感兴趣，1978年考入早稻田大学俄罗斯文学系，但并没有放弃德语学习。大学期间，她前往海外旅行，强烈感受到异质文化之间存在的差异，出于对文化探究的兴趣，1982年毕业后她赴德国汉堡修读完汉堡大学研究生课程。之后攻读苏黎世大学的博士课程，同时供职于一家出版公司，1987年辞职。她游刃有余地穿梭于日德两种语言之间，出版了日德双语诗歌和散文集*Nur da wo du bist da istnichts*（《唯有你在的地方什么也没有》）。1988年，多和田发表了第一部德语短篇小说*Wo Europa anfangt*（《欧洲起始时》），并于1990年荣获汉堡市文学鼓励奖。其后又使用德语创作了三部小说——《波尔多的哥哥》《旅行之肉眼》《为了变身的鸦片》，并由她本人翻译成日语。多和田共使用德语创作作品24部。

1991年，多和田的第一部日语小说《失去脚后跟》获得群像新人奖。1993年，凭借《入赘的狗女婿》获得第108届芥川奖，1996年获得沙米索文学奖。该奖项一般授予对德国文学做出贡献的外国作家，多和田叶子是首位获此殊荣的日本人。[①]2000年，多和田以《雏菊茶的时候》获得泉镜花文学奖。2002年，以《球形时间》获得日本Bunkamura（文化丛）双偶文学奖，并凭借《嫌疑犯的夜行列车》获得谷崎润一郎文学奖和伊藤整文学奖。2005年，因其卓越成就，获德

① 齐芳．浅析多和田叶子《入赘的狗女婿》中的创作视角[J]．黑龙江教育学院学报，2010(6):123．

国歌德勋章。2009年，凭借《掉进海里的名字》获得早稻田大学坪内逍遥奖，2011年，创作的《修女与丘比特之弓》获得紫式部文学奖，2011年，以《雪的练习生》获得第64届野间文艺奖。2013年，凭借《不着边际的故事》获得第64届读卖文学奖和艺术选奖文部科学大臣奖。

多和田叶子的创作体裁众多，涉及短篇小说、长篇小说、随笔、散文、诗歌、剧本、广播剧等，且别具一格，一系列的作品和奖项奠定了她在德、日两国文坛的地位，她的作品还被翻译成英文和法文。多和田文学的研究者谷口幸代认为："多和田叶子是当代越境文学的旗手，她立足于日语和德语的分界线上，制造出语言的不安定感和不协调感，解构既有的符号和制度。"①多和田在21岁那年开启印度之旅，经过意大利，最后到达德国汉堡。据她自己说，汉堡之行的目的就是为了体验身处母语与异质语言（德语）的夹缝中的感觉。她似乎非常享受这种异质语言的创作。②如1987年由彼得·波特纳翻译的*Nur da wo du bist da istnichts*/『あなたのいるところだけなにもない』（《唯有你在的地方什么也没有》）在德国的出版社出版。这是多和田首次出版的书籍，包括一部短篇小说和19首诗，结构是多和田的日语原文和译者的德语译文相互交错，从左侧翻开时，该书从德语的书名开始，从右侧翻开时则从日语的书名开始。横排的德语和竖排的日语交替相连，在语言和语言的"间隙"成立的"言语"，催生了这部新颖的书。多和田说我不想成为熟练掌握两种语言的人。另外，也不是舍弃一种语言，进入另一种，而是继续拥有两种语言的同时又破坏

① 谷口幸代．多和田葉子氏開講演会報告[J]．お茶の水女子大学比較日本学教育研究センター研究年報（12），2016:162-163.

② 多和田葉子．エクソフォニー[M]．東京：岩波書店，2003:123.

它们。[①]

在进行异质语言创作的同时，多和田也翻译作品。多和田的作品翻译受到了俄罗斯文学的影响。她曾醉心于俄罗斯文学，多和田叶子是早稻田大学俄国文学专业毕业的，她写的毕业论文很棒，是关于女性诗人阿赫玛杜琳娜的。我想这与日本早期译介了大量俄罗斯文学作品有关，如屠格涅夫、陀思妥耶夫斯基等人的作品被大量翻译成日文。多和田认为创作和翻译虽然内容不同，但两者的实际操作过程并无太大差异。在多和田的感观中，语言是不断变化的。她说："如果将语言比作一个岛屿，那么这座岛屿的海岸线将会不断改变它的形状，和其他岛屿时而相连时而分离。而语言这座岛屿经常受到翻译这个巨大波浪的冲刷与拍打。语言与翻译之间的这种结构，最明显地体现在两种语言之间的翻译上。它不是一个自然的过程，而是通过人为的努力，用审美的眼光，赋予翻译作品以新的生命力。"[②]

语言不同，文化传统也不同，异文化产生的观念冲突使得处于这种生活环境的女性作家获得不同的视角。"在异国人与人之间关系的极度冷漠、敌视、隔阂，她有足够的认识与体验，而两性关系、家庭关系是人际关系最主要、最敏感的关系，它的扭曲最能体现人与人关系的扭曲。因而她的小说多以两性关系、家庭关系为切入点。"[③]

如《失去脚后跟》讲述了"我"凭给对方传递了几张照片就办理了结婚手续，孤身投奔异国家庭，与未曾谋面的丈夫生活的故事。在空寂的房间里，"我"始终看不见一个人，但分明家中又有人存在。这表明荒诞的夫妻生活中，连接现代人类婚姻关系的纽带是性和钞

① 多和田葉子．カタコトのうわごと[M]．東京：青土社，1999:98．
② 多和田葉子．エクソフォニー[M]．東京：岩波書店．2003:70．
③ 师华．失去脚后跟：荒诞的生存感[J]．西北大学学报（哲学社会科学版），2006:150．

票。小说以一种奇特的表现方式，抒写了现代人在异质文化冲突中荒诞的生存感受与生存处境，以及人与人之间的扭曲关系。多和田挖掘人物的心理体验，设置“失去脚后跟”等诸多具有隐喻意义的意象，揭示了现代人的精神困境。

《雪的练习生》由“外婆的退化论”“死亡之吻”及“想北极的日子”三个部分组成，叙述者自由地转化于动物与人之间，讲述了北极熊祖孙三代的故事。“我”由马戏团的演出熊变身为作家，讲述自己的经历。女儿是杂技师，出演传说中的“死亡之吻”。而孙辈则是被饲养在柏林动物园的世界偶像熊。这个故事折射了苏联解体、柏林墙倒塌等时代变迁的重要事件，通过北极熊来酣畅淋漓地展现人世的种种，其超越种族限制的叙事视角，以及幻想和现实并存的独特魅力，受到了众多读者的喜爱。

多和田叶子最擅长的艺术手法就是穿插民间故事于作品中。较典型的有《两个男人》中的德国民间故事，《圣女传说》中的基督教传说，《夜晚发光的鹤假面》中日本“鹤妻”的传说。这些民间故事在她的作品中有些作为舞台背景展开，有些成为小说情节发展的点睛之笔。①

“多和田叶子通过对民间故事的现代阐释，使作品具有双重甚至是多重结构，并在多重结构的叠加、映射和隐喻中表达对日本当代女性生存的深沉思考。”②从女性文学的角度来看，多和田无疑是当代女性文学的代表。此外，多和田叶子还被视为贝克特、乔伊斯和卡夫卡的当代精神传人而蜚声海外文坛。不管怎么说，我们可以看到多和

① 邢以丹．异的世界——解读多和田叶子的《狗的女婿》[J]．漳州师范学院学报（哲学社会科学版），2010（5）:71．

② 郭雪妮．从一则日本昔话看《狗女婿上门》的三重性结构[J]．九江学院学报，2009(2):95．

田叶子作为当代女性作家大放异彩，她与田边圣子、吉本芭娜娜等一批女性作家以崭新的文学观念、新颖的文学手法在文坛崛起，引领着当代日本女性文学的走向。

小说《入赘的狗女婿》可谓其最具特色的作品之一，她借用民间故事框架，将现实世界与虚构世界有机结合起来，讲述了人们在肉体和精神的双重压迫下失去本质变成异类的故事。主人公北村美津子在小镇上成立了一家私塾——“北村塾”，她常常讲一些奇异而不洁的事情，孩子们听得很兴奋，特别喜欢她。新来的女学生扶希子遭到其他孩子们的欺负，美津子便收留她同住。有一天，一个行为习性像狗一样的男人来到镇上跟北村老师同居。他叫太郎，对人漠不关心，但嗅觉敏锐，尤其是对猫狗反应十分敏感。白天睡觉，晚上则精神抖擞，做饭、打扫，然后出门，直到天亮才回来。从村民口中得知，晚上太郎和扶希子的父亲出入同性恋的活动场所。小说的结局是：“太郎和扶希子的父亲出走，北村老师带着扶希子也离开了小镇。”[①]

关于狗女婿的民间故事，世界上很多地区都有流传，带有一定的起源神话色彩。可见，“多和田叶子在创作之际寻找的是能够代表人类共通的、本质性的模式，赋予其世界性的意义。”[②]这部作品是对男权社会的一场颠覆性试验，通过变身为男性报恩以及入赘等要素，消解了男性话语模式。多和田叶子还指出现代文明的荒诞与异化，其病源就在于现代工业文明操纵下的，由权力与资本衍生出来的话语体系。多和田叶子发挥丰富的想象力和创作力，圆融自如地表露出女性本位及解构男权专制的创作意图，“将现代文明中被消灭掉的自然性及主流社会男性话语权的权力构造暴露出来，为既成的、稳定的社会

① 林进．论《入赘的狗女婿》的现代文明批判[J]．社会科学战线，2013（1）:271.

② 林进．论《入赘的狗女婿》的现代文明批判[J]．社会科学战线，2013（1）:271.

文化秩序引入异质的要素，让人们习以为常的一切变得陌生，从而引发人们对现代文明的警觉和思考，实现对它的批判以及对理想的非男权制社会的再建。”①

此外，从表现方式和表现主题来看，多和田叶子属于现代派作家，其作品风格与表现主义相似，她通过主观的自我表现，强调人的内心感受、体验。因此，作品表现出失去常规，极度夸张、变形的特征，人物仅仅成为某些抽象的概念与象征的符号。如小说《面具》的主人公道子因德国治疗师评价东亚人的一句“即使看上去和蔼可亲，可是在假面具一样的脸孔下面，他在想什么，别人无从得知”，深深触及内心，疼痛无比。这样的道子在一家人眼中被视为异物，因为道子的父母兄弟从不认为自己是东亚人。所以虽然是一家人，虽然同为日本人，但是语言的相位不同，导致语言无法传达。正在失去日本人的“脸”的道子，她的日语也在变成别人的语言。最后，道子通过戴面具来获得“脸”。能面具是东方民族特征的体现，道子想通过戴能乐面具体现自己是“日本人”。但是，周围的人没有注意到道子是日本人。在这里浮现出一个深刻的讽刺，那就是为了获得脸（面具=固有性）而戴上能面具，却丧失了脸，变得什么人也不是了。可以看到《面具》中通过夸张的表现形式展现出了名字、自己的脸这样的固有性被剥夺的世界，以及自我和他人之间不断扩展的根源性的沟裂世界。

同时，从《面具》这部小说中我们看到后现代主义文学特色。其实多和田非常喜欢阅读以德语写作的卡夫卡的作品，而卡夫卡正是将后现代主义运用到文学中的先驱人物。因此，阅读多和田的作品之后，也能够强烈感受到西方盛行的后现代主义文学特色。比如，对传

① 林进．论《入赘的狗女婿》的现代文明批判[J]．社会科学战线，2013(1):272．

统男性中心主义的反叛精神，对现代文明的批判意识，荒谬的人物形象和不合常理的情节设计以及打破传统的表达方式等，这些都是对现代社会中各种所谓的合理性的颠覆。可以说多和田文学的鲜明特色是对性别差异、家庭、社会、语言等多个领域中传统性的批判和所谓合理性的颠覆，是熟练运用后现代主义形成的独特文学。

多和田除了作为一位体验异质语言、实践后现代主义文学理念的女性文学代表作家外，她还具有开阔的国际视野和辽远的人类共同体思考。这从她的小说《献灯使》中便可以得到印证。《献灯使》是一部描写当代日本社会危机主题的作品。故事的主线是“3.11大地震”后，孤岛日本危机四伏的社会环境以及生活于其中的人类面临的生存危机，而辅线则是“献灯使之会”。“小说《献灯使》开篇直接陈述人类身体变为人鸟的危机，强烈地反映出作家的危机意识。整部小说描写了无名一天起床、上学及在校学习的事情，虽然只有一天的时间，但其中巧妙穿插了照顾无名的曾祖父（义郎）的联想和回忆。”[①]在《献灯使》中，通过勾画老人身体的强健与儿童身体的脆弱形成鲜明的对比，映射日本未来一代面临的身体危机与生存困境。在小说虚构的社会中，老人被剥夺了死亡的权力，年轻人一个个早早地逝去，身体羸弱的儿童们几乎没有“父母”，这其中暗示着“人类危机在身体变异、传统家庭消失和亲族伦理关系变异中得到充分表达。而在人类危机的主调深处，也可以听到国家政治丧钟的哀鸣”[②]。所以，可以说这部小说暗藏了“去政治化、去中心化”的立

① 侯冬梅．危机主题与希望使者：日本“后3.11文学”中的《献灯使》[J]．中华女子学院学报，2019(5):66．

② 侯冬梅．危机主题与希望使者：日本“后3.11文学”中的《献灯使》[J]．中华女子学院学报，2019(5):67．

场。虽然在《献灯使》中描述着多重危机，但“献灯使”会的存在，尤其是无名被选为“献灯使”，送去海外培养，这也给未来带来了一缕希望之光。锁国状态下的日本民众，尤其是老人们私下结成绝密的民间组织，寻找并培养能够解救日本危机的人选。可以看出在危机重重中，老人们为人类社会做出的贡献和擦亮的希望之光。从中我们也能感受到多和田对人类社会的关怀之心。

多和田叶子还是一位文学传播的实践者。她在第一部短篇小说发表后便常常四处参加朗读会，朗读文学作品。后来以两种语言创作了多部作品，同时她发挥了现代社会往往容易丧失的“身体性”，积极进行朗读活动。多和田叶子不怕跨越国境，自然她也不拒绝活跃于不同领域。和各种各样的艺术家们一起演出，在世界各地飞来飞去，同时很活跃地进行着文学创作。多和田还从事翻译活动，持续15年翻译日本现代女性诗人的作品，同时还是一位文学研究者，在40岁时以论文《论欧洲文学中的玩具和语言魔术》获得苏黎世大学的博士学位。

总之，在当代女性作家中，多和田叶子可以称得上是最具特色的作家之一。她以独特的异质语言观念、后现代主义文学理论及深深的社会人文主义关怀创作着文学、传播着文学，可以说是当代文学中一颗闪亮的明珠。其作品也给了我们重新审视个人及社会的机会，让我们对人生多了一分理智与温度。

当代和歌代言人——俵万智

俵万智（1962—），1962年12月31日生于日本大阪，日本著名女性歌人。1981年进入早稻田大学日本文学部学习，就读期间师从著名诗人佐佐木幸纲，潜心学习短歌创作。1983年加入老师主持的《心之花》和歌会，这一经历对俵万智影响极大，自此走上了歌人的道路。大学毕业后，俵万智曾任教于一所高中，教书育人之余从事短歌创作。

短歌是日本和歌的一种形式，遵循5、7、5、7、7的韵律，是一种日本传统定型诗，以短短的31音节表达丰富的意义。平安时代诞生的《古今和歌集》奠定了短歌5、7、5、7、7的31字的音数律基础。千百年来，较之长歌、连歌等诗歌形式，短歌得到更好的传承，国民接受度极高，成为除世界最短的诗“俳句”（17音）之外，最具代表性的日本诗歌艺术形式。

1977年，自22岁的女性诗人松平盟子一举夺得角川短歌奖始，昭和50年代成为女性歌人辈出的时代。阿木津英、河野裕子、今野寿美、道浦母都子等青年女性歌人先后斩获各大诗歌奖项，登上诗坛，走入大众的视线。其中战后出生的河野裕子作为领跑者，已与诗坛前辈山中智慧子等并驾齐驱，屡屡将现代短歌女流奖收入囊中。1983年、1984年、1985年连续3年以“女性的诗”为主题召开了热烈的研讨会，众多知名女性诗人积极参会。

在女性诗歌蓬勃发展、诗人队伍不断壮大的背景下，1986年，俵万智凭借《八月的清晨》（含50首短歌）一举夺得第32届角川短歌奖，这一奖项在日本文坛被视为短歌界的新人奖。俵万智从此成为日本短歌界一颗冉冉升起的新星，承载着振兴现代短歌诗坛的民众期待。俵万智不负众望，次年出版处女作——短歌集《沙拉纪念日》，问世2个月便在日本国内掀起了狂潮，一年内发行量突破250万部，创造了短歌界的销售神话。同年，《沙拉纪念日》获得了第32届现代和歌诗人协会奖。此外，俵万智还著有《风的掌心》《巧克力革命》《四叶草的随笔》等诗集。

早早便功成名就的俵万智为了全心投入短歌创作，于1989年辞去了教师的工作，成为职业诗人，继续发表短歌和随笔作品。俵万智被视为“继与谢野晶子之后最具才华的女性歌人”，也是日本近现代文学史上又一位具有划时代意义的女性歌人，其短歌成就不仅在于国民的接受度高，更在于她对传统短歌革新做出的不懈努力。

1987年，发表的第一部短歌集《沙拉纪念日》在日本现代和歌界具有划时代意义。“在这部歌集中，俵万智抛弃了传统短歌的晦涩与玄奥，运用口语化和生活化的通俗语言直面心灵深处的诸般情感，在不乏理性与细腻的创作中，最大限度地体现了现代人的价值观。”①俵万智短歌最显著的特点是口语化的语言，极少使用古典词汇、语体，从语言上打破了传统的束缚，便于承载现代的思想和情绪。语言是交流的工具、思想的载体。口语体和外来语的广泛运用，精准切中现代人尤其是年轻群体的语言习惯和认知特点。从而更好地传达属于民众群体共通的情感和生活状态，更好地把握时代脉搏。像「何層もあなたの愛に包まれてアップルパイのりんごになろう」「男というボトルをキープすることの期限が切れて今日は快晴」「『この味が

① 陈岩，刘利国．日本历代女诗人评介[M]．大连：大连理工大学出版社，2005:278．

いいね』と君が言ったから七月六日はサラダ記念日」这些短歌如同喃喃自语，情感质朴，毫无矫饰，清新自然。

《沙拉纪念日》
只因你说
沙拉好吃
七月六日
成了沙拉纪念日

这首看似简单的短歌在日本却轰动一时，无人不知，无人不晓，甚至引发了“某某纪念日”的仿作热潮。究其成功原因，虽有日本人易于形成热潮的国民特性的成分，更在于俵万智对生活琐事超乎常人的感知力、领悟力。用古典的形式结合现代诗的韵味，将对生活、情感中某一瞬间情绪的成功捕捉，凝结于5、7、5、7、7的31音之中，化成一行行动人心扉的优美诗篇。短歌集《沙拉纪念日》就是取名于这首作品。

“20世纪80年代，女性和歌诗人开始在和歌中使用‘僕’这一男性第一人称，出现了中性的文体。……从这一时期开始，在短歌中难以看到两性的差别。与她们相反，俵万智为短歌引入了大量女性词汇。与此同时，作品中也不乏男性语言的出现。就文体而言，虽然可以认为俵万智采用了会话体，将男女的对话现场以自然的文体写入短歌，但对语言的性别差异，其中蕴含的意味重视不足。”①「愛人でいいのと歌う歌手がいて言ってくれるじゃないのと思う」中以女性

① 岩渊宏子，北田幸惠．日本女性文学史：近代编[M]．京都：ミネルヴァ書房，2005:345．

的口吻叙述，使用了女性用语，「『おまえとは結婚できないよ』といわれやっぱり食べている朝ごはん」中使用了男性用语。

首先，女性用语的引入打破了当时女性歌人使用男性人称代词的局面，而其短歌又并非完全不使用男性用语。根据上述论断可知，俵万智对男性用语和女性用语的使用并非刻意，只是将男女间的对话插入到短歌中，在语言、性别方面并非做出了深入的思考。这是俵万智和歌创作的第一大艺术特色。

第二大艺术特色是内容题材取自生活点滴，构建了符合新时代的独特意境。吕元明在《评八尾昌里译俵万智和歌》中写道："在俵万智的短歌里，看不到日本古代女和歌诗人那么多的'君''妹'情调，也没有那么多的'云''山''泪'等。她的生活是现代的，是城市的。恋人和她电话相约，用的是直率的命令形式的语言。"诗歌风格清新自然，取代"云""月""星""雾"的是"东京""自行车""菜篮""沙拉"等带有浓厚生活气息的词语。

俵万智对短歌的创新亦在于她在传统和歌审美意境之外，重新创造了贴合现代生活、都市情绪的崭新意境和审美范畴。古代的语言和语体无法承载现代人的崭新思想和审美需求，因此俵万智和歌的出现，某种意义上实现了短歌这一深深融入日本人血液的诗歌艺术形式的自我变革，在新时代使其再度勃发旺盛的生命力。新的"景"与"情"交融营造了新的意境，这种意境是属于现代的、属于都市的，展现了当代都市人生活、情感的诸多侧面。

《化作一阵风》

寂寞恰似

雪花
从母亲的城市飘然而至
而我
在东京

这首短歌抒发了独自在大都市奋斗的人们时而涌上心头的寂寞之感。寥寥数语，却体现了丰富的情感内涵，也展现了和歌短小、隽永之特色。雪花这一浪漫的景物将“母亲所在的城市”和“自己居住的大都会东京”紧紧联系在一起，犹如信使带来了家书，寄来母亲的思念。雪花和它飘落的姿态是优美的“景”，而自己孑然于东京抬头仰望雪花的场景，构成了一种属于都市乡愁的完整意境。诗人并非单纯以“景”托“情”，对“情”避之不谈，而是将“寂寞”二字直接写入诗中，体现了一贯的“直抒胸臆”的风格。这首作品通过想象描摹了孤单落寞的都市人的心境，引发了数以万计都市异乡人的共鸣。

第三大艺术特色是肯定现实、无拘无束地抒情，与时代气息完美贴合。不论是描写爱情，还是思乡之情、都市寂寞，俵万智的短歌都是用最简单、朴素的语言传达最真挚无瑕的情感。因此，诗歌可以迸发出直击心灵的力量。比如，描写爱情，“仰起头，雨水落在嘴唇/我盼望就以这副模样/接受你骤然来到的亲吻。”（八尾昌里译）“水波荡漾，多么温柔/你随时可以对我说：/再见，分手。”（八尾昌里译）这些和歌一改传统和歌中托物言志、寄情于景的含蓄、婉约的风格。当代的青年可以从古典诗歌中获得与古人思想情感相吻合的美感，但更需要俵万智短歌这样直接、热烈、酣畅淋漓的表达。

因此，诗人的作品从题材、文体、表达都与时代气息实现了完美对接，是短歌这一传统形式在新时代的自我解放与蜕变。或许有读者会认为，这样的诗歌行文过于浅显，失去了传统的韵味。然而，传统的和歌在古代已然达到了巅峰，在旧的范式下，日本短歌文坛已疲态尽显。穷则变，变则通。新鲜血液的注入使其焕发了活力，也再度引发了日本国民对短歌的热情，推进了短歌发展的进程。

俵万智与其和歌的出现具有划时代的意义。在题材和风格上对此后的短歌界产生了重大影响，使普通人体会到短歌的妙处与情趣。读者群之广泛，销售市场之火爆，都印证了日本国民心中对短歌的期待，而正是俵万智点燃了潜藏在他们内心的热情。在新一轮的短歌热潮下，男女老少纷纷提笔创作短歌，描写他们的日常生活和情感世界。俵万智被大众的巨大热情所感染，征集了40 000多人创作的20万首作品，从中选取1 340首结集出版。1988年，大众短歌集《我们的沙拉纪念日》问世，将这次全民短歌运动推向了高潮。俵万智为日本现代短歌的振兴与繁荣做出了巨大的贡献。

异类人生的描绘者——小川洋子

小川洋子（1962—）是活跃于现代文坛的小说家。她1962年3月30日出生于冈山县冈山市，旧姓本乡。1980年毕业于早稻田大学第一文学系文艺科，毕业后在川崎医科大学工作两年，后辞职开始文学创作活动。她是一位勤奋且多产的作家，代表作品有《沉默博物馆》《完美的病房》《妊娠日历》《米娜的行进》《博士的爱情算式》《无名指的标本》《人质的朗读会》《偶然的祝福》《怀抱猫咪，与象共泳》等。

小川洋子的祖父是金光教的师傅，父母都是金光教信徒，小川洋子就是在这样的家庭环境下长大的。她的老家位于金光教会的地盘内，祖父母、伯父伯母以及堂兄们都生活在教会中。据小川洋子回忆，小时候接触最早的读物是家里储藏室中的《家庭医学大事典》。从小学一二年级开始特别喜欢阅读橘黄色封皮的《世界少男少女文学全集》。小川洋子从小学开始就经常去图书室借阅图书，也许是受到《家庭医学大事典》的影响，她从图书室借过塞顿的《动物记》、法布尔的《昆虫记》、动物恐龙图鉴和科学家传记，除此之外还借过《若草物语》等儿童小说。高中时期读过的《安妮日记》给其留下了深刻的印象。高三时，读过荻原朔太郎和中原中也的诗集，后来阅读的范围不断扩大，喜欢阅读川端康成、太宰治、谷崎润一郎的作品。由于酷爱读书，小学、中学都没有参加过什么女生团体。为了追求自己的文学梦，小川洋子立志要考入大学学习文艺。小川洋子大学时代住在金光教东京学生宿舍内，5名女学生自己做饭，过着简单的生活。18岁那年暑假，她在冈山的旧书屋用100日元买了一本金井美惠子的《爱的生活》，心想自己也要写这样的小说，从而确定了她要进行小说创作这个基本方向。大学期间她经常将自己创作的小说拿给平冈笃赖看并获得平冈笃赖的好评。

1986年，小川洋子与一名川崎制铁的工程师结婚，婚后辞职在家专心从事小说创作。她的丈夫一开始并不知道她写小说的事，小川洋子在获得芥川奖之后才从一名专职家庭主妇一跃成为一名作家。2002年，由于丈夫工作调动而举家搬至兵库县芦屋市。

1988年，小川洋子凭借处女作《扬羽蝶受伤时》获得海燕新人文学奖，从此登上文坛。在那之前她一直通过手写稿来进行创作，获奖后利用奖金买了一台文字处理机。1991年，小川洋子凭借小说《妊娠日历》获得第104届芥川奖。2004年，她又凭借小说《博士的爱情算式》获得第55届读卖文学奖和书店大奖，这部作品成为当时的畅销书，仅两个月销量便突破100万册，后来还被翻拍成同名电影，小川洋子借此成为一名人气作家。2004年，凭借小说《娑罗门的埋葬》获得泉镜花文学奖。2006年，又凭借《米娜的行进》荣获第42届谷崎润一郎文学奖。2013年，获得艺术选奖文部科学大臣奖和早稻田大学坪内逍遥大奖。小川洋子的作品不仅在日本国内备受欢迎，在其他国家和地区影响力也很大。她的作品在法国、西班牙、意大利和美国等欧美国家均有译本，其小说《爱丽丝饭店》《无名指的标本》在法国被翻拍成电影，其影响力可见一斑。小川洋子从2004年起成为太宰治文学奖评审委员，2007年起开始担任芥川奖的评审委员，2011年起担任读卖文学奖的评审委员。

小川洋子早期作品多是描写人性的阴暗面和人性的残酷，笔锋堪称冷峻。30岁之后，她的创作风格开始有所转变，特别是当她为了《安妮日记》前往德国奥斯威辛集中营进行采访以后，感受到了人类居然可以那么残酷，同时却又是那么伟大，其写作风格为之转变，不再尖锐地刻画和揭露人性中深藏的恶意，而是能够以一种“人类是善恶的共存体”的态度去看待他人，并开始创作与记忆相关主题的作品。

小川洋子的前期作品还主要描写人的病态存在。她能够十分敏锐地捕捉到日常生活中人们的种种“病态”。从她的文坛处女作《扬羽蝶受伤时》可以读出小川洋子对“病态”的关注，在《完美的病房》中也有相关内容。作者认为世人总是将正常的、健康的状态作为一种标准来加以对待，但是完全满足这一标准的人或事物基本是不存在的，总会存在某种程度的不足或过剩，每个人都处于一种与“病态”相临近的位置。由于小川洋子出身于医学世家，《家庭医学大事典》是其小时候喜爱读的书籍。事典中记载了各种病名以及内脏的图案。对于一个小女孩来讲，事典中的病名记述和说明令人感到恐怖，但是越恐怖她越感受到其中的魅力。因为对她来讲，真正恐怖的是这些病之中潜藏着巨大的力量，但人们又无论如何都必须面对。这是“人的存在所背负的根本的残酷与丑恶”①。所以在小川洋子的前期作品中经常可以看到细致的肉体描写和身体障碍者的存在。比如《完美的病房》中描写了受到病魔折磨临近死亡的弟弟形象。《扬羽蝶受伤时》中描写了患老年痴呆的祖母以及患有精神疾病的母亲形象。小川洋子在初期的作品中用最直接的形式对人类的疾病进行了描写，在后来的作品中这种对“病态”的兴趣和视点演变成了各种各样的表现形式。

① 小川洋子．深き心の底より[M]．東京：PHP文庫株式会社，2006:28．

但是值得注意的是，小川洋子绝不是因为某种丑恶趣味而对人类的疾病进行描写，这些作品在描写人们经受病魔折磨的同时，也描写了他们平淡地面对生活的质朴的一面。这种“质朴”可以说是贯穿于小川洋子小说世界的价值观的象征，在许多作品中都有所体现。

小川洋子的早期作品《沉默博物馆》讲述的是“我”受一位陌生老太太的委托，创立了一个收集死者遗物的博物馆。死者的各种各样的遗物中寄托着死者的记忆，收集这些遗物的博物馆成为保存死者生前记忆的场所。这些遗物统一按照老太太的标准来挑选，而且有些遗物是通过不正当手段（即盗窃）得来的。一般的博物馆建筑具有鲜明的轮廓，会在不同的空间陈列不同时期的物品。但是沉默博物馆只处理收藏品，绝对不会扔掉陈列品，而且它会不断增加，但建筑大小保持原样，不会增大也不会缩小。这些遗物被保存在“沉默博物馆”之中，从而阻止了这些遗物的永远沉默。

《妊娠日历》是小川洋子的短篇小说，是她早期创作中最具代表性的作品。从题目来看这似乎是一部充满母性的小说，但实际上描写的却是主人公“我”对怀孕期姐姐的一种无声的冷漠与无奈。小说以日记形式阐述了“我”对姐姐在怀孕期间的记忆，并将这种记忆呈现于读者面前，还表现了姐姐在怀孕期间的种种神经质表现以及姐夫的无能为力等等，在“我”心里留下的最真实的感受。

凭借《妊娠日历》，小川洋子成为战后第一位不到30岁就获得芥川奖的女性作家。关于这部作品的获奖，小川洋子这样解释：“我想要在小说中创造出在现实的社会或家庭中，人们认为是正常或异常、正确或不正确等等价值标准被全部推翻的新的现实。”[①]

《妊娠日历》是以妹妹“我”的视点，从旁观的角度用日记形式描写了同居的姐姐从妊娠到生产的过程。将“妊娠”这种只有女性才能够体验的现象进行了阐释，描写了“我”和姐姐由于妊娠而产生的不安感觉。作品中从生理的角度冷静地叙述了一般常识意义上值得祝贺的妊娠，对于姐姐的妊娠，妹妹的视线有些过于冷静，甚至有些冷峻。这部作品获得芥川奖的理由不在于作品对姐姐妊娠过程的描写多么细致，而在于作品中妹妹“我”对姐姐妊娠事件充满恶意的描写。比如，妹妹从打工的超市里买来美国产的葡萄柚，这种柚子中含有防霉剂PHW，具有毒性，会破坏人的染色体。妹妹明知这种水果有毒，还买回来做成果酱让姐姐食用。姐姐怀孕期间食欲大增，妹妹看着姐姐由窈窕淑女变为暴饮暴食的吃货，心里反而有种兴奋。妹妹甚至希望姐姐的胎儿畸形，“成人后我们至今还记忆犹新，只要一闻到油漆味，马上就会想起M医院……我为了见到被破坏的姐姐的婴儿，朝着新生儿室走去。”[②]故事就此结束，但留给读者无限遐想和感慨。

这部小说的名字会使读者认为这是一部充满母性温情的作品。因为“妊娠”和母性可以视为同一事物。妊娠对于大多数夫妇来说是值得庆贺的事情，爱护孩子是母亲的天性，但这是基于传统观念的神圣化的母性，而在《妊娠日历》中，不再有因为妊娠而导致的母性泛滥，有的只是对妊娠的客观冷静的描写以及妹妹的刻薄用心。作为女性作家的新拓展，这部作品给人留下了深刻的印象。主人公对于新生

① 李强．中日女作家新作大系•日本方阵：妊娠日历[M]．北京：中国文联出版社，2001:73．
② 小川洋子．妊娠カレンダー[M]．東京：文春文庫，1994:74．

命的降生没有丝毫喜悦，反而把女性的妊娠看作是破坏女性美的障碍一般的存在，这种思想跟第二次女性解放浪潮时期的反母性主义思潮具有一致性。《妊娠日历》迎合了女性主义“拒绝历史文化和社会”的写作策略，通过对现存的一切的悬搁，既摆脱了历史性和故事性，从而也得以从反映男性需求的“他者话语”中抽身，而得以保存女性经验的纯粹性。比如“妹妹”眼中的“姐夫”只是个无能、无聊的男人。比如姐姐发脾气时，姐夫会战战兢兢地看着姐姐。姐姐心情不安定和崩溃的时候，他神经质地眨着眼，无计可施地抱着姐姐的肩膀，勉强装出一种温柔的表情，《妊娠日历》中虽然没有特别刻意地阐述作者的女性主义思想，但是透过对男性柔弱无力的描写，间接地表达了作者的女性是强者的思想。

《无名指的标本》也是一部以“记忆”为主题的小说。女主人公“我”由于在工厂上班时的一场意外被机器削去了左手的无名指。后来“我”找到了一份标本室的工作，这是一间特殊的标本室，只对需要的人开放，应委托人之托制作和保存标本。小说中共出现了三个委托人，分别是在大火中失去亲人并毁容的少女、失去心爱恋人的美貌妇人和死去心爱宠物的孤寡老人，他们都试图通过制作标本的方式来将他们那些既美好同时也给自己带来痛苦的记忆加以封存。主人公“我”还爱上了标本室的经营者和标本制作者的弟子丸先生，但是却始终得不到对方的爱，最终“我”将自己的无名指做成标本，希望通过这种形式走进丸先生的内心世界，将自己永远封存在他的心里。

小川洋子还创作了不少以爱的记忆为主题的作品，例如《米娜的行进》《博士的爱情算式》《怀抱猫咪，与象共泳》等，其中关于爱的记忆的描写展现了小川洋子记忆哲学的最高境界，那就是人只有心里有爱，与爱相伴，才会排除掉孤独与寂寞，达到心灵的满足，才能积极健康地面对生活。

《米娜的行进》这部小说以日本兵库县芦屋的一座豪宅为舞台，描写了念初一的主人公“我”由于父亲病故，母亲迫于生活上京进修而将我寄养在她的妹妹——姨妈家的一段回忆。在姨妈家生活的一年里，“我”与“米娜”产生了纯真的友情。比我年幼的“米娜”从小患有哮喘病，身体虚弱，但是病痛的折磨反而使她变得更加坚强，性格更加乐观开朗。“我”被小“米娜”的乐观与坚强深深感染，也开始变得乐观开朗起来。在与小“米娜”互帮互助的时光里，我们的友情也变得更加深厚，同时芦屋家其他的人，姨夫、姨妈、米田婆婆、罗莎奶奶都给予“我”真诚的爱与呵护，弥补了“我”失去父亲、远离母亲的痛苦，来自亲人的温暖和关爱使我感到无比亲切，将“我”从痛苦无助的状态中解救出来，使我更加坚强乐观地生活下去。

《博士的爱情算式》于2003年出版，2004年获得第55届读卖文学奖和首届书店大奖，是一篇具有划时代意义的长篇小说，掀起了小川洋子热和数学热。日本文学评论界对于该作也给予了很高的评价。绫目广治称《博士的爱情算式》是“在小川洋子之前创作的小说中，该篇无疑是‘最高杰作’”①。在踏入文坛15年之后，由于该作品，小川洋子的读者群逐渐扩大，作品大受欢迎，最后被拍成电影。作品中的博士是一位数学教授，他在车祸之后记忆能力受损，记忆停留在出车祸之前，而关于现在的记忆只剩下80分钟的记忆周期，一旦超过这个时间，记忆就会自动从零开始，但是他的数学知识和计算能力保持了出车祸之前的状态。记忆在反复地生成和消失，而在博士那里唯

① 綾目広治．小川洋子一見えない世界を見つめて[M]．東京：勉強出版，2009:153．

一不变的是数学和算式。主人公“我”是一位家政公司的女员工，被分配去照顾博士的工作和生活。记忆受损后的博士每天唯一的乐趣就是解答数学杂志上的悬赏题，数学是博士与外界沟通的重要手段和桥梁。博士知道我有孩子之后让“我”带着孩子来上班，儿子的到来激发了博士身上的父爱，博士对“我”的儿子关爱有加，此后，博士、“我”和“我”的儿子之间通过数学确立了一种特殊的人际关系。虽然我们之间每次都是一次重新认识的过程，但丝毫没有陌生感，这也填补了儿子缺失的父爱，这段爱的记忆让儿子快乐地长大成人，成为一名数学教师，继续传递着博士的爱，而“我”因为与博士共同生活的美好回忆而更加珍惜现在的生活。记忆力丧失和优秀的数学能力，两者看起来像是一种对立关系。但小川洋子积极推进故事的发展，很好地掌握了两者的平衡点，从而创造出纯粹的美，创造了一个静寂的美好世界。

《怀抱猫咪，与象共泳》发表于2009年，小川洋子在这部作品里将之前作品中的所有要素融于一身，可谓小川洋子之前创作的延伸。从中可以看到小川洋子面向新的作品世界而进行的探索。从《博士的爱情算式》开始，小川洋子一改以前堪称冷酷的创作风格，给作品加入了人间温情的一面。在《怀抱猫咪，与象共泳》中虽然没有《博士的爱情算式》里模拟的家庭之爱的描写，却很好地描写了人与人之间的心灵交流以及被寂静的氛围所包围的人间的美丽灵魂。小川洋子把数学的不可思议和数学之美注入《博士的爱情算式》，同时在《怀抱猫咪，与象共泳》中巧妙运用了国际象棋的不可思议和棋谱之美，哀切地描写了一位谜一般天才少年命运多舛的一生。

《怀抱猫咪，与象共泳》中，故事的主人公是一位少年，其出生时上下嘴唇粘连在一起，做了分离手术，又给嘴唇植皮才算正常起来。男主人公父母离婚，母亲因脑出血而亡。所以自幼时起孤独和忧伤构成了他的生活基调。一次偶然的机会，这位少年与住在一辆废弃公交车上的男教师相识，男教师教这位少年国际象棋，少年技艺突飞猛进，在国际象棋界闯出名声。与《博士的爱情算式》不同的是，《怀抱猫咪，与象共泳》中的少年虽然身体有缺陷，但是他不认为这是负担，而认为是一种自我选择。这为他此后的生活状况埋下伏笔。即虽然他有残疾，但他不是消极面对，而是积极地面对现实，走出了一条属于自己的道路。这篇文章一改之前小川文学中主人公因命运捉弄而导致身体有缺陷，最后消极面对命运的形象，主人公不仅不消沉，而是按照自己的意志积极行动，最终走向胜利的彼岸。也就是说，《怀抱猫咪，与象共泳》是小川洋子文学世界中面向未来的积极尝试，主人公通过自我放弃（即身体残疾）而获得了无限的可能性。

小川洋子笔耕不辍，为日本和世界的文学爱好者献上了一部部脍炙人口的作品。

为爱而生的都市女性代言人——江国香织

江国香织（1964—），日本著名小说家、儿童文学家、翻译家、诗人。1964年3月21日出生于东京新宿区，毕业于目白学园女子短期大学国文专业。父亲江国滋毕业于庆应义塾大学，是一位随笔家、俳人，母亲势津子年轻时曾是童谣歌手。从小受到家庭的熏陶，江国香织也展现出非凡的文学才华。1985年，初次投稿诗作《棉花糖》便被录用。1987年，《草之丞的故事》获得了第4届每日新闻社“小小童话”大奖。1989年，凭借《409拉德克利夫》获得首届日本“女性文学奖”，自此登上文坛。1991年，童话集《芳香日日》夺得第38届产经儿童出版文化奖和坪田让治文学奖。1992年，《那一年，我们爱得闪闪发亮》（又译《一闪一闪亮晶晶》）荣获紫式部文学奖，之后开始创作恋爱小说。1999年，《我的小鸟儿》获得路旁之石文学奖。2002年，《游泳既不安全也不合适》获得山本周五郎奖。2003年，《好想大哭一场》获得直木文学奖。2007年，《爱无比荒凉》获得岛清恋爱文学奖。2010年，《白昼暗夜》获得第5届中央公论文艺奖。2012年，《狗与口琴》获第38届川端康成文学奖。

江国香织的小说创作以都市女性的情感生活、体验为主题，大致是以下三种形态的交织：一是越过了道德边界的不伦之恋，二是失恋女性的情感体验，三是都市婚姻中的冷漠、疏离。江国香织在作品中表现出对“纯爱”的执着追求，也体现出现代女性意识中独特的一面。“人们可以从多层面的爱欲关系中玩味人类感情，尤其是女性意识的复杂性。”[①]其作品中对各色男女的爱欲、情感的书写，为我们提供了理解日本现代女性意识和情感、生命体验的一个重要途径。

江国香织以诗人和童话作家的身份步入文坛，这两种文学题材的特质在其小说中也留下了浓重的痕迹。首先，作者将情感的抒发放在了比情节设置更重要的位置。从读者体验来说，相较故事性而言，毋宁说是一场情绪之旅。小说中感性描写和情绪表达占据了主要篇幅，而对生命的思考、对价值的追寻、对婚恋问题的理性思考，则是留给读者的想象空间。这样欲言又止的风格赋予了作品诗性的美感。可以说，重感性、重情绪，轻情节、轻思考的特质，体现了她作为诗人的创作特色。

最负盛名的小说《东京塔》，于2001年由Magazine House出版。男主角透还在上小学时父母就离了婚，他一直跟随母亲生活。单亲家庭的特殊经历是他爱慕年长女性的一个原因。透爱上了母亲的朋友，美丽、冷静、独立的诗史。诗史早已嫁做人妇，经营着一家精品屋。生性高傲的耕二是透高中时的朋友，两人性格迥异但都喜欢年长女性。“女人会随着年龄的增长变得越来越天真。耕二觉得这好像是女人命中注定的。难道女人还会有比天真更可爱的本性吗？”[②]在耕二看来女性的天真是最具魅力的地方。耕二虽然有一个女大学生恋人，却热衷于与喜美子的肉体关系。而透与诗史的关系则更倾向于心灵的契合，二人彼此需要，犹如灵魂伴侣。作者借诗史之口，说出了她对恋爱的看法：“恋爱是理智控制不了的，是非理性的。”[③]行走在爱

① 刘辉．情感关系中的女性孤独——论江国香织的爱情小说[D]．曲阜：曲阜师范大学，2012:3.

② 江国香织．东京塔[M]．王超伟，译．青岛：青岛出版社，2004:52.

③ 江国香织．东京塔[M]．王超伟，译．青岛：青岛出版社，2004:34.

情禁区的二人，在现实“逼仄”的空间里幽会，不惜为短暂的欢愉倾尽所有。不被世俗允许的爱情，燃烧得分外热烈，二人沉沦其中无法自拔。“透有时觉得诗史就像一个小巧而优雅的房间，他希望自己能永远待在这个房间里面。”①透对诗史的感情和需要是百分之百的，如同孩子对母亲本能的需求，纯净得没有任何杂质。诗史能给他温暖和灵魂最深处的慰藉，也是他走出心灵孤独的唯一出口。是否合乎道德不是江国香织的着眼点，对纯粹爱情的勾画和幻想，才是她文学创作的初衷。

诗史品味高雅，喜欢古典音乐、阅读诗集，懂得红酒，优雅冷静、从容不迫，将成熟女子的魅力展现到极致。她没有丝毫的任性和不理智，总是将一切掌控到完美。即使与透在轻井泽别墅约会时，丈夫突然而至，也能表现得镇定自若。温柔、美丽、文静、大方的诗史占据了透的心灵的全部空间，然而两个人的未来也从来不能接入现实的轨道。二人相互许下即使不能一起生活也要永远在一起的诺言。诗史看似和谐却形如空壳的婚姻，和地下恋情中与透精神的契合形成了一种强烈的对比。让读者不禁对婚姻的形式与实质加以思索。比起透的“专情”，耕二则一直保持“脚踏两只船”的状态。完美地周旋于女友由利和情人喜美子之间。喜美子热情奔放、果敢直率，耕二沉迷于和喜美子的激情之中。在东京塔附近的街区，两对恋人忘情地投入到热恋之中。然而，喜美子最终因为对爱情“唯一性”的苛求，面对自己无法自控的独占欲，狠狠地斩断情缘。耕二在回想这段恋情时才意识到，喜美子之所以和自己在一起，因为她在婚姻中也是孤独的。这两段迥然相异的“不伦”之恋，都诉说着都市男女的情感欲求与精

① 江国香织．东京塔[M]．王超伟，译．青岛：青岛出版社，2004:78.

神困境。虽然凌越了道德规范，但也真实地反映了“人”的本能欲望和理想境界的纠缠与搏斗。从这个意义上讲，江国香织的《东京塔》是兼具诗意想象和现实思考的佳作。《东京塔》中男大学生热衷“姐弟恋”，是因为成熟的女性更“单纯”。女性纯粹的“爱情化身”的形象折射出江国香织执着追求的女性价值。它触及了人类最原始的本能欲望，表达了欲排除一切“世俗杂质”的爱情愿望。

《沉落的黄昏》于1999年由角川书店出版。这部小说讲述了女主人公梨果与男友健吾的故事，相处了8年的男友健吾移情别恋后将梨果抛弃，果断搬离了二人同租的居所。让健吾爱得忘我的女孩华子，美丽迷人，但性格清冷，行踪飘忽。华子的脱俗深深吸引了健吾，然而对方无法报以他足够的爱。突然一天华子闯进了梨果家里，要和她合租寓所。华子任性与乖巧兼具的个性，让情敌梨果最终也接受了她。华子跟多名男子暧昧，还和有妇之夫纠缠不清。尽管如此，她还仿佛被赋予了魔力般地吸引了周遭的男性，甘愿为她付出一切。然而，华子最终选择了自杀，她似乎要逃出这样紧紧包围着她的令人窒息的爱。小说的主线是女主人公梨果15个月的失恋经历。在孤独和丧失感萦绕一年多的时光里，梨果尝试着克服失落的心理，走出困境。江国香织独特而温暖的笔触描写了这一过程，作品结尾余韵悠长，为作品本身增色不少。

《好想痛痛快快哭一场》于2003年由新潮社出版，是江国香织摘得直木文学奖的作品，其中收录了12篇短篇小说和长篇小说《红靴子》。这些小说诉说了都市婚姻中冷淡、疏离的夫妻关系。小说《隔阂》中妻子志保质问丈夫：“我们尽管在一起生活，却演绎着不同的故事，这些事你知道吗？”[①]决意离开的妻子诉说着自己对婚姻状况的不满和情感的极度孤独。“我像独身女人一样自由，像已婚女人一样孤独。”[②]这是《如果洋一也能来该有多好》中女主人公夏芽的内心独白。带着婆婆去旅行的夏芽是一个好儿媳，却不能改变她受不了丈夫冷落而出轨法国人路易的事实。在丈夫和情人间挣扎的夏芽心里明白，自己早已失去了他们。《陀螺妻子》中美代子没有出轨任何人，然而也唯有遥想青春时代的初恋聊以自慰。现实生活中的她早已和爱情无关了，她每天忙着采购、做家务，陀螺般忙碌的“妻子”“妈妈”角色让她也倍感满足。这篇小说简简单单勾勒出本分家庭主妇的生活实态，无奈中夹杂着些许嘲讽。《干巴巴的饼干》描写了普通女孩阿圆平淡无奇的青春时光。她感觉不到快乐，既不温柔也不美丽，小说传达着她对岁月的某种不甘。

孤独来源于人与人内心的隔绝。在婚姻中一方的孤独，是由于烦琐的家庭生活消磨了激情，导致双方无法保持理想的爱情状态。女性敏感细腻的心理特质，使其不堪忍受被忽视、被漠视，甚至被无视的境地。这样的婚姻状态必然给女性带来巨大的心理压力和情感创伤。爱情是美妙的，令人目眩的，但是黯然落幕的爱情在这世界却俯拾即是。在爱意散尽后，婚外恋成为成年人精神世界的一根救命稻草。江国香织作品中男女主人公对爱情、家庭的信仰，责任感是淡漠的，某种程度上反映了当下社会人们的信仰危机。

值得一提的是，江国香织作品中爱情的形式，完全超出了道德

① 江国香织．江国香织作品集：好想痛痛快快哭一场[M]．李炜，李洁，译．海口：南海出版公司，2013:11.

② 江国香织．江国香织作品集：好想痛痛快快哭一场[M]．李炜，李洁，译．海口：南海出版公司，2013:13.

的约束。“不伦恋”“忘年恋”“同性恋”，更常见的是夫妻间“冷掉”的爱情。夫妻这对原本最亲密的人，处在同一屋檐下，却同床异梦、形同陌路。她的作品抛出了爱情婚姻中的一个由来已久的问题。揭示了在婚姻冠冕外衣掩盖下的女性情感的脆弱和无助。在寂寞时红杏出墙，心里惦记着丈夫，而丈夫却冷若冰霜。日本社会的婚恋、情感问题也随之再度进入大众视野。现在的日本单身率屡创新高，离婚率、单亲家庭的比例逐年攀升，这说明江国香织书写的都市情感世界绝非恣意虚构，而是源于社会现实。作者反反复复诉说了从古代绵延至今人类恒久的情感困惑。这也是她能牢牢抓住读者内心，引起情感共鸣的原因。但是，这种只描写孤独和哀伤个人体验的“私人化书写”，缺乏更多精神层面的思索。

由李炜、李洁翻译的江国香织小说集《那一年，我们爱得闪闪发亮》，收录了包括同名小说在内的10篇小说，是一部集中描写女性失恋情感体验的小说集。在这些小说中江国香织着力刻画了“恋爱至上”的女性形象。她们离经叛道，无视道德约束，将“纯爱追求”当作人生的终极目标和世界的“最高正义”。《浅眠》中的“我”和有妇之夫耿介展开了一段热恋。二人居住在耿介的家里过着闲散悠然的生活。而这一切因耿介从长野娘家返回的妻子而戛然而止。失恋的“我”长久陷入对耿介的思念。“耿介从没说过他的妻子，他并不是想隐瞒已婚的事。对我们的恋情来说，他有没有妻子都无所谓。这话也许听起来很傲慢或随便。但世上的确存在只能如此相爱的人。”①这样的爱情观无疑代表了一部分新女性，她们所谓的“纯爱”观念从某种意义上将婚外恋“合法化”。然而，爱人耿介最终还是选择

① 江国香织．那一年，我们爱得闪闪发亮[M]．李炜，李洁，译．海口：南海出版公司，2013:3.

回归了家庭。小说中对耿介这位男性的内心世界着墨甚少，更多的是从“我”出发的女性独白。“我”不断诉说对耿介的爱和思念，“近距离看着耿介的脸，我想，我的确连这个人的每一根发丝都深爱着。”[①]字里行间充斥着对恋人的痴迷，刻画了对爱情全情投入的都市女性形象。“我”即使被抛弃也难以自制地深爱对方，打十几通骚扰电话给对方，似乎灵魂出窍一般，多次来到对方的家中，甚至卑微到想成为对方家里的猫，和他们夫妻一起生活。

女性的情感体验是江国香织“私人化书写”的重要内容。“体验是由著名解释学家狄尔泰最早提出来的，它指具有本体论意义的、源于人的个体生命深层的对于人生重大事件的深切领悟。”[②]“体验是经历中见出个性，深义和诗意的情感。”[③]体验可以细分为成长体验、情感体验、性爱体验、孕育体验等内容，是女性生命体验的重要构成。

《那一年，我们爱得闪闪发亮》发表于1991年，并于次年获得第2届紫式部文学奖。这篇小说的特色在于采取了男女主人公视角交织的叙事方式。女主人公笑子有精神方面的困扰，情绪不稳定，并且有酒精依赖症。医生一直告诉笑子，结了婚情绪就会稳定下来。她在相亲的10天之后和同性恋者睦月结了婚，睦月的同性恋人是绀。两个孤独的灵魂在认同了彼此的一切后做出了结婚的决定。笑子被温柔的睦月深深吸引，然而对于他的同性恋者的身份却无法改变。两人不可能成为真正的夫妻，也约好了可以各自拥有自己的恋人。笑子总是缠着

① 江国香织．那一年，我们爱得闪闪发亮[M]．李炜，李洁，译．海口：南海出版公司，2013:17

② 刘艳琳．20世纪中国文学女性生命体验的性别书写[M]．长沙：湖南师范大学出版社，2014:17.

③ 童庆炳．经验、体验与文学[J]．北京师范大学学报（人文社会科学版），2000(1):92.

睦月给她讲恋人绀的事情。两个人看似稳定、温馨的家庭生活却让笑子越发不甘，她在现实的无力感中精神更加不稳定。睦月被父母催着生孩子，分外焦灼。同样焦躁不安的还有睦月的恋人绀。这个探索新的婚姻、恋爱存在模式的小说，被描绘得如同童话故事一般。

《神之船》是江国香织1999年创作的长篇小说，曾入围第13届山本周五郎奖。一经发表便人气非凡，2013年被拍摄成电视剧。这部小说以母亲叶子和女儿草子的视角切换的方式展开叙述，主要描写了父亲缺位的家庭中母女间复杂而微妙的关系。母亲叶子白天教钢琴，晚上去酒吧工作。她怀孕的时候，丈夫告诉她自己一定会回来，之后就失踪了。叶子对他的话毫不怀疑，一直独自抚养女儿，等待他的归来。为了寻找“那个人”，叶子和草子如浮萍般，不断搬家到不同的城市，过着辗转流离的生活。草子从出生6个月起就随着妈妈开始了漂泊的生活。为爱而生的母亲每一两年就会搬一次家。妈妈每换一次工作，就会有一些追随者，其中不乏一些痴情的男子，然而妈妈始终忘不掉“那个人”，也从未打算忘记。当女儿问她为什么要经常搬家，母亲则回答说她们是坐在“神之船”上。幼年时期的草子和母亲一样，相信与父亲相见的日子一定会到来。然而随着时光流逝，相对于妈妈的信心，女儿早就在现实中放弃了那个奢望。靠香烟、咖啡和巧克力生活的妈妈，之所以能这么悠闲地度日，是因为有一直忍耐着痛苦的转学和不安定生活的女儿草子的存在。表面看来是母女相依的温馨亲情故事，然而任性的母亲，却强行让女儿承担了“母亲”的角色。这对于一个未成年的女孩来说是极为残酷的。母女二人最终发生冲突，走向了别离。草子升入高中后，离开了母亲，搬到高中宿舍居住。叶子再也见不到恋人，又失去了草子，慌乱异常。和女儿分别的叶子结束了16年的漂流生活，一个人回到了故乡东京。

造成叶子悲剧的是“爱情至上主义”，叶子把对草子的父亲——“那个人”的爱情刻入了骨髓。“你爸爸这个人啊，只要他一挨着我睡，就立刻会把我带到幸福的尽头去。无论是什么时候……只要睡在他身边，就什么也不怕了。”[①]然而缺乏对现实清醒的认识的叶子，却遭到了理想爱情的重击，造成了母女二人非同寻常的人生轨迹。尽管如此，叶子对待爱情的理想主义，并不仅仅停留在年轻的时候，在草子的父亲欠下债务连夜出逃之后，她仍然没能从爱情的迷梦中醒来，依旧陶醉在两人私奔的过往中，并且时刻幻想着重逢之日的到来。《神之船》这部小说描写了隐藏在日常生活中的爱情、疯狂和离别。这部小说是感受性极其敏锐的江国香织最重要的作品之一。“无常观”“爱孤独”“去向何处”是这部小说真正要探索的三大主题。

《威化饼干的椅子》于2001年由角川春树事务所出版，是一篇关于“记忆”和“孤独”的作品。小说讲述了38岁的“我”是个独居画家，经常到访的是已有妻女的恋人。“我”和他相恋7年，宛如一个侧室。恋人的身体给“我”莫大的幸福和温暖，但其中也隐藏着绝望。“我”生活在这个仿佛与世隔绝的爱情小天地中，陶醉于和对方深深的精神共鸣。恋人如同自己的全部世界，这无法曝光于众的隐蔽、扭曲的爱情，形同空气般无法抽离。对被爱情束缚的女人来说，有那么一瞬间，会为这份爱情的正确性而焦虑，但又被无法摆脱的爱情所封闭，在疯狂中失去对生的执着。

《神圣花园》于1994年由新潮社出版。主人公果步和静枝从小学到女子高中一直是好朋友。不知不觉两人已经交往了20多年，即使是

① 江国香织．神之船[M]．彭懿，周龙梅，译．南宁：接力出版社，2004:59．

快到了30岁，两人的友情也没有改变。静枝看到果步无法从失恋的伤痛中恢复过来，内心十分痛苦。对于静枝的不伦之恋，果步也有一种无法释怀的感情。小说中还描写了，明知是得不到回报的恋爱，依然天真地爱恋着果步的后辈，作品以温柔的笔触刻画了“值得爱”的人。

江国香织的作品沿袭了平安时代女性文学的叙事传统，擅长坦露女性的心迹，具有私人化书写的倾向。其作品中的女性敏感多情，执着于爱情，在感情的沉浮中，描绘人生的轨迹。江国香织更是一位恋爱小说女王，她在小说中描摹了形态各异的爱情，但都是充满了孤独、感伤的爱情故事。她的作品对女性孤独幽闭的心灵，如同囚鸟般挣扎的困顿的精湛描写让人叹服。作品中流露的冷静的孤独感、绝望感，让读者同情又哀伤。总之，江国作品的强大感染力，是其征服读者的利器。

“中国的‘私人化写作’更加关注幽闭的个人空间，而日本的‘私人化写作’则变成了暴露自我苦闷的一种方式。”[①]日本女性自古感性思维发达，吐露心声，宣泄情绪也是日本平安时期女性日记文学的主要内容，它也奠定了日本私小说发展的基础。女性情感体验的记录，是了解女性情感世界的一面镜子。江国的作品在洞察现代都市女性心灵世界方面具有重要价值。在第三次女性主义浪潮的影响下，大批女性走上写作的道路，勇于书写自我的生命体验、情感轨迹。女性作家们从女性视角观察世界，思考人生，体验恋爱、家庭，诉说欲望，倾吐哀伤，以文学求“疗愈”，以书写求“生存”。这也是当代女性作家生命价值、社会价值的张扬。

① 张天蓉．东方女性的“孤独私语”——陈染与江国香织小说创作的比较研究[D]．厦门：集美大学，2017:27.

江国香织擅长以细腻的笔触，书写女性情感的微妙变化，将浓郁的哀伤、绝望情绪传递到读者心间，让人瞬间坠入女主人公感觉世界的深渊。作品的内容感性之至，但又极为现实。对考察当代女性的婚恋观、情感体验等具有重要意义。“无法满足的爱情”“冷淡的婚姻生活”“失恋后的情伤”“婚外恋”等都是江国香织小说的共同主题。这些都市情感境遇集中展现了女性的情感孤独和精神孤独，因此具有一定的现实意义。江国香织作品中这些执着追求爱情的女性形象，是对当今社会“速食爱情”的一种反驳。这些女性虽然感性超出了理性，但符合作家对“诗性文学空间”的追求。作品中的女主人公基本没有生存的压力，爱情和艺术欣赏使她们的生活愈加纯粹，极少沾染世俗的杂质。她们不计较爱情的形式，对男性抱有“孤注一掷”的爱，某种意义上具备了凌驾于伦理道德之上的自由度。这种爱情中“徒劳”的女子姿态，在日本传统中即是一种美学，也是江国文学最具感染力之处。可见，情感中的失落是女性即使跨越千年也不得不面对的困境。而如浓雾般无法挥散的悲伤情绪，依旧是女性对爱情的孜孜以求和对其本质的永恒叩问。

日本现代文学“天后”——吉本芭娜娜

吉本芭娜娜（1964－），原名吉本真秀子，1964年7月24日生于东京，日本著名小说家，被誉为“日本现代文学‘天后’”，和“日本文学天王”村上春树齐名。其作品以“治愈系”为特点，深受读者追捧。吉本芭娜娜是家中次女，她的父亲吉本隆明是日本著名作家及评论家，吉本芭娜娜从小便受到父亲的文学熏陶。吉本芭娜娜高中时深深着迷于太宰治和史蒂芬·金的文学作品，这两位作家都善于在作品中通过“死亡”来表达他们对人和生命的思考，这对芭娜娜的创作产生了不小的影响。

吉本芭娜娜大学就读于日本大学艺术系，在校期间就开始创作，毕业作品《月影》获得艺术学部长奖。23岁时发表代表作《厨房》，轰动文坛，在很短时间内印刷超过200余万册，她也凭借这部作品荣获1987年第6届海燕新人文学奖，后来又陆续获得1988年的第16届泉镜花文学奖、1989年的艺术选奖文部科学大臣新人奖等奖项，作品被翻译成美、德、意、英、法、中等多国文字。1989年，长篇小说《TUGUMI》（《鸫》）一书获得第2届山本周五郎奖，并于次年改编成电影。她创作精力充沛，连续发表了许多作品，连年雄踞日本畅销书榜首。不管是出版界，还是电影、漫画、音乐、美术等方面，都出现了芭娜娜热潮，被称为“芭娜娜现象”。

自登上日本文坛以来，吉本芭娜娜创作并发表的作品数量之多、销量之惊人，都让人惊叹。她的主要作品有《厨房》（1988年，除收录同名小说《厨房》之外，还包括续集《满月》及《月影》）、《泡沫/Sanctuary》（1988）、《哀愁的预感》（1988），还发表了作为耶稣圣诞礼物而创作的短篇作品《Holy》（1988）、长篇小说《TUGUMI》（1989）（中文译为《鸫》）、短篇集《白河夜船》（1992）、随笔集《菠萝布丁》（1989）、对谈集《水果篮子》（1990）、《N．P》（1990）、随笔集《芭娜娜爱唱歌》（1991）、随笔集《浮生》（1991）、对谈集《吉本芭娜娜访谈集》（1992）、短篇集《蜥蜴》（1993）、《甘露》（1994）、《月光》（1995）、随笔集《梦的种种》（1994）、《忠狗的最后恋人》（1994）、《SLY》（1996）、《蜜月旅行》（1997）、《硬派·硬石）》（1999），以阿根廷首都布宜诺斯艾利斯为舞台的7则短篇故事构成的短篇小说集《不伦与南美》（2000，荣获意大利多玛格文学奖）、《身体了解所有的事》（2000，收录13则短篇小说）、《阿根廷婆婆》（2002）等。

吉本芭娜娜笔下的青年男女敏感忧郁，同时对生命又充满深深的依恋，她从女性角度出发，刻画了一个情感细腻、勇敢、积极的世界，进而通过这个世界，来表达她所理解、领悟的生活和生命的真谛。在这个世界里，死亡成为她预设的前提，几乎所有作品都存在着死亡，甚至是大量的死亡。然而吉本芭娜娜并没有将笔墨着力于描写死亡上，而是强调从死亡阴影中走出，重新开始生活的真谛。她的作品大多以阴郁灰暗开头，而结局大多灿烂光明，故事的主人公们发掘了生存的意义与勇气，与过去实现了彻底的“告别”或“了断”，进而让读者产生同感，舒缓生活中不可避免的伤痛，从短时间难以消解的情感羁绊中寻找到解脱。因此，吉本芭娜娜被称为“治愈系作家”。她坚信这世界上所有的爱与温暖的情感，虽然这些爱与温暖永远不能够长久，她写道：“人不可能永远和挚爱的人相聚在一起，无论多么美妙的事情都会成为过去，无论多么深切的悲哀也会消逝，一如时光的流逝。”[①]而她的代表作《厨房》就是对这一观念的深刻描写。作品的主人公是少女樱井美影，她一直与祖母相依为命。祖母去世后，她沉浸在失去唯一至亲的悲伤和痛苦中不能自拔，只有在厨房的冰箱旁才能安睡，悲伤让她孤独绝望，冰冷空荡的屋子让她心痛，生活让她感到迷茫。这时，曾受到她祖母关照的田边雄一与她的变性人母亲惠理子收留了她。虽然美影和雄一母子并没有血缘关系，但是在这个像社会异类家庭里，她却得以重生，渐渐从失去亲人的阴影中走出。“厨房”这一生活空间，将男女主人公联系在一起，使他们在这里找到家的温馨，摆脱过去孤独、寂寞、伤感的生活，开始全新的生活。

厨房是主人公心灵的慰藉，但是美影并没有长期地躲藏在厨房中，也没有长久地沉浸在失去亲人的伤痛中，她选择了勇敢地走出去，开始新的生活。她的勇敢和坚强以及用心感受人间的情爱和温暖的形象，为生活在经济高速发展、迷茫浮躁风气日盛的现代社会青年树立了一个积极向上的榜样。

此外，“两个主人公这种近乎透明的青春感受和孤独感打动了成千上万读者的心，他们纤细、哀伤的情感引起无数年轻读者的共鸣。”[②]虽然可能不是每位读者都经历过至爱的离去，但无助绝望的情感却是共有的，吉本芭娜娜的叙述带给读者一种濒临死亡的体验，将读者代入作品其境，从孤独的共感出发，读者与故事的主人公一起携手振作，在接受作家笔下的一系列疗伤方法后，完成重生的洗礼，

① 吉本芭娜娜．厨房[M]．李萍，译．上海：上海译文出版社，2009．

② 何乃英．谈“吉本芭娜娜现象”[J]．百科知识，1998（11）：1．

背负的重压获得一定程度的消解。

吉本芭娜娜在这部作品中用一种新的家庭模式“冲破”日本传统的家庭模式框架，在这个“无血缘家庭”中，家庭成员的相处从过去的“父命子从”“唯夫命是从”，变成了脱离血缘和亲情关系，纯粹由对彼此的感情来维系的模式。小说中，芭娜娜用大量的笔墨描写现实中的厨房和主人公美影理想中的厨房。对美影而言，厨房就意味着“家庭”“亲情”和“团聚”，是她的避风港，是她可以找到安全感和归属感的地方。可以说，作者在这个作品中既展现了对传统家庭亲情的渴望和期待，又揭示了现代女性希望打破传统，追求自由生活的愿望。

《甘露》是芭娜娜较为重要的一部作品，获得过紫式部文学奖。这部作品发表于1994年，是吉本芭娜娜至今为止篇幅最长的一部小说，也是一部非常具有标志性的作品。《甘露》由其序篇《忧郁》和《甘露》两部分组成。序篇《忧郁》作为短篇小说，刊登于1990年第4期的《海燕》杂志上，《甘露》的22章则是以连载小说的形式，陆续发表于该杂志。虽然两部分内容一开始是两部独立的作品，然而吉本芭娜娜本人从最初就打算把《忧郁》作为《甘露》的序章。上海译文出版社在2003年12月出版了长篇小说《甘露》的中文译本，是这部作品继港台地区出版之后的又一个中文版本。作为“日本女性作家都市小说系列”的一部分，这部小说思路奇特，行文无拘无束，变幻莫测，充满梦幻色彩。

《甘露》描写了姐弟之间的爱情故事，穿插着死亡、神秘力量、幸福、人与人之间的关系、爱情等主题。《甘露》的主人公朔美生活在一个复杂的重组家庭中，她的父亲比母亲年长21岁，生下朔美和她的妹妹真由后，中年的父亲因脑出血突然离世。之后，母亲再婚，又生下了弟弟由男，后又遭遇离婚。朔美家的家庭成员中，除了母亲和弟弟、妹妹之外，同住的还有朔美的表妹干子和母亲的好友纯子。芭娜娜在这部小说中，构建了一个比《厨房》更为复杂的“非血缘家庭”。主人公朔美的头部撞伤后丧失记忆，在康复的过程中，一个崭新的世界渐渐展现在她的面前。经历了风雨，朔美终于品味出了平淡生活中的甘露滋味。

这部小说中，芭娜娜安排了多个具有“超能力”的角色，虽然“超能力”在吉本芭娜娜的创作中并非首次出现，从《月影》《哀愁的预感》到《白河夜船》《夜与夜的旅程》《一种体验》（睡眠三部曲）等等，都不乏“超能力者”的存在，但是如此大规模的描述，甚至把“超能力”升华到作品的主题这个高度，《甘露》尚属首次。吉本芭娜娜借由“甘露”这一寓意告诫人们：“此时活在世上的所有人，迟早都会随风而去。唯有此时此刻存活在这里的肉体，才能全身心地去感受周遭所有的一切，这是何等精彩、何等美妙的事啊。”[①]

日本近代文学研究者木股知史评价《甘露》：“是吉本芭娜娜第一时期作品的集大成之作。错综复杂的家庭关系、阴阳两隔的死者与生者奇异的灵魂交流、超能力的存在、记忆的丧失与恢复以及手足之温情。”[②]芭娜娜也曾在接受记者采访时说：“第一时期的吉本芭娜娜的‘方式’结束了，或者说是厌倦了。我觉得在技术上也发生了方法论的变化。”[③]这就意味着，《甘露》标志了吉本芭娜娜自初登文坛后，“第一时期吉本芭娜娜”由此结束，“第二时期吉本芭娜娜”

① 吉本芭娜娜．甘露[M]．李重民，译．上海：上海译文出版社，2003:210.

② 木股知史．吉本ばななイエローページ[M]．東京：荒地出版社，1999:160.

③ 『朝日新聞』大阪本社版刊，1994年11月2日

由此开始。

《厨房》和《甘露》都是吉本芭娜娜第一时期的代表作，在她第二时期的作品中，也通过独特的视角，向读者传递出她对这个世界的理解。例如2000年出版的《身体了解所有的事》的主题是“身体”，她通过敏锐的感性描写出人生的片段，试图告诉读者身体所能了解的事远超过我们所能思考的范畴。《雏菊的人生》是吉本芭娜娜的中篇小说，讲述了主人公雏菊和挚友达丽亚在人生路上相互扶持的故事。雏菊自幼父母双亡，过着寄人篱下的生活，因为好友达丽亚的存在，才使她的生活看到希望。虽然后来达丽亚一家都移居国外，但两位以花名为名字的好朋友没有忘记彼此。后来达丽亚遇车祸身亡，死亡的阴影再度落下，雏菊虽然感到悲伤，但她还是决定坚强地活下去。

《阿根廷婆婆》是吉本芭娜娜创作的一部中篇小说，后被导演长尾直树搬上了银幕，由铃木京香、堀北真希、役所广司主演，被誉为“描绘完美幸福光景的物语”，该片已于2007年上映。这部作品讲述的是一个叫美津子的女孩，她有一个擅长石雕的父亲和喜欢海豚的母亲，在母亲因病去世的当天，深爱母亲的父亲居然消失了。坚强的美津子执着寻找父亲半年后，在一个被叫作“阿根廷婆婆”的怪女人那里，发现了正在为母亲雕刻海豚墓碑的父亲。美津子渐渐被“阿根廷婆婆”热情的拥抱、特有的魅力和自成一家的道理所感染，重新找回了家庭和亲情的真谛。在这部篇幅不长的作品中，吉本芭娜娜用细腻的笔触，营造了鲜活的感受，带领读者跟随小说中的人物共同经历人生低谷和黑暗，再被“阿根廷婆婆”独特的魅力治愈，共同走出过去的黑暗，重新感受人生的美好。

芭娜娜作品的一个特点就是真实的日常性的“死亡”事件在她笔下频繁出现，而有别于其他文学作品关于“死亡”的描写的特征是，芭娜娜作品中对于人物的逝去没有安排荡气回肠的特定场景，也没有给人物的逝去赋予某种特殊的意义，而是将人生的短暂和生命的有限置于一个日常人们司空见惯的平凡场景中，贴近社会现状，形象地反映了当代日本人的生活和心理状态。“她的小说尤其受到了日本年轻人，特别是年轻女性的欢迎，这与贯穿作品的‘丧失与疗伤’功能密不可分。”①

爱伦·坡说过，文学中最忧郁的主题就是死亡，而其中最富诗意的就是“佳人之死”，这也是吉本芭娜娜的创作主题。吉本芭娜娜的作品中虽然常出现不真实的灵异、童话或漫画式人物，禁忌而敏感的近亲或同性恋情，然而最无处不见的却是死亡：轻易的死亡，大量的死亡，日常的死亡。常在情节还没正式展开前，在一种没有理由的、决绝的孤独情境里，故事的主人公就已经失去了至亲、至爱的人。成名作《厨房》和《哀愁的预感》《白河夜船》《N．P》《甘露》等，无不笼罩着死亡的阴影。然而，正如吉本芭娜娜本人所言，她认为生命是一个疗伤的过程。“我的兴趣在于描绘（受伤的）心被疗愈的过程，而不是死亡本身。”②

通过对吉本芭娜娜第一时期作品的研读，我们可以发现，第一时期的作品和第二时期的作品最大的区别在主题上，第一时期的作品以单一主题为主，围绕家庭成员之间的亲情这一主题深入描述，而第二时期的作品则更加复杂多变。自《甘露》开始，作品描述的视角开始从家庭温情向社会转变，多主题并行，它包含了超能力与异界的存

① 黄淑惠．论吉本芭娜娜小说《厨房》的象征意义[J]．龙岩学院学报，2008(1):74．

② 周阅．吉本芭娜娜的文学世界[M]．银川：宁夏人民出版社，2005:276．

在、现实世界的美好、手足温情等多个主题，最集中、充分体现了作者对这些问题的思考。

进入现代文明后，人们在知识、科技、物质的开发上取得极为可观的成就，但社会带来的压力也远远超出了负荷，现代社会的竞争关系和人与人之间的冷漠孤绝使人们处在一种紧张甚至精神分裂的状态中，死亡和离别时刻都在上演，孤独、彷徨和哀伤，总在侵袭人们的心灵。而芭娜娜所描绘的文学世界准确地将这种感受传达出来，使人们产生强烈共鸣，并且她还循循善诱，以温暖的食物、亲爱的伙伴、日常的生活乃至神秘的通灵为手段，将主人公引导至正常向上的道路上，其寻求改变现状的努力鼓舞了现代社会中的年轻人，为他们所接受。

除了以上疗伤手段，吉本芭娜娜还倾向于设置神秘力量作为催化剂或外力来协助主人公摆脱困境。她习惯安排一个非人间的神秘角色，作为生与死、天与人、圣与俗的媒介，透过其存在，使得因丧失而失魂落魄的人获得启示（通过睡眠和梦甚至诅咒），最终得以痊愈和再生。小说情节中“超现实现象”的出现，也是吉本芭娜娜作品的另一个主要特征。如《月影》中告知幻象的女孩，《蜥蜴》中可以将人咒死、同时又具有神奇医术的女孩蜥蜴，《哀愁的预感》里的弥生和《甘露》里有预知能力的真由，《甘露》中还有一个以歌声通灵的塞班女子。然而这些作品中的超现实人物不但没有给读者带来脱离现实、非日常的感受，反而能从中获得生活的指引，并获得“治愈”，这种超现实在一定程度上迎合了泡沫经济时代日本民众的思想意识。20世纪70年代以后，日本经济飞速发展，实现了现代化，然而面对物质经济的富足和多元文化的冲击时，人们的精神世界开始孤独、迷茫，陷入焦虑的状态，这样的精神压力迫使人们希望可以借助“神灵”等超自然力量来改变现状。而在吉本芭娜娜的文学世界中这种“超现实能力”得以实现，给了读者心灵上的慰藉。

她小说中的超现实因素，可以说受到了西方超现实主义的影响，但是又与西方的超现实主义不同。最大的特点是，吉本芭娜娜作品中关于梦境、灵异世界的描写，更多的加入了她自身对超现实的理解，因此，吉本芭娜娜的超现实极具个人特色。在其作品中，她善于运用超能力制造不幸，同时又利用超能力来救赎心灵。日本推理作家笠井洁曾评价说：“作品没有完全与环境脱节，也并没有完全进入另一个世界，而是仅仅错开半步观察同一个事物，在这种时候显现的世界恐怕才是吉本芭娜娜作品的精髓。”①

在她的小说中，每当主人公们被生活压倒，沉入黑暗中时，超现实现象会以梦境或超能力者显现能力的方式出现，帮助主人公走出困境，让主人公们忘却了沉重的过去，走出自我封闭的状态，最终感知到现实生活的可贵。吉本芭娜娜在小说中设置的超现实元素，更多的是让在现实世界“喘不过气”的人可以有一个避难所，可以在超现实世界调节自我、减轻压力，最终回归现实、正视现实，重新领悟现实世界的珍贵与美好。

吉本芭娜娜说过：“所谓死亡并不是死去的人的问题，而是活着的人的问题。”②她的小说之所以有巨大的感染力，是因为她的目的并不是让读者无止境地哀伤下去，而是希望通过她的“超能力”让读者认清现状，从黑暗中走出来，努力创造新的人生。

吉本芭娜娜的作品之所以被称为“治愈系”，也和她的叙述特点

① 吉本ばなな．ばななのばなな[M]．東京：メタローグ，1994:201．

② 周阅．吉本芭娜娜的文学世界[M]．银川：宁夏人民出版社，2005:276．

有关。她的很多小说没有跌宕起伏的故事情节，叙事亲切自然，像是在自言自语，又或是与人闲谈讲述自己的故事一样，这种娓娓道来的叙述方式，使得读者的情绪随着她悠缓的语气而起伏。她的作品中往往有大段人物之间的对话，也有很多人物的内心独白，通过对话和独白的方式让读者产生亲切感和代入感，更有“治愈”的效果。

总之，吉本芭娜娜的文字纯净轻盈，富有梦幻色彩，流淌着青春的迷惘、忧郁、哀愁，契合了现代都市年轻人无从诉说的微妙心绪和敏感情怀，这也是其作品不仅在日本，同时也畅销欧美和亚洲其他各国的主要原因。

享誉日本文坛的韩裔小说家——柳美里

柳美里（1968—），在日韩裔作家，剧作家。1968年6月22日出生于茨城县土浦市。1岁时随家人迁至横滨市定居。1983年进入横滨共立学园高中学习，因遭到校园霸凌，一年后退学。1984年，柳美里加入东由加多主导的音乐剧团东京Kid Brothers，并参与了多场公演。经过作为演出助手的磨炼，1986年，在剧作《致水中之友》中身兼编剧和演员两职，因此备受瞩目。1993年，《鱼之祭》获得第37届岸田国士戏剧奖，柳美里成为该奖项最年轻的获奖者。1994年，处女作小说《石泳鱼》在《新潮》杂志上发表，这部作品因侵犯了韩国女性友人的隐私，被告上了法庭。2002年，日本最高法院判定禁止出版此书。1996年，《客满新居》摘得第24届泉镜花文学奖和第18届野间文艺新人奖。1997年，柳美里凭借小说《家庭电影》夺得芥川奖，确立了在文坛的地位。1999年，小说《淘金热》获得第3届木山捷平文学奖。柳美里2000年1月诞下长子，成为一名未婚母亲。同年6月，自传体小说《命》出版，之后又推出了《生》《魂》《声》三部作品，组成了四部曲。2020年，《JR上野公园口》的英文版*Tokyo Ueno Station*入选《时代》杂志2020年必读书100本，获得全美文学奖。其他代表作品有《水边的摇篮》（1997）、《女学生之友》（1999）、《口红》（2001）、《梦与雨之后》（2005）、《自杀之国》（2012）等。

幼年时期因父母关系不睦，少女时期的柳美里就曾有过离家出走、自杀的经历。“那个夜晚，我没有勇气踏上那仿佛无限延长的黑河般的铁轨，只是沿着它漫无目的地行走。我讨厌自己，讨厌自己的一切，甚至对自己是自己这个事实都感到厌恶。我想把自己带到大海，沉入其中。我脱去鞋子，光脚走在被海水打湿的沙滩上，海水袭来一直淹没到我的腰。此时，我的背后响起了一阵笑声，它让人如此眷恋。巨大的水花狠狠地朝我心脏的位置砸过来，我突然笑了起来。我瞬间被海浪吞没了，卷入了海里。当我苏醒的时候，我发现自己已被冲到了海滩上。寒冷使我全身颤抖，就这样看着夜色如退潮般静静地离去。14岁开始，我就一直做这个梦，一个有关丢失了的过去的梦。”①这段描述来自散文集《鱼之梦》中收录的一篇同名散文，是柳美里的亲身经历。选其作为该散文集的名字，也足见柳美里对“鱼”这一意象的偏爱。文章篇幅短小，仅仅1 300字左右，只有标题中有“鱼”一词，而全文中并无一处提及。可见作者以“鱼”自托，自喻。鱼的梦，就像自己年幼时的一个梦境，从岁月中抽离，而又随时浮现，自己无力与其抗争。

1997年，发表自传体小说《水边的摇篮》，书名就诉说了作者的漂泊感。柳美里把自己比喻成在水边摇曳的摇篮，从出生的那一刻起，就注定了作为在日外国人的命运。她在祖国韩国和生活的国家日本之间摇摆不定，无法归属于任何一方。这种不安定和无归属感可以说是促使柳美里投身文学的原因之一。在这个意义上，柳美里的作品中处处可见伤痕。这是与生俱来的、无法回避的“双重身份”的伤疤。

生在日本长在日本的柳美里，除了血缘之外，和韩国几乎没有交集。她来到人世的那一刻起就被剥夺了拥有韩国国籍、了解韩国社

① 柳美里．鱼の夢[M]．東京：新潮文庫，2003:19.

会文化的权利。对于从文字到社会都完全陌生的祖国，毫无亲切之感也是理所当然。相对于日本，“祖国”反而显得遥远，它与柳美里之间存在着无法逾越的鸿沟。《水边的摇篮》的第一篇名为《榻榻米下的海峡》，这里所说的“海峡”不单指地理上的存在，更暗示了作者内心与韩国之间无法跨越的心理海峡。另一方面，生活在日本社会的柳美里具有卓越的日语才能，在日本文学、文化的熏陶下长大。虽然像热爱祖国一样热爱日本，却被社会和周围的人排斥，受到不公平的对待。被轻蔑的言论和行为伤害的事情也时有发生。柳美里在《水边的摇篮》中就有对幼年时期在学校受到欺凌的记述。即使生活在日本社会，也无法产生归属感。韩国只是一个“符号”，但却是伴随一生的“符号”。事实上，无论是韩国人还是日本人，都不把柳美里当作“自己国家的人”。

柳美里的创作关注女性的人生轨迹和生命体验，具有鲜明的女性主义文学特征。“在人类文化中，女性一直处于客体位置，成为男性欲望和审美的对象。”①柳美里的女性写作解构了传统的家庭、婚恋模式，改变了男性和女性的权力关系。女性真实自我与父权社会要求的女性形象存在着偏差。处于男权社会的女性要想向社会发出声音，展现真实自我，必须掌握女性话语权。话语权的掌控，首先需要男女平等的地位。在柳美里的人生生涯和作品中，平等不是一句口号，也不是来自男性的自觉，而是切切实实地通过女性的奋斗而获得的。女性的经济独立是掌握话语权的第一步。斩断物质层面对男性的依赖，是女性自我解放的起点。只有站到和男性平等的地位，才不会成为被审视的客体。由来已久的男权社会的种种思维范式及偏见，决定了女

① 西慧玲．西方女性主义与中国女性作家评论[M]．上海：上海社会科学院出版社，2003:72.

性自我解放的道路必然艰难。这从柳美里的个人经历中也不难发现。支离破碎的原生家庭、坎坷的感情道路、“未婚妈妈”的身份，都促成了其极具话题性的“另类”形象。然而，正是这位非主流的柳美里在作品中展现出自我意识的深度觉醒，站在了与父权制度对峙的第一线，通过“书写”完成对男权制度的嘲弄、对峙与解构。

柳美里作品中着力刻画的女性形象大多来自破裂或不完整的家庭。《家庭电影》《客满新居》《鱼之祭》这三部作品中，都因“母亲”的离家出走，直接导致了家庭破裂。“母亲”长期从事酒水销售，与已婚人士同居，可以说与父权塑造的“贤妻良母”形象背道而驰。而“母亲”的洒脱离去及追逐自我的生活态度，恰是对男权的无情嘲弄。父亲执着的“破镜重圆”的夙愿，也映衬出父权的无力与衰落。

《鱼之祭》描写了一个因母亲的出走而破裂的家庭，在弟弟的葬礼上才得以团聚的故事。“弟弟的死”使得破碎的家庭得以重聚，在沉痛的哀伤中，迎来了久违的团圆。父亲、母亲、哥哥和姐姐等家庭成员的对话将破裂前的家庭原貌呈现了出来。父母关系不和睦对年幼弟弟内心造成了巨大的伤害，孤独和无助伴随着他的童年，这也最终导致了弟弟的自杀。可见，家庭的破裂给孩子幼小的心灵带来的冲击可以是毁灭性的。青少年儿童的心理问题，在离婚率激增的当今社会也是不容忽视的。话剧《鱼之祭》中，弟弟东逢在对家庭重建的极度渴求与自身的无力感之间的矛盾中，最终走向了自我毁灭。他希望用自己的死亡换回家庭的重聚，他的自杀是其历尽挣扎后向扭曲的爱发出的最后呐喊。《鱼之祭》以“死”开篇，但死亡并非本作品的真正焦点，对完整家庭的执念才是一个个体生命发出的最真实的声音。从这种意义上来说，这部作品极具现实意义。

柳美里的大部分作品都是以第一人称创作的自传体性质的小说。在当时的时代背景下，由于其生活方式过于“前卫”，而时常处在舆论的风口浪尖。她通过书写追求自我价值，以“写”求“生”，以文学实现自我疗愈。对于作者而言，“生”包含两方面的含义：一是“自我”的生存和对“儿子”的抚养；二是完成灵魂的救赎，超越作为客体被动承受的痛苦，抵达一个温暖而甘美的世界。

“未婚妈妈”在全球范围内已成为较为普遍的社会现象，它是父权社会的产物，同时也是对父权社会最有力的抨击和解构。相对于夫妻共同抚养，女性独自抚养孩子，需要更多的经济能力、体力和意志力，这也更凸显新女性的坚强。女性不再是“男性”的附属品，不是次于男性的“第二性”。从父亲的故意“缺席”到不再需要父亲的家庭，折射出父权的衰败。以柳美里为代表的新女性的蜕变与成长，彻底颠覆了男权中心话语和秩序。家庭是由夫妇配偶关系与父母子女、兄弟姐妹的血缘关系为基础结成的小团体，也是社会构成的基本单位，这一定义表明了家庭的构成要素和社会性质。但是随着社会的进步，家庭的性质也会发生新的变化。

在社会学研究中，功能主义强调家庭的四种功能：社会化、情感支持和彼此陪伴、性规则及经济合作。可是，当今社会部分家庭却相反地给家庭成员带来伤害，其负面影响已成为无法回避的问题。在文学世界中，家庭叙事也掀起了一股风潮。

“当今，我们所看到的家庭的变化和崩塌，是由于作为社会、经济制度的家庭的地位和职能的变化引发的。它导致了家庭内部的幻想与现实间产生差距，进而使家庭内部出现了巨大的震动。”[①]家是人类赖以生存的大港湾，每个人心中对它都有深深的依恋。对幸福美好家庭的幻想，反而加大了理想和现实间的鸿沟。由此可见，“家庭幻想”其实是导致家庭破碎的内在原因。家庭成员之间的矛盾对立，也多源自对对方的不满、失望，最后因绝望而选择离开。

关于母亲离家的原因，作者在自传体小说《水边的摇篮》里有这样的描述：“父母之间的关系日益恶化，与此同时，爸爸对我们的暴力也愈演愈烈。”[②]《家庭电影》中母亲出走的真正原因是父亲的暴力、吝啬和沉溺赛马。母亲的心声反映了男性的自私和对女性的欺凌。

母亲的家庭幻想与现实家庭的差距，使她毅然选择了离开。而“我”也被“儿子”的生父抛弃，家庭梦想也碎落无声。“一家人再次围坐在圆桌旁，陈设如旧，恍若20年前一般，还是原来的位置。但尴尬窒息的气氛却丝毫未变，我们之间没有失去、顽固地存留至今的只有这意识相互触碰间萌生的对彼此的恨意与焦躁感。”[③]柳美里作品中的人物主动或被迫放弃了对传统家庭的幻想，而他们的幻想又将走向何处呢？随着社会的发展、环境的变化，以及人类思维方式、交往方式的变化，传统家庭已经或正在走向解体和崩溃，“血缘”不再是家庭构成的唯一方式。柳美里通过其独特的个人叙事和家庭叙事，展现了崭新家庭的特征。在两性关系中，精神的维系胜于虚空的家庭构造，她为了结束“寒冷的漂泊”，走上了寻觅新型家庭的救赎之路。

① 水田宗子．女性と家族の変容[M]．東京：学陽書房，1990:8．
② 柳美里．水辺のゆりかご[M]．東京：角川文庫，1997:145．
③ 柳美里．家族シネマ[M]．東京：講談社文庫，1999:19-20．

在自传体小说《命》《魂》《生》《声》四部曲中，描写了与东的超越世俗的爱情。在作品《魂》的扉页里有一张全家福，有柳美里、母亲梁荣姬、儿子丈阳、东由加多。这张照片里的四个人姓氏各不相同，是人生的困境把他们紧紧联系在了一起。他们之间“虚拟家庭”的建构，依靠的不是“结婚证”“房子”这些制度或是物质上的保障，而是在严峻的生存境遇里相互的扶持与信任。而这一“虚空”的家庭构造并不“虚空”，它带给成员以温暖和抚慰。从某种意义上，深刻地解构了“血缘家庭”。“父亲”对“母亲”和“我们”的暴力，儿子“生父”的抛弃，使“我”处在了重重困境中。而与癌症晚期的恋人东的相恋与扶持，构成了一幅最温馨的家庭图景。柳美里的“家庭叙事”把人类社会家庭构成方式领向了一个崭新的领域。

“家人不是生来就有的，而是靠自己去创造的，是人工的，并且稍微地疏忽就可能导致震级3级的晃动，走向崩塌。”[①]柳美里的作品否定了固有的“血缘家庭”，提出了“后天家庭”这一崭新的家庭概念。这种新型的家庭构成，“血缘”不再是必备要素，也不再是婚姻家庭制度保护的产物。它依靠爱和精神层面的深层信赖而存活，却有着比血缘更牢固的纽带，发挥着家庭的功能。“虚拟家庭”“食缘家庭”“扩大化家庭”等新的家庭形式的出现，有力地冲击了传统家庭。当家庭的功能偏离了“寄托情感，提供安全”之后，人类就会寻求构筑第二层次集团的愿望，即充满爱情、相互扶持的小集体。模拟家庭的建构，从某种程度上实现了人们对“家庭幻想”的渴望，它的出现颠覆了固有的家庭观念和家庭制度。虽然这种家庭模式饱受争议，但却成为世界范围内日趋普遍的现象。

① 福田和也，柳美里．共失われるものと響くもの[M]．東京：HTP，2002:142．

柳美里文学中着力塑造的女性都带有一种新女性的特征。即冲破种种束缚，执着追求生命、爱和自由；在经济和精神上不再依靠男性，力求与其平等共享这个世界。除了女性和家庭主题的创作外，柳美里的长篇小说《淘金热》的英译版于2002年由美国Welcome Rain出版社出版，在美国也获得了很高评价。这也是柳美里第一部被翻译成英文的作品，是其在欧美文学界的处女作。依靠这部作品，柳美里被美国大型书店和大型出版社评为“2002年最具才华的年轻作家”，备受瞩目。此后，对这部小说的评论和作者介绍也层出不穷。《纽约时报》曾评价柳美里：“沉重而阴郁，同时具有创造性的才能。”

家庭的破裂和重建也是柳美里文学家庭叙事的核心。其作品从女性家庭一员的视角描写了家庭的解体过程，探析了家庭解体的内部原因，也刻画了当代社会人类情感的流离、缺失与焦灼。女性随着自我意识的深度觉醒，在家庭中与男权制度的对立冲突愈发激烈。现实生活中的柳美里在追求自身意义、情感价值、自身归属的过程中，经常碰得头破血流，然而却从没有停止过自我奋斗的脚步。她向读者展现了一种崭新的当代女性形象，也引发了对婚姻制度及既成婚姻观念的重新审视。

青春心灵的迷失者、疏离灵魂的守望者——青山七惠

青山七惠于1983年1月20日出生于日本埼玉县，日本著名小说家，毕业于筑波大学图书馆情报信息专业。小学时代的青山七惠阅读了阿加莎·克里斯蒂[①]的大量作品，中学时代又沉溺于川端康成和吉本芭娜娜的文学世界。此时青山的梦想是成为一名图书馆司书。1998年4月，进入埼玉县立熊谷女子高中学习。高中时代阅读的弗朗索瓦兹·萨冈的小说《你好，忧愁》激发了她创作小说的欲望。2001年3月高中毕业后，进入图书馆信息大学学习。2005年3月大学毕业后，就职于东京都新宿区的一家旅行社。2005年9月，青山凭借大学期间创作的《窗灯》荣获第42届日本文艺奖。2007年，以《一个人的好天气》获得第136届芥川奖。2009年，短篇小说《碎片》获得川端康成文学奖，成为该奖项最年轻的得主。从2012年开始担任群像新人文学奖的评委。青山的其他作品还有《温柔的叹息》（2008）、《新大楼》（2008）、《出发》（2009）、《榉树的房间》（2009）、《山猫》（2009）、《魔法俱乐部》（2009）、《离别之音》（2009）、《修鞋的男人》（2009）、《自己的女儿》（2010）、《二饲先生的近况》（2009）、《徒劳》（2010）、《法比安家的回忆》（2010）、《我的男友》（2011）、《明亮的湖畔》（2011）、《新娘》（2012）、《紫罗兰》（2012）、《跳舞》（2013）、《快乐》（2013）等。

---

① 阿加莎·克里斯蒂（Agatha Christie，1890年9月15日—1976年1月12日），英国女性侦探小说家、剧作家，三大推理文学宗师之一。代表作品有《东方快车谋杀案》和《尼罗河谋杀案》等。

随着青山七惠在日本热度的高涨，其作品也被翻译成多国文字在海外传播，收获了大批拥趸。在中国知名网站豆瓣读书上，上海译文出版社2007年出版的《一个人的好天气》有将近86 000人的评论，2011年的再版也有13 000多条评价。[①]青山的多部作品在豆瓣网上都引起了热烈的讨论，她的作品在中国年轻读者群体中的热度与影响可见一斑。

《一个人的好天气》描写了有着强烈社会疏离感的女孩知寿，离开母亲寄居在东京的一个老婆婆（舅姥姥）家中的故事。在那个能够看到车站的，可以清晰感受一年四季轮转的温馨居所里，知寿先后与阳平、藤田、安藤三位男友交往。在平缓温馨的笔调中，可以轻易触及知寿的爱恨、孤独、迷惘、叛逆和成长。学界普遍认为，这是一部成长主题的治愈系小说。灶上煮开水、泡茶、切羊羹，钩针、毛线、刺绣、猫咪、奶油面包卷，家中的老人和日常的小物件点缀起的生活，充满着一种特有的馨香。这种馨香是以孤独为底色，被日常的饮食起居的点滴生活所冲洗的，充满了沁人心脾的生动色彩。这些远离了竞争社会的快节奏的日常生活，能够松弛神经，治愈心灵。

“治愈包含着日本丰富的民族色彩和文化基础，表现独特的价值观，反映日本社会意识的变化。”[②]“治愈”是在物质文明高度发达的当今社会，人际关系疏离，人们无法从自身或亲情中获得归属感，转而向外界寻求的一种精神安慰。文学创作本身就是一种具有治愈功能的活动。日本古代女性作家通过日记、散文、物语的形式，观察世界，记录生活，宣泄情绪。这既是对生存意义的思索，又是对自我价

① 详见https://book.douban.com/subject/2250587/

② 李倩．青山七惠文学的治愈色彩——以《一个人的好天气》为中心[D]．哈尔滨：哈尔滨师范大学，2016:8．

值的追寻。而更重要的则是一种自我情感的疗愈。人类生活中的心灵创伤，通过表达、诉说，得到愈合。到了近代日本又发展出私小说这一独特的文学形式。私小说以第一人称为视角，以心迹的吐露为主要构成内容，浇注作者真实的生命体验、情感体验。私小说这一独特文学体裁在日本的产生和蓬勃发展，也反映出日本民族文化中的“治愈”色彩。

随着社会的发展，现代化的推进，竞争日益激烈，文学主题必然发生重大变化。“文学表达的形式往往是社会形态的反映，对于20世纪80年代以来登上文坛的日本作家来说，战争、动荡等已成为史诗般的存在，细碎、平淡成为他们生活的常态。”①而造成现代社会小说中日常叙事突出的另一大原因是个体化程度的不断增强。在新的社会环境中，“这种群体社会向个体社会转变所带来的前所未有的不安与不适应自然波及了家庭、职场和人际关系，改变了人们的生活与工作习惯，改变了日本人的思维方式，也为这一时期的青少年的成长提供了一个有别于日本集团意识的新的环境、一个特殊的成长土壤。”②不论物质层面还是精神层面，人与人之间的彼此需求、依附也越来越少，维系彼此关系的纽带不再强韧。边缘化群体意识更是日益薄弱，他们自我封闭又渴求温暖，期待爱情又倍感孤独，想要建立稳定的关系，却又不知所措。在这样矛盾的心理纠结和平淡乏味的日常中，感受着岁月的流逝。他们内心的挣扎被表面的波澜不惊所掩盖，而青山七惠正是这样的孤独个体、社会边缘人士们的代言人。

《一个人的好天气》是一部成长、治愈小说，符合青年群体的期待，与他们的审美需要和精神诉求相吻合，因而得到价值认同，引起

① 赵珊珊．在“好天气”里成长——青山七惠小说研究[D]．曲阜：曲阜师范大学，2017:31.
② 王玉英．新世纪日本芥川奖获奖女作家及其作品研究[D]．长春：东北师范大学，2015:18.

情感共振。当今日本社会的“小确幸”文化也得到中国青年的推崇。这样的青年群体的特征是对具有治疗功能的“物”的依赖，如食物、文艺或可爱的小物件、大自然等。在这样的“物”的包围中，过着温馨而闭塞的诗意生活，借此逃避高强度社会竞争的生活。对于爱情也不是主动追求，而是一种听之任之，放任自然的心态。这与日本的低欲望社会关联至深。知寿不学习，没有上大学的打算，只想打零工养活自己，而内心却憧憬着去东京。在东京落脚后，每周去做三次女招待，还在一家小卖店打工。“作品反映出日本‘飞特族’（自由职业者）身上显现出的较普遍存在的心理问题，即丧失了崇高理想后精神上的隐形疾病——‘孤独’与‘虚无’。”[①]透过这部作品可以解读低欲望社会中青年群体的思想状态、行为模式，洞察现代社会人与人的情感疏离。芥川奖评委宫本辉在获奖词上直言这部作品中淡然的日常叙事：“演绎出青春慵懒生命力的旋律。”[②]这种慵懒的生命力正是身处低欲望社会中，丧失了远大理想，而在日常中不断寻求治愈的表现。

“我坐在吟子的枕边，心想，这个小老太太，要是不再悲伤和空虚该多好，可是不可能呀。她以为都用光了，可是悲伤和空虚是无穷尽的呀。”[③]在作品的末尾，知寿在即将离开吟子时，心中的这番想法，既有日式传统的忧伤色彩，也体现了主人公心灵的成长。悲伤和空虚如同幸福欢乐一样伴随着人的生命历程。这番心迹暗示经历了磨炼和治愈的知寿，已经可以正视生活中的无常，以平静的心态去体验

---

① 李星．浅析《一个人的好天气》中的“孤独”与“虚无文艺研究”[J]．北京理工大学学报，2008(12):88.

② 芥川賞選評[EB / OL]. https://prizesworld.com/akutagawa/jugun/jugun136AN.htm

③ 青山七惠．一个人的好天气[M]．竺家荣，译．上海：上海译文出版社，2007:130.

和玩味。

发表于2008年的《温柔的叹息》，描写了一个普通的上班族女青年闭塞孤独的生活和内心世界。原本单调沉闷、日复一日的生活，因为弟弟风太的到来而起了一些微小的波澜。弟弟是一个动辄就离家出走，玩失踪的青年。但在“我”看来，却格外随性潇洒。弟弟寄居在“我”家里，睡“我”床前的窄小走廊里。每晚把“我”一天的行程记录在他的“人类观察日记”里。每天复述自己的生活，让“我”意识到自己的每一天如此雷同，平淡乏味。这让“我”感觉到自己人生的空洞。弟弟还把朋友绿带到了“我”的生活中。为了给这沉闷的生活制造一些波澜，“我”试图邀请同事吃饭，但最终在开口的那一刻又反悔了。想到社交中自己要面临的种种不自在，最终还是没能迈出这一步。而对于绿，自己却勇敢了一些。“我”主动和绿攀谈，互换联系方式，约对方喝咖啡。这一切都源于自己对绿的喜欢。终于有一天，自己跟绿去他家看乌龟，最终和他发生了关系，并且彻夜不归。这在“我”和弟弟看来都是一件“了不起”的成功，也让“我”兴奋窃喜。因为这样的大事件对于一个独居女子而言，是打破封闭式生活和自我的一个“壮举”。“我”觉得如果能够和某一个人建立稳定的关系，没有其他朋友也无所谓。“我”对稳定关系的热烈渴望和“我”在人际交往中的笨拙，形成了鲜明的对比。而这位准男友绿却表现平淡，他身上有一种对一切烦琐之事的厌恶和对他人行为的漠不关心。从弟弟口中得知绿几乎不会主动联系别人，并且总是面无表情。“现代心理学告诉我们，包含交往、权力和成就等主要成分的‘社会性需要’源自人类群体的特性，是个人生活所必须具备的，如果这类需要得不到满足，就会使人产生焦虑、痛苦等情绪。”[①]青山所描写的这些有着社交焦虑，内心孤独，行为怪异的青年形象，与当下日本的青年群像极为吻合，也可以深入洞察他们的情感世界。

小说《紫罗兰》描写了15岁女孩蓝子与父母的女同学雷米一起成长的故事。雷米虽然已经三十七八岁了，但是和高中生的蓝子特别投缘。雷米会在蓝子放学后准备好点心和茶，并和她聊书籍的话题。蓝子从父母那里得知，雷米虽然才华横溢，但却曾为爱自杀。雷米又开始上班了，谈起恋爱，恢复了开心的生活。尽管她的男朋友不怎么出色，雷米也为之倾心。雷米就像一个率真，却拒绝长大的孩子，寄居在蓝子的家里。蓝子和雷米谈理想，倾诉学习中的烦恼。二人虽然年龄差距很大，关系却非常要好。蓝子因为雷米的陪伴，而变得更加成熟、笃定。雷米害怕与人交往，几乎没有社交，缩在蓝子的父母的居所度日。青山笔下的雷米又是一个离群索居、社交恐惧的典型。她的生活完全脱离了正常社会人的轨道，而所幸的是，她有着可以依赖的同学来纵容她的不成熟，给予她成长、治愈的温暖空间。

《碎片》描写了关系淡漠的父女两人去樱桃采摘一日游的故事。“我”为了打破旅途中两人都闭口无言的尴尬气氛，而绞尽脑汁寻找话题。整篇小说依旧没有跌宕的情节，以近乎白描的手法，书写了父女旅途中的言谈、琐事。字里行间渗透着疏离、冷淡的父女关系，引人深思。本应最为亲密的亲情，在青山的笔下，也透出紧张、别扭、尴尬的色彩。因为“我”幼年时期目睹了爸爸打哥哥的场景，而在心里埋下了“远离父亲”的种子。面对爸爸，选择将自己封闭起来的“我”，在旅途中却发现了爸爸的善良、美好的一面，而在心中默默

① 潘飒．“治愈系”青春文学畅销书研究[D]．保定：河北大学，2017:29．

选择了和解。

《山猫》描写了新婚不久的杏子家里迎来了高中生表妹。表妹性格乖僻，不善言谈。因为不讨喜的性格，二人的相处略显生分，甚至偶尔还会起一些小摩擦。为了莫名的情绪而引起的紧张、别扭气氛弥漫在整篇小说中。性格冷淡的表妹和处处忍耐却又最终失态的杏子，在一起去大学参观、登东京塔、家庭晚餐这些日常琐事中，都得到成长和治愈，最终各自走向了光明坦途。

青山七惠的小说无一例外地都会有一个青涩的、性格别扭的、不善交际的年轻女子形象。她们是这个时代社交恐惧、依恋无能、情感疏离的青年人群的代表。也会有一些具有同样特质的男孩形象，如《温柔的叹息》中圆的弟弟风太和他的朋友绿。风太居无定所，来去自由，没有稳定工作，过着连“飞特族”都算不上的生活。绿面无表情，行为冷漠。即便是对和自己一夜定情的女生，也形同路人。青山并没有花费笔墨交代男孩身上的冷漠、飘忽从何而来，但这又是不言而喻的。

《一个人的好天气》中的知寿与《温柔的叹息》中的圆，都渴望与他人建立稳定关系。与知寿相比，圆是一个更典型的恐惧社交的女孩。在与他人交往时表现出不自在、恐惧、紧张和担忧。圆多次婉拒公司里的聚餐、联谊之类的集体活动，跟同事也鲜有交往。当她想邀请女同事小峰姐一起吃饭时，却思前恐后，犹豫不决。青山将社交恐惧青年的艰难心路描写得极为细腻。

青山小说的“成长主题”是真正意义上的“问题少女”，在社会生活、个人生活、情感生活各个方面，克服固有问题，突破自身局限，不断探寻生命意义，并获得精神超越的过程。这些带有强烈疏离气质的问题青年身上带有社会和家庭的深深烙印。幼年时期导致的“消极依恋模式”“社交焦虑”“自我效能感低”等多方面问题是其背后的原因。

新时代的社会组织形式，使得个体生活空间膨胀。个体只要获得足够的生活资料，就可以独自存活。因此，新时代很多日本小说的主角，都是没有崇高远大的理想，仅以打工的形式换取购买生活资料的金钱。身边或精致或文艺的小物件构成了其生活的“质感”，在这种符合了自己偏好、口味的物质材料和自然景致的加持下，过着平淡的生活。究其内心也是向往着爱情和生的愉悦，但是因为社会环境、成长经历和时代思维，让他们长期处在一种悲观的境地。“不奢望不沉迷”的情感模式，从心理学的角度来说，是一种“依赖无能”。

“依赖关系的解体、个人主义的膨胀及社会差距的扩大是导致日本青少年‘无缘化’的深层社会根源。”①知寿是单亲家庭的孩子，5岁时便和父亲分开生活。她欲将幼年时期的不快乐归咎于父母，又无法让他们偿还。对父亲的态度，也是极为随性、淡然，父亲不来看她，她是不会主动去看父亲的。这样疏离的亲情，是父母离异所造就的。她对父母没有太多期待，其实应该是“无法期待”。对于这个事实的认知，在她的成长中早已形成。连生身父母都无法形成依恋，对于外界、他人更是如此。从某种意义上可以说，这是知寿孤独的根源。他们看似超脱、淡然的外表下，掩藏的是成长经历中造成的难以愈合的痛。

“依恋模式为个体提供了稳定的认知模式，个体对社会刺激的处理和反应方式会受到认知模式的影响。”②幼年时期形成的依恋模

① 师艳荣．日本青少年“无缘化”现象解析[J]．中国青年社会科学，2015(2):100．
② 杨青．论依恋模式对个体发展的影响[J]．深圳大学学报（人文社会科学版），2010(3):147．

式，具有相对的稳定性，会对个人的社会生活、情感生活等产生影响。在青山七惠的多部作品中都出现了内心世界丰富，但惧怕社交的孤独女孩形象。丰富的心灵与情感欲求，在自我囚困的世界中发出艰难的呐喊。试图冲破牢笼，获得幸福，而又惴惴不安，裹足难行。即便是通过努力获得了某种“亲密关系”，最终也是被抛弃的宿命。自己在这样的宿命轮回中，最终获得了一种释然与安宁，达成了另一种“圆满”。这种“自我圆满”是青山文学成长主题的一个缩影。

青山作品中故事的主要逻辑是，因为社会、家庭的原因，导致自我封闭、社交恐惧、依恋无能。渴望爱情、亲情，却不敢相信它的永恒。渴望走进他人、融入社会，但似乎被束缚了手脚，无能为力。在不断地受伤和治愈中，内心达到了一种平和的境地。它表现为波澜不惊，不以物喜，不以己悲。失望而不绝望，给生活永远留下一束可以继续追逐的光。“我不断地更换认识的人，也不断地使自己进入不认识的人们之中去。我既不悲观，也不乐观，只是每天早上睁开眼睛迎接新的一天，一个人努力过下去。”①这看似是一种达观，而放在这些年轻女主人公的身上，却有些许悲凉滋味。在原本如火如荼的青春时代，不能全身投入享受亲情、爱情，以及与人交往的乐趣，而在自己筑就的狭小空间里玩味孤独与背离，这无疑是当今社会“边缘人士”的一种精神困境。

① 青山七惠. 一个人的好天气[M]. 竺家荣，译. 上海：上海译文出版社，2007:138.

新生代青年女性作家的代言人——金原瞳

金原瞳（1983—），日本小说家，1983年8月8日出生于日本东京都。父亲金原瑞人是法政大学社会学部教授，儿童文学研究家、翻译家。外祖父母都是千叶县大多喜町的歌人，外祖父的短歌曾入选日本的国语教材。祖辈父辈都具有优秀的文化基因，但是幼年的金原却极为叛逆。小学四年级的金原就已经是不折不扣的问题少女，她拒绝上学，几乎中断了初、高中的学习。从文化学院的高一年级退学后，金原彻底结束了求学生涯。小学六年级时，曾陪伴留学的父亲，在旧金山生活了一年。12岁时开始写小说，患有轻度精神分裂症，15岁时反复尝试割腕自杀。初中三年级时加入父亲在法政大学举办的小型研讨会。2003年，小说《蛇舌》成功摘得第27届昴星文学奖。2004年，金原瞳凭借该作品在第130届芥川奖的评选中与绵矢莉莎同时获奖。第二年金原与集英社的责任编辑结为连理。2007年，凭借动画电影剧本《卡夫卡·乡村医生》进入影视圈。同年诞下长女，人生也步入了稳定的家庭生活阶段。2010年，短篇小说《夏日之旅》获得川端康成文学奖提名。小说*Trip*（《天后》）获得第27届织田作之助奖。由于东日本大地震发生的核电站事故造成的放射性污染，2011年，金原从东京移居父亲的老家冈山，并产下次女，之后迁居法国。2020年，小说《寂静》获得第5届渡边淳一文学奖。2021年，*Unsocial Distance*获得第57届谷崎润一郎奖。金原瞳的其他作品还有《坠向星辰》（2007）、《左之梦》（2007）、《忧郁们》（2009）、《母亲》（2011）、《玛丽苏·玛丽苏》（2012）、《轻薄》（2016）、

《云女郎》（2017）、《巴黎的沙漠、东京的海市蜃楼》（2020）、*Fishy*（2020）。其中，最负盛名的作品《蛇舌》还曾被制作成动漫作品，此后又被改编成电影，于2008年9月公映。

《蛇舌》以身体改造、性虐待、同性恋等让普通读者瞠目的主题，表达着一些新生代青年对世界和自身的理解。由于内容极为前卫，在日本引起了极大的争议。小说在获得芥川奖后畅销一时，单行本发行超过50万册，一举登上“日刊畅销排行榜”第一位的宝座。芥川奖的评委宫本辉称：“作品整体把某种哀伤抽象化了，能写出那样的小说只能叫才能。”[①]黑井千次认为：“第一人称充分展现了一种直截了当，从包括杀人在内的粗暴事件中，流露出一种沉静的哀伤。那音色仿佛浮现出梦中对身体改造的伤痛。”[②]小说主要围绕女主人公路易、男友阿马和文身店老板阿柴展开。崩客族[③]青年阿马对自己实施了身体改造，最值得称道的是他那像蛇舌一样裂开的舌头。除了身体改造，阿马在发型、着装上也标新立异，向世人诉说着他所代表群体的独特身份。路易被阿马的裂舌所吸引，也想如法炮制，成为一个身体改造者。她与阿马成了恋人，也在身体改造方面产生了深深的共鸣。两个人甚至不清楚彼此的生活经历、背景，就走到了一起。他们通过彼此依偎、同居缔结亲密关系。阿马虽然是一个地道的崩客族，但却让路易义无反顾。

“通过语言来理解他人，是人类社会成立的基础条件。他们拒

① 芥川賞選評[EB／OL]. https://prizesworld.com/akutagawa/jugun/jugun130KH.htm

② 芥川賞選評[EB／OL]. https://prizesworld.com/akutagawa/jugun/jugun130KH.htm

③ 崩客族又称生物黑客，生物黑客可借助文身针、手术刀、注入装置、微型芯片或各种线路，便可为身体赋予联网能力。生物黑客的真正局限已经不再是人体，而是观念，以及对技术的利用方式。生物黑客会研究技术的具体应用方式，然后研发出用户想具备的能力。

绝，试图在不被社会化的身体关系中建立联系。”[①]小说中他们语言沟通不多，取而代之的是亲密的行为，彼此之间的身体亲密接触，让他们产生了区别于语言沟通的亲密感。阿马的一些行为举动甚至让路易产生了母性情怀，难以割舍对他的爱。这种形式的爱情交往，是对传统意义上男女寻求灵肉结合的一种反叛。他们从不涉及意识形态、价值观念，甚至直接跳脱了对方身份背景、工作事业等世俗的信息要素的干扰，单刀直入地以身体进行交流。“他们所追求的正是这种在最原始的本能的身体快感中，能够轻易获得的短暂的温暖，以及摆脱孤独状态的依存感，从而获得自我存在的依据。”[②]而路易在去阿柴店里做文身的过程中，又和阿柴发生了关系，并被施以性虐待。后来，阿马疑似卷入异常杀人案件，之后又离奇失踪。当他被找到时，已经离开了人世。阿马死于同性的情杀，而故事隐约暗示了阿柴可能就是他的同性恋人。三人之间错综复杂、扑朔迷离的恋爱关系，正是在自身存在和情感抉择中迷失的青年人的精神状态、行为特征的彰显。

“身体改造”的方法和内容，直击肉体的疼痛感，给读者以变态、极端甚至血腥的印象，而女主人公路易对此表现出无比的羡慕。“像这样将舌头割成两片，据说是现今酷男靓女的时尚，用他们的话来讲就叫作身体改造。方法是先在舌头中间打孔，戴上饰环，慢慢将这个孔弄大，将舌尖的部分用洁牙线或钓鱼的尼龙线什么的缚住，最后用手术刀或剃须刀将舌尖切开，这样蛇舌就成功了。”[③]小说文字

① 大西永昭．非•所有の恋愛論：所有から同一化へ向けて—金原ひとみと「蛇にピアス」[J]．近代文学試論．2006（12）:103．

② 叶荣华，林佩玲．从金原瞳的《蛇舌》看日本当代年轻人的自我认同方式[J]．赣南师范学院学报，2015(2):78．

③ 远藤周作，等．日本畅销小说选[M]．祝子平，译．上海：上海文艺出版社，2008:49．

的直白让人足以产生生理上的厌恶、不愉快的联想。“阿柴端起打孔枪，枪头压在毛巾上。枪头一下子夹住舌头，舌头下贴上了冰冷冷的金属。”①“就像注入了麻醉剂似的，整个下身都失去了知觉。随着‘咔嚓’的声响，饰环离开打孔枪，钉入我的舌头。恢复自由的我歪着脸将舌头缩回到了嘴巴里。”②这样的描写不是在人的大脑中创造意象，而是让人用皮肤、感官去感受。这也是这部身体小说较为独特的表现手法。

“身体成为其构建新的自我认同方式的工具，而正是身体的痛与快乐，使其得以慢慢接近最真实的自我。”③以上对身体改造实施过程的细致描写，恰恰是作者通过语言文字唤醒身体感知的方式。疼痛可以使身体的主体清晰而深刻地感知自我的存在。对于边缘性群体，在迷茫和自我缺失的世界中，往往将感知投向客观存在的身体，以身体的感觉确认自己的存在，寻求自我的身份认同。“既然向外部寻找不到独属于自我的创造性空间，主体只好向自我回缩。此时主体发现：自己的身体并不仅仅是灵魂寄身之所，同时也是一个物质的身体，一个未经他人染指的空间。这是世界留给主体唯一一块可以行使个体自主权的领域。”④《蛇舌》中的三位主人公都是这一边缘性群体的代表人物，他们退回到自己可以自主的领域，通过对身体实施改造，确认自己的存在，并由此展现出在早年生活境遇中塑造成的“自恋者”的形象。

在这篇小说中虽然没有太多人物的家庭背景、成长环境的叙述，

① 远藤周作，等．日本畅销小说选[M]．祝子平，译．上海：上海文艺出版社，2008:54．
② 远藤周作，等．日本畅销小说选[M]．祝子平，译．上海：上海文艺出版社，2008:55．
③ 远藤周作，等．日本畅销小说选[M]．祝子平，译．上海：上海文艺出版社，2008:55．
④ 李征．身体改造与政治乌托邦——金原瞳《裂舌》论[J]．外国文学动态，2014（4）:51．

但从他们怪异的行为表现可以看出，正是早期的成长过程中的一些缺失，导致了非主流的价值观念、个性、情感、行为特征。“在临床文献中，自恋主义远不止只是自我中心的一个比喻。自恋主义作为一种‘被拒绝了的爱’化为仇恨回到自我身上的心理形式。”①“被拒绝了的爱”化为仇恨，在自恋者的人格中形成一种对秩序的破坏，对规范的抵制。在打破世俗秩序的同时，又在自身建立一种新的，用以满足自己“高自尊”“高价值感”的行为模式。相较于金发美甲、奇装异服，“身体改造”可以带来更强劲的冲击力。身体改造者引来社会上普通人的瞩目，也招来了崇拜者，甚至是像路易一样能产生情感共鸣的年轻貌美的志同道合者。

“第一次见到阿马的蛇舌时，我就感到自己以前的价值感‘轰隆隆’地崩溃了。虽然具体什么东西变了，变得怎样了，我还不能说清楚，但我一瞬间就被他的舌头彻底俘虏了。不过，虽然被俘虏了，但是我还并不想学他的样。可是现在，我自己也不清楚为什么会这样心血来潮，在舌头上动起手术来了。”②这段描述反映了路易在精神上受到了巨大的触动，沦为了“身体改造者”的俘虏，且立即被同化了。造成这种表面的崇拜现象的心理根源，是路易同样作为一个“自恋者”的本质。在深层价值取向上的汇通，是两人能够成为“身体改造”的盟友，并发展成为恋人的根本原因。在两人的同居生活的描写中，充斥着情侣间的爱抚、性爱场面，辅以有关“蛇舌”和“文身”的交谈。而路易在那家名叫“desire”的文身店里接受身体改造的过程中，又与店主性虐待者阿柴发生了关系。阿柴是男友阿马的老相识，但是两人对这种背德的行为没有太多的罪恶感。“自恋者长期感

① 拉斯奇. 自恋主义文化[M]. 陈红雯，吕明，译. 上海：上海文化出版社，1988:40.
② 远藤周作，等. 日本畅销小说选[M]. 祝子平，译. 上海：上海文艺出版社，2008:62.

到厌倦，并不遗余力地想弄得片刻的亲密——寻找没有牵挂没有依赖的感情刺激——所以他是放荡的，并常常是泛性恋的。”[①]可见，小说中的三位主人公之所以能相识并进行身体交往的主要原因是“自恋者”的身份。路易同时与两位男性保持了关系，阿马和阿柴是潜在的双性恋者。“自恋者”为了追求情感刺激，填补精神的匮乏，走向了赤裸裸的身体交流。对肉体亲密带来的愉悦和温暖，身体改造引发的切肤的痛感，是这一边缘群体人士自我感知、自我确认的途径。现代社会、家庭环境不断制造出具有不同程度的自恋特性的人，自恋主义也成为缓解个体压力和焦虑的手段。

“这样的世界真不能多待，情愿去那黑暗的世界，将此身焚烧个精光。”[②]“我情愿做阳光照不到的地下居民。有没有听不到孩子笑声和夜半情歌的地方呢？”[③]“在这阳光普照、没有一丝一毫阴暗角落能容我藏身的世界上，起码我得找到一个方法，能够把自己的身子当作影子来遮住自己。”[④]这些都表达了自恋者对这个世界的厌恶。路易厌倦世界嘈杂的声音，厌恶代表着共居世间普通人的母女、孩子。甚至宁愿生活在黑暗中，而不想暴露在这个真实的世界里。这种极端阴暗的心理，根源于自恋者“被拒绝了的爱”化作了仇恨。

路易拒绝真实世界，而投身“身体改造的世界”。然而当背上的文身结了痂，又彻底脱落，成为其所有，她的兴奋和欲望又随之消失了。虽然遵从自己的意志，改变了身体，但最终得到的结论却是：“我的人生是无所有、无所忌、无所答的。我的未来，我的文身，我

① 拉斯奇．自恋主义文化[M]．陈红雯，吕明，译．上海：上海文化出版社，1988:45.
② 远藤周作，等．日本畅销小说选[M]．祝子平，译．上海：上海文艺出版社，2008:76.
③ 远藤周作，等．日本畅销小说选[M]．祝子平，译．上海：上海文艺出版社，2008:77.
④ 远藤周作，等．日本畅销小说选[M]．祝子平，译．上海：上海文艺出版社，2008:79.

的蛇舌，肯定是无意义的。”[①]小说的最终回归了一种虚无。身体改造也许是对空虚的一种抵抗，但它显然不能给出“存在意义”以合理答案。

日本的颓废主义文学“身体改造小说”的发端可以追溯到19世纪西方的颓废主义文学，它改变了文学与身体的关系。“身体不只是作为研究对象或描述对象的时候，即身体本身就是一个主题的时候，道德、理性就退出了争夺身体的角逐，颓废主义者的身体表现显示的就是道德、理性退却后的感性胜利，并形成只用感官说话的‘独语’状态。”[②]《蛇舌》这部小说的表现手法与颓废主义文学“身体改造小说”极为吻合。道德、理性统统让位给了“身体感性”。小说通篇如同一场感官的独白，带来非同寻常的阅读体验。

小说《坠向星辰》描写了作家“我（私）”和恋人“他”，以及“他”的前恋人“我（僕）”之间的三角恋。这部以“双性恋”为题材的小说由5篇短篇构成。它描写在恋爱中寻求认同感的人，虽早已预知悲伤的结局，却飞蛾扑火般投入其中的姿态。在传统的婚姻形态逐步变化，婚恋观念不断被颠覆的当今社会，双性恋的话题愈发受到社会瞩目。人类在不断解构秩序、规则的道路上不断前进，束缚自我情感和存在方式的世俗观念不断被打破。金原的这部小说如同握住了时代的脉搏，细致描绘了深陷世俗和爱情双重困局的现代人的情感体验。

2011年8月开始连载的《母亲》讲述了将孩子送进了同一家托儿所的三位年轻妈妈——作家由香、家庭主妇凉子、模特五月的故事。

① 远藤周作，等．日本畅销小说选[M]．祝子平，译．上海：上海文艺出版社，2008:95.

② 薛雯．《裂舌》——“身体改造小说”的创作实践[J]．海南师范大学学报（社会科学版），2009(6):126.

小说以三个母亲第一人称的视角交错展开。在这篇小说中金原瞳倾注了自己为人母的全部体验，可以说每一位母亲都是作者的一个分身。这篇小说一改往日青春疼痛的主题，聚焦于婚姻、育儿生活中真实的女性体验，具有现实意义。先天性别决定了女性不同于男性的生育体验，社会性别又决定了女性独特的育儿体验。雌性激素和母性特质决定了女性的生命节律，同时也影响了情感体验方式。从对孩子的浓厚爱意，无私的奉献，到家庭事务的身心俱疲，到对未来的不安和与丈夫的情感冲突与调节。小说从方方面面展现了现代身处婚姻家庭中女性的困顿。

问题少女金原曾患有轻度精神分裂，并多次割腕。对于自己曾经“疯狂”的经历，金原在日后的采访中坦言：“回顾过去，写小说、移居法国、割腕、饮食障碍等都是为了逃避‘想消失的心情’。”[①]而这背后隐藏的是一个“自我”与“他者”的问题。“在个人主义根深蒂固的法国，人们可以不在意他人的目光……在日本，有自己与他人进行比较的思考回路，自己会受到打击。也许人与人之间的相互理解是不可能发生的。”[②]可见，金原小说的底流是对“自我”存在和意识的反复确认。她在自己的人生与小说中，以各种堪称“极端”“残暴”的方式与世界撞击，以求一个完全独立且不被世俗观念左右的“自我”。这样锐利而执着的生存态度，给她的人生和家庭带来了太多不和谐。母亲曾为她拒绝上学的事情发狂，将其强行带到学校，可是依然改变不了她对学校的排斥。显然一个“异类”的存在，给一个家庭招致太多异样的目光。家人承载着周遭舆论压力的同时，也为她的出路绞尽脑汁。长年的阅读和创作让金原厚积薄发，终于一

① https://news.yahoo.co.jp/articles/58de67091637851f35846d1bb24d559ea822f482?page=2
② https://news.yahoo.co.jp/articles/58de67091637851f35846d1bb24d559ea822f482?page=2

跃成为举国瞩目的文学新星，并且在斩获芥川奖的同年完成了人生举足轻重的大事——结婚。金原似乎实现了人生的逆袭，将荣誉、成就、肯定、爱情、婚姻统统收入囊中。

曾经拒绝上学的经历也成为她可以津津乐道的“成功经验”。金原用自身的经历揭示了“制度化”“世俗化”价值观念对人类的“异化”，她用强烈的排斥诉说不满，并以此维护对“自我”的掌控权。6年的巴黎生活经历和10年的婚姻感悟，让金原对“自我”和“他者”有了更深刻的认识。曾经执意与社会普适价值观对抗，不愿成为被“塑造者”的金原，在创作实践和人生实践的不断积累和感悟中，终于渐渐走向了与自我的和解。这不是妥协，而是在日臻成熟的内心中，达成了从“对立”向“融合”的转化。这也是作者人格走向圆融的体现。

参考文献

一、中文参考文献

[1] 冰心．冰心全集：第5卷[M]．卓如，编．福州：海峡文艺出版社，2012．

[2] 陈独秀，李大钊，瞿秋白．新青年：第5卷[M]．北京：中国书店出版社，2011．

[3] 陈婷婷．日本成长小说及其文化特性研究[M]．芜湖：安徽师范大学出版社，2020．

[4] 陈岩，刘利国．日本历代女诗人评介[M]．大连：大连理工大学出版社，2005．

[5] 出久根达郎．给作家标个价：旧书店的文学论[M]．黄悦生，译．成都：四川人民出版社，2019．

[6] 川村凑．日本现代女性与“家庭”[J]．许金龙，译．世界文学，2001（4）．

[7] 川端康成．我在美丽的日本[M]．叶渭渠，译．石家庄：河北教育出版社，2002．

[8] 川上弘美．踩蛇[M]．杨建琴，译．海口：南海出版社，2011．

[9] 大西克礼．幽玄・物哀・寂[M]．王向远，译．上海：上海译文出版社，2017．

[10] 戴铮．著名“女性”作家、太宰治次女津岛佑子去世[N]．中华读书报，2016-02-24．

[11] 邓进深．世界著名作家处女作[M]．南宁：广西民族出版社，1995．
[12] 荻野安娜．负水[J]．魏大海，译．世界文学，1997（5）．
[13] 董宁宁．论多和田叶子小说的解构主义特征[D]．大连：辽宁师范大学，2020．
[14] 房颖．《枕草子》的美学研究[D]．长春：吉林大学，2012．
[15] 服部正．女性心理学[M]．江丽临，等译．上海：上海翻译出版社，1987．
[16] 冈本加乃子．老妓抄[M]．萧云菁，译．重庆：重庆出版社，2012．
[17] 高树信子．中日女作家新作大系日本方阵：透光的树[M]．陈喜儒，李锦琦，译．北京：中国文联出版社，2001．
[18] 顾蕾．近代女性的流浪——从《放浪记》到《浮云》[J]．外国文学，2011（5）．
[19] 莞尔非玉．外国百家千字文[M]．上海：上海文艺出版社，1991．
[20] 郭雪妮．从一则日本昔话看《狗女婿上门》的三重性结构[J]．九江学院学报，2009（2）．
[21] 韩梦婷．林真理子作品的“寻爱之旅”——以《青涩果实》《遗失的世界》《三十岁的女人》为例[D]．南京：南京师范大学，2019．
[22] 何乃英．谈“吉本芭娜娜现象”[J]．百科知识，1998（11）．
[23] 黑古一夫．林京子的“原子弹”文学[J]．日本研究，2012（1）．
[24] 侯冬梅．危机主题与希望使者：日本“后3. 11文学”中的《献灯使》[J]．中华学院学报，2019（5）．

[25] 胡情梦．婚姻中女性所处的地——以平安时代贵族为中心[D]．天津：天津外国语大学，2008．

[26] 黄淑惠．论吉本芭娜娜小说《厨房》的象征意义[J]．龙岩学院学报，2008（1）．

[27] 回颖，周异夫．冈本加乃子文学中佛教思想的国家主义性格[J]．文艺争鸣，2018（7）．

[28] 吉本芭娜娜．厨房[M]．李萍，译．上海：上海译文出版社，2009．

[29] 吉本芭娜娜．甘露[M]．李重民，译．上海：上海译文出版社，2003．

[30] 吉田兼好．徒然草[M]．文东，译．北京：中国长安出版社，2009．

[31] 纪贯之．古今和歌集[M]．杨烈，译．上海：复旦大学出版社，1983．

[32] 季爱琴．日本文学概述[M]．西安：陕西师范大学出版社，2005．

[33] 加藤周一．日本文化论[M]．叶渭渠，等译．北京：光明日报出版社，2000．

[34] 加藤周一．日本文学史序说：上卷[M]．叶渭渠，唐月梅，译．北京：开明出版社，1995．

[35] 家永三郎．日本文化史[M]．赵仲明，译．南京：译林出版社，2018．

[36] 贾媛媛．吉本芭娜娜“治愈系”文学研究[D]．开封：河南大学，2019．

[37] 江国香织．沉落的黄昏[M]．李炜，译．北京：北京十月文艺出版社，2006．

[38] 江国香织．东京塔[M]．王超伟，译．青岛：青岛出版社，2004.
[39] 江国香织．江国香织作品集：好想痛痛快快哭一场[M]．李炜，李洁，译．海口：南海出版公司，2013.
[40] 江国香织．那一年，我们爱得闪闪发亮[M]．李炜，译．海口：南海出版公司，2013.
[41] 江国香织．神之船[M]．彭懿，周龙梅，译．南宁：接力出版社，2004.
[42] 拉斯奇．自恋主义文化[M]．陈红雯，吕明，译．上海：上海文化出版社，1988.
[43] 李德纯．爱·美·死：日本文学论[M]．北京：中国社会出版社，1994.
[44] 李均洋．闲收乱帙思疑义日本文学研究[M]．北京：外语教学与研究出版社，2013.
[45] 李莲姬．田村俊子的文学世界——从性别到表象[D]．上海：上海外国语大学，2014.
[46] 李芒，兰明．日本近现代抒情诗选[M]．南京：译林出版社，1991.
[47] 李倩．青山七惠文学的治愈色彩——以《一个人的好天气》为中心[D]．哈尔滨：哈尔滨师范大学，2016.
[48] 李倩．增田瑞子文学中的孤体[D]．武汉：华中师范大学，2017.
[49] 李强．中日女作家新作大系·日本方阵：妊娠日历[M]．北京：中国文联出版社，2001.
[50] 李炜．国家、媒体及女性作家间的多层“战争”——以吉屋信子和林芙美子为中心[J]．日本侵华南京大屠杀研究，2021（1）.

[51] 李先瑞，牛家殷．母性的赞歌——论津岛佑子的《跑山的女人》[J]．解放军外国语学院学报，2019（6）．

[52] 李晓光．解析林芙美子文学的流行符号——贯穿一生的平民情怀[D]．上海：上海外国语大学，2010．

[53] 李新英．幽闭心理与女性的自我成长——陈染小说女性成长分析[J]．科教文汇，2010（5）．

[54] 李星．浅析《一个人的好天气》中的“孤独"与“虚无文艺研究”[J]．北京理工大学学报，2008（12）:88．

[55] 李长声．况且况且况[M]．上海：上海交通大学出版社，2017．

[56] 李征．身体改造与政治乌托邦金原瞳《裂舌》论[J]．外国文学动态，2014（4）．

[57] 李卓，等．日本家训研究[M]．天津：天津人民出版社，2006．

[58] 林芙美子．放浪记[M]．魏大海，译．北京：北京十月文艺出版社，2003．

[59] 林进．论《入赘的狗女婿》的现代文明批判[J]．社会科学战线，2013（1）．

[60] 林真理子．京都行[M]．王建康，译．青岛：青岛出版社，2016．

[61] 刘冰．“反现实”文学旗手仓桥由美子去世[N]．新京报，2005-08-19．

[62] 刘春英．日本女性文学史[M]．北京：商务印书馆，2012．

[63] 刘德润．小仓百人一首：日本古典和歌赏析[M]．北京：外语教学与研究出版社，2007．

[64] 刘德润，张文宏，王磊．日本古典文学赏析[M]．北京：外语教学与研究出版社，2003．

[65] 刘辉．情感关系中的女性孤独——论江国香织的爱情小说[D]．曲阜：曲阜师范大学，2012．
[66] 刘立善．论濑户内晴美文学的创作特色[J]．日本研究，2012（1）．
[67] 刘利国，祝丽君．论石牟礼道子的生态创作意识——以“苦海净土”三部曲为例[J]．日语学习与研究，2016（6）．
[68] 刘利国．日本现代作家评介（25）山田咏美[J]．日语知识，2005（11）．
[69] 刘艳琳．20世纪中国文学女性生命体验的性别书写[M]．长沙：湖南师范大学出版社，2014．
[70] 柳鸣九．世界短篇小说精品文库：日本卷[M]．福州：海峡文艺出版社，1996．
[71] 罗慧兰．女性心理学[M]．长沙：湖南大学出版社，2014．
[72] 吕斌．我的故事我诉说——荻野安娜与《雪国舞女》[J]．当代外国文学，2008（3）．
[73] 茂吕美耶．大正：百花盛放的新思维、奇女子[M]．成都：四川文艺出版社，2018．
[74] 莫邦富．山崎丰子谈《华丽的家族》及其他——访日本著名作家山崎丰子[J]．外国文学研究，1981（4）．
[75] 尼采．悲剧的诞生[M]．周国平，译．北京：作家出版社，2012．
[76] 鲇川信夫，等．黄金幻想[M]．郑民钦，译．广州：花城出版社，1990．
[77] 潘飒．“治愈系”青春文学畅销书研究[D]．保定：河北大学，2017．

[78] 彭蕾．论向田邦子《阿吽》中的战争书写[D]．长春：长春理工大学，2020．

[79] 彭旭，肖霞．女性的性别突围与身份重建——以吉屋信子及其通俗小说为例[J]．河南师范大学学报（哲学社会科学版），2018（6）．

[80] 彭旭，肖霞．天地魂之女人花——吉屋信子文学世界中的女性自我[J]．兰州学刊，2018（1）．

[81] 彭旭．吉屋信子对男性霸权的颠覆与解构[J]．中华女子学院学报，2015（6）．

[82] 齐芳．多和田叶子《入赘的狗女婿》中“异”的创作特色[J]．黑龙江生态工程职业学校学报，2011（6）．

[83] 齐芳．浅析多和田叶子《入赘的狗女婿》中的创作视角[J]．黑龙江教育学院学报，2010（6）．

[84] 齐珮．日本唯美派文学研究[D]．长春：吉林大学，2007．

[85] 青山七惠．一个人的好天气[M]．竺家荣，译．上海：上海译文出版社，2007．

[86] 清少纳言．枕草子[M]．林文月，译．南京：译林出版社，2011．

[87] 邱紫华，王文戈．日本美学范畴的文化阐释[J]．华中师范大学学报（人文社科版），2001（1）．

[88] 邱紫华．日本和歌的美学特征[J]．华中师范大学学报，2004（3）．

[89] 曲彦斌．《义山杂纂》及历代续仿之作[J]．寻根，2013（2）．

[90] 冉梅．与谢野晶子《乱发》中体现的女性意识[D]．重庆：四川外国语大学，2017．

[91] 日本近现代抒情诗选[M]．李芒，兰明，译．南京：译林出版社，1991．

[92] 日本名家随笔选[M]．陈德文，译．天津：百花文艺出版社，2001．

[93] 森茉莉．甜蜜的房间[M]．王蕴洁，译．南京：译林出版社，2016．

[94] 师华．失去脚后跟：荒诞的生存感[J]．西北大学学报（哲学社会科学版），2006．

[95] 师艳荣．日本青少年“无缘化”现象解析[J]．中国青年社会科学，2015（2）．

[96] 石牟礼道子．苦海净土：我的水俣病[M]．肖放，秦维，译．北京：生活·读书·新知三联书店，2019．

[97] 是枝裕和．拍电影时我在想的事[M]．褚方叶，译．海口：南海出版公司，2018．

[98] 水田宗子．女性的自我与表现——近代女性文学的历程[M]．叶渭渠，主编．北京：中国文联出版社，2000．

[99] 水田宗子．日本现代女性文学集：作品卷[M]．陈晖，等译．上海：上海译文出版社，2001．

[100] 宋兴．日本文学奖种种[J]．日本研究，1985（3）．

[101] 孙歌．求错集[M]．北京：生活·读书·新知三联书店，1998．

[102] 孙树林．当代日本女性文学中的反“母性”问题及其他[J]．日本学刊，1994（1）．

[103] 唐月梅．日本诗歌史[M]．北京：北京大学出版社，2015．

[104] 陶曙军．论《枕草子》中的谐趣[J]．贵阳金筑大学学报，2003（3）．

[105] 藤原道纲母，紫式部，等．王朝女性日记[M]．林岚，郑民钦，译．石家庄：河北教育出版社，2002.

[106] 田鸣．生命记忆的讲述：日本现代女作家大庭美奈子小说叙事研究[M]．北京：中国社会科学出版社，2014.

[107] 铁军，等．日本古典和歌审美新视点：以《小仓百人一首》为例[M]．北京：中国传媒大学出版社，2010.

[108] 樋口一叶．青梅竹马[M]．萧萧，译．沈阳：北方联合出版传媒股份有限公司万卷出版公司，2011.

[109] 童庆炳．经验、体验与文学[J]．北京师范大学学报（人文社会科学版），2000（1）.

[110] 王成．日本女性文学进入新时代[J]．外国文学，2000（2）.

[111] 王晶．动荡时期的日本女性文学——日本战后女性之管窥[J]．大连大学学报，2005（3）.

[112] 王述坤．野上弥生子和她的文学创作[J]．日语学习与研究，1990（2）.

[113] 王玉英．新世纪日本芥川奖获奖女作家及其作品研究[D]．长春：东北师范大学，2015.

[114] 王悦．关于冈本加乃子的《家灵》[D]．长春：吉林大学，2015.

[115] 王宗杰．试论当代日本女性文学的特征[J]．东北师范大学学报（哲学社会科学版），2005（5）.

[116] 文学朴．日本当代短篇小说选[M]．沈阳：辽宁人民出版社，1980.

[117] 吴菲．向田邦子的后期思想在《阿吟》中的表现[D]．长春：吉林大学，2005.

[118] 吴光辉．试论伊藤整的现代文艺批评观[J]．外国文学研究，2003（6）．

[119] 吴玫．于悦读中如痴如醉[M]．上海：东方出版中心，2016．

[120] 吴艳．论平成文学的叙事格调[J]．日本问题研究，2012（6）．

[121] 西慧玲．西方女性主义与中国女性作家评论[M]．上海：上海社会科学院出版社，2003．

[122] 西蒙娜·德·波伏瓦．第二性：Ⅱ[M]．郑克鲁，译．上海：上海译文出版社，2011．

[123] 西乡信纲．日本文学史[M]．佩珊，译．北京：人民文学出版社，1978．

[124] 西垣勤．论野上弥生子作品的思想特质[J]．日本研究．2007（1）．

[125] 向田邦子．父亲的道歉信[M]．张秋明，译．上海：上海文艺出版社，2014．

[126] 向田邦子．女人的食指[M]．刘子倩，译．上海：上海文艺出版社，2016．

[127] 小田切进．日本的名作[M]．山人，译．福州：福建人民出版社，1985．

[128] 肖霞．日本现代女性文学的主题表达与价值取向[M]．济南：山东人民出版社，2016．

[129] 肖霞．日本现代文学发展轨迹：作家及其作品[M]．济南：山东大学出版社，2011．

[130] 谢鹏雄．东瀛女史[M]．济南：山东画报出版社，2015．

[131] 邢以丹．异的世界——解读多和田叶子的《狗的女婿》[J]．漳州师范学院学报（哲学社会科学版），2010（5）．

[132] 徐瑾．从和泉式部的和歌看其审美意识[D]．大连：辽宁师范大学，2011．

[133] 徐青．日本女作家吉屋信子的上海表象——以现地报告《战祸的北支上海行》为主线[J]．浙江理工大学学报，2013（4）．

[134] 徐琼．樋口一叶及其作品研究[M]．北京：知识产权出版社，2012．

[135] 薛雯．《裂舌》——“身体改造小说”的创作实践[J]．海南师范大学学报（社会科学版），2009（6）．

[136] 鸭长明，吉田兼好．方丈记·徒然草[M]．王新禧，译．武汉：长江文艺出版社，2016．

[137] 杨本明．同时代女性的言说[D]．上海：上海外国语大学，2014．

[138] 杨青．论依恋模式对个体发展的影响[J]．深圳大学学报（人文社会科学版），2010（3）．

[139] 杨晓辉．石牟礼道子《苦海净土：我们的水俣病》之环境公害书写[J]．鄱阳湖学刊，2018（5）．

[140] 杨珍珍．养老问题中的社会责任与个人救赎——《恍惚的人》论[C]．科学发展·协同创新·共筑梦想——天津市社会科学界第十届学术年会优秀论文集：下．2014．

[141] 叶丽芬．现代日本女性文学中的女性形象——以山田咏美《天国的右手》为中心[J]．武夷学院学报，2010（3）．

[142] 叶荣华，林佩玲．从金原瞳的《蛇舌》看日本当代年轻人的自我认同方式[J]．赣南师范学院学报，2015（2）．

[143] 叶舒宪．文学治疗的原理及实践[J]．文艺研究，1998（6）．

[144] 叶渭渠．日本文学思潮史[M]．北京：北京大学出版社，2010．

[145] 于海鹏，宿久高．论宫本百合子的自我解放意识[J]．求索，2013（9）．

[146] 余华．文学或者音乐[M]．南京：译林出版社，2017．

[147] 於国瑛．异彩纷呈的物语世界（13）渡唐和转世的物语——『浜松中納言物語』[J]．日语知识，2011（2）．

[148] 与谢野晶子．胭脂用尽时，桃花就开了[M]．陈黎，张芬龄，译．长沙：湖南文艺出版社，2018．

[149] 原善，竺家荣．现代日本女作家的幻想性[J]．世界文学，2000（4）．

[150] 原田康子．挽歌[M]．管黔秋，刘文智，译．长沙：湖南人民出版社，1987．

[151] 远藤周作，等．日本畅销小说选[M]．祝子平，译．上海：上海文艺出版社，2008．

[152] 詹明信．晚期资本主义的文化逻辑[M]．北京：三联书店，1997．

[153] 展真真．樋口一叶作品中的女性形象——以《十三夜》为中心[D]．哈尔滨：哈尔滨理工大学，2012．

[154] 张磊．异质的风景：当代世界女性小说创作面面观[M]．北京：中国财富出版社，2013．

[155] 张丽，王有红．冲不破的樊篱——用社会性别差异视点解读林芙美子的《浮云》[J]．北京工业大学学报（社会科学版），2006（2）．

[156] 张敏杰．贞操观[M]．长春：北方妇女儿童出版社，1988．

[157] 张天蓉．东方女性的“孤独私语”——陈染与江国香织小说创作的比较研究[D]．厦门：集美大学，2017．

[158] 张雅君．从樋口一叶的文学表现看近代日本女性的犹疑与摇摆[J]．学术论坛，2011（3）．
[159] 张莹．大师谈幸福[M]．长春：时代文艺出版社，2012．
[160] 章誉凡．《古今和歌集》中咏梦恋歌的分析[D]．长沙：湖南大学，2012．
[161] 赵珊珊．在“好天气”里成长——青山七惠小说研究[D]．曲阜：曲阜师范大学，2017．
[162] 赵树勤．找寻夏娃：中国当代女性文学透视[M]．长沙：湖南师范大学出版社，2001．
[163] 赵霞．论日本女作家宇野千代的女性独立意识[J]．青年文学家，2019（21）．
[164] 周晗玮．大庭美奈子的小说世界[D]．上海：上海外国语大学，2017．
[165] 周阅．吉本芭娜娜的文学世界[M]．银川：宁夏人民出版社，2005．
[166] 朱川湊人，等．日本畅销小说选[M]．祝子平，译．上海：上海文艺出版社，2006．
[167] 朱全国，肖艳丽．诗学隐喻理论及其文学实践[M]．北京：中国社会科学出版社，2014．
[168] 竹西宽子．大兵的宿处[J]．唐月梅，译．世界文学，1982（5）．
[169] 住井末．住井末儿童文学作品选：和大地在一起[M]．淀川德，译．长春：吉林大学出版社，1998．
[170] 庄恒．冈本加乃子文学中的“生命”[D]．济南：山东大学，2011．

[171] 左焱．林真理子文学作品中的都市女性身份建构——以《只要赶上末班飞机》和《京都行》为中心[D]．长沙：湖南师范大学，2020．

二、日文参考文献

[1] 阿尾あすか．日本文学における「母性」観今後の教育に資する一考察[J]．人間教育学研(3)，2015．
[2] 秋山駿．瀬戸内寂聴：小説家の誕生[M]．東京：おうふう，2004．
[3] 浅井清，等．新研究資料現代日本文学：第四巻　評論・論説・随想Ⅱ[M]．東京：明治書院，2000．
[4] 綾目広治．小川洋子一見えない世界を見つめて[M]．東京：勉強出版，2009．
[5] 荒木詳二．1920年代の「新しい女たち」について一「モダンガール」の日独比較[J]．群馬大学社会情報学部研究論集，2007(14)．
[6] 和泉あき，江種満子，渡辺澄子．現代文学[M]．東京：学術図書出版社，1994．
[7] 石牟礼道子．苦海浄土（全三部）[M]．東京：藤原書店，2016．
[8] 石牟礼道子．葭の渚（石牟礼道子自伝）[M]．東京：藤原書店，2014．
[9] 市川角左衛門編．曽野綾子・倉橋由美子集（筑摩現代文学大系82）[M]．東京：筑摩書房，1977．
[10] 今田絵里香．少女雑誌にみる近代少女像の変遷：『少女の友』

分析から[J]．北海道大学大学院教育学研究科紀要，2000(82).
[11] 岩渕宏子，北田幸惠．日本女性文学史：近代編[M]．京都：ミネルヴァ書房，2005.
[12] 上野孝子．山崎豊子先生の素顔[J]．文春文庫，2018.
[13] 鵜飼清．山崎豊子問題小説の研究[M]．東京：社会評論社，2002.
[14] 大田三郎．戦争体験が貫く文学—河野多恵子の世界[J]．文藝，1972(11).
[15] 大西永昭．非・所有の恋愛論　所有から同一化へ向けて—金原ひとみと「蛇にピアス」[J]．近代文学試論，2006(12).
[16] 大庭みな子．大庭みな子全集：第1巻[M]．東京：講談社，1990.
[17] 岡まゆり．文学史の足りないピース—原田康子『挽歌』[J]．近代文学研究と資料，2009(3).
[18] 岡本かの子．肯定の母胎（自作案内）[J]．文芸，1938(6).
[19] 岡本かの子，林芙美子，宇野千代．岡本かの子、林芙美子、宇野千代集[M]．東京：筑摩書房，1970.
[20] 岡本かの子．岡本かの子全集：第六巻[M]．東京：冬樹社，1975.
[21] 小川洋子．深き心の底より[M]．東京：PHP文庫株式会社，2006.
[22] 小川洋子．妊娠カレンダー[M]．東京：文春文庫，1994.
[23] 金井泰子．短篇女性文学[M]．東京：桜楓社，1987.
[24] 勝倉壽一．大原富枝「婉という女」論—歴史小説と自伝小説[J]．福島大学教育学部論集人文科学部門，2004(6).
[25] 亀岡泰子．笙野頼子論—フェミニズム批評のための鏡[J]．岐

阜大学教育学部研究報告人文科学，1999(03).
[26] 川上弘美．大きな鳥にさらわれないよう[M]．東京：講談社，2016.
[27] 川端康成．岡本かのこ[J]．文学界，1952(6).
[28] 河野多惠子．河野多恵子全集：第9巻[M]．東京：新潮社，1995.
[29] 神田由美子．研究動向：河野多恵子[J]．昭和文学研究，1999(9).
[30] 近藤華子．岡本かの子『老妓抄』—芸者が舞台を降りるとき[J]．国文目白，2013(52）.
[31] 近藤功．河野多恵子この子この蠱惑的存在[J]．三田文学，1971(5).
[32] 黒古一夫．林京子論—「ナガサキ」・上海・アメリカ[M]．東京：日本図書センター，2007.
[33] 木股知史．吉本ばななイエローページ[M]．東京：荒地出版社，1999.
[34] 倉橋由美子．わたしのなかのかれへ[M]．東京：講談社，1970.
[35] 倉橋由美子．新潮現代文学69—聖少女、夢の浮橋[M]．東京：新潮社，1979.
[36] 倉田容子．三枝和子における不「自由」の水脈—『八月の修羅』から『隅田川原』へ[J]．駒澤國文日本学刊，2016(2).
[37] 倉田容子．友でもなく、敵でもない者—三枝和子の諸テクストにおける「政治的なもの」と女の身[J]．奈良女子大学文学部研究教育年報，2016(13).
[38] 草野心平．佐藤俊子の死[J]．文芸春秋，1957年10月号.
[39] 米川明彦．明治・大正・昭和の新語・流行語辞典[M]．三省

堂，2002(10).
[40] 後藤祥子，等. 日本女性文学史：古典編[M]. 京都：ミネルヴァ書房，2003:100.
[41] 佐々木陽子. 「ぽっくり」信仰に潜む介護問題：文学作品を通して考える」[J]. 福祉社会学部論集，2015，34(1).
[42] 清水美知子. 吉屋信子の小説にみる大正末～昭和戦前期の女中像—『三つの花』『良人の貞操』を中心に[J]. 関西国際大学研究紀要，2011(12).
[43] 清水良典. テートムと『素敵な歌』[J]. 『群像』特集・大庭美奈子『三匹の蟹』を読む，2007(62).
[44] 清水良典. 沸騰する石疾走する烏賊—笙野頼子小論[J]. 淑徳文芸，1997(10).
[45] 島田燁子. 日本のフェミニズム[M]. 東京：北樹出版，2001.
[46] 笙野頼子. ゲームとしての日本、国家という名のジョーク[Z]. 早稲田大学文学研究会会誌-特集・笙野頼子講演録，1995.
[47] 菅野聡美. 消費された恋愛論–対象知識人と性[M]. 東京：青弓社，2001.
[48] 瀬戸内寂聴. 瀬戸内寂聴全集[M]. 東京：新潮社，2002.
[49] 瀬戸内寂聴. 放浪について[M]. 東京：講談社，1972.
[50] 笙野頼子. ゲームとしての日本、国家という名のジョーク[Z]. 早稲田大学文学研究会会誌-特集・笙野頼子講演録，1995.
[51] 谷口幸代. 多和田葉子氏開講演会報告[J]. お茶の水女子大学比較日本学教育研究センター研究年報，2016(12).
[52] 竹西寛子. 歌の王朝[M]. 東京：読売新聞社，1979.
[53] 田村俊子. 田村俊子作品集：第 I 巻[M]. 東京：オリジン出版

センター，1987.
[54] 田嶋知子.『更級日記』の夢の記述における僧の関わりについての一考察[J]. 日本文学研究，2004(2).
[55] 多和田葉子. エクソフォニー[M]. 東京：岩波書店，2003.
[56] 多和田葉子. カタコトのうわごと[M]. 東京：青土社，1999.
[57] 津島佑子. 山を走る女[M]. 東京：講談社文芸文庫，2006.
[58] 津島佑子. 生き物の集まる家[M]. 東京：新潮社，1973.
[59] 津島佑子. 葎の家[M]. 東京：河出書房新書，1982.
[60] 野田茜. 森茉莉『金色の蛇』論ー〈罪のにおい〉と耽美[J]. 日本文学研究，2016(2).
[61] 日野啓三. 選評の概要[J]. 文藝春秋，1996年9月号.
[62] 平塚らいてう著作集編纂委員会. 平塚らいてう著作集：第1巻[M]. 東京：大月書店，1983.
[63] 平野謙. 今月の小説[N]. 毎日新聞，1960-01-29.
[64] 平野謙. 日本文学全集：佐多稲子集[M]. 東京：集英社，1973.
[65] 平林たい子，黒島伝治，葉山嘉樹. 現代日本文学大系56葉山嘉樹、黒島伝治、平林たい子集[M]. 東京：筑摩書房，1971.
[66] 福田和也，柳美里. 共失われるものと響くもの[M]. 東京：HTP，2002.
[67] ファルトゥシナヤ，エカテリーナ. 日本の女性作家のエッセーにおけるヒトとモノとの関係—幸田文と向田邦子を中心に[J]. 北海道大学大学院文学研究科研究論集，2010(10).
[68] 増田瑞子. 小説とわたし[J]. 早稲田文学（第8次），1994.
[69] 増田瑞子. 小説に現れた女性の個性[J]. 昭和文学研究，

2000(40).
[70] 松浦理英子，笙野頼子．おカルトお毒味定食[M]．東京：河出書房新社，1994.
[71] 松原新一，磯旧光一，秋山駿．戦後日本文学史：年表[M]．東京：講談社，1979.
[72] マンフレート・オステン，大杉洋訳．河野多恵子—日本人の告白—女性の場合[J]．日本の現代作家12人の横顔—桃の実のエロス（鳥影社），2008.
[73] 水田宗子．女性と家族の変容[M]．東京：学陽書房，1990.
[74] 宮本百合子．宮本百合子選集：4[M]．東京：河出書房，1956.
[75] 森幹郎．恍惚の人解説．恍惚の人[M]．東京：新潮社，2004.
[76] 安川定男．「評伝的解説」—現代日本の文学　有島武郎・野上弥生子集[M]．東京：学習研究社，1977.
[77] 山崎真紀子．田村俊子の世界—作品と言説空間の変容[M]．東京：流彩社，2005.
[78] 山崎豊子．大阪づくし　私の産声　人生編[M]．東京：新潮社，2011.
[79] 山田詠美．トラッシュ[J]．文藝春秋，1994(2).
[80] 山田詠美．ベッドタイムアイズ・指の戯れ・ジェシーの背骨[M]．東京：新潮文庫，1996.
[81] 柳美里．魚の夢[M]．東京：新潮文庫，2003.
[82] 柳美里．家族シネマ[M]．東京：講談社文庫，1999.
[83] 柳美里．水辺のゆりかご[M]．東京：角川文庫，1997.
[84] 吉本ばなな．ばななのばなな[M]．東京：メタローグ，1994.
[85] 与那覇恵子．作家ガイド河野多恵子[J]．女性作家シリーズ9河

野多恵子（角川書店），1998.
[86] 渡辺澄子．日本近代女性文学論[M]．京都：世界思想社，1998.
[87] 和田勉．川上弘美論[J]．九州産業大学国際文化学部紀要第38号，2007年12月.

三、网络参考文献

[1] 廖辉英．从大阪出发的作家[EB/OL]．（2011-10-24）[2020-06-18]. https://tieba.baidu.com/p/1256722186